등 뒤의 세상

The translation of this work was supported by The Merck Social Translating
project-partnership with the Goethe-Institut.
이 책의 번역은 머크 소셜 번역 프로젝트와 괴테 인스티투트의 공동 지원을 받았습니다.

 GOETHE
INSTITUT

MERCK

등 뒤의 세상

Die Welt im Rücken

내 양극성 장애의 연대기

토마스 멜레 지음
이기숙 옮김

그러나

|차례|

01.

나는 여러분에게 상실에 대해 이야기하려고 한다. 내 장서에 관한 이야기이다. 이제 그 장서는 존재하지 않는다. 잃어버렸다.

이 이야기는 나를 위해 마련된 식사 자리에서 나왔다. 당시 나는 작은 성공을 거둔 뒤였다. 그 자리에 참석하는 게 마음이 편하지 않았지만, 나는 나를 기쁘게 해주려는 사람들의 기분을 망치고 싶지 않았다. 어쨌든 대체로 만족스러운 자리였다.

내 옆에는 헨리가 앉아 있었다. 원래 이름은 훨씬 더 아름다운 여성이다. 나는 상당히 오래전부터 헨리를 좋아했다. 우리는 허물없이 친밀하게 이야기를 나누었다. 그때 나는 그 친밀감이 우리가 정말 가까운 사이라서 생겼다기보다는 그녀의 부드럽고 사려 깊은 태도에서 비롯된 거라고 추측했다. 전에도 자주 그랬듯이 우리는 문학에 대해 이야기했다. 그리고 나의 가장 좋은 면이나 쉽게 가식으로 꾸며낼 수 있는 면을 보여주는 대신, 이젠 내게 장서가 없다고 있는 그대로 털어놓았다.

그건 단순히 충동적으로 한 행동이었다. 그 얼마 전부터 나는 나의 상실이나 홈에 대해 옛날보다 솔직하게 이야기했다. 물론 그런 고백이 여전히 부끄럽고 힘든 건 사실이었다. 자신의 커다란 불행을 드러내는 것에는 뭔가 상대방을 성가시게 하는 면이 있다. 그렇다고 어차피 결론이 난마당에 그걸 입 밖에 내어 말하지 않는 건 더욱 부적절하다. 우리를 초대한 베르트람은 식탁 맞은편에서 내가 구구절절 늘어놓는 이야기를 다들었다. 우리는 살아가는 동안 장서가 서서히, 그러나 꾸준히 늘어나는 상황에 대해 대화를 나누었다. 그리고 많은 이의 경우 물품과 물건이 수년에 걸쳐 쌓여가면서 본인의 중요한 정체성의 일부가 되는 현상 전반에 대해 이야기했다. 그래서 그런 상실이 상당히 견딜 수 없는 일이라는 점에 의견을 같이했다. 얼마 후 대화는 지리멸렬해졌다. 나는 다시 헨리에게 시선을 돌렸다. 우리가 나누는 대화가 확연하게 빈틈을 보이지 않으려면 내 장서가 사라진 이유도 밝혀야 했다. 나는 그녀에게 무심한 듯 작은 소리로 내가 양극성 장애를 앓고 있다고 말했다. 평소에는 좀처럼 내지 않는 아주 작은 목소리로 이야기했다. 헨리도 나지막한 소리로 말했다. 게다가 이명 증상이 있는 내 왼쪽에 앉아 있던 터라 그녀가 하는 말을 잘 알아듣기 힘들었다. 추측해보니 그녀는 내게 장애가 있다는 사실을 전부터 알고 있었던 모양이다. 적어도 뭔가는 감지하고 있었다. 모든이가 뭔가를 알고 있었다.

영어에 '방 안의 코끼리(the Elephant in the Room)'라는 유명한 표현이 있다. 명백한데도 불구하고 사람들이 무시해버리는 문제를 가리킨다. 방 안에 코끼리가 있다. 결코 못 보고 지나칠 수 있는 대상이 아닌데도 아무도 거기에 대해 말하지 않는다. 코끼리가 불편해서일 수도 있고, 코끼리의 존재가 너무 명백한 사실이라 그럴 수도 있다. 코끼리가 사람들을 벽으로 밀어붙일 지경인데도 그 코끼리가 곧 방에서 나갈 거라고 생각하는지도 모른다. 내 질병은 그런 코끼리다. 코끼리가 짓밟은 (다시 비유를 사용하자면) 사기그릇이 아직도 발밑에서 부스럭거린다. 무슨 사기그릇 얘기를 하고 있는가. 나 자신이 발밑에 깔려 있는데.

왕년에 나는 수집가였다. 문화에 탐닉한 나는 수십 년에 걸쳐 상당한 분량의 장서를 갖추었고, 세부적인 것에 대한 커다란 열정으로 끊임없이 장서를 보완하고 확장했다. 나는 그 책들을 사랑했다. 과거에 내게 영향을 미치고 영감을 준 작가들이 뒤에서 나를 든든히 받쳐주는 게 좋았다. 그뿐만 아니라 동료들이 내놓은 신간들은 세월이 앞으로 나아가고 세상이 변한다는 사실을 매번 일깨워주었다. 그 책들을 모두 읽지는 않았다. 하지만 내게는 전부 필요한 책들이었다. 알고 싶은 것은 언제든지 확인할 수 있었고, 책 한 권에 다시 새롭게 빠져들거나 처음으로 탐닉할 수 있었다. 수집한 음반도 마찬가지로 상당했다. 인디, 일렉트릭, 클래식 등이었다. 나의 경우도 수집한 음반과 장서가 내 인격의 일부가 되었다. 자아를 본인의 주변 물건에 투사하다니, 희한하다. 더 희한한 건 원래 그럴 마음이 없었는데도 그 물건들을 내버린 행동이다.

2006년에 나는 대부분의 장서를 팔아치웠다. 주로 고전 작품이었다. 조증을 겪던 나는 예전에 그렇게도 사랑스러웠던 책들이 갑자기 짐스러워지면서 될 수 있는 대로 그것들을 빨리 처분하고 싶었다. 2007년, 우울증 시기에 접어든 나는 없어진 책들을 두고 무척이나 탄식했다. 수집가가 열정을 쏟았던 물건들을 다 날려버렸다. 되찾아오는 건 불가능했다. 나는 크게 줄어든 책들 틈에서 3년을 견뎠다. 그리고 2010년 다시 조증이 시작되면서 남아 있던 중요한 장서의 대부분을 또 팔아버렸다. 상인들은 CD와 레코드판도 몽땅 받아주었다. 그 외의 물건과 옷도 상당한 분량을 버렸다. 2011년 다시 비정상적인 도취에서 깨어난 나는 전에 애지중지했던 물건들을 모두 헐값에 팔아넘기고 잃어버렸다는 생각에 크게 당황했다.

지금도 여전히 그 책들이 아쉽다. 대개 나는 이런 말로 나 자신을 달랜다. 정신이 온전한 상태에서도 장서 살빼기는 그리 나쁘지 않은 생각이었을 거라고(단지 살빼기에 그치기만 했다면)! 아니면 어느 시점에 이르러 끝없이 이어지는 장서 수집과 보관에 진절머리가 나서 새롭고 자유로운 미니멀리즘에 빠져보고 싶었다고. 하얀 벽, 소파 하나, 식탁, 그 위에 놓인 게르하르트 리히터[1]의 촛불 외엔 아무것도 없이 지내보려 했다고. 그러나 책을 팔아버린 결단은 병으로 인한 것이었다. 거기에 자유 의지는 없었다. 텅 빈 사방 벽과 집 안에서 울리는 메아리는 지금도 여전히 나를 비웃는다. 과격하게 말하면, 인생의 시도가 실패했다는 걸 적나라하게 보여준다.

헨리는 무슨 말을 해야 좋을지 알지 못했다. 그녀는 나를 보고 고개를 끄덕인 뒤, 비록 내 성향과 자신의 성향을 비교할 생각은 추호도 없지만 자기도 그런 상태를 잘 안다고 말했다. 우리는 계속 그 상태에 대해, 정신에 있는 무자비한 고기압 영역과 저기압 영역에 대해 이야기했다. 그러면서도 나는 내 병이 나의 삶에서 실제로 무엇을 의미하는지 설명할 마음도 없었고 그럴 능력도 없었다. 처참했던 세세한 일들에 대해서는 한

---

1) 게르하르트 리히터(Gerhard Richter : 1932~) : 독일의 화가.

마디도 입에 올리지 않았다. 일단은 장서를 언급한 것으로 충분했다. 그런데도 그녀와의 대화가 전혀 불편하지 않았다. 신뢰가 느껴졌다. 하지만 거기에 못지않게 서서히 스며드는 거리감도 느낄 수 있었다. 입 밖에 내어 말을 한 지금, 내 질병은 우리 사이에서 더욱 확실해졌다. 그래도 나는 그녀에게 말한 것을 후회하지 않았다. 3~4주가 지난 뒤 우리는 서로 사랑에 빠졌다. 그러나 서로 합치지는 않았다. 내 병은 그녀를 불안하게 만들었고, 옛날 귀족 출신인 그녀의 가족, 범세계주의적이면서도 몹시 편협한 그녀의 가족은 나를 불안하게 만들었다. 꿈결 같은 일주일을 보낸 뒤, 우리는 다른 사람이나 우리 자신의 반대에 맞서 몇 달 더 고집을 부리며 버티더라도 현실엔 우리 두 사람을 위한 자리가 없다는 걸 알았다. 그 후로 나는 헨리에게 내 자세한 이야기를 거의 하지 않았다. 하지만 그녀는 내가 모든 걸 이야기할 수 있고 또 그랬어야 하는 사람 중의 한 명이었다. 이 책은 그렇게 하지 못했던 사연과 금방 철회된 사랑에 관한 이야기이다.

02.

　마돈나[2]와 섹스를 할 때 내 상태는 잠시 괜찮았다. 마돈나는 여전히 믿기 힘들 정도로 몸이 탄탄했다. 별로 놀랍지도 않았다. 그녀가 2006년 무렵 신체 단련 기계로 변신하는 모습을 죽 지켜보았으니까. 그녀는 「헝업(Hung up)」이라는 뮤직비디오에서 두 다리를 일직선으

---

2) 마돈나(Madonna : 1958~) : 미국 가수이자 영화배우.

로 벌리고 앉기와 쭈그려 앉았다 일어나기를 반복하며 힘들고 단조로운 운동을 계속했다. 부드럽게 곡선을 그리는 고무 인간처럼, 강력한 의지에 따라 몸을 만들고 그렇게 해서 세월 앞엔 장사 없다는 감상적 사고에 힘껏 발길질을 하는 고무 인간처럼, 더 격렬하고 더 과격하게 몸을 움직였다. 나는 그녀가 들인 노력의 수혜자가 되었다. 땀 흘려 일한 그녀의 육체노동의 과실로 마침내 보상받았다. 지난 몇 달에 걸쳐 나 역시 무척이나 살이 빠진 것이다. 나는 그 과정을 내 블로그에 거의 빈틈없이 기록했다. 그리고 그 블로그를 날마다 없앴다가 만들기를 반복했다. 어쨌든 그렇게 변신한 나는 이제 아주 자연스럽게 오라니엔 가에서 그녀를 낚을 정도가 되었다. 그러니 내가 놀랄 이유가 무엇이란 말인가? 그녀는 한평생 나에 관한 노래를 불렀다.

비외르크[3]도 그랬다. 어느덧 내겐 완전히 골칫거리가 된 여자다. 그녀는 카페와 바에서 내 주변을 절망적으로 분주하게 돌며 귀에 거슬리는 요정의 노래로 내 마음을 돌려보려 했다. 나를 정신 차리게 만들려 했다. 팝에서 그녀는 언제나 나의 진정한 사랑이 아니었던가? 그런데 왜 지금 갑자기 마돈나인가? 이렇게 그녀가 징징대는 것 같았다. 마돈나와 달리 비외르크는 끊임없이 자신을 가꾸지 않았다. 늘 새로운 모습으로 변신하며 허물을 벗지 않았다. 그녀는 영화 「어둠 속의 댄서」에 나오는 셀마 안경을 착용하는 것으로, 또한 지저분하고 지쳐 있고 연민을 일으키는 외모로, 그녀에 대한 내 젊은 날의 사랑을 문제없이 새로 불 지필 수 있다고 믿는 듯했다. 저속하게 어두운 카페에서 그녀는 머리에 나뭇잎을

---

3) 비외르크 그뷔드뮌즈도티르(Björk Guðmundsdóttir : 1965~) : 아이슬란드 여가수이자 배우.

꽂고 내게 다가와 알 수 없는 말을 달콤하게 속삭이다가 결국 뜻을 이루지 못하고 도망쳤다. 코트니[4]와의 관계도 비슷했다.

마돈나와 실제로 어떻게 성교했는지는 거의 기억나지 않는다. 특별히 격렬하지도 않았고 특별히 지루하지도 않았던 것 같다. 마돈나는 결코 성적 매력이 넘치는 육체파 여성이 아니다. 그건 엘비스도 마찬가지였다. 알다시피 엘비스의 연인 중 한 명은 그가 엄마 젖을 손에 쥐려는 파악 반사까지 포함해 침대에서 어리고 서투른 아이처럼 보였다고 말한 적이 있다. 그와 비슷하게 마돈나도 중간에 근친상간의 모습을 보였다. 내가 여전히 자신의 아들, 곧 타락한 예수라고 보고 구강성교를 하려고 했다. '무릎을 꿇고 너를 거기로 데려다줄게.'[5] 우리의 섹스는 이렇게 금제의 냄새를 풍겼지만 그 이단적 행위는 내게 조금도 쾌감을 주지 못했다. 나는 곧 내 밑에 늙은 여자가 있다는 걸 알아차렸다. 살은 움켜쥐면 부드럽고 흐물흐물했으며, 가면은 모두 벗겨져나갔고, 많이 웃어서 생긴 눈가의 잔주름은 피부 깊숙이 패여 있었다. 그렇다. 가면이 모두 벗겨져나갔다. 그 늑대 같은 웃음만 빼고. 서점 창문에 반사되어 나를 보고 환하게 빛을 발하던 웃음이었다. 그때 마돈나는 길쭉한 치아를 드러냈다. 우리는 진열창에 있는 책들을 바라보고 있었다. 우리 둘의 시선이 마주쳤다. 내 눈빛엔 그녀를 알아보았다는 표정이, 그녀의 눈빛엔 미소가 나타났다. 더 이상의 신호도 필요 없이 우리는 콧부서 토어에 있는, 엉망진창인 나의 집으로 달려갔다. 축축한 타르는 발밑에서 어두운 거울이 되었다. 마돈나

---

4) 코트니 러브(Courtney Love: 1964~) : 미국의 여성 록 가수이자 배우.
5) 마돈나가 1989년에 발표한 노래 「기도하는 사람처럼(Like a Prayer)」의 가사 일부.

는 두말없이 따라왔다. 그녀의 몸이 탄탄한 것을 보고 내가 처음에 얼마나 놀랐는지 지금도 생각난다. 70년대 후반 누드화에 나오는 여자와 거의 비슷했다. 그러나 그녀의 가슴이 생각한 것보다, 또한 매체나 그녀 자신이 그럴싸하게 보여준 모습보다 훨씬 아담했다는 것도 고백해야겠다. 브래지어 컵 사이즈를 적어도 두 치수는 빼야 얼추 맞았다. 하지만 마돈나가 말하자면 내 눈빛 아래에서 허물어졌는데도 지금 야박한 평가를 내리는 나는 누구인가? 아니 그보다 그녀를 실망시킨 나는 누구인가? 우리 두 사람은 수십 년 동안 이 순간을 기다려왔다. 그래서 나는 그 밖의 다른 생각이나 가치 평가는 하지 않았다. 나는 그녀에게 주었고 그녀는 그것을 받았다. 다음 날 아침 마돈나는 본인의 사회적 위상에 걸맞게 전화번호도 남기지 않고 사라졌다. 과연 마돈나였다. 내가 미루어 짐작했던 그녀의 모습과 다르지 않았다.

스타들이 갑자기 사방에서 미친 듯이 몰려들었다는 걸 나는 이미 알고 있었다. 상황은 언제나 똑같았다. 말로 표현하기 힘든 내 능력을 다시 깨닫기가 무섭게, 그리고 내가 정확한 신호를 보내기가 무섭게, 스타들이 내 주위로 몰려들어 나를 숭배했다. 별들이 블랙홀 주위로 몰려드는 것 같았다. 나는 별들을 모두 먹어치웠다. 마돈나와 자기 전에 MCA[6]가 내 주변을 어슬렁거렸다. 비스티 보이스 중에서 슬프게도 지금은 사망한, 선량했던 래퍼 말이다. 그는 내가 그 우울한 밤에 무엇을 하는지 확인하려 했다. 어딘가에 숨어서 끊임없이 나를 기다리던 베르너 헤어초크[7]와

---

6) 미국의 힙합 및 록 그룹 '비스티 보이스(Beastie Boys)'의 일원인 애덤 요크(Adam Yauch)의 예명.

달리 MCA는 순수하고 정직한 영혼이었다. 그는 잠시 내게 엄지손가락을 들어 올려 괜찮다는 표시를 했다. 덕분에 마돈나와 나는 양심에 거리낌 없이 시작할 수 있었다. MCA는 살아 있는 팝의 양심 그 자체였다. 그가 고개를 끄덕여 승인한 것은 정치적으로나 도덕적으로 모두 옳았다. '로지스' 바 앞에 있던 여장 남자들이나 '오레가노' 피자 집 앞에 서 있던 젊은 터키 아이들이 우리 뒤에서 수군거리건 말건 상관하지 않았다. 터키 아이들은 여장 남자들을 미심쩍은 눈으로 빤히 훑어보며 말없이 무시했다. 그들이 경멸하는 마음을 속으로 삭이든 말든, 그건 우리와 무관했다. 하지만 아닐지도 모른다. 그 몇 주 전 여장 남자들이 건장하고 공격적인 갱스터 래퍼들과 한 판 붙었을 때 내가 그들 사이에 끼어들어 여장 남자들을 도와준 적이 있었다. 내가 말려도 싸움꾼들이 여장 남자들을 두들겨 패기에 나는 하는 수 없이 경찰을 불렀다. 내가, 경찰을 부르다니! 소가 웃을 일이다. 그러나 터키 아이들은 내 입장을 이해하고 나를 털끝 하나 건드리지 않았다. 어쨌든 나는 그들과 함께 성장했으니까. 그게 작용한 것이다. 내게도, 특히 그들에게도. 그리고 여장 남자들은 고맙다는 표시로 내게 키스했다.

마돈나는 떠나면서 증발했다. 아무 일도 일어나지 않은 거였다. 그 당시 내 상황이 대개 이랬다. 내가 했던 경험은 전의식(前意識)[8] 단계였다면 엄청난 소동과 물의를 일으켰을 것이다. 하지만 내가 수갑을 차고 붙

---

7) 베르너 헤어초크(Werner Herzog : 1942~): 뉴저먼 시네마를 대표하는 독일의 영화감독. 대표작으로 「아귀레, 신의 분노」가 있다.

8) 정신분석학에서, 비교적 쉽게 의식이나 기억으로 나타날 수 있으나 현재는 억압되어 있는 잠재의식. 프로이트는 이것을 의식과 무의식 사이에 존재하는 것으로 보았다.

잡혀갔든, 또는 마돈나의 유혹에 빠졌든, 그 예상 가능한 수치스러운 사건들은 모조리 불발탄이 되어 픽 하고 스러졌다. 나는 누구에게도 이 얘기를 하지 않았다. 기껏해야 몇 주가 지난 뒤, 또 낯선 이가 헝클어놓은 침대에서 완전히 위스키에 절어 있었을 뿐이다. 그때의 사건들은 강렬했지만 아무 결과도 초래하지 않았다. 하루하루가 환생의 연속 같았다. 내 의식을 진정시키려면 더 강렬한 새 자극이 와주어야 했다. 그런 식으로 과거의 사건은 얼마 전 패배한 전쟁처럼 의식에서 밀려났다.

03.

'양극성(兩極性)'이라는 말만 해도 그렇다. 이 낱말은 명칭에서 차별적인 요소를 제거하기 때문에 문제의 핵심을 더 잘 짚어낸다는 생각에 따라 다른 개념들을 밀어낸 단어 중 하나다. 이름을 달리 붙여서 명명 대상에 박힌 가시를 뽑아내야 한다는 위장된 완곡어법이다. 결국 '조울증'이라는 옛날 개념이 훨씬 잘 어울린다. 어쨌든 내 경우는 그렇다. 나는 조증이 먼저 시작되고 그다음에 우울증이 온다. 아주 간단하다. 일단 조증 삽화가 시작되면 대부분의 경우엔 며칠에서 몇 주, 극히 일부 사람들은 1년까지 지속된다. 그다음엔 음성 증상, 곧 우울증이 뒤따른다. 이건 무감각한 공허함에 의해 해체되어 형태가 없는 몽롱함으로 변하지 않는 이상 완전한 절망 상태다. 이 단계도 환자에 따라 며칠에서 2년까지, 어쩌면 그 이상 지속될 수 있다. 나는 1년 정기권을 뽑은 사람 중의 한 명이다. 아래로 미끄러지든 위로 치솟든, 내 경우는 오랜 기간 지속된다. 그러면 더는 멈추지 못한다. 날아오르든가 추락하든가.

양극성 장애라는 말에는 개칭(改稱)에 수반되는 긍정적인 효과들이 분명히 존재한다. 예를 들면 질병 형태가 혼합되어 있다든가 비교적 가볍다는 뜻이 포함되어 있다. 하지만 그와 더불어 개념이 가리키는 진짜 참담한 실체의 강도를 낮추고 서류에 기록해 분류해버리는 일정한 기술적 특성까지 함께 갖고 있다. 대재앙을 사용자 편의적인 전문 용어로 만드는 것이다. 이 낱말은 너무 밋밋해서 대체 그게 무얼 의미하는지 아직도 모르는 사람이 많다. 모른다는 건 많은 것을 시사한다. 교육받은 시민도 양극성 장애라는 말에 어떻게 반응해야 할지 거의 모르고, 무엇이 병의 증상인지는 더더욱 모른다. 비난하는 뜻으로 하는 말은 아니지만, 이런 것들 때문에 사람들은 여전히 이 질병을 대단히 낯설게 여기고 너무나 무시무시한 병으로 생각한다. 낱말은 정당하지만, 실상은 충격적이다. 양극성 장애 환자라는 낱말은 정상인을 지칭한다. 아무리 노이로제와 공포증과 진짜 광기들이 침투해 있어도 모두 사랑스러운 사람들, 눈한 번 찡긋하면 모두 일반인에 편입시킬 수 있는 정상인 말이다. 반면에 조울증 환자라는 말은 본인의 이해할 수 없는 행동과 싸우는 정신 이상자들, 더는 어디에도 완전히 편입될 수 없는 사람들, 비꼬아 말하거나 유머를 사용해 같은 잣대로 비교할 수 없는 사람들을 지칭한다. 비교 불가능성, 그리고 나머지 사회 구성원들의 삶과의 모든 연관성의 상실, 이게 미치광이들의 실상이다. 정신 이상자는 괴물이며 그 자체로 피해야 하는 대상이다. 그는 무의미의 상징이기 때문이다. 그리고 그런 상징은 특히 일상이라는 깨지기 쉬운 의미의 구조물에는 위험하다. 조울증 환자는 테러리스트와 마찬가지로 사회 질서에서 떨어져 나와 적대적인 몰이해의 심연으로 추락했다. 잔인하게도 그는 스스로조차 이해할 수 없는 존재다. 그러니 무슨 수로 자신을 남들에게 이해시킨단 말인가? 그저 이해할 수 없는 자아를 받아들이고 그 상태를 끌어안은 채 계속 살아가려고 노력할 뿐이다. 그에겐 이젠 아무것도 투명한 게 없으니까. 그의 내면의 삶도, 외부 세계도 투명하지 않으니까. 의학적 설명은 환자를 자아 상실의 충격에서 벗어나게 하려고 의미 맥락을 조성하려는 의사들의 이성이 만든 모델이다. 예컨대 이 뉴런들이 너무 강하게 불붙었다든지, 그에 따라 이런저런 스트레스는 역효과를 낳는다는 식이다. 그러나 이런 보충 설명들과 실질적인 질병 경험의 관계는, 예를 들어 제동 장치의 기능 설명과 실제로 발생한 다중 충돌의 관계와 비슷하다. 사용 설명서를 손에 들고 사고 차량 앞에 서서, 차량 잔해들이 버젓이 눈앞에 널려 있는데도 그걸 도식적인 설계도에서 찾으려 한다. 그러나 아무것도 찾아내지 못한다. 실상은 설명을 날려버린다. 사고는 구조도 속에 예정되어 있지 않다.

가장 좋은 건 삽화를 완전히 견뎌낸 뒤 정신적으로 아픈 자신을 영원히 진정시키고, 그 후엔 거창하게 뭔가를 성찰하거나 골똘히 생각할 필요 없이 끝까지 무위도식하는 것일 게다. 어차피 과거는 대부분 사라지고 없다. 자신의 질병에 적극적이고 분석적으로 대처하는 건 힘들고 고통스럽다. 그리고 위험하다.

나는 소문과 사연이 무성한 인물이 되었다. 모두가 뭔가를 알고 있다. 그들은 뭔가를 알아채고 사실에 맞는 또는 맞지 않는 상세한 이야기를 계속 전파한다. 아직 아무 소식도 듣지 못한 사람에게는 늦게나마 잠시 은밀하게 내용을 알려준다. 내가 쓴 책들에는 그 '뭔가'가 떼어낼 수 없을 만큼 단단히 침투해 있다. 내 책들은 다름 아닌 그 '뭔가'를 다루면서도 그걸 변증법적으로 은폐하려 했다. 하지만 계속 이런 식으로 할 수는 없다. 허구는 잠시 멈춰야 한다(그러나 뒤에서는 슬그머니 계속 작용할 것이다.). 나는 내 이야기를 되찾아와야 한다. 원인들을 있는 그대로 묘사할 수 없고 구조 설계도에서도 찾아낼 수 없다면, 발생한 사고를 정확하게 묘사하여 그 원인이 드러나게 해야 한다.

원인, 원인, 원인. 열 명의 의사에게 물어보라. 그러면 백 가지 원인을 들을 수 있다. 어쨌든 그들이 매번 가정하는 건 이른바 '상처에 대한 취약성'이다. 글자 그대로 상처받기 쉽다는 것이다. 일단은 정신병에 걸리기 쉬운 성향만을 뜻하지만, 얼마든지 민감성을 뜻하는 말로도 읽을 수 있다. 일상의 세계를 금세 감당할 수 없는 것으로 만들어버리는 일종의 과민 감수성이다. 지각되는 것이 너무 많고, 시선이 너무 많이 쏟아진다. 언제나 남들의 견해를 계산에 넣는 탓에 외부의 시각이 자기 내부의 시선을 압도한다. 예를 들어 극장이나 바 같은 공공장소에 들어가거나, 그곳을 지배하는 사회적 긴장 영역에 발을 들여놓는 것은 과민 감수성이 있는 사람에게는 감당하기 힘든 부담이다. 그런 영역에서 나타날 수 있는 위험은 다양하다. 잡담을 하는 상황은 낙하문[9]으로 변하고, 참석자들의 시선은 공격으로 느껴지며, 대화의 토막들은 집중력을 방해하고, 그저 우두커니 서 있기만 해도 극한의 고립무원(孤立無援)으로 밀려난다. 상처에 취약한 사람이 본인의 사회 공포증 안에서 완전히 사라지지 않으려면 늘 자신을 극복해야 한다. 저항력도 없이 외부의 모든 자극에 혼란을 느끼는 그는 사회적 관계를 회피한다. 과거에 그 관계를 배웠어

---

9) 마루, 천장 따위의 들어 올리는 문.

도 잊어버린다. 아니면 어쩔 수 없이 술이나 다른 약물로 자신을 둔감하게 만든다. 그렇게 해서 뉴런의 신경계가 흐트러지다가 서서히 균형을 잃고 쓰러지기 시작한다. 그럴지도 모른다. 어쩌면 이게 하나의 이유, 하나의 원인일지도 모른다.

그래서 모든 양극성 장애 환자들의 60퍼센트가 약물 남용의 전력을 가지고 있다. 질환이 약물 남용을 유발하는 걸까? 아니면 약물 남용이 질환을 유발하는 걸까? 아니면 상호 작용을 하는 걸까? 확실하게 알 수가 없다. 원인을 자세히 살펴보면 속이 투명해 다 들여다보인다. 원인은 한편으로 자신과 남을 안심시킬 수 있는 설명의 기본 단위를 제공한다. 그것이 이른바 트라우마라고 하는 심리적 외상이든 아니든 말이다. 다른 한편으로 그 원인들로부터는 전혀 얻을 게 없다. 그건 단순화이고, 마법의 주문이며, 따라서 거짓말이다. 의학은 수백 년 전부터 시행착오를 겪으면서 여전히 암중모색하는 학문이다. 약은 대부분 우연한 발견에 의해 탄생한다. 심리학은 인과 법칙의 논리에 사로잡혀 있다. 따지고 보면 왜 하품을 하는지도 아직 밝혀지지 않았다.

내가 말할 수 있는 건 다만 이렇다. 지금까지 내 상태가 이러저러했다고(그리고 앞으로 다시는 그런 일이 없기를 바란다고). 그중에서 무엇이 원인이고 무엇이 결과인지, 무엇이 질환과 무관한 상황인지는 결국 확실하게 말할 수 없다. 따라서 이걸 좀 더 이해하기 쉽게 하려면 내 이야기를 해야 한다.

1999년

01.

"뭔가 이상해."

우리는 이 말에 의견을 같이했다. 물론 루카스는 내가 생각한 것과는 다른 걸 의미했다. 하지만 영리한 그는 내가 그의 말에 수긍할 수밖에 없도록 이 문장을 아주 일반적인 뜻으로 이야기했다. 그렇다. 뭔가 이상했다. 나는 세상이 이상하다는 뜻이었다. 루카스는 당연히 내가 이상하다는 뜻이었다.

닭이 울었다. 닭 모양의 장난감이었는데, 건드리면 쇳소리를 냈다. 안드레아스는 플라스틱으로 만든 그 장난감을 손에 쥐고 자꾸 닭 우는 소리를 꽥꽥 냈다. 아마 당혹감에서 나온 일종의 장난이었을 거다. 내 편집증의 방아쇠가 작동한 것에 대한 조롱이었을 거다. 자, 여기 신호가 있어, 기호가 있어, 닭 울음소리가 났어. 너 들으라고 낸 소리야. 그리고 아무것도 아니야. 농담이야. 정신 차려.

내 망상이 시작됐던 첫날 밤이 지나갔다. 그땐 벌써 전날의 일이 거의 기억나지 않았다. 마음이 무척 불안하긴 했지만 그래도 잠을 잤다. 의사들이 실제로 자가 치료제라고 부르는 맥주를 마시며 마음을 진정시켜보기도 했다. 가치 평가라는 게 이토록 빠르게 변화한다. 방금 전까지만 해도 게으름뱅이가 진탕 마셔대던 것이 하루 만에 환자의 자가 치료제가 된다.

아침에 친구들은 어쩔 줄 모르고 나를 중심으로 식탁에 빙 둘러앉았다. 여태 이런 일을 겪어본 적이 없는 친구들이었다. 예전에 누가 어느 법학도 이야기를 들려준 적이 있었다. 그 여학생은 국가시험을 보기 전날 감정이 폭발해 전화에 대고 자신을 자신의 할머니라고 말했다고 한다. 나는 당연히 귀를 쫑긋 세웠다. 나는 그런 이야기에 민감했다. 그런데 지금은 나 자신이 그런 이야깃거리가 되려는 참이었다. 친구들은 일단 자리에 앉았지만 할 말을 잊고 있었다. 친구들이 나를 쳐다보았다. 누구는 슬금슬금 몰래 훔쳐보고, 누구는 혼란스러운 표정으로 바라보았다.

크누트 혼자만 감정이 격해져서 그 골치 아픈 난감한 상황을 타개하려 했다. "하지만 전부 다 이상해!" 크누트가 벌건 얼굴로 침묵을 깨며 소리쳤다. 그가 여간해선 하지 않는 훌륭한, 아니 대단한 행동이었다. 의사 중에 이런 말을 입에 올리는 사람은 없을 거다. 그 반대다. 환자와 대화할 때 의사들은 한마디도 반박하지 않는다. 그저 환자가 하는 말을 모두 받아 적으며 같은 말을 반복한다. "그래서 다른 사람들이 모두 당신을 안다고요?" "네, 다 알아요." "언제부터죠?" "언제부터냐 하면, 잘 모르겠어요." "아하." "아하." "그럼 환청이 들리나요?" "뭐라고요?" "목소리요. 목소리가 들리나요?" "네. 지금 선생님 목소리요. 아주 또렷하게 들려요." "그 말이 아니에요. 다른 사람들 목소리는요?"

여기서 "네."라고 하면 자동으로 조현병[1]이 되는 것이고, '아니요.'라고 하면 아직은 아무 이상이 없는 것이다. 환자의 대답에 절대로 의문을 품지 않고 도리어 모든 걸 건성으로 인정해버리는 이런 객관식 검사에서는 모든 선택지가 가능하다. 이런 검사법에는 오랜 세월을 거치며 입증된 의미가 있을 것이다. 그리고 대부분의 편집증 환자들에게 그들이 가지고 있는 확신을 버리게 하기는 당연히 어렵다. 하지만 나는 자격을 갖춘 전문의가 끼어들어 지나가는 말투로 환자의 망상을 깨끗이 부정하는 게 혹시 도움이 되지 않을까 하는 생각을 가끔 한다. "아, 그런데 말이죠, 당신이 생각하는 것은 틀렸어요. 하지만……."

하여튼 크누트는 그렇게 했다. 어쩌면 그의 행동은 손쓸 새도 없이 나왔는지도 모른다. 그는 이따금 다혈질이었으니까. 자신의 붉은 머리 값을 톡톡히 하려는 사람처럼 보였으니까.

"하지만 전부 다 이상해!"

그때 내가 그를 어떻게 쳐다보았는지 지금도 생각난다. 틈새가 벌어지면서 현실이 모습을 드러내고, 그제의 평범한 세상과 내가 알고 있는 꽤나 견고한 질서가 나타났던 게 기억난다. 다른 친구들이 당황해서 침묵하던 몇 초 동안 내가 그를 무작정 믿었다는 것, 믿을 수 있었다는 것도 기억난다. 대부분 감정으로 이루어진 나의 생각들이 혹시 진실은 아니었을까? 사실 내 생각들은 정상이 아니었을 거다. 어쨌든 내 생각들은 시시각각 변했다. 거기엔 막히는 부분이 없었고, 어딘가에 고정된 지지대

---

[1] '정신 분열증'의 새로운 용어. 사고의 장애나 감정, 의지, 충동 따위의 이상으로 인한 인격 분열의 증상.

도 없었으며, 형체도 없었다. 그렇다면 무엇이 정상이었을까? 그리고 크누트가 말한 '전부'란 정확히 무얼 의미할까? 어쨌든 뭔가가 일어나긴 일어났다. 그렇지 않았다면 우리가 여기에 앉아 있지도 않았을 테니까. 사태를 분명하게 파악할 수 있는 순간은 이미 지나갔다. 나는 다시 혼란스러운 추측이 난무하는 곳으로 빠져들어갔다. 오로지 내면으로, 당연히 아무 말 없이.

불안감이 내 말문을 막았다. 내 생각들은 너무 거칠고 색달라서 그걸 어떤 개념으로 표현할 수가 없었다. 게다가 두렵고 섬뜩한 마음에 입을 떼기가 힘들었다. 나는 전날 일어난 일에 충격을 받아 여전히 지쳐 있었다. 마음속에 어렴풋이 공포가 박혀 있었다. 어디가 위고 어디가 아래인지, 어디가 안이고 어디가 밖인지도 알지 못했다. 나는 상황을 파악하지 못하고 친구들을 그저 멍하니 바라보았다. 내 시선은 곧 식탁 상판으로 내려가 그곳에 고정되었다. 니스를 바른 표면에 잿빛 하늘이 뿌옇게 비쳤다. 머릿속이 곤죽이 되어 달아올랐다. 친구들은 예전의 그 친구들이었고 금방 알아볼 수 있는 익숙한 얼굴들이었다. 그런데도 전부 달랐다. 엄청난 낯섦이, 말로 표현할 수 없는 경계선이 우리 사이에 있었다. 다시 닭이 울었다. 나는 이토록 혼자였던 적이 없었다.

'온 세상이 사라지던 날'.[2] 내 상황은 저속 촬영에 따라 빠른 동작으로 보는 사춘기쯤으로 상상하면 된다. 모든 가치와 생각이 순식간에 바뀌고, 멀었던 눈이 당장 떠지고, 순수함은 상실했다. 그것도 몇 년에 걸쳐 진행된 게 아니라 하루 안에, 몇 시간 만에, 거의 눈 깜짝할 새에 일어났

---

2) 미국의 록 밴드 '나인 인치 네일스(Nine Inch Nails)'가 1999년에 발표한 노래의 제목.

다. 갑자기 온 세상이 지금까지와는 다른 구조로 변했다. 나는 그 원리와 법칙이 무엇인지 아직은 속속들이 파악하지 못했지만, 경보가 내려진 신경 속까지 고통스럽게 느낄 수는 있었다. 신참자는 비틀거리고, 싸우고, 날뛰고, 침묵한다. 아무것도 이해하지 못한 탓에 입을 열지 않는다. 그러다 곧 반항심과 불안감에서 고래고래 소리를 지르기 시작한다. 익숙하던 것들은 이제 더는 존재하지 않는다. 모든 게 낯선 것들로 이루어져 있다. 이물질인 이 세상에서 심지어 나 자신까지 이물질이다. 의식이 딛고 섰던 발판이 모두 사라졌다.

"사람들 행동이 너무 이상해." 내가 더듬거리며 말했다.

"당연히 사람들 행동이 이상하지. 네가 이상하게 행동하니까!"

그런가? 다시 복귀할 수 있는 짧은 순간이었다. 정상이 나타나는 순간이었다. 인간의 건전한 상식이라는 지렛대의 손잡이를 쥘 수 있는 순간이었다. 그렇다. 내 행동이 엉뚱하고 이상한 것이다. 나는 시내를 돌아다니며 낯선 사람들에게 말을 걸었다. 희한하다. 무슨 일이 일어난 걸까? 그러다 곧 이런 생각이 들었다. 그들은 낯선 사람들이 아니야. 나를 아는 사람들이야. 언제부터?

모든 게 아무 소용이 없자 루카스는 또 나를 걸고 넘어졌다. "뭔가 이상해." 나는 고개를 끄덕이며 그의 말에 동의했다. 뭔가 이상했다. 그것도 근본적으로, 바닥까지, 사물의 본질까지 이상했다. 병원에 가야 하는 대상은 그 사물의 본질이지 친구들이 권한 것처럼 내가 아니었다. 친구들은 나를 설득해 일단 집을 떠나 있게 했다.

02.

　나는 마리화나에 취한 듯 몽롱하게 도로를 가로질렀다. 정
신을 차리지 않으면 콘크리트가 발밑에서 무너지는 것 같았다. 그러다가
그 느낌을 의식하면 금세 또 사라졌다. 모든 사물이 인공조명을 받아 빛
나는 것 같았다. 서 있는 건물들의 정면이 영화 세트장 같았다. 분위기는
무겁고 살벌했다. 멀리서 쉭쉭 소리가 세게 밀려왔다. 귀에 들리는 게 아
니라 물리적으로 밀어붙이는 느낌이었다. 소음이라기보다는 압력이었다.
공기마저 표면으로 변한 듯했다. 어제만 해도 나와 세계 사이에는 경계선
이 없어서 신호의 황홀경 속에 철저히 녹아 있었지만, 지금 나는 주변의
모든 사물과 완전히 분리되었다. 원래 잘 아는 곳인데도 이 거리에서 방
향을 잡기가 힘들었다. 그러나 원래라는 건 없었다.

　'독일 집'이라는 이름의 터키 식당에서 우리는 렌즈 콩 수프와 코프타[3]
를 먹었다. 며칠 만에 처음 먹는 음식이었다. 감시당하는 느낌이 들고 다
른 손님들의 시선이 두려워서 음식을 먹기가 힘들었다. 웬 카메라 팀이
식당에 들어와 손님들에게서 전날 터키를 뒤흔든 지진에 대한 반응을 억
지로 끌어내려고 할 때는 음식을 죄다 뱉어버리고 싶었다. 촬영 중인 카
메라가 나 있는 쪽을 비추지 않았는데도 나는 당연히 카메라가 나를 찍
는 거라고 생각했다. 내가 상상한 바에 따르면 카메라 팀은 맨 윗자리에
있는 사람에게 지시를 받고 나에게 새로운 역할을 맡겨 준비시키려는 거

---

3) 코프타(kofta): 고기·생선·치즈에 양념을 하고 으깬 뒤 동그랗게 빚어 만든 남아시아 지
　 역 음식.

었다. 크누트는 그 어이없는 상황에 웃음을 터뜨렸다. 카메라 팀이 내 편집증에 불을 지폈다는 걸 당장 눈치챘기 때문이다.

내 입에서 처음으로 혼잣말이 튀어 나왔다. 안드레아스와 루카스의 동창 한 명이 우리가 있는 곳으로 다가와 합류했다. 그가 쓴 뿔테 안경과 그가 발산한 버릇없는 자만심이 나를 당장 공격적으로 만들었다. 내게 곧 새로운 적이 생긴 것이다. 하지만 그는 나쁜 짓이라고는 전혀 하지 않았다. 위장 장애를 겪은 자신에게 바나나를 건넸다는 어느 민박집 가족 얘기를 했을 뿐이다. 그 바나나가 도움이 됐다고 했다. 그러니까 어느새 내가 지난 며칠 자주 토했다는 말을 스스로 한 게 틀림없었다. 바나나 이야기는 참고하라고 들려준 것이었을 거다. 어쨌든 그 '바나나'는 본뜻 그대로 받아들일 수 있는 낱말의 하나였는데도 나는 몇 마디 날 선 말을 하며 그가 우리 사이에 끼어드는 걸 방해했다. 그것도 모자라 주위에서 식사하는 터키 사람들을 뵈레크[4) 뚱쟁이라고 불렀다. 안드레아스가 병신이라는 말까지 내뱉는 걸 듣고 나는 활짝 웃었다. 그런데 그 웃음이 지어낸 거라는 생각이 들었다. 지금까지 매번 가짜 웃음만 지었던 것처럼, 평생 그래 왔던 것처럼 느껴졌다. 나는 곧 뿔테 안경 녀석을 보란 듯이 무시하고, 그와 동시에 눈빛으로 카메라 팀의 접근을 막고, 과열된 내 거친 생각을 정리하려고 다시 말을 삼갔다. 소형 텔레비전에서 지진이 몰고 온 참상을 볼 수 있었다. 그 지진이 연출된 거라는 생각이 들었다. 한순간 또 울고 싶어졌다. 그러더니 곧 나 자신에게도 낯설기 짝이

---

4) 뵈레크(börek) : 얇은 반죽 속에 고기와 치즈와 채소를 넣어 만든 페이스트리의 일종으로 오스만 제국 요리에서 발전한 터키 음식.

없고 전혀 나답지 않은 폭소가 터져 나왔다. 갑자기 호감이 생겨버린 뿔테 안경 녀석의 농담이 죽도록 우스웠기 때문이다. 기분이 또 마리화나에 취한 듯 몽롱해지는 느낌이 들었다. 그러나 빛에 과다 노출된 듯 정신은 아까보다 조금 또렷해지고 선명해졌다. 마리화나를 피웠을 때 흔히 뒤따르는 완전한 둔감 상태는 없었다. 내 눈에는 모든 것이 보이면서도 아무것도 보이지 않았다.

밤에 나는 또 집에 혼자 있었다. 그리고 세 번, 아니 네 번 토했다. 나를 위쪽까지 꽉꽉 채워 독성을 내뿜던 기호들을 몸에서 빼내야 했다. 그러나 소용없었다. 기호들은 내 안에 그대로 들어 있었다. 전부 내 안에 있었다.

03.
"내 안에 있었다. '그건 아주 간단해.'

•14시 32분 : 내가 죽는 모든 죽음은 진실에 대한 또 하나의 배신이다. 루카스를 위해 마련한 깜짝 파티는 일단 내가 폐쇄 병동에 수용되는 걸로 막을 내렸다.

오줌을 눌 때는 대개 화장실 문이 열려 있다. 여느 곳과 다르지 않은 평범한 장소에 새로울 것 없는 경험이다. 별다르지 않다. 나는 바깥에서 기록을 남기고 싶지, 이곳 내부의 아웃사이더들 옆에서 쓰고 싶지는 않다. 누가 이 사람들을 망가뜨렸을까?

마부제 박사[5] : 마음껏 즐겨라. 어제는 미칠 지경이었다. 여기엔 손잡이가 없다. 내게는 '출구가 없다'. 뇌레스 씨, 멜레 씨는 오늘 외출하지 못합니다. 아마 멜레 씨에게 담배는 가져다줄 수 있을 겁니다. 뇌레스 씨는 믿을 만한 사람이다.

•15시 12분 : 내 친구들과 친구의 친구들의 음모. 목요일 저녁에 루카스의 집에서 공모를 하려고 모임이 소집되었다. 그들은 나에 관한 정보를 수집했다. 앞으로 어떤 행동에 들어갈지, 그게 어떤 결과로 이어질지는 아무도 모른다.

마그다도 거기에 있었을 거다. 마그다의 배신. 나 자신에게는 케케묵은 평범한 농담이 왜 남들에게는 병적인 것으로 치부되는지 알다가도 모르겠다. 그래서 뭔가를 요구하지 않고 자유롭게 전단지를 배포하는 행동은 자동으로 폐쇄 병동으로 들어가는 계기가 된다. 발신과 수신의 극단적인 비대칭이다. 친절한 몸짓은 이곳에서 느닷없는 멱살잡이가 된다. 어떤 기제가 작용하는 걸까?

'나 때문에 울지 말아요.'[6]

•11시 30분 : 여기서도 나는 그저 존재하는 것만으로도 갑자기 지도자 역할을 맡는다. 기괴하다. 나는 의사 노릇을 하며 조언을 해준다. 침

---

5) 룩셈부르크의 작가 노르베르트 자크가 1919년에 탄생시킨 작품 속 인물로, 변장과 최면과 술수에 능한 정신분석학자이다. 독일의 표현주의 영화감독 프리츠 랑이 같은 인물을 소재로 영화를 만들었다.
6) 독일의 록 밴드 '레인버즈(Rainbirds)'가 1997년에 발표한 노래.

묵할 때마저 중재의 중심이고, 만인의 친구다. 어제는 노령으로 몸놀림이 불편한 어느 장군이 식사 후 곧장 나 있는 곳으로 다가왔다. 구스트로프라고 하던가 뭐 그 비슷한 이름이었는데, 대체 복무를 하는 웃음 띤 호감형 남자에게 이끌려 종종걸음으로 내 식탁으로 왔다. 그는 알기 쉽게 명료하고 논리 정연하고 나무랄 데 없는 문장 구조를 사용했는데도 대부분 이해할 수 없는 혼잣말을 내 귀에 대고 중얼거렸다. 그는 식탁의 좌석 배치, 그리고 꼭 필요하지 않더라도 가능하다면 그 문제를 논의할 회의 이야기를 꺼내면서 환자들의 총회를 소집하면 어떠냐고 말했다. 그리고 후식을 먹는 데 방해했다며 사과하고는, 거의 경직된 입에서 토막 난 말들을 또 조용히 우물우물 쏟아냈다. 나는 그의 제안을 잘 알아들었으며 그 안건을 승인하겠다고 말한 뒤(그를 엿 먹일 생각은 추호도 없었다.) 한번 생각해보겠다고 했다. "구스트로프 씨, 이제 가야죠." 대체 복무자가 벌써 세 번째 단호하면서도 친절한 태도로 끼어들었다. 우리는 감사하다는 말과 함께 작별 인사를 나누었다. 구스트로프는 아까보다 또렷한 말투로, 우리가 이제 분명히 또 오다가다 만날 거라고 말했다.

내가 읽고 있는 것 : 「밝은 시들」[7], 「만인을 위한 쓰레기」[8], 「전도사」[9], 카툴루스와 호라티우스의 글. 비트겐슈타인은 거의 읽지 않는다. 내가 보기에 비트겐슈타인은 정말 제정신이 아니다. 루만의 완성: '사회의 사회 그러나 사회'.

나를 음해하려고 사람들이 흡연실에 떼로 몰려 있다. 기록 끝.

---

7) 독일 작가 로베르트 게른하르트의 시집.
8) 독일 작가 라이날트 괴츠의 소설.
9) 미국에서 출간된 만화 시리즈.

•17시 32분 : 어제 욕망을 느꼈다. 꼭 섹스를 하고 싶어서가 아니었다. 아니, 전혀 그렇지 않았다. 구체적으로 말하면 두 명의 여성이 그리웠다. 그들의 피부가 그리웠고 그들과 가까이 있고 싶었다. 그 이상의 바람은 없었다. 알다가도 모르겠다. 왜 혼자 남겨졌나? 그게 누구한테 이익이 되나?

너무 슬프다.

욕망이 계속 충족되면 욕망의 대상이 갑자기 사라질 것 같다. 집착과 예속은 관계의 끝이다. 쓸데없는 소리.

차와 코코아를 엄청나게 마셨다. 담배도 피웠다. 미친 올라프 게마이너(이 사람에 대해서는 나중에 말하겠다.)처럼. 필터 담배다. 미치광이들의 낭만적 성향은 자신이 뭔가 특별하다고 생각하는 것이다. 모든 망상의 뿌리다. 반면에 나는 그 어떤 문장에서든지 '나는 정상인이야.'라고 말하려고 노력한다. 그러니 그대로 받아들이고 제발 나를 그런 눈빛으로 바라보지 마. 나를 가만히 내버려둬. 나는 너희들 눈빛으로 내 집을 지을 테니 너희는 혼자 너희 세계를 지어. 나는 그렇게 말한다.

누가 방에 들어오면 그의 시선은 가장 먼저 내게로 향한다. 본능적으로 냄새를 맡은 거다. 눈앞에 줄무늬가 보인다. 그래서 F와는 더 이상 상대하고 싶지 않다. 그녀에게는 섹스가 이미 관음증이었다. 그 남자, 우리의 포르노 스타를 구경하자. 「로스트 하이웨이(Lost Highway)」[10]는 거기에 반대하지 않았다. 이제 그녀는 레즈비언이다. 당연하지.

열려 있지 않다 : 닫혔다.

---

10) 데이비드 린치 감독이 1997년에 제작한 영화.

윤리학 전체가 순환 논법이다. 새로운 관점이 새롭지 않다.

비열한 행동은 본의 아니게 발생한다. 빈정대다가, 거리를 두다가, 은근슬쩍 웃음을 짓다가. 난 언제나 그걸 불쾌하게 받아들인다. 이곳 화장실엔 대체 왜 남자 소변기가 없을까? 여기엔 남자들밖에 없는데. 여긴 남자 폐쇄 병동인데. 아니면 내가 잘못 알고 있는 걸까?

•9시 02분 : 체—히피—고아—네티[11])가 내게(그러겠다는 말도 없이) 매시브 어택[12])과 퍼니 반 다넨[13])의 노래를 들려준다. 4월부터 마약성 정신 질환을 앓고 있는 한 멋쟁이가 칠판에 십자선을 그린다. 다른 한 명은 대충 휘갈겨 그린 페니스 그림에 구불구불 선을 넣어 식물 모양으로 만들었다. 나는 그 괴상한 칠판에 분필 자국 하나라도 남길 생각이 없다. 내 무대가 아니다.

마약한 멋쟁이는 내게 소변 시료에 대해 묻는다. 나는 아니라고 대답한다.

눈에 팍 꽂힌다. 분필, 칠판, 십자선(그림).

•11시 00분 : 사우나, 그러나 너무 멀구나.

•13시 45분 : 잠깐 물어보자. 작당해서 아주 사소한 행동들, 어쩌

---

11) 체-히피-고아-네티(Che-Hippie-Goa-Nettie) : 체 게바라 티셔츠를 입은 고아(Goa)의 훈남 히피.

12) 매시브 어택(Massive Attack) : 영국 브리스틀 출신의 트립합 밴드.

13) 퍼니 반 다넨(Funny van Dannen : 1958~) : 독일의 가수, 작가, 화가.

면 평소보다 조금 기괴한 행동들을 금방 소문내다가 결국엔 그 행동들이 나와 한통속이라며 뒤통수를 치는 가까운 친구들을 과연 어떻게 믿어야 하나? 아니 대체 무슨 말이 이런가? '한통속'이라니? 누가, 누구와, 무엇이 '한통속'인가?

이 소외의 순간, 의식 속에 있는 시간의 섬광—

•22시 34분 : 저녁에 소란스러웠다. 장군이 큰 소리로 모든 사람을 집합시키더니 화재 보험에 대해 이야기한다. 그는 자기 바지를 찾고 있다. 모두 또 이상해졌다.

마그다가 왔다. 좋았다. 다른 친구들, 콘라트, 루카스, 안드레아, 이자, 크누트, 안드레아스도 왔다. 퉁명스러웠다. 쿠한델(Kuhhandel)이라는 보드게임을 했다. 총지배인이 나를 껴안는다. 올라프 게마이너(이 사람에 대해서는 나중에 말하겠다.)가 말한다. "너는 아날처럼 다혈질이야."

반면에 지배인은 이렇게 말한다. "당신을 지배인 선생이라고 불러도 되겠습니까?"

우리는 군대식으로 한다. 야간 취침.

지배인 집무실 침대에서 야간 취침하라. 우리는 그렇게 한다.

시인들은 촘촘하고, 시끄럽고 유창하다. 그러는 사이

'7인의 친구들', 그가 나를 욕한다—

'그리고 아무도 흥분하지 않는다.'(쿠한델 게임을 하는 나)

•17시 47분 : 당장 다음 달에 울리히 아네츠키와 연락하기. 담배 피우기. 바라보기. 구원 또는 최종 해결책 기다리기. 미안해. 나는 나쁜 짓

을 할 마음이 없었어. 나는 착해. 착하고 아파. 정신 병원에 있어. 이유가 어디에 있을까? 이유가 어디에 있을까?

•18시 34분 : 가능한 세미나와 박사 학위 논문 주제

비트겐슈타인의 알몸

문학에 나타난 잠

문학 속의 분석 철학

20세기 문학에 나타난 무기들

20세기 문학에 나타난 편집증

핀천과 독일 관념론의 가장 오래된 시스템 프로그램

브링크만[14]과 괴츠[15]의 작품에 나타난 구토

드라마의 극단성 세라 케인과 베르너 슈바프

정신분석 비평

사이버펑크와 신경생물학

베른트 알로이스 치머만[16] — 구(球)와 우울로서의 시간

표면에 주목하라 : 창심적(創深的) 글쓰기

하, 하하, 하하

하하하하하하

•0시 01분 : 보초 서기. 자동으로?

---

14) 롤프 디터 브링크만(Rolf Dieter Brinkmann : 1940~1975): 독일 작가.
15) 라이날트 괴츠(Rainald Goetz : 1954~) : 독일 작가.
16) 베른트 알로이스 치머만(Bernd Alois Zimmermann : 1918~1970) : 독일 작곡가.

유배 상태.

•4시 03분 : 불면
2008년으로의 여행
안타깝게도 네가 보이지 않아, 네가 나를 보지 못하듯이."

(1999년 9월 17일부터 21일까지의 일기에서 발췌)

04.

정신 병원에 처음 들어가 머물면 그건 대부분 트라우마로
남는다. 경계선을 넘어가고, 문이 닫힌다. 그곳에서는 푸코도 소용없고,
담론적인 또는 구체적인 권력 관계와 배제 메커니즘을 자세히 설명해도
도움이 되지 않는다. 광기의 이론과 역사는 더 이상 그 누구와도 관련이
없다. 여기서 당신은 실전과 마주한다. 아니, 당신은 모든 주관적 영향에
서 벗어난 실전의 일부이자 대상이다. 그러니 여기에 발을 들여놓는 자,
모든 자아상을 내려놓아라.[17] 이제 당신은 그 무엇도 정상이 아닌 곳에
있다. 비명 소리와 발을 끌며 걷는 소음이 당신을 맞이한다. 팽팽한 긴장
이 감도는 정적이 지배한다. 사람들이 말없이 아주 오랜 시간 무언가를
기다릴 때의 정적이다. 환자들만이 별다를 것 없는 뭔가를 기다린다. 그
들은 기껏해야 다음번 투약을 기다리고, 첫 외출을 기다린다. 멀리 있는

---

17) 단테의 「신곡」, 지옥편 III, 9에 나오는 문구인 '여기에 들어오는 자, 모든 희망을 버려라.'
의 패러디.

구원을 기다린다고 해야 옳다. 그들은 목적 없이 기다린다. 철저히 통제된 낯선 세계, 관료주의적인 세부 사항에 이르기까지 무시무시한 세계가 평범한 질병을 앓는 세계 옆에 자리 잡고 있다. 방사선 센터에서 겨우 한 동 떨어진 곳, 정형외과 위층이다.

당신은 단번에 광기의 제국으로 들어간다. 그곳의 냄새와 환영과 얼굴과 표현형(表現型)[18] 속으로 들어간다. 관리자 분위기를 풍기던 팔팔한 의사와 입원 수속 전에 나눈 대화가 생각난다. 남성적인 실용주의로 호감을 준 의사였다. 나는 입원하라는 말에 즉각 동의했던 것으로 기억한다. 아마 재미와 흥미가 생겨서 그랬을 것이고, 옆에 앉아 있는 친구들을 안심시키기 위해서였을 것이다. 친구들도 나를 몰아붙이며 정기적으로 찾아오겠다고 약속했다. 나는 제정신이 아니었다. 나 자신이 미쳤다는 걸 여전히 납득하지 못했다. 그래서인지 그곳의 낯설고 서먹한 분위기에도 아무렇지 않았다. 나는 그게 검사를 위한 입원인 줄 알고 싱긋 웃으며 하라는 대로 했다. 어쩌면 속으로는 크게 웃었는지도 모른다. 그 후 며칠 동안 나는 마치 진료하는 의사라도 된 듯이 다른 환자들과 이야기를 나누었다. 그러니까 그때까지는 아직 트라우마가 없었다. 트라우마는 나중에, 우울증을 겪으며 왔다. 나는 정말로 무엇이 문제인지 깨닫지 못할 만큼 정신병이 심각했다.

우선 담배부터 한 대 피우자는 생각에 나는 어두운 인조 대리석이 깔린 기다란 복도를 걸어갔다. 흡연실에 들어가니 오랜 세월 지속된 판에 박힌 무거운 일상이 느껴졌다. 나 같은 신입 환자들은 무기력한 인사말

---

18) 어떤 개체가 가지고 있는 모양이나 물리적 특성, 행동 등 눈으로 관찰할 수 있는 모든 형질.

을 듣거나 의심의 눈초리를 받았다. 니코틴과 팽팽한 무기력이 가득한 그 비둘기장 안에서 나는 일단 아무 말도 하지 않고 다른 환자들과 함께 담배를 피웠다. 공격적인 기운이 감돌았다. 사람들이 들어오고, 담배를 피우고, 나갔다. 문이 열리고, 문이 닫혔다. 그들은 많은 말을 나누지 않았다. 나는 담배 두 대를 피우고 일어나 내 병실로 쾅쾅 걸어 들어가 침대에 앉았다. 내 침대 옆 환자는 자기가 스타라고 하더니 어설픈 솜씨로 기타를 쳤다. 나는 나 자신의 그것과 달리 그의 자기 과대평가는 금방 알아차렸다. 잠시 그의 연주에 귀를 기울였다. 그의 왜곡된 자아 인식이 어떻게 일어날 수 있었는지 의아했다. 나는 다시 일어나 복도를 빠르게 지나다가 너저분한 휴게실 안을 들여다보았다. 거기에서 사람들이 하는 보드게임과 그곳에 있는 책들을 꼼꼼히 살펴보다가 이내 재미가 없어져서 다시 흡연실로 돌아왔다. 그렇게 해서 나는 앞으로 며칠간 체류할 구역을 돌아다니며 단 5분 만에 구획 정리를 끝냈다.

05.

내 주치의는 10년 뒤 나에 대해 그다지 도움이 되지 않는 소견서를 써준 의사였다. 몇 달간 그가 있는 병동에 입원한 뒤였는데, 당시 그의 얼굴은 고작 한 번 보았을 뿐이다. 그의 말과 달리 조증 환자는 과거의 모든 일을 기억하지 못한다. 오히려 반대다. 조증 환자는 기억하는 게 거의 없다. 기억에 관한 한, 조증은 축복받은 질병이라고 케이 레드필드 재미슨[19]은 적었다. 그 자신 역시 양극성 장애를 앓는 정신과 교수다. 그녀는 조증이 기억의 대부분을 지워버린다고 말한다. 삭제된다는 건 맞는 말이다. 하지만 그것을 정말 축복으로 봐야 하는지는 모르겠다. 자신의 과거 행적과 체험에 대한 접근 불가능은 급성 질환이 몰고 오는 여러 통제 상실과 더불어 또 하나의 추가적인 통제 상실이다. 미약하게 작용하긴 하지만 그와 동시에 이미 공격당한 환자의 정체성을 계속 시험대에 올려놓는다. 나는 개인적으로 여러 삽화기에 내가 무슨 일을 했는지 전부 알고 싶다. 그것도 가능하면 한 치의 빈틈도 없이. 하지만 알 수가 없다. 특별히 극단적이고 심각했던 사건들의 순간적 영상들은 기억난다. 별 볼 일 없는 순간들, 사람들과의 개별적 만남, 단편적인 사건들도 생각난다. 내가 그 당시 했던 행동에 대해 알고 있는 많은 것들은 남을 통해 아는 것들이다. 많은 것들을 나 대신 남들이 알고 있다. 그런데도 많은 이미지와 상황들의 윤곽이 아주 뚜렷하고 현란하게 남아 있어서 그것을 연결하여 재구성하려는 시도가 완전히 가망 없지는 않아 보인다.

06.

1999년. 그해 여름은 정신없이 떠들썩하면서도 우울했다. 당시 나는 새로 사귄 친구들과 툭하면 쏘다니며 거의 날마다 술과 음악이 선사하는 극도의 희열을 만끽했다. '쿠키스', '아이머', '예술과 기술' 같은 클럽이 번성하던 시절이었다. 그땐 베를린의 시대였다. 대학이 약속하는 것보다 훨씬 큰 희망을 바라볼 수 있는 시대였다. 대도시가 주는 약속

---

19) 케이 레드필드 재미슨(Kay Redfield Jamison : 1946~) : 미국의 심리학자이며 존 홉킨스 대학의 정신의학과 교수.

의 시대였다. 대도시 베를린은 무질서와 많은 클럽과 비트, 그곳에 모여든 정신들, 우리에게 휘몰아친 문화, 우리가 원했던 탐닉으로 수년 전부터 확실하게 우리를 불러들였다. 지금 나는 나 자신에게만이 아니라 남들에게 말하는 것처럼 '우리'라는 말을 쓰고 있다. 그러나 나도 그 남들 중 한 명이었고 우리들 중 한 명이었다. 나는 그들과 어울려 세월의 흐름을 따라 살았다. 밤과 낮의 삶을 살았고, 인기 있는 신간 서적을 읽었으며, 신문과 새로운 사고를 접했고, 아직은 신기술이었던 인터넷과 만났고, 여러 세미나에 참석했으며, 시내를 돌아다녔다. 나는 내가 뭔가의 일부라고 생각했다.

드디어 이곳에 왔구나, 마침내 그들 속에 있구나. 그러면서도 처음부터 우울함이 가슴과 호흡을 압박하고 시야를 좁혔다. 내가 게으름뱅이처럼 느껴졌다. 때때로 하염없이 여기저기를 배회하며 술을 퍼마셨지만 그래도 나는 열심히 공부하는 대학생이었다. 그게 어떻게 둘 다 가능했을까? 가능했다. 처음에 많은 낭만이 숨어 있던 그 멀고 먼 관계는 소리 없이 깨졌다. 하루하루가 창백해졌고, 지하철 승차 시간은 길어졌다. 베를린 자유대학교는 시 외곽의 매혹적인 달렘 지구에 있는 참으로 차가운 조직이었다. 세미나는 부담이 되었지만, 나는 이를 악물고 때론 탐욕스러울 만큼 다시 모든 걸 읽어치웠다. 나태와 고독에 공격적으로 맞서 싸웠다. 그러나 바깥에 있는 익명의 군중 속에서든 무식이라는 내면의 영토에서든, 사실 나는 벌써 완전히 방향을 상실한 상태였다. 무식의 영토는 배워서 많이 알면 알수록 괴물처럼 확장되었다. 무질[20]에 관한 과제물은

---

20) 로베르트 무질(Robert Musil: 1880~1942): 오스트리아 소설가.

거기에 내 일생이 달린 듯 신들린 것처럼 꼼꼼하게 작성했다. 그러나 사실상 듣기 좋았던 여자 교수의 질문, 그런 걸 어떻게 할 줄 아느냐는 그녀의 질문을 받은 뒤 나는 그 과제물을 영원히 잊어버렸다. 왜 내 노력들은 아무 성과를 내지 못했을까? 왜 나는 그토록 안간힘을 쓰며 노력했을까? 대학의 익명성도 한몫했다. 학생들이 가지고 있던 교류에 대한 두려움은 정말이지 어이가 없을 정도였다. 특히 내가 공부했던, 엘리트 분위기를 풍기는 학부에서는 더 심했다. 그중에서도 가장 겁쟁이였던 나는 곧 내가 있던 자리로 되돌아왔다.

나는 진이 빠져 종종 맥없이 늘어져 있었다. 이러지도 못하고 저러지도 못했지만 그걸 인정하고 싶지 않았다. 다시 무작정 일어나 길거리를 배회했다. 푸니카[21] 오아시스를 찾아, 내게 뭔가를 줄 만한 상품을 찾아 슈퍼마켓을 돌아다녔지만, 아무것도 찾지 못한 채 다시 활기라곤 없이 나를 반기지 않는 집으로 슬금슬금 기어 들어왔다. 그러곤 멍하니 식탁에 앉았다. 빵에 잼을 발랐지만 겨우 절반만 먹고 다시 책을 읽으려 해보았다. 그때만 해도 아직은 책을 읽을 수 있었다.

이 상태가 베를린에서 처음 시작된 건 아니었다. 어린 시절에도, 청소년기에도, 청년기에도 늘 그랬다. 궤도에서 벗어났다는 느낌, 세상과 나 사이의 거리를 끊임없이, 그것도 몇 시간 혹은 며칠 동안이 아니라 근본적으로 극복해야 한다는 이 집요한 감정은 늘 존재했다. 뭔가에 열중한 뒤에는 언제나 그 추악한 이면, 즉 허무함, 무기력, 공허함이 드러났다. 뭔가가 나를 기쁘게 하고 사로잡으면 그것은 곧 죽고 썩어버려 즐길 수가

---

21) 푸니카(Punica) : 1977년 독일에서 출시된 과즙 음료의 상표.

없게 되어버렸다. 충만함 뒤에는 진공 상태가 밀고 들어왔다.

이미 튀빙겐에서부터 그랬다. 1994년, 무지막지한 학습 욕구에 달아올라 공부에 꽂힌 나는 많은 이들이 의아하게 여길 만큼 정열적이고 저돌적으로 그곳 대학교에서 학업을 시작했다. 김나지움을 졸업한 학생에게 대학은 그야말로 하나의 약속이다. 젊은 정신은 드디어 자신의 진정한 관심사를 깊이 있게 탐구할 수 있다. 실망스럽기 짝이 없는, 다시 말해 학생들을 옥죄는 일부 교사들에게 괴롭힘을 당하지 않고 가족과 멀리 떨어진 곳에서, 그리고 내 경우엔 소시민적인 가족과 파탄 난 가정 형편과 거리를 두고 공부할 수 있었다. 학업에서 자신의 모습을 새롭게 발견하고 발전시키며 지식을 축적하고 능력을 갈고닦는 것, 그게 내 목표였다. 나는 공부벌레가 되고 싶었고 내가 생각했던 교양 소설대로 살고 싶었다.

아침 여덟 시가 되면 자진해서 복음신학대학으로 성큼성큼 걸어 들어가 신학생들과 함께 고전 그리스어를 들이팠다. 가장 고리타분한 방식으로 정말 생으로 달달 외웠다. 그리고 계속 여러 세미나에 참석하고 도서관에도 갔다. 배워도 배워도 끝이 없는 무진장의 지식 세계가 열렸다. 전에는 중요한 문학이라고 여겨 읽었던 작품들이 이제는 이론 덩어리들을 배우는 틈틈이 긴장을 풀어주는 이완제로 쓰였다. 그 정도로 나는 들떠 있었다. 어쨌든 그런 생각을 가지고 쉬는 시간에 엔첸스베르거[22]와 브로흐[23]를 읽었다. 나는 학설에 열광했으며, 내가 아직은 눈에 띄지 않는다는 것, 무르익지 않았다는 무의식적인 행복에 고무되었다.

---

22) 한스 마그누스 엔첸스베르거(Hans Magnus Enzensberger : 1929~) : 독일 시인, 평론가.
23) 헤르만 브로흐(Hermann Broch : 1886~1951) : 오스트리아 소설가.

분석철학자들과도 우정을 쌓았다. 대학 생활 첫 해가 끝날 때쯤 나의 외톨이식 학업에 변화를 준 사람들이었다. 금요일 저녁이면 우리는 비디오를 본 뒤 산업 단지에 있는 하우스클럽인 '데포'에 자주 가 신나게 몸을 흔들었다. 「에브리바디 비 섬바디(Everybody Be Somebody)」 같은 특정 곡은 내가 미치도록 좋아하는 황홀경으로 몰아넣었다.

그러나 상황은 이내 잿빛을 띠었다. 《템포》[24]가 폐간되었는데, 기분이 묘했다. 나는 잡지 판매인이 전해주던 그 소식을 믿고 싶지 않았다. 내 청춘은 이제 완전히 끝났다고 생각했다. 세미나 참석은 갈수록 피곤해졌고 그러면서 지루해졌다. 공부할 의욕이 없어졌지만 그래도 학업은 계속했다. 하지만 나는 뭔가 근본부터 잘못됐다는 걸 깨달았다. 마음속에서는 사실상 내가 대학 공부를 할 수 없다는 생각, 나아가 살아갈 수 없다는 확신이 들었다. 날마다 잠자리에서 일어나 옷을 입고, 학교에 가서 그리스어 수업을 듣고, 세미나에 참석하고, 밥을 먹고, 도서관에 가고, 다시 돌아와 저녁에 휴식하는 일과가 지겨워지고 절망스러워졌다. 나는 기숙학교에 다닐 때부터 아무리 낯선 사람들이라도 성향이 비슷한 동료들이 가득한 사회적 공간에서 지내는 데는 익숙했다. 거기엔 내게 힘이 되어주고 또한 나 스스로도 몰아댄 역동성이 있었다. 그런데 이제는 그 역동성이 없었다. 이제 시작해야 할 새로운 생활에 조금도 진척이 없었다. 저녁에 책상에 앉아 먹는 빵도 아무 맛이 없었다. 나는 기숙사에서 내가 살았던 층에 있는 부엌에 들어가지 않았다. 나를 의심스럽게 여기며 무시하는 경영학도들과 교사 지망생들이 싫어서였다. 나는 축 처진 채 생활

---

24) 템포(TEMPO) : 1986년에서 1996년까지 발간된 독일의 라이프스타일 잡지.

했다. 마음이 공허했다. 두 번의 짧은 연애도 상황을 바꾸지 못했다. 3학기째에 들어서는 마침내 그리스어 수강을 중단하고 다른 세미나들도 빼먹었다. 그리고 도심에 솟아 있는 야트막한 동산에 올라가 지붕 기와 색깔처럼 붉은 번민, 곧 슈바벤 지방의 과열된 관념론의 둥지를 내려다보았다. 또는 곧장 영화관에 가서 내가 과연 무엇을 원하는지 다시 생각해보았다. 내가 하고 싶은 것은 픽션이지 이론이 아니었다. 왜 내 기분이 그토록 엉망이었을까? 여기서 나는 대체 어디에 도달한 걸까?

밤에 횔덜린[25] 묘지 앞에 선 나는 지금까지 내가 모든 것을 불성실하고 복잡하게 연기했을 뿐이라는 걸 깨달았다. 나는 곧 야간 주유소로 가서 싸구려 포도주 '르 파트롱'을 샀다. 그걸 마시며 책을 읽고 글을 쓰면서 이 무력한 깨달음에 고집스럽게 맞서보려 했다. 그러나 아침이 되고 낮이 되면 또 언제나 의기소침하게 하루를 시작했고 그 감정은 저녁이 돼서야 사라졌다. 튀빙겐에서 보낸 처음 1년은 전속력으로 달린 해였다. 그런 다음 의심과 슬픔의 한 해가 뒤따랐다.

비록 병명까지 알고 있지는 않았다고 해도 당시 내가 진짜 우울증과 만났다는 사실을 나는 나중에 베를린에서 깨달았다.

07.

병원에 수용되기 전 몇 주 동안 나는 나와 남들에게 서서

---

25) 프리드리히 횔덜린(Friedrich Hölderlin : 1770~1843) : 독일 시인. 튀빙겐 대학에서 신학과 철학을 공부했다.

히, 그러나 확실하게 잊혀갔다. 그해 베를린의 여름 더위가 나를 무척이나 괴롭혔으며, 그해 전반기에 소설을 쓰고 난 뒤 공허감이 나를 무력하게 만들었다는 게 아직도 기억난다. 소설 제목은 「토요일 밤」이었는데, 이야기도 온전히 토요일 밤에 일어나는 내용이었다. 등장인물 다섯 명이 저녁에 불행한 파티를 연다. 젊은 인생들의 잘못된 토대가 집광 렌즈 아래에 있는 것처럼 드러났다. 무도장 가장자리에서 벌어진 비극이었다. 그 작품은 당시 유행하던 대중 문학의 대항마로 생각하고 쓴 소설이었다. 배경은 동일했지만 긍정 대신 부정이, 만족 대신 우울과 반항이 주를 이루었다. 400쪽인가 500쪽에 달하는 분량을 몇 달 동안 니코틴으로 노랗게 변한 모니터에 절박하게 적어 넣은 뒤 나는 완전히 뻗어버렸지만 그와 동시에 행복했다. 드디어 해낸 것이다. 그리고 훌륭한 작품이라고 믿었다. 나는 원고를 몇 군데 출판사와 베를린 문학 콜로키움(LCB)에 보냈다. 답장이 물밀듯이 쇄도할지도 모를 일이었다.

그러나 아무 일도 일어나지 않았다. 여름이 속절없이 지나가고 점점 옅어졌다. 문학의 경우 어떤 반응이 올 때까지 아주 오래 걸릴 수 있다는 건 나의 타고난 조급증으로 볼 때 영 마땅치 않은 일이었다. 나는 인쇄되지 않을 책을 썼다는 사실에 충격을 받고 그 후유증과 싸웠다. 하지만 나는 여전히 열의를 갖고 분발했으며, 그간 기울인 노력과 그때 찾아든 행복감 때문에 긴장을 늦추지 않았다. 그와 동시에 내 흥분 상태를 가라앉히거나 평화로운 생산성으로 유도할 수 있는 것은 보이지 않았다. 지각기관은 닫히고 기분은 가라앉았다.

그때 돌연 마음이 조급해졌다. 나와 동갑인 슈투크라트바레[26]가 1년 전 첫 작품을 발표하더니 베냐민 레베르트[27]라는 애송이가 등장해 기숙사 생활을 그린 소설로 온갖 상을 휩쓸었다. 호감이 가는 소설이었다. 나는 그 책을 주시하며 질투하는 마음 없이 완독했다. 그런데도 그 책은 내게 압박을 가했다. 모든 예술적 수단을 동원해 벌써 오래전에 이 시대의 핵심을 꿰뚫어야 했던 건 내가 아니었나? 담론과 텍스트와 사상이 넘쳐나는 지형도에서 처절하게 필요했던 건 내 인식과 내 언어가 아니었나? 물론 그건 터무니없는 허황된 망상이었고 나도 당연히 그걸 잘 알고 있었다. 그래도 나는 소설을 쓰겠다는 집요한 생각에서 벗어나지 못했다. 원래 내가 대학에 들어간 건 실컷 책을 읽고 이해하기 위해서였으며, 그런 다음 배워서 갈고닦은 지식으로 이 시대의 치욕이 보여주는 아름다움을 글로 표현하기 위해서였다. 가벼운 대본 작가들은 벌써 나를 따라잡았는데, 나는 데리다[28]와 씨름하고 에이펙스 트윈[29]의 음악을 들으며 밤을 지새웠다.

지금 와서 보면 그때의 일을 두고 웃거나 뻐딱한 젊은이의 자기 과대평가에 대해 냉소적으로 말하는 사람이 있을지 모른다. 적어도 나 자신은 지금 그렇게 하고 있으니까. 그리고 아무리 허물을 벗었다고는 해도 내가 과거에 그런 사람이었다는 것, 어쩌면 지금도 여전히 그런 사람일 수 있다는 것이 조금은 창피하다. 지금 여기에 적고 있는 여러 이야기만큼이

---

26) 베냐민 폰 슈투크라트바레(Benjamin von Stuckrad-Barre : 1975~) : 독일의 작가이자 언론인 겸 방송 진행자.

27) 베냐민 레베르트(Benjamin Lebert : 1982~) : 독일 작가. 17세에 발표한 첫 작품 「크레이지(Crazy)」가 33개국 언어로 번역되었다.

28) 자크 데리다(Jacques Derrida : 1930~2004) : 프랑스 철학자.

29) 에이펙스 트윈(Aphex Twin : 1971~) : 본명은 리처드 데이비드 제임스. 아일랜드 출신으로 전자 음악계의 대표적인 음악가.

나 창피하다. 하지만 그 엉뚱함, 그 야심, 도 아니면 모라는 생각, 그 지나침 때문에 금방 좌절로 변해버리는 열정은 곧 내게 닥칠 일의 전조 증상 중 하나였을 것이다. 끈질김, 스스로 짊어진 성취에 대한 압박감, 자신이 대단하다는 생각은 며칠 뒤엔 모든 걸 내던지고 싶은 소망, 완전한 게으름, 깊은 열등감으로 바뀌었다. 이는 아직 조울증이라는 이름의 질병에서 보이는 증상은 아니라고 해도, 그런 기질의 사람에게 나타나는 전형적인 증상들이었다.

08.

그건 감정 과잉으로 시작한다. 아니, 그전에 먼저 잠복기가 시작된다. 확실한 형태가 없이 솜처럼 부드러운 며칠 또는 몇 주 동안 몽롱하게 무위도식하는 상태, 파도에 흔들리듯 반쯤 조는 상태, 말 그대로 '폭풍 전의 고요함'에 비유되는 상태로 시작한다. 지금은 그때가 대부분 흐릿하게만 기억난다. 정말 흐릿했으니까. 사고와 감정의 윤곽은 희미하고, 지각은 무디고, 성찰은 마비된다. 나는 곧 둔감한 상태로 일부만 존재한다. 자신을 절반밖에 의식하지 못하는 유령 같은 존재가 된다. 나는 거의 사라진 거나 다름없다. 이 마비 상태가 오기 전에 끝없는 긴장, 엄청난 피곤, 기력과 자아의 낭비가 먼저 나타난다. 술을 더 마시고, 글은 더 많이 쓰고, 잠은 거의 자지 않는다.

요즘 친구와 지인들에게 내게 그런 증상이 발현하기 전 처음에 어떤 징조를 먼저 알아차렸는지, 어떤 상황에서 벌써 '뭔가가 이상하다'고 느꼈는지 물어보면, 그들은 평소 내 익숙한 행동의 틀에서 전혀 벗어나지 않는 사례들, 다만 조금 더 도드라지고, 고집 세고, 극단적이고, 약간 편집광적으로 보이는 행동들을 들어 대답한다. 그런 다음 나는 특정한 계획, 예를 들어 어떤 희곡이나 재수 없는 블로그를 쓰겠다고 고집하며 오직 거기에 대해서만 이야기하고, 현실과 완전히 동떨어진 평행 우주에 몰두하고, 그 외의 일에서는 제정신이 아니다. 함께 대화를 나누는 상대방을 바라보지도 않고 그의 말에 거의 대꾸하지 않거나 충동적이고 예민하고 과장되게 반응한다. 그러곤 다시 그런 행동에 스스로 제동을 걸어 자제하고 자기 검열에 들어간다.

긴장, 낭비, 탈진, 마비, 그리고 폭발. 많은 환자들은 조증이 느린 속도로 슬그머니 다가온다. 경조증(輕躁症)에서 시작해 단계적으로 신경 과민과 과잉 행동을 거쳐 전형적인 분노로 발전한다. 하지만 내 경우는 그렇지 않았다. 앞에서 언급한, 선행하는 마비 상태(이것도 이 질환의 일부로 봐야 한다. 그렇다면 다른 모든 것들은?)를 제외하면 나머지 상황들은 몇 초 안에 일어난다.

그러니까 시작은 감정 과잉이다. 하나의 충격이 신경을 관통하고 전방위적인 감정의 폭포수가 쏟아져 내렸다가 다시 솟구친다. 불안정하기 이를 데 없는 감정들이 나타난다. 피부 안쪽이 뜨거워진다. 등은 활활 타오르고, 이마에는 감각이 없고, 머리는 텅 비는 동시에 뭔가로 가득 찬다. 뉴런의 과잉이다. 사고 형식이 눈 깜짝할 새에 사라진 후 새로운 것들이 만들어져 독립된 개체로 존재하다가 지금까지의 중심으로부터 또 빠르게 사라진다. 두뇌는 주인 없는 상태로 파열한다. 이게 뭐지? 그러나 이 의문은 잠시 반짝 떠오르기만 할 뿐, 감정의 질풍 속에서 더는 관심거리가 되지 못한다. 시선은 벌써 구체적인 세부 사항에 붙잡히고 하늘은 이미 산만한 위협으로 변하기 때문이다. 그런 다음 첫 번째 생각이 떠오르고, 다음엔 그 생각을 기반으로 두 번째 생각이, 이어 세 번째 생각이 나타난다. 이런 식으로 잘못된 생각들이 차곡차곡 쌓이면서 사고의 뼈대가 빠르게 구축되면 감정 과잉을 잠시나마 설명할 수 있게 된다. 본인은 그 뼈대가 완전히 잘못된 가정과, 정상이 아닌 가설에 기반을 두고 있다는 것을 더는 깨닫지 못한다. 그저 사고의 뼈대가 계속 저절로 형성되고, 무엇에 홀린 듯 근거 없는 것을 어설프게 짜 맞추고, 정신 나간 아마추어 손재주꾼처럼 자신의 허약한 생각의 집을 뚝딱뚝딱 짓는다. 그 결과 과도한 감정은 일시적이나마 그것을 설명할 수 있는 맥락에 편입되지만, 내일이면 벌써 그 맥락은 타당성을 잃어버린다.

이런 사고 체계는 변형을 거듭하는 아주 작은 세부 사항에서 출발하여 터무니없는 상상의 건물처럼 비대해지기 시작한다. 사고 체계는 끝없이 바뀐다. 마치 크리스 커닝엄30)의 애니메이션에서처럼 다양한 형태를 거치며 빠른 속도로 변화한다. 거기에 또 다른 세부 사항들이 들어와 고정되면서 경첩이 되고 기둥이 되었다가 다시 버려지고 다른 걸로 대체된다. 세계가 형성되었다가 파괴되는 끝없는 과정이 멈추지 않고 진행된다. 정신 착란은 과정이지 상태가 아니다. 정신 착란은 몇 시간 혹은 몇 주 혹은 몇 달간 진행될 수 있다. 아니면 일 년까지도 지속된다.

몇 가지 불확실한 기본 전제는 끈질기게도 모든 변형 과정을 이겨낸다. 정신 질환자는 매번 그 기본 전제들을 끌어댄다. 그 전제들은 대부

---

30) 크리스 커닝엄(Chris Cunningham : 1970~) : 영국의 비디오 예술 연출가이자 뮤직비디오 감독. 초현실적인 모티브를 사용한 뮤직비디오로 유명하다.

분 편집증적이다. 저건 '나'를 뜻하는 것이라든지, '그 사람들'이 바깥 어딘가에 모여 작당을 한다는 식이다. 하지만 이런 기본 전제는 늘 애매모호하다. 그래서 정신 질환자는 늘 그것을 변주해 이유로 끌어낼 수 있다.

이런 식으로 환자가 느끼는 감정에 근거가 제공된다. 그리고 이 근거와 함께 또는 이 근거를 바탕으로 벌레 먹은 채, 독을 품고, 아픈 몸으로 천국 여행과 지옥 여행이 시작된다.

09.

내 경우 변형을 거듭하는 세부 사항은 인터넷에 있는 아주 작은 문장이었다. 학교 동창 루카스가 파티에 중독된 유쾌한 법학도들의 모임에 나를 데리고 들어간 적이 있다. 주말이면 나는 그 아이들과 함께 이 집 저 집을 순회했다. 어느 날 루카스가 내게 전화를 걸었다. 조금 재미있을 법한 일을 계획하고 있다는 거였다. 아 그래? 뭔데? 허술한 암호로 보안이 걸린 인터넷상의 문학 프로젝트 사이트인 ampool.de 에 접속하는 거라고 했다. 그 며칠 전 주간지 《차이트》지에 실린 작은 기사를 읽고 해당 사이트에 주목한 나는 이후 그곳의 침체된 활동과 분위기를 죽 지켜보던 차였다. 유디트 헤르만[31], 라이날트 괴츠, 크리스티안 크라흐트[32] 같은 흥미로운 작가들이 들어올 거라는 예고가 있었지만 사람들은 별다른 반응을 보이지 않았다. 루카스는 자기가 알아낸 암호를 이용

---

31) 유디트 헤르만(Judith Hermann : 1970~) : 독일 작가.
32) 크리스티안 크라흐트(Christian Kracht : 1966~) : 스위스 작가이자 언론인.

해 우리가 그 상황을 당장 바꿔야 한다고 했다.

　루카스는 고지식한 인물이자 악동이고 훗날 사람들이 너드(Nerd)라고 부르는 부류의 친구였는데, 자기 비하와 친화력이 돋보이는 유머를 구사했다. 그와 동시에 그는 공상에 빠져 꾸역꾸역 굼뜨게 세계를 돌아다녔다. 그의 짓궂은 지능은 그의 몸과 마찬가지로 활동을 할 때면 여전히 예의에 벗어나고 산만해 아직 완전히 어른으로 성장하지 않은 것처럼 느껴졌다. 신앙심 깊은 가톨릭 집안이면서도 매우 개방적인 그의 가족은 본에 있는 단독 주택에 살고 있었다. 그 집 비상구는 세상에 도둑이란 없다는 듯이 한 번도 잠가놓은 적이 없었다(실제로 도둑이 든 적도 없었다.). 그 집안의 교육은 루카스에게 인간에 대한 근본적인 신뢰로 가득한 아주 견고한 세계관을 심어놓았다. 루카스는 열심히 교양을 쌓으면서도 오만하지 않았고, 자신감이 있으면서도 겸손했으며, 피아노를 칠 줄 알았고, 도스토옙스키 팬이었다. 컴퓨터 전문가였지만, 그는 학창 시절에 그야말로 엉망으로 컴퓨터 수리 서비스를 해주었다. 1990년대 초였던 당시로서는 정말 흔치 않은 일이었다. 나도 간간이 그의 컴퓨터 지식 덕을 보았다. 예를 들어 구석기 시대의 유물처럼 그래픽 기능이 없는 내 컴퓨터를 인터넷에 연결할 때가 그랬다.

　"자, 이제 뭘 할까?" 루카스가 물었다. 그는 컴퓨터 앞에 앉고 나는 그의 뒤에 서 있었다. 이렇게 우리는 서서 또는 앉아서 디지털로 뭔가를 '획책'할 때가 많았다. 왕년의 루카스를 얘기하려면 악동들이 즐겨 쓰는 이 단어를 사용해야 한다. 당시 루카스가 그런 아이였으니까. 그는 '꼰대 선생들'에게 '한 방 먹이기'(그러나 우리는 그런 식으로 말한 적은 없었다.)를 좋아하는 고리타분한 장난꾸러기였다. 당시 김나지움 학생이던 우리 둘은

한 친구가 졸업을 위해 구두시험을 보는 교실로 쳐들어가 종이 용기에 넣어 파는 백포도주 혼합물 '돔켈러슈톨츠'와 오렌지 주스를 시험관과 수험생에게 시원하게 마시라고 권했다. 그러자 교장 선생님은 졸업 시험이야말로 어린 시절을 졸업하는 일인데 그것도 모르느냐며 우리를 나무랐다. 그런 행동에서 이미 우리의 핵심 역량이 증명되었으니 4년, 아니 5년이 지난 당시에도 우리는 그런 일에서 손을 떼지 못했다.

"글쎄, 모르겠는데." 내가 자신 없는 투로 대답했다.

"자, 이제 우리가 저 사람들 이름으로 글을 쓰는 거야."

"좋아."

그리고 우리는 정말 그렇게 했다. 우리는 '전 세계 여러분, 안녕하세요?'라는 흥미진진한 말로 라이날트 괴츠를 휴가지에서 돌아오게 만들었고, 유디트 헤르만에게는 크리스티안 크라흐트가 쓴 「이중 턱」이라는 글에 대한 답글로 아무 의미 없는 '사팔뜨기' 3행 연구(聯句)를 흥얼거리게 했으며, 모리츠 우슬라[33]에게는 그 자유분방하고 천연덕스러운 말투로 루만의 '관찰자의 문제'에 대해 헛소리를 늘어놓게 만들었다. 그리고 그 글들을 게시하고, 잠깐 웃고, 맥주를 한 잔 더 마시고, 밖으로 나가서 친구들과 클럽에 갔다.

---

33) 모리츠 폰 우슬라(Moritz von Uslar : 1970~) : 독일 작가이자 언론인.

10.

만약 그 행동을 하지 않았다면 내가 정신이 이상해지는 일은 없었을 거라는 생각을 한동안 해보았다. 김나지움 학생이나 저지르는 그 어리석은 장난, 머잖아 공허한 평행 우주론으로 빠져들게 만든 그 멍청한 장난이 아니었다면 나는 첫 심연으로 내리꽂히지는 않았을 거라고 생각했다. 하지만 그건 짐작건대 옳지 않은 생각이었다. 내 안에 그런 기질이 있었는데 내가 그걸 몰랐던 거다. 그 기질은 가만히 숨어 있다가 적절한 때가 오기를 기다렸다. 나는 아무것도 모른 채 정신의 과부하와 긴장과 고독과 탐닉으로 인해 적극적으로 그 순간에 다가간 것이다. 그러니까 어차피 일어날 사태였고, 그건 나중에 다른 일이 도화선이 되어 결국 터지고야 말았다. 그래도 나는 가끔 익히 알려진 질문을 던져보았다. 만약 그랬다면 어땠을까? 또는 위의 경우처럼 만약 그런 일이 없었다면 어땠을까?

11.

해당 사이트에서 작은 소란이 벌어졌다. 사람들은 흥분하고, 화를 내고, 웃고, 갈채를 보내거나 마음이 언짢아져 침묵했다. 루카스와 나는 우선 두 참가자 사이의 대화를 하나 더 지어냈다. 그리고 모든 게 들통 난 뒤에는 실명을 밝히고 사과했는데, 이게 또 사람들을 도발하는 바람에 나는 다시 거기에 자극받아 댓글을 달았고 그 댓글은 재차 사람들을 흥분시켰다. 싸움이 일어나고 익살이 난무했다. 이따금 대화에 끼어들어 발언했던 몇몇 참가자들은 이런 상황에서는 앞으로 침묵하겠다고 불편한 기색을 드러내며 말했다. 그게 모든 사태를 벌써 쓸데없이 개인적으로 받아들인 나의 신경을 건드렸다. 나는 여전히 대화가 없는 그 사이트를 베를린 생활, 여름 이야기, 내 안에 들어앉은 게으름뱅이 기질, 나라는 존재가 가지고 있는 약간의 히스테리 증상 등, 내 감정의 분출물로 채우기 시작했다. 어디서 주워 읽은 것과 내가 경험한 것을 섞어 이야기하면서 우스갯소리까지 무수히 곁들였다.

하지만 그건 벌써 더 이상 정상이 아니었다. 나는 흥분해 자기 이야기를 해야만 직성이 풀리는 강박 관념에 빠져들었다. 그건 곧 '이젠 말할 수 있어'라는 미친 자의 독백처럼 들렸을 게 분명했다. 내 의식의 안쪽 어느 곳에서 끊임없이 작은 양심의 가책이 스멀스멀 솟아올랐다. 나는 지칠 정도로 고집스럽게 글을 쏟아냈다. 여러 유명 대가들을 깎아내렸고, 그들과 친한 양 보란 듯이 이름을 함부로 들먹이며 사람들의 반응을 기다렸다.

이 주목받고 싶은 욕망, 그렇지 않아도 반응 없는 소설 때문에 크게 부풀어 오른 이 기대감은 머잖아 내면의 피드백처럼 내 머리를 산산조각 내버릴 터였다. 물론 그때는 그렇게 될 줄 몰랐다. 지금도 그때 내가 얼마나 오랫동안 글을 썼는지 잘 모른다. 사흘인가 나흘이었을 거다. 이후 루카스는 원래 사이트에 맞서는 '리얼 풀'이라는 사이트를 새로 만들었다. 우리는 거기에 계속 글을 썼다. 그러는 동안 나는 우리가 시작한 그 계획을 어떤 식으로든 '살려나가야' 한다는 강박 관념을 가지고 있었다. 맥주와 불면증도 한몫 거들었다. 게다가 이런 간접적인 방식으로도 가능하다면, 나는 그곳에서 글을 쓰던 여성 중의 한 명과 사랑에 빠졌다. 기괴했다. 나는 우리의 '리얼 풀'에 계속 수없이 많은 글을 올렸다. 방문자 란에도 쓰고, 고래고래 고함을 지르고, 투덜대고, 환호성을 질렀다. 그러자 전혀 모르는 다른 사람들도 서서히 용기를 내어 사방에서 기어 나와 자신의 삶에 대해 이야기했다. 소심한 글부터 큰소리 뻥뻥 치는 글까지 다양했다. 이미 터무니없이 과장된 내 인식으로 판단할 때 그건 하나의 움직임 같았다. 지금까지 꿀 먹은 벙어리처럼 잠자코 있던 세대가 발언하기 시작한 것 같았다. 그 일로 나는 다시 자극을 받아 온 힘을 다 바쳐 글을 썼다. 후끈 달아오른 나는 조금 광적으로 내 모든 것을 벗어던지면서 오직 글 쓰는 것만 생각했다. 지지부진한 내 삶에서 폭포수처럼 쏟아지는 장광설만 생각했다. 진작 '좀 더 호감 있게 쓸 수도 있지 않냐'며 나를 타이르던 루카스는 마무리 채팅으로 우리의 활동을 끝내려고 했다. 뭔가 뒤집힐 것 같은 느낌이 온 모양이었다. 우리는 술을 마시고, 채팅하고, 쉴 새 없이 지껄이다가 자화자찬과 비하가 난무하는 대화를 끝마쳤다.

정말로 대화가 끝났을 때 나는 뭔가가 필요했다. 내면의 압력을 뽑아낼 분출구가 필요했고, 정형화된 방법이든 만화 같은 방식이든 다른 이들과 소통할 수 있는 기회가 필요했고, 무엇보다 나를 도취시키는 이기적인 퍼포먼스가 필요했다. 나는 머리를 주먹으로 얻어맞은 사람처럼 며칠을 빈둥거리며 보냈다. 마음은 먹먹한 동시에 고통스럽게 날이 서 있었다. 많은 이들이 내 글을 그리워했다. 나도 마찬가지였다. 소설을 쓴 뒤 사이트에서 했던 활동은 두 번째 충격을 가하며 나를 공허하게 만들고 탈진시켰다. 뭔가가 펑 터졌다. 그것도 모든 이가 보는 앞에서. 나는 기분이 언짢아져 사태를 되돌리려 했다. 부끄러움이 밀려왔다. 사이트에서 힘자랑을 하며 소란을 피운 나는 익명의 대화자들이나 그곳에서 글을 쓰는 유명 인사들에게 며칠 더 얘깃거리를 제공했다. 나는 상당히 지친 몸으로 그 상황을 지켜보다가 다시 개입해 내가 과대망상증을 가진 사람이라는 인상을 바로잡아보려 했다. 그러나 이미 때는 너무 늦었다. 상황은 종료되었다. 마지막까지 남김없이 진을 빼다가 사람들의 조롱거리까지 되지 않으려면 참아야 했다. 나는 잿더미처럼 퍼져 누워 어떻게 해야 할지를 알지 못했다. 해가 하늘에 무심히 떠 있었다. 그리고 문제의 목요일이 다가왔다.

12.

지친 뇌세포는 몽롱한 상태로 이리저리 흔들리며 아무것도 하지 않지만, 뭔가 심상치 않은 일이 벌어진다. 모르는 사이에 슬그머니 불균형이 발생한 것이다. 아니다. 그건 벌써부터 있었다. 유전적 기질로 존재하다가 극단의 기행과 긴장에 자극받고 술과 학업으로 심해졌다. 시상(視床)[34]과 뇌간[35] 앞부분에 신경 세포들이 밀집해 있다. 정신 질환자는 건강한 사람보다 훨씬 다닥다닥 몰려 있다. 연구에 따르면 3분의 1가량 더 많은 뉴런이 그곳에 있다고 한다. 시상은 감각 정보들을 묶어 전달한다. 뇌간은 사고 기관 전체의 활동 수준을 조절한다. 두 기능이 정상 상태에서 이탈하면 감각 정보들이 마구 쏟아지고 뇌의 활동이 급증하면서 모든 통제에서 벗어난다. 자극이 하나씩 둘씩 들어올 때마다 신경 세

---

34) 대뇌의 중심부인 간뇌의 중앙 부분에 있는 달걀 모양의 회백질. 감각 신경들이 시상을 지나 대뇌 피질에 도달한다.
35) 뇌 전체에서 좌우의 대뇌 반구와 소뇌를 제외한 나머지 부분. 뇌와 척수를 연결한다.

포들은 모조리 옆으로 쓰러지고 서서히 뒤집히다가 다시 일어나 반란을 일으킨다. 아직은 아무도 그 사실을 모른다. 무엇보다 본인의 뇌 자체가 그걸 모른다. 게다가 세포에서 세포로 정보를 전달하는 세로토닌, 노르아드레날린, 도파민 같은 중요한 신경 전달 물질이 발굽으로 바닥을 박박 긁는다. 신경 전달 물질은 평소엔 신호를 전달하고 생물체의 활동과 보상과 감정의 분출을 관장한다. 그런데 이 전달 물질이 오래전부터 종업원 노릇에 지쳐버렸다. 신경 전달 물질은 그 양이 늘어나면서 발작적인 반란을 계획한다. 곧 해당 영역에서 넘치도록 흐르는 신경 전달 물질은 주문받은 것을 벽이든 사람 얼굴이든 실내 아무 곳에나 마구 내던지고 식당 전체를 엉망으로 만들어놓는다.

그러면 뇌에서 물질대사가 끓어넘치면서 인간은 자제력을 잃고 광분한다.

13.

나는 모니터를 뚫어져라 바라보았다. 글자들이 아주 사뿐사뿐 춤을 추기 시작했다. 픽셀이 뭉개지는 건 아마도 열기 때문인 듯했다. 나는 글자들을 읽었다. 거기서 말도 안 되는 일이 벌어졌다! 내 컴퓨터는 노쇠했기 때문에 사이트는 굼뜨게 단편적으로 열렸다. 그러나 하나씩 차례로 모습을 드러낸 각각의 문장들은 특별한 방식으로 내 뇌에 신호를 보냈다. 사이트가 다 열릴 때까지 시간이 아주 오래 걸린다는 사실 하나만으로도 마음속에서 어렴풋한 의구심이 솟아올랐다. 내가 사이트를 보지 못하도록 막아놓았거나, 루카스가 인터넷 서비스 회사에 연락해 방해 공작 비슷하게 능장을 부려 나를 기술로부터 떼어놓으려고 결심한 것 같았다. 처음으로 흐릿하게 나타난 편집증의 징후였다. 이제 맹렬히 나의 모든 사고 체계에 불을 붙일 이글거리는 핵이었다.

내 시선은 여러 가지 뜻으로 읽고 해석할 수 있는 어느 문장에 고정되었다. 브란덴부르크 문 앞에 있는 어떤 차량에 관한 내용이었다. 그게 자전거였는지 자동차였는지 아니면 관광객용 인력거였는지는 생각나지 않는다. 그와 동시에 그 문장은 암묵적으로 나에 관해 이야기하는 것처럼 보였다. 이게 어떻게 가능할까? 무슨 일이 벌어진 걸까? 거기에 적힌 말들은 차량에도 해당되었고 나에게도 들어맞았다. 그건 냉소적인 논평이자 정교한 은유였다. 그 은유는 곧 나를 큰 혼란에 빠뜨렸다. 나는 내 해석을 전적으로 믿을 수가 없었다. 왜 내가 느닷없이 언급되었지? 그런 식의 암시와 언급이 또 있었나? 나는 정신을 집중하고 다른 문장들도 계속 읽어나갔다. 그러자 이젠 그 다른 텍스트들마저 돌연 나를 가리키는 것 같았다. 아니, 나까지 '함께 가리키는' 것 같았다. 절대로 명확하지 않게, 언제라도 부인할 수 있게 악의적이고 주도면밀한 방법으로. 예를 들어 누가 파티에 나타난 어느 불길한 손님 이야기를 하면, 나는 거기에 묘사된 인물이 혹시 내가 아닐까 생각했다. 또는 텍스트의 저자가 나와 관련된 무슨 얘기를 내게 에둘러 전해주려 한다고 생각했다. 어느 열광적인 글에 관한 이야기가 나오면, 나 자신이 느낀 열광이, 또는 내가 실제로 많은 이들에게 불러일으킨 열광이 함께 언급되는 것 같았다. 이 편집증적인 독법은 마음속에서 몇 분 내로 확산되었다. 나는 모든 가능성을 처음에는 시험 삼아, 그다음엔 강박적으로 나와 연관 지을 수밖에 없었다. 그랬더니 들어맞을 때가 아주 많았다. 숲속 산책이든, 하드 디스크든,

또는 카페 방문이든, 이런 주제에 대해 사람들이 글을 쓰는 풍자적인 방식은 늘 의미의 공백까지 함께 전달했다. 거기엔 내가 손쉽게 들어갈 수 있는 딱 맞는 자리가 있었다. 이 의미론의 진동은 나까지 떨게 만들었고, 의미 영역의 진동을 동시에 작동시켰다. 형용사나 명사나 동사를 막론하고 모든 낱말은 나를 뜻할 수 있었다. 정확히 어떻게 이런 효과가 나타났을까? 그들은 무엇을 어떻게 했기에 나에 대해 이야기하지 않고도 나에 대해 이야기할 수 있을까? 경악한 나는 극심한 공포에 빠졌다. 내가 무슨 짓을 한 걸까? 그리고 그 사람들은 나를 데리고 무슨 짓을 한 걸까?

물론 내가 오래전부터 대중 앞에 나가기를 희망하고, 남들에게 잘 들리도록 힘을 주어 목소리를 높이고 싶었던 건 사실이다. 그러나 결코 이런 방식으로는 아니었다! 자연의 위력과 맞먹는 힘으로 그들을 덮친 나의 통제되지 않은 개입이 더는 측량할 수 없는 결과를 초래했다는 걸 나는 깨달았다. 그들(그들이라니? 대체 누구?)은 감당하지 못할 큰 부담을 느꼈으며, 이 상황에 대응하고, 문제를 해결하고, 나를 간접적으로 팔아 나로부터 벗어나야 했다. 많은 이들이 나를 중상모략했으며, 어떤 이들은 속담에 나오는 꽃으로 나를 칭찬했고, 어느 여자는 나에게 반했다. 그러나 이런 가치 평가들마저 나는 확신할 수 없었다. 혹시 내가 그 모든 것들을 그냥 잘못 해석한 건 아닐까? 남아 있던 이성이 깨어나 지금 내가 미치광이의 생각을 하고 있다고 암시를 주었다. 미치광이. 그건 사실이었다. 내 귓가에서 맹렬하게 윙윙대던 반응들은 그저 내 상상에 불과했다. 아니었나? 심호흡을 하자고, 마음을 진정시키자고 나는 혼잣말을 했다. 그건 너의 말도 안 되는 자아도취일 뿐이야. 끓어넘치는 자아도취! 그러나 마음이 진정되지 않았다. 너무 화가 났고 지금까지 겪어본 적이 없는 감정의 폭포수에 몸이 덜덜 떨렸다. 심장이 미친 듯이 날뛰었다.

몸을 움직이지 않으면 안 되었다. 나는 벌떡 일어나 벽을 바라보았다. 색깔이 들어간 아주 작은 기포들이 보였다. 그 기포들은 뭔가 꿍꿍이속이 있었다. 벽이 이렇게 된 건 여태 본 적이 없었다. 저 안쪽에는 무엇이 숨어 있을까? 지난 몇 년간 여러 사람들이 했던 말들이 번개처럼 뇌리를 스쳤다. 누구는 '지향성(指向性) 마이크'[36]라는 말을 했고, 또 다른 누구는 '지하 묘지'라는 말을 했다. 여기에 카메라가 있는 걸까?

나는 다 해진 가죽 소파에 털썩 주저앉아 창문으로 하늘을 올려다보았다. 구름이 끼어 있었다. 그런데 하늘이 흔들렸나? 나는 몸을 일으켜 튼튼하게 지어진 발코니로 나가 하늘을 응시했다. 아무것도 없었다. 잿빛뿐이었다. 사람이 사는 건너편 집도 변함없이 그대로 서 있었다. 저기 창가에서 누가 움직였나? 방금 전까지 모두 밝게 빛나던 창문들이 지금 무슨 비밀 지령이라도 받은 듯이 계획적으로 어두워진 건 아닐까? 그런데 때는 대낮이었다.

누가 나를 주시하기라도 하듯 나는 연극적인 몸동작을 마구잡이로 해보았다. 그건 감당하기 힘들다는 의미였으며 그와 동시에 어떤 유머까지 더불어 보여주는 행동이었다. 명백하게 터무니없는 이 상황에 대한 풍자였다. 그러나 나를 보고 있는 사람은 없었다. 아니었나? 나는 몸동작을 계속했다. 열 번 머리를 움켜쥐고는 다시 급하게 컴퓨터가 있는 곳으로 돌아갔다. 거기에 모든 게 있었다. 바로 거기, 거기였다! 내 이름도 등장했다. 한 번은 장황하고 난해하게, 그다음엔 노골적으로 언급되었다. 하

---

36) 앞쪽의 소리에 대하여서만 감도가 좋은 마이크로폰.

지만 그 대목엔 더 이상 흥미가 생기지 않았다. 나를 오싹하게 만든 건 다른 식의 대화, 바로 '에둘러 말하기'였다. 여기서 대체 빌어먹을 무슨 일이 일어나는지 아주 조금이라도 이해하려면 그걸 해독해야 했다. 오래전에 작성돼 뒤로 밀려나 있던 글들이 눈에 들어왔다. 나는 그걸 훑어보다가 지금까지 내가 놓친 흔적과 암시들을 샅샅이 뒤져 찾아냈다. 정말 그 문장들은 모든 방향에서 해석이 가능했으며 그때마다 나는 다른 결론에 이르렀다. 이게 언제부터 이랬을까? 나는 우리가 '침입'하기 전에 올라왔던 글들까지 무작위로 골라 꼼꼼히 살펴보았다. 다행히 나에 대한 언급은 없었다. 그때는 아직 암호가 작동하지 않았던 모양이었다. 하지만 잠깐! 이미 사태 초기에 나타났던 참가자들의 오랜 침묵이 좀 이상하지 않았나? 그 침묵은 그저 내가 먼 전설의 땅에서 마침내 분명히 등장하리라는 확신에 따른 만족감의 표현이 아니었을까? 전설이라니, 대체 어떤 전설일까?

잘 봐봐! 그들은 내 주의를 끌려고 거기에 꼭 맞는 사람들을 섭외해 역할을 맡긴 것이다. 그러니까 모든 게 의도적인 핑계이자 속임수였다. 아닌가? 그게 아니라면 혹시 이 대중 문학가들의 완고함은 그저 내가 알지 못하는 커다란 두려움이 표현된 것인가? 무슨 의미의 침묵이었을까? 나는 이런 낌새를 느끼고 그 침묵을 추적했다. 내가 이 사이트에 오기 전에 올라왔던 글들을 다시 한 번 정신없이 읽었다. 나에게 영향을 받지 않았던 옛날 글들도 갑자기 다의적으로 눈부시게 빛을 내면서 나를 가리키기 시작했다. 저게 뭐지? 이 사람들이 혹시 나를 기다리고 있었나? 이 웹사이트는 감시와 추적 장치인가? 이 우아한 세기말의 사람들은 자신을 구해줄 구원자를 기다린 건가? 아니면 사형 집행인을? 아니면 무엇을?

확실한 건 언어 내적으로 변화가 일어났다는 사실이었다. 단지 그 변화가 어느 시점으로 거슬러 올라가는지, 언제 일어났는지, 어떤 텍스트들이 이미 조작되어 있었는지, 누가 거기서 조용히 장난을 치며 즐거워하고 두려워하는지를 내가 모르고 있었을 뿐이다. 아무리 계산하고 비교해보아도 공통점을 찾기가 어려웠다. 모든 글이 이해되면서도 한마디도 이해할 수 없었다. 나는 내가 '일탈한 해석학자'라고 혼잣말을 한 뒤 어떻게든 그 분위기에 어울리려고 억지웃음을 터뜨렸다. 그럼에도 머리끝까지 소름이 돋았다. 이미 궤도에 올라 정상적인 이해가 끝장난 상황에서 나는 혼란스러운 의미론적 망상에 사로잡혔다.

이런 종류의 망상을 선명하게 묘사하기란 간단하지 않다. 선명한 것이 없기 때문이다. 그건 내면의 언어 변화 또는 담론의 변화이고 의미 맥락의 해체다. 벡터는 어른어른 떨리고, 회전하고, 활기차게 사방을 가리킨다. 그러면서 매번 다시 정신 이상자를 가리킨다. 모든 언어가(언어 아닌 게 어디 있겠는가) 뒤틀려 있고 불안정하다. 기호는 고정된 틀에서 뜯겨져 나왔다. 기존의 의미를 그대로 지닌 기호는 하나도 없다. 그러면서도 모든 기호는 언제나 '나'도 함께 의미한다.

이토록 불안했던 적이 없던 나는 글을 읽고 생각하며 계속 마우스를 눌러댔다. 다른 사이트들도 이 희한한 효과의 피해를 입은 듯했다. 정치가와 유명 인사들의 여러 발언이 뭔가 허둥대는 모습을 보였는데, 거기에도 항상 내게, 다시 말해 이 책상에 앉아 있는 내게 보내는 내적인 메시지가 담겨 있었다. 슈뢰더[37]는 지하실에 조개탄이 있던 내 어린 시절

---

37) 게르하르트 슈뢰더(Gerhard Schröder : 1944~) : 독일의 정치가. 1998년부터 2005년까지 독일의 7대 총리를 지냈다.

에 대해 말했고, 피셔[38]는 술을 자제하라고 경고했다. 이건 정말이지 참을 수 없었다! 전 세계적인 결탁인가? 인터넷부터 그런 식으로 이야기를 한다면 저 바깥 길거리에서는 대체 무슨 일이 벌어지겠는가? 무시무시한 두려움에 갑자기 몸이 마비되었지만 나는 그 모든 상황을 받아들여야 했다.

감정 과잉은 어마어마했다. 그것들은 어딘가에서 온 것임에 틀림없었다. 무에서 튀어나와 나를 압도할 리는 없었다. 감정들은 어딘가에 존재했다. 그러니까 존재하는 이유도 분명히 있었다. 나는 그 이유를 추적하기 시작했다.

14.

이야기를 계속하기 전에 여기서 잠깐 멈춰야겠다. 파멸을 불러온 그 운명의 날에 대해서는 사실 「공간 요구」나 「식스터(Sickster)」에서 비록 난해하게 혹은 문학적으로 추상화했을지언정 이미 여러 번 이야기했으니 말이다. 때론 그 책들에 있는 문단과 구절까지 그대로 가져와 인쇄한 적도 있었다. 거기에서 말한 내용이 너무 충격적으로 느껴져 그걸 묘사할 다른 형식을 찾고 싶은 마음이 없었고 그럴 능력도 없었던 까닭이다. 그때 나는 트라우마에 시달리는 사람처럼 계속 똑같은 문장을 썼다. 그렇게 하지 않으면 그 이면에 있는 이야기(사건, 재앙)가 늘 말로 표

---

38) 요슈카 피셔(Joschka Fischer : 1948~) : 독일의 정치가. 1998년부터 2005년까지 외무부 장관을 지냈다.

현할 수 없는 곳으로 달아났기 때문이다. 나의 도플갱어, 곧 분신 환영이나 저승에서 돌아온 유령이 지금까지 내가 쓰고 출간한 글들에 스며들어 있다. 그런데 왜 그 '목요일'을 또 묘사하려는 건가? 왜 그 혼란과 첫삽화가 시작된 날을 한 번 더 그리려는 건가? 분신 환영을 영원히 추방하기 위해서? 그럴지도 모른다. 하지만 진짜 이유는 훨씬 단순하다. 그날로부터 몇 년이 지난 후 또는 몇십 년이 지난 후의 일을 이야기하려면 반드시 그 첫날을 다시 한 번 살펴봐야 하기 때문이다.

게다가 지금 이 책에 등장하는 맥락과 의도와 문체는 지금까지 썼던글과는 완전히 다르다. 여기서 지향하는 것은 추상과 문학이 아니고, 효과와 강렬함도 아니다. 이 책의 목표는 일종의 진정성과 구체성, 어쨌든그런 것을 드러내려는 노력이다. 나의 인생, 나의 질병을 있는 그대로 보여주려고 한다. 그러니 처음의 시작 부분이 빠져서는 안 된다. 또한 그무엇도 난해하게 말하거나 과장하거나 낯설게 표현해서는 안 된다. 모든건 가능한 한 명백히 눈에 보이게 드러나야 한다.

15.

그렇다! 파티다! 파티가 열린다고 했다. 아마 나를 위한 파티, 또는 우리 모두를 위한 파티일 것이다. 루카스를 위한 파티일 것이다! 익명으로 연결돼 있던 사람들, 오랫동안 침묵하다가 다시 언어로 돌아온 사람들을 위한 파티일 것이다. 우리는 서로 부둥켜안고, 대화하고, 술 마시고, 춤출 것이다. 열정적인 눈이 번쩍 떠지면서 나는 실상을 깨달았다. 베를린 어딘가에서 지금 막 파티가 열릴 참이었다. 어쩌면 벌써 준비에 들어갔는지도 모른다. 무대를 세우고, 음향 기기를 점검하고, 맥주 상자를 세워놓았을 거다. 아직 나만 거기에 없다. 사람들은 기쁜 마음으로 나를 기다린다. 그러니까 기호들은 나를 친절하게 받아준 것이다. 보물찾기가 기다리고 있다. 그 위대한 화해의 순간을 절대로 놓쳐서는 안 된다! 나는 황급히 시내 지도를 찾아보고, 배낭을 어깨에 메고, 박수 치며 갈채를 보내는 계단을 쏜살같이 내려갔다. 그곳으로 가는 길은 도중에 찾아지겠지.

나는 거리를 질주했다. 몸에서 두 다리를 내팽개치듯 달렸다. 아니다. 다리가 스스로 거리의 굉음 속을 돌진했다. 자동차들이 나를 격려하며 함께 달리려는 듯 쉭쉭 소리를 내며 내 옆을 지나갔다. 모든 게 혼란스럽고 제정신이 아니었다. 고약한 냄새를 풍기던 베트남 남자는 전에 없이 온정이 흘러넘치는 사람처럼 보였다. 나는 이따금 그가 만들어준 음식에 대해 허리를 굽혀 감사 인사를 했다. 그는 눈썹을 추켜올리는 동작으로 내 감사의 마음을 받았다. 덕분에 나는 음식을 주문하지 않고도 말할 수 없이 행복한 마음으로 계속 달릴 수 있었다. 나는 황폐한 거리를 쿵쿵 내딛으며 자동차들을 따라잡으려 했다. 왼편에 있는 건물들의 덧창이 움직이지도 않고 내게 윙크했다. 덧창이 배열된 방식이 확 눈에 들어왔다. 건물들은 사람 얼굴이었다. 그걸 나는 지금에서야 겨우, 그것도 정신없이 뛰어가는 와중에 보았다. 자동차들이 속력을 냈다. 순진무구하기 이를 데 없는 이 차량들 어디에서 파티에 대한 단서를 얻을 수 있을까? 그리고 어떤 식으로 얻을 수 있을까? 차량들은 그걸 알면서 쏜살같이 지나갔다. 나는 신호등 빨간불 앞에서 멈추지 못하고 교통의 흐름 속으로 깊숙이 뛰어들었다. 그 순간 어느 체코 영화감독이 생각났다. 그는 프라하에서 강의하던 중, 독일인들은 모두 빨간불이 켜지면 전기 충격을 받은 소처럼 멈춰 설 거라고 주장했다. 그의 말은 틀렸다! 전기 충격은 그렇다 쳐도, 빨간불은 아니다! 당신이 말한 그 멍청한 빨간불에 내가 뛰어드는 모습을 보라! 다음 신호등에서 나는 방금 지나온 신호등에서 보았던 사람들을 다시 만났다. 완벽하게 연출된 그 상황이 재미있었다. 저들이 탄 차는 얼마나 빨리 내 뒤에서 달리다가 나를 추월해 내 옆으로 다가왔을까? 저 사람들은 혹시 음흉한 분신 환영이나, 적당한 쌍둥이 알선소에서 보낸 단역 배우들 아닐까? 그들이 웃으려고 내가 웃기만을 기다린다는 걸 안 순간, 나는 그들과 함께 웃기 위해 웃지 않을 수 없었다. 우리는 함께 웃었다.

시내에는 정말 글자들이 매달려 있었다. 이렇게 만든 장본인이 누구일까? 나일까? 나는 계속 도심 쪽으로 질주했다. 내게는 풀어야 할 숙제가 있었다. 뭐라고 이름 붙일 수는 없지만 아주 대단한 숙제였다. 그런데 내 친구들은 지금 어디에 있을까? 단서는 어디에 있을까? 아 그래, 단서, 단서는 곧 나타날 것이다. 아니, 단서는 벌써 사방 곳곳에 흩뿌려져 있었다. 나는 그걸 읽어내는 법만 알면 되었다. 벽보는 정말 노골적으로 단서를 내보냈지만, 암호들이 너무 넓은 간격으로 배치된 탓에 뜻을 정확히 좁혀가기가 불가능했다. 코카인 흡입으로 무뎌진 멍청한 광고 회사들아! 너희들 메시지는 아무 성과 없이 빠르게 지나쳐 갈 뿐이다. 나는 공간적으로는 앞으로 나가면서도 시간적으로는 과거로 돌아가야 했다. 다시 말해 오늘 낮 룸메이트가 했던 말을 떠올리려고 노력했다. 그는 자신이 찾아낸 도심의 몇 군데 주소를 말했다. 그게 뭐였더라? 그중 하나는 노발리스 가였다. 노발리스? 노발리스라니! '숫자와 도형'[39]이라니!

공포의 파도가 엄습했지만, 나는 그 힘을 약화시켜 나에 대한 공격을 허사로 만들었다. 문장 몇 개가 머릿속에 떠올랐다. 광고 문구와 격언 외에 적당한 인용문도 있었다. 문장들은 강박 관념처럼 내 뇌에서 고동치다가 처음엔 작은 의미 단위로, 다음엔 음절로, 마지막에는 음운으로 쪼개진 뒤, 무시할 수 없는 집요한 가바[40] 리듬에 실린 소음이 되어 내 내면의 귀를 포위했다. 교외선 열차에 올라탄 나는 실내가 조용한 것이 이상해 그 정적에 대고 뭐라고 말을 한 뒤 다시 내렸다. 노발리스 가에 이르자 어느 진열창에 놓인 책들이 갑자기 위협으로 다가왔다. 책들은 내가 지난 몇 주 또는 몇 달간 썼던 모든 글과 뒤섞이고 뒤엉켰다. 문자들로 똘똘 뭉친 태풍이 내게 몰아치면서 항의와 비난과 위협이 머릿속에서 굉음을 내며 폭발했다. 내가 무슨 짓을 한 걸까? 무슨 일이 일어난 걸까? 내가 하늘에 도전장을 내밀고 천사들과 다툰 걸까? 이젠 모든 사물이 나와 원수가 된 걸까? 나는 사방을 둘러보다가 그 자리에서 한 바퀴 빙 돌았다. 빛의 소용돌이가 보이고, 멀리 울리는 메아리가 들리고, 현기증 나는 중력이 느껴졌다. 나를 덮친 신체적 현기증은 정신적 현기증보다 나중에 들이닥친 것이었다. 기분이 완전히 아래로 곤두박질쳤다. 나는 청산하고 주목해야 할 게 너무 많았다. 너무 많은 것들이 나를 몰아댔다. 대체 어디로, 어디로?

---

39) 독일의 시인이자 소설가인 노발리스의 시의 제목인 「더 이상 숫자와 도형이 아니라면」의 일부.

40) 가바(Gabba 또는 Gabber) : 하드코어 테크노의 하위 장르 중 하나. 빠른 템포가 특징이며 BPM 150~190의 속도로 표현한다.

16.

　그렇게 **나는** 온종일 시내를 헤맸다. 내 열정은 서서히 공포로 바뀌었다. 기호와 표지판들이 조금 전 인터넷에서 보았던 문장들처럼 괴물로 변해 갖가지 모습으로 위협하고 현란하게 빛났다. 인터넷 속의 내용물이 쏟아져 시내로 흘러나왔다. 기호들은 모두 뒤집어 읽을 수 있었고, 다의적이었고, 믿을 수 없을 만큼 새로웠다. 이런 식의 기호와 세상은 여태 본 적이 없었다. 그러나 기호와 세상은 아마 전부터 늘 이런 모습이었을 거다. 오직 나만 그걸 몰랐을 뿐이다. 모든 메시지는 결국 언제나 사방을 둘러보는 나까지 함께 의미했다. 그 때문에 자꾸만 심한 현기증이 일어났다. 벽보와 네온사인들이 나를 비웃기 시작했다. 어느 여자가 두 눈을 가리고 있으면 그건 지금까지 눈멀었던 나의 맹목을 비웃는 거였다. 어딘가에 화살표가 붙어 있고 거기에 대문짝만 한 글씨로 '짜잔!' 하고 적혀 있으면 그 의미는 이런 거였다. '찾았다! 넌 포위됐어. 잡혔어. 독 안에 든 쥐야. 그간 실컷 소란 피웠지. 이젠 그만해.' 나는 기호들로부터 도망치는 동시에 기호들을 찾았다. 달리 방법이 없었다. 기호들은 어디에나 사방에 널려 있었다. 평범하기 짝이 없는 거리 이름은 외설적인 농담이 되기 시작했다. 시내 지도는 더 이상 쓸모가 없어졌다. 이 새롭게 을씨년스러워진 베를린에서 갑자기 내가 나치가 된 것 같아 두려웠다. 나는 눈물을 흘리며 이 생각을 오토바이를 타고 가던 사람에게 말했다. 그는 대답 대신 신호등을 가리키며 "초록불이에요."라고 말하곤 짐 싣는 곳에 작은 깃발을 꽂은 채 자신의 가족을 데리고 떠났다. 그게 무슨 말이지? 초록이라니?

나는 시내를 뛰어다녔다. 시내는 미쳐 돌아갔다. 기호와 형상으로 이루어진 폭도들이 온갖 곳에서 튀어나와 내게 돌진했다. 나는 있는 힘을 다해 잽싸게 피했지만, 그 무리에 맞서 이겨낼 가능성은 없었다. 나는 시시각각 그들과 아프게 부딪쳤다. 조금 전까지만 해도 특별한 의미가 없는 평범한 구호이고 간판이었으며, 물건을 사라는 명령이고 이정표였는데, 지금 그 기호들은 역겨운 낯짝을 보여주며 땀에 젖은 내 옷깃을 잡으려 했다. 공기는 벌써 오염되었다. 유일하게 오염된 대상이었다. 나는 두들겨 맞은 장기판의 말이었다. 누구에게? 정말 기호들에게 두들겨 맞았나? 그것들은 어제와 똑같고 늘 똑같은 기호들이 아니었나? 뭔가 다른 것이 있었나? 그렇게 생각하면서 나는 계속 달렸다. 모든 게 달랐다. 픽셀이 눈앞에서 뭉개졌다.

이렇게 공포에 사로잡히지 않았다면 아마 나는 웃음을 터뜨렸을 것이다. 물론 나는 웃었다. 아니, 내 안에 있는 뭔가가 웃었다. 그 웃음은 메아리처럼 울렸다. 발밑의 구덩이 속에서 폭소가 된 나는 위로 메아리치며 솟아올랐다. 이 도시의 목구멍이 심하게 흔들렸다. 그건 땅 밑으로 파고 내려가는 게 아니라 평지가 폭파되는 진동이었다. 나는 도시가 요동치는 대로 내버려두었다. 그와 동시에 도시는 내 몸을 관통해 지나갔다. 여기서 누가 누구를 뒤흔드는지 더는 알 수 없었다. 내게는 피부도 없었고 경계선도 없었다. 전에도 그랬듯이, 본질 깊숙한 곳에서는 벌써 오래전부터 늘 그랬듯이, 모든 게 가차 없이 나를 향해 쏟아졌다. 쏟아지기만 한 게 아니라 퍼져나가고, 빛을 발하고, 내 몸 속으로 침투했다. 우리, 다시 말해 세상과 나는 하나로 녹아들고 서로 상대의 몸을 꿰뚫고 지나갔다. 나는 왜 이걸 여태 깨닫지 못했을까? 다른 사람들은 왜 이걸 깨닫지 못했을까? 저기에 사람들이 있었다. 여보세요! 나는 사람들에게 다가갔다. 그러자 마치 비밀 암호에 반응하듯이 그들은 즉각 흩어졌다. 물론 될 수 있는 대로 신중하게, 겉으로는 서두르지 않는 것처럼 행동하면서. 저 사람들 왜 저러지? 내가 뭔가를 물어보면 그들은 대답하지 않았다. 기껏해야 방어 자세를 취하거나 공중전화를 가리켰다. 어떤 이들은 티 나게 귀가 먹은 체를 했다. 그것도 분명히 메시지임에 틀림없었다. 나는 계속 달렸다. 슈프레 강으로 갈 생각이었다. 거기엔 기호들이 적을 것이다. 사람들도 적었으면 좋겠다.

뭔가가 뒤집혀 그 내용물이 시내로 쏟아져 나오고, 이어 내 삶 속으로도 쏟아져 들어왔다. 그것도 한순간에. 뒤집히고 쏟아져 내리는 이 현상, 이 위협은 어디에서 왔을까? 그 힘은 도시나 나라보다 컸다. 그 위협의 강도는 역사 전체와 맞먹었다. 우주적인 힘이었다. 고작 달리고 도망치는 게 전부일지언정, 거기에 맞서 뭔가를 하지 않으면 안 되었다. 나는 위협에 맞섰다. 달리고 달렸다. 공포가 엄습했다. 그런데도 조금은 희열을 느꼈다. 그러곤 다시 목 놓아 울었다. 도망칠 수가 없었다. 불가능했다. 어디를 가나 그건 불가능했다.

슈프레 강에 도착해 잠시 숨을 돌렸다. 그런데 자연마저 순수함을 잃어버렸다. 강물은 전과 다른 신호를 보냈다. 물결 위에 비친 빛의 반점이 나를 기만했다. 나는 강물에 뛰어들 생각을 했다. 대죄가 나를 짓눌렀다. 대체 누구의 죄일까? 나의 죄? 독일인이 지은 죄? 원죄? 알 수 없었다. 나는 그저 나를 압박하는 죄를 느끼고 그곳을 떠났다. 다리 위에 선 나는 내가 저 밑에서 익사체가 되어 둥둥 떠다니는 모습을 보았다. 어둠 속에서 소용돌이치는 물결이 퍼져 나왔다. 포효하는 파도 위의 배에서 난간을 부여잡듯이 나는 다리 난간을 꽉 움켜쥐고 숫자를 셌다. 하나, 둘, 셋, 백. 그 이상의 숫자를 나는 알지 못했다. 그때 아주 부드럽게 바람이 불었다. 아마도 지옥에서 불어온 바람일 터였다.

나는 다시 뛰기 시작했다. 두 다리는 허공에서 펄럭이며 돌아가는 찢어진 필름이었다.

17.

시간이 내 몸을 뚫고 빠르게 지나갔다. 내가 사는 건물의 맞은편 집에서 파티에 관한 정보를 얻으려다가 이마에서 피가 났다. 그 집 문을 두드리고 내 친구들에 대해 물어보자 그곳에 사는 여자는 나를 보고 이렇게 짖었다. "그 사람들 이름이 뭔데?" 그러자 사팔뜨기 펑크족 인 그녀의 남자 친구가 바닥에 있는 빗자루를 위협적으로 부러뜨리고 그걸로 내 머리를 쳤다. 피가 났지만 상처는 곧 아물었다. 밖이 어두워졌다. 카스타니엔 가에서 남자 두 명에게 파티에 대해 물었다. 이젠 나 자신도 파티가 열린다는 걸 믿을 수 없게 되었다. 나를 보고 웃은 건지 비웃은 건지 모르겠는 두 남자는 그것 참 반가운 소리라며 자기들도 그런 파티에 한번 초대받고 싶었다고 말했다. 나는 다시 도심을 미친 듯이 질주했다. 프렌츨라우어 베르크와 크로이츠베르크를 달렸다. 한번은 이 건물 입구로 들어갔다가 또 한번은 저쪽 거리를 달렸다. 기다란 파란색 털실을 따라가니 멀찌감치 주차장이 있었다. 그러나 거기에서 나를 기다리는 건 누군가 해독해주기를 바라는 자동차 번호판뿐이었다. 많은 기억들이 혼돈 상태로 정신없이 뇌리를 스쳤다. 일부만 남은 문장과 조각난 형상과 사물의 메아리들이 갑자기 지금까지와는 다른 것을 의미했다. 모든 게 움직였다. 멈추게 하거나 잡을 수 있는 게 없었다. 화물차가 자전거와 전쟁을 벌이며 내 옆을 빠르게 지나갔다. 며칠 전 신문에서 묘사한 모습 그대로였다. 맞아, 《슈피겔》[41]에서 붙인 제목이 「화물차의 광기」였지. 이 광기에 관한 보도, 이 선정적인 머리기사의 내용이 지금 내 눈앞에 고스란히 펼쳐졌다. 화물차가 차례로 굉음을 내며 내 옆을 지나갔다. 지옥의 소음 속에서 먼지를 일으키며 달렸다. 신문에서 날마다 요란한 소리로 외쳐댄 내용이 일대일로 맞아떨어졌다. 나는 지쳤지만 흥분한 상태로 급히 집으로 돌아와 자동 응답기를 틀었다. 거기에도 혼란스러운 메시지뿐이었다. 대충 알고 지내는 건축학도가 몇 주 전 약속한 대로 나와 함께 폴 비릴리오[42]와 군비 확장의 가속화에 관해 이야기하고 싶다고 했다. 뭐라고? 방치했던 편지들을 찬찬히 읽었으나 무슨 말인지 하나도 알 수 없었다. 편지들은 거기에 적힌 내용과는 다른 것을 말하고 있었다. 아니었나? 문학을 전공하는 학생으로서 나는 사물의 은유적 표현법에 익숙할 대로 익숙했지만, 편지에서 구사한 은유법은 너무 포괄적이고 완전히 악의적으로 보였다. 아주 단순한 문장들마저 거짓말을 했다. 현실과 연관성을 가지고 있는 듯해도 그런 척하는 것뿐이었다. 숫자는 코드였고 문장은 암호였다. 심지어 계산서마저 다른 것을 생각하고 다른 것을 말했다. 나는 바닥에 대자로 누웠다.

내 룸메이트의 여자 친구가 돌아왔을 때 나는 눈물을 흘리며 그녀에

---

41) 슈피겔(Spiegel): 독일의 시사 주간지.
42) 폴 비릴리오(Paul Virilio: 1932~): 프랑스의 철학자, 문화 이론가, 군사 역사가, 평화 전략가 등 다양한 이력을 가지고 있다.

게서 뭔가 알아내려고 애썼다.

"안토니아, 너는 알 거야. 너는 알 거야."

"내가 뭘 알아?" 놀라서 가늘어진 그녀의 두 눈은 아무것도 이해하지 못했다.

"너희는 모두 알고 있잖아."

"뭘? 우리가 뭘 알아?"

그래, 그 무엇. 그거다. 내가 그걸 알았다면 그녀에게 말해주었을 거다. 하지만 나는 그걸 몰랐다. 아무것도 몰랐다. 나는 아무것도 모르는 자였다. 신참자였다. 하지만 그녀는 알고 있었다. 아니, 아는 게 틀림없었다.

"안토니아! 너는 알잖아."

그녀는 할 말을 잊은 채 어안이 벙벙한 표정으로 나를 바라보았다.

"라르스한테 전화할게, 괜찮지?"

"괜찮아."

"좋아."

나는 내 방으로 달려가 몇 주 동안 그대로 놓여 있는 신문에서 뭔가 단서를 찾으려고 이 잡듯이 샅샅이 훑었다. 인터넷에 글을 썼던 게 얼마 동안이더라? 나흘? 2주? 그때는 바깥세상 소식을 거의 듣지 못하던 때였다. 언론에서 나에 대해 보도한 게 사실이었을까? 역시나 '넌지시 함께 언급하는' 그 비열한 수법으로? 곧 《차이트》[43]에 실린 복고적 미래주의[44]에 관한 기사가 눈에 띄었다. 물론 조롱 조로 쓴 기사였는데 조금

---

43) 차이트(Die Zeit): 매주 목요일에 발간되는 독일의 주간지.
44) 과거에 유행했던 미래상을 현재의 관점에서 회고적으로 바라보고 해석하는 예술의 한 경향.

씩 나를 가리키며 비웃고 있었다. 그러나 기사에 딸린 삽화는 무척 아름다워 보였다. 살면서 그보다 멋진 삽화는 본 적이 없다고 생각할 정도였다. 전반적으로 신문들은 미적으로 차원 높은 품격을 유지했다. 지난 며칠 편집자들이 각별한 노력을 기울인 게 분명했다. 《차이트》, 《쥐트도이체 차이퉁》[45], 심지어 《B.Z.》[46]까지 내게 환한 조명을 들이대며 관심을 보이다니! 오직 《슈피겔》만이 고함을 질렀다. 《프랑크푸르터 알게마이네 차이퉁》[47]은 노쇠한 상태에서도 심술궂게 발톱을 세우고 꿋꿋하게 버텼는데, 이젠 깜찍하다고까지 말하고 싶어졌다. 나는 침침해진 눈으로 급하게 기사들을 읽었다. 요아힘 카이저[48]는 《쥐트도이체 차이퉁》에 디지털 제국의 새로운 주민들에 관한 칼럼을 썼다. 여기엔 신경질적인 삽화가 딸려 있었다. 전선으로 연결돼 진동하는 세계에서, 떨면서 디지털 세상과 접속하는 괴짜를 그린 그림이었다. 그러니까 카이저도 내게 반응을 보인 것이다. 그가 무슨 총명한 글을 쓴 적이 있었나? 그건 훗날이었다. 일단 나는 신문의 일반적인 분위기가 어떤지 탐색해보아야 했다. 그러나 급하게 서두르느라 기본적인 취지를 따라잡지 못하고 매번 나와 관련된 세부 항목에만 매달렸다. 무엇보다 광고가 나를 어설프고 과장되게 비웃었다. 나는 믿을 수 없는 정적을 깨려고 음악을 틀었다.

그러니까 신문들이 내게 동조한 것이다. 역시나 단호하고 비열하지만

---

45) 쥐트도이체 차이퉁(Süddeutsche Zeitung) : 독일의 일간지.
46) 베를리너 타게스차이퉁(Berliner Tageszeitung) : 베를린에서 발행되는 대중 일간지.
47) 프랑크푸르터 알게마이네 차이퉁(Frankfurter Allgemeine Zeitung) : 독일의 일간지.
48) 요아힘 카이저(Joachim Kaiser : 1928~2017) : 독일의 음악 및 문학 평론가이자 《쥐트도이체 차이퉁》의 편집장.

어쩌면 선의를 표하는 방식으로 말하기 시작한 것이다. 신문들은 모두 같은 목표를 추구했는데 나만 혼자 그걸 눈치채지 못한 것이다. 언제부터였을까? 슬그머니 의혹이 덮쳤다. 책꽂이를 올려다보았다. 저 책들도 혹시—? 나는 얼른 책꽂이로 다가가 책 한 권을 펼쳤다. 이어 다른 책을 펼쳤다. 또 다른 책들도 연이어 펼쳤다. 자꾸만 책을 펼쳐 급히 이것저것 읽을수록 문장들은 더더욱 내가 있는 쪽으로 몸을 깊숙이 숙였다. 역시나 책들도 그랬단 말인가? 아주 먼 옛날부터? 나는 더 이상 생각하고 싶지 않아 눈을 감았다.

18.

처음으로 정신병을 일으키는 극적인 사건은 아주 중요하다. 당사자에게 그건 그의 모든 것을 잠식하는 이해할 수 없는 흥분 상태이며, 그를 충격적인 영역으로 내동댕이치는 순간이다. 반면에 친구와 가족에게 그건 오롯이 비극이다. 어떤 사람이 난데없이 여태 알던 것과는 다른 사람이 된다. 미친다. 말 그대로 미쳐버린다. 영화와 책에서 보여주는 모습보다 더 정확하고 더 현실적이고 더 곤혹스럽다. 그는 야수의 눈을 한 부랑자처럼 미치광이가 되어 도로를 오가는 차량들을 욕하고, 바보 멍청이가 되고, 섬뜩한 사람이 된다. 친구가 난데없이 그 자체로 낯선 사람이 되어버린다.

난데없이?

조울증의 원인을 놓고 이야기할 때는 다섯 가지 범주가 제공된다. 유전적 요인, 뉴런의 변화, 생활 환경, 앞에서 묘사한 상처에 대한 취약성이라는 기본 성향, 그리고 마지막으로 일반적인 성격 구조가 그것이다. 이 범주들은 자연히 서로 겹치고 애매하기도 하지만, 방향을 제공하고 분류에 도움을 준다. 비록 핵심을 완전히 포착하지 못하고 고작 접근법에 머물 수도 있으나, 그 방향은 가설의 모형을 제공해 혼란 전체를 네다섯 개의 구조적 유사성을 통해 교과서에 나오는 다른 경우와 비교함으로써 설명 모델을 추론해낸다. 코드라는 친구가 멀리서 전화를 걸어온 일이 기억난다. 내 최근 상태에 대해 듣고 경악을 금치 못한 그는 의사와 대화를 나눈 후에야 어느 정도 마음의 평온을 되찾았다. 의사는 모든 게 뉴런 문제라며 그를 진정시켰다. 그렇게 함으로써 당사자는 살 만해졌고, 성격 변화는 물리적인 것으로 객관화되었다. 그렇게 함으로써 모든 게 신체적으로 설명되었으며, 근본적으로 다리 골절처럼 뼈와 신경의 세계로 옮겨 갔다. 그리고 나는 사람으로서 아직은 포기의 대상이 될 필요가 없었다.

19.

양극성 장애 유전자는 아직 발견되지 않았다. 과연 그런 게 존재한다면 말이다. 유전적 결정성에서도 누가 어느 정도의 확률로 이 병에 걸리는지 확정할 수 있는 멘델의 법칙이 없다. 그러나 양극성 장애와 조현병은 유전적으로 결정되어 있다. 때론 조현병 증상과 양극성 장애 증상이 서로 겹칠 경우가 있으며 한 가족 안에서 발현한다. 그러나 이보다 더 흔히 볼 수 있는 게 있다. 양극성 장애 기질을 가진 사람의 경우 가계도에서 단극성 우울증, 즉 순수한 형태의 우울증이 발견된다는 점이다. 나도 그랬다.

우리 가족에게 정신적 결함은 낯설지 않다. 들은 바로는 외할아버지가 우울증에 시달렸는데 한 번도 병원 치료를 받은 적이 없다고 한다. 그건 시기적으로 맞지 않았다. 국방군[49] 규율에 어긋나는 것이었다. 외할아버지는 일주일 치씩 약을 타서 먹었는데 어린 내가 보기에 엄청난 양의 알약을 매일 먹었지만, 그중에 항우울제는 없었던 것 같다. 공식적으로는 하여간 늘 심장과 혈압 문제일 뿐이라고 했다. 그런데도 외할아버지는 '퇴임 직후' 사망했다. 그가 시달린 압박감과 우울증은 고개를 끄덕여 수긍해버린 간결한 난외 주석으로 남았다.

어머니는 오랫동안 우울증으로 병원 치료를 받은 전력이 있다. 이모 한 명도 가벼운 우울증을 앓았다. 그러니까 이 유전 형질은 적어도 모계 쪽으로부터 물려받은 것이다.

반면에 부계 쪽에는 내가 아는 한 정신적 결함이 나타나지 않는다. 내가 아는 한 그렇다. 왜냐하면 부계가 없는 거나 마찬가지였으니까.

20.

온 세상이 사라졌다. 모든 게 뜯겨져나갔다. 지진도 이보다 더 파괴적일 수는 없었을 거다. 오직 진동만이 달랐다. 진동은 나의 내면에서만 발생했다. 그리고 파괴는, 비록 모든 걸 잠식하며 확산했어도, 고요한 가운데 일어났다. 이전 모습 그대로 남은 건 하나도 없었다. 그런데도 순전히 외적으로는 모든 게 똑같아 보였다. 언어에는 이제 고정쇠가

---

49) 제2차 세계대전 시기의 독일군.

없었지만, 사람들은 여느 때와 다르지 않게 계속 말을 했다. 그렇게 말을 하는 사람들이 아주 낯설어 보였고 완전히 먼 사람들 같았다. 나는 우선 그 새로운 언어를 배웠어야 했다. 하지만 어떻게 배운단 말인가. 문법책도 없고 사전도 없는데. 나는 나 자신에게, 막 해체되려는 나의 이상한 자아에게 다시 내동댕이쳐져 돌아왔다. 나의 사고는 기괴하게도 이야기와 그 이야기에 대립하는 이야기들로 뒤덮였다. 정상인 문장이 하나도 없고 모든 게 도깨비불처럼 깜박거렸다. 주변의 폐허에서 연기가 피어올랐으나, 그건 내 안에 있는 폐허였다. 글자 그대로 가공할 공포였다.

그렇게 며칠이 엉망으로 흘러갔다. 편집증이 계속 꽃을 피우며 사방으로 뻗어가면서 모든 것을 잠식했고 나는 그 안에서 서서히 순응했다. 내게 달리 무슨 방도가 있었겠는가? 공포는 단계적으로 반항을 거쳐 희열로 바뀌었다. 반항은 소리쳐 밖으로 발산해야 했고, 희열은 세상에서 가장 높은 산꼭대기로 나를 데리고 갔다. 나는 내가 메시아라는 생각에 잠시 흥분 상태에 빠졌다. 내게 몸이 있다는 게 더는 느껴지지 않았다. 나는 마법의 힘이 생겨 자연법칙과 조화를 이루었다. 토성의 고리에서 나오는 윙윙 소리와 우주의 음악의 카덴차가 들렸다. 나는 이제 수학의 원리를 직관적으로 꿰뚫었다고 생각했다. 그리고 만물과 우주적 관계를 맺고 있는 나를 보았다. 그러더니 그건 다시 가장 끔찍한 일이 되고 말았다. 벌거벗은 몸으로 우주의 차가운 숨결 속에 나를 드러내고 있었지만 아무것도 바뀐 게 없었다. 선택된 인간이자 학대당한 피조물인 나는 무엇을 해야 좋을지 몰랐다. 나는 번번이 시간과 역사와 목적론으로 이루어진 수백 년 된 감옥에서 탈출해야 했다. 내가 갇혀 있다고 생각한 감옥을 부수고 나와야 했다. 언어를 통해서든 신체의 갑작스러운 방향 전환을 통해서든 나와야 했다. 다시 시내를 질주하든, 아니면 낯선 기관에 삐딱한 이메일을 보내든, 감옥에서 탈출해야 했다. 이메일을 쓰면서 나는 그 모든 상황에 담긴 우스꽝스럽고 풍자적인 면을 강조하려고 애썼으나, 결국 내가 원한 건 도대체 내가 무엇을 해야 하는지에 대한 새로운 단서뿐이었다. 뒤에는 항상 텔레비전이 켜져 있었다. 어린 시절부터 늘 그랬다. 텔레비전을 자세히 쳐다보면, 머리카락이 유리에 닿아 지지직 소리가 나도록 화면에 몰입할 때면, 진행자와 아나운서들이 얼마나 영혼에 상처가 나도록 주목받고 싶어 하는지 알 수 있었고, 그들의 몸보다는 영혼이 실제로 얼마나 발정이 났는지 볼 수 있었다. 하랄트 슈미트[50]는 당연히 한 술 더 떴다. 그는 눈에 보이지 않는 친구를 옆에 앉히고 조롱하며, 비열하게도 그 친구에게 호르스트라는 아주 흔한 이름을 붙여주었다. 재수 없는 놈이네! 나는 이렇게 생각하고 웃었지만, 실제로 내가 매번 그 가공의 친구, 곧 호르스트가 되어 나 자신을 웃음거리로 만들었다는 걸 알고 있었다. 어쩔 수 없지 않은가? 내가 아무것도 하지 않으면 팔레스타인 가자 지구에 이르기까지 주변의 모든 상황이 더 악화되었다. 그러나 내가 나를 멍청이로 만들면, 적어도 내가 아직은 존재한다는 것, 내가 사태 해결을 위해 일한다는 것을 보여주었다. 이 너무나도 끔찍한 운명, 끔찍함의 정도를 아직 가늠하기 힘든 이 운명이 어차피 모든 행동을 정당화했다. 심지어 내 능력을 이렇게 새로 인식하고 내게 지워진 책임감을 느끼며 지금까지와는 근본부터 완전히 다르게 행동하는 것이 바람직했다. 그와 동시에 나는 이 책임감을 떨쳐버리고 싶었다. 그리하여 나는 자유로워지려

---

50) 하랄트 슈미트(Harald Schmidt: 1957~): 독일의 배우, 작가, 칼럼니스트, 방송 진행자.

고 항상 즉흥적으로 나만의 사적인 사육제를 벌였다. 시내를 뛰어 돌아다니고, 부적절한 농담을 터뜨리고, 어딘가에 아무 태그나 끼적이고, 잠은 자지 않았다. 집에 있을 땐 당시 아직 신작에다 편집증적인 구성을 지닌 영화 「더 게임」[51], 「트루먼 쇼」, 「23」[52]을 무한정 돌아가게 두었으며, 연대순을 따르지 않고 급하게 여러 권의 책을 읽었다. 「이름 붙일 수 없는 자」[53], 「말리나」[54], 「하인리히 폰 오프터딩겐」[55], 『고백록』[56], 「중력의 무지개」[57], 「친화력」[58], 『파이드로스』[59], 「1984」[60] 등이었다. 그때는 정말 이음매에서 떨어져 나와 뒤틀린 시절이었다. 나는 그 시절에서 떨어져 나와 이음매 사이로 들어갔다. 이런 일이 글을 쓰는 모든 사람에게 일어났을까? 미치광이들의 전기를 기억 속에 불러내보면, 분명히 그랬다. 그걸 인정하자 지금 내가 순응한 거푸집이 내가 살고 있는 이 시대보다 훨씬 전에 만들어졌다는 걸 순식간에 깨달았다. 이미 초기 낭만주의자들이 미래에 올 신을 찾아 내 귀에 대고 절망적으로 속삭였고, 괴테도 낭랑한 어투로 동조하며 세계 시민주의에 대해 뭔가를 이야기했다. 난 어떻게 그걸 지금까지 모르고 있었을까? 카프카는 나를 직접 거론했다. 그 독실하면서도 관료주의적인 방법으로 정말 나를 지칭했다. 나는 황야의

---

51) 데이비드 핀처 감독의 1997년 미국 영화.

52) 한스 크리스티안 슈미트 감독의 1998년 독일 영화.

53) 1953년에 출간된 사뮈엘 베케트의 소설.

54) 1971년에 출간된 잉게보르크 바흐만의 소설.

55) 노발리스의 소설. 일명 「푸른 꽃」. 작가의 사후인 1802년에 출간되었다.

56) 교부 아우구스티누스의 자서전. 397~400년에 썼다.

57) 1973년에 출간된, 미국 작가 토머스 핀천의 소설.

58) 1809년에 출간된 괴테의 소설.

59) 플라톤의 저작.

60) 1949년에 출간된, 영국 작가 조지 오웰의 소설.

이리[61]였고, 'V.'[62]였고, 오스카 마체라트[63]였고, 고도[64]였다. 사망한 역사 속의 독재자들도 나를 보고 꾸짖기 시작했다.

대량으로 사들인 신문들이 내 눈앞에서 저절로 갈기갈기 찢어졌다. 나는 또다시 질주하며 거리낌 없이 탐욕스럽게 흥청망청 놀았다. 떠들썩한 몇 분만이라도 나 자신과 모든 것을 잊어야 했다. 그러나 원래 내가 되찾고 싶었던 것은 오직 나의 옛날 생활이었다.

사실이었다. 뭔가 이상했다. 정상이 아니었다. 그것도 완전히 정상이 아니었다. 친구들은 나를 졸라대며 괴롭혔다. 때론 여럿이 뭉쳐서, 때론 한 사람씩 차례로 나를 압박했다. 친구들은 모여서 회의를 하고, 결의하고, 전략을 짰다. 내가 3주인가 4주 동안 그들의 결정에 시종일관 반발하고 나서 친구들은 마침내 나를 설득해 샤리테 병원으로 들어가게 했다. 여하튼 샤리테는 역사가 있는 곳이었고 내 위치에도 어울리는 것 같았다. 샤리테는 병리학자 피르호와 외과 의사 자우어브루흐가 몸담았던 병원이었고, 발육이 정지된 「양철북」의 태아처럼 해부학적 기형 전시실이 있는 병원으로 전에 나를 매료한 곳이었다.

앞에서도 말했듯이 나는 나의 병원행이 검사를 위한 것이라고 생각했다.

---

61) 헤르만 헤세의 소설 제목. 시민 사회와 동떨어져 사는 주인공이 야수성을 가진 자신을 가리켜 '황야의 이리'라고 부른다.
62) 미국 작가 토머스 핀천의 소설 「V.」에서 주인공이 찾는 대상의 이름 약자.
63) 귄터 그라스의 소설 「양철북」의 주인공 이름.
64) 사뮈엘 베케트의 희곡 「고도를 기다리며」에서 두 주인공이 기다리는 인물의 이름.

21.

정신 병원은 잘못된 표본들이 조잡하게 뒤섞여 서로 거칠게 반응하는 혼란스러운 곳이다. 우울증 환자들은 조현병 환자들과, 조증 환자는 경계선 인격 장애 환자들과, 기억 상실증 환자는 자살 기도자나 중독증 환자들과 한곳에 수용된다. 번번이 충돌이 일어나는 건 당연하고, 비명 소리가 끊이지 않으며, 접시와 물잔이 날아다니고, 좌절과 망상이 폭발한다. 종합 병원 병동에서는 아무리 독일의 왕이나 저주받은 자들의 천사라 해도 좁은 공간에 들어가서 보낸다. 왕은 신하에게 새로운 공문을 전화로 받아 적게 하기까지 참고 기다려야 한다. 그러나 천사는 어차피 시·공간을 초월해 있기 때문에 그런 건 아무래도 괜찮다. 또한 정신 병원에서는 그냥 좀비가 된다. 인생이 끝난 무일푼의 좀비가 되어 대체 왜 자신이 거기에 있는지 궁금해한다.

하랄트 생각이 난다. 몸집이 호리호리하고 온순한 사람으로 늘 탁구채를 가지고 발을 질질 끌며 병동을 돌아다녔다. 그는 상냥하면서도 알아듣기 힘든 혼잣말을 게거품과 함께 토해냈다. 종종 자기 아버지 이야기를 하며 울기 직전까지 갈 때가 있었는데, 그럴 때면 그의 말은 갑자기 아주 알아듣기가 쉬웠다. 한번은 그가 자제력을 잃고 간호사의 뒤통수에 대고 분노의 장광설을 쏟아내며 소리를 질렀다. 평소엔 친절하고 온순하게 생활하는 사람이었기에 그 모습이 더 낯설고 놀라웠다. 그 분노의 폭언의 주제도 아버지였다. 그는 아버지가 죽기만을 소원했다. 하지만 커다란 슬픔으로 그늘졌어도 변함없이 온순한 그의 눈을 보면 그가 아버지를 아주 간절히 그리워한다는 걸 알 수 있었다.

나는 나흘이나 닷새 예정으로 샤리테 병원 폐쇄 병동에 머물렀다. 그곳에 가게 된 건 일반 병동에는 마침 빈자리가 없었기 때문이었다. 여하튼 병원에서 공식적으로 얘기하기로는 그랬다. 나는 지금까지도 그 말을 믿고 있다. 내겐 모든 게 새로웠다. 내가 나를 진짜 환자로 여기지 않고 필요에 따라 방문하는 거라고 생각했기에 어느 정도 재미도 있었다. 익숙지 않은 주변 환경과 약물 효과 때문에 나는 나만의 편집증적인 생각에서 많이 벗어났다. 편집증적인 생각은 여전히 존재했지만 이젠 절박함이 덜했다. 친구들이 날마다 찾아왔다. 가끔 여덟 명이 흡연실에서 나를 가운데 두고 둘러앉아 있었는데, 그게 어느 환자를 특히나 자극했다. 나는 그 사람을 올라프 게마이너라고 불렀다. 한창 편집증에 시달리는 그는 전율이 일 정도로 오싹한 공격성을 발산했다. 면도를 하지 않아 꾀죄죄한 그는 이글거리는 담청색 딱부리 눈(나는 그걸 '히틀러 눈'이라고 불렀다.)으로 나와 다른 사람들을 빤히 노려보며 말없이 초조하게 담배를 피웠다. 그는 가끔 이해할 수 없는 사고의 흐름에서 나온 말을 내뱉었다. 한번은 그가 내 이름을 물어봤는데 내 대답이 그를 무척이나 격앙시켰다. 자신이 이 폐쇄 병동에 있는 건 나와 이름이 같은 어느 남자 때문이라며 소리를 질렀다. 그 다른 토마스, 토마스 아날이라는 사람은 직업이 의사였는데, 벌써 이름이 말해주듯이 아주 더러운 인간이라고 했다.[65] 더욱이 그 '질척질척한 돌팔이 의사'는 자신에게 지속적으로 파렴치한 메시지를, 그것도 '항문 채널'을 통해 보낸다고 했다. 하지만 내게는 개인적으로 유감이 없고 그저 이름, 내 이름만 그럴 뿐이라며 나를 안심시켰다.

---

65) 아날(anal)에는 '항문의'라는 뜻이 있다.

그러곤 벌떡 일어나 사라졌다. 그를 만나는 게 아주 불편했다(하지만 환자들로 득시글거리는 이 병동에서 계속 그와 마주치는 건 당연했다.). 복도에서든 흡연실에서든 아니면 식사 중이든, 그가 쉴 새 없이 흥분 상태에서 불안정하게 시선을 마주치려고 애썼기 때문이다. 나 자신이 훗날 삽화기에 그와 아주 비슷한 인상을 주변 사람들에게 주었을 거라고 지금 생각하니 온몸에서 힘이 다 빠진다.

나는 왜 먹어야 하는지도 모르고 알약을 먹었다. 어차피 내게 그건 위약(僞藥)[66]이거나 내 뇌를 키득거리게 만든 아주 순한 약물이었다. 약을 먹은 후 마음이 평온해졌지만, 나는 그 평온함이 약이라고 했던 그 물건 덕분이 아니라 세상과 단절되어 고립된 내 상황과 정보의 부재 때문이라고 생각했다. 당시 나는 (지금도 어느 정도 그렇지만) 정보 중독자였다. 늘 온갖 매체가 쏟아내는 정보에 빠져 있던 나는 라디오와 인터넷과 텔레비전을 함께 틀어놓는 걸 좋아했다. 그렇게 하면서 방금 나온 그날의 신문 세 종류를 샅샅이 읽으며 가능한 한 신경을 분산시키려고 했다. 그런 내게 그 같은 격리, 이른바 '차폐(遮蔽) 공간'에서 보내는 기호 없는 생활은 증상을 완화하는 유익한 작용을 했을 것이다. 어쩌면 나는 내가 아직 느끼지 못한 중심, 당시 어디서나 많은 화제가 됐던 그 중심을 찾게 되지 않을까 하고 생각했다. 그러나 한 번 뭔가가 새어 들어오는 일이 발생했다. 텔레비전에서 어느 폭죽 창고가 폭발했다는 뉴스를 보면서 나는 방화라고 알려진 그 사건이 나와 또 무슨 관계가 있는지 자연스레 다각도로 추론했다. 그러나 나는 그 사건을 곧 잊었다. 오히려 지금 기억나는 건

---

66) 환자에게 심리적 효과를 얻도록 하려고 주는 가짜 약.

놀라움을 금치 못하면서도 차분했던 다른 환자들의 반응이었다. 그들은 혼자 중얼거리거나 사건에 대해 잘 아는 듯한 손짓을 했다.

마음이 평온해지고 뭔가 두툼한 것으로 속을 채워 넣은 느낌이었다. 보이지 않는 투구를 머리에 쓴 기분이었다. 그건 한편으로 뉴런이 처음으로 과잉 발열한 뒤 나타난 기력 쇠진 때문이었고, 다른 한편으로는 증상을 누그러뜨리는 약물 때문이었다. 세상이 잔잔하게 가라앉았다. 편집증이 사고를 완전히 바꿔놓고 마비시켰었다. 마음은 평온해졌지만 의심도 들었다. 나는 지금 어디에 있고 왜 여기에 있을까? 이 모든 건 친구들을 안심시키기 위한 엄청난 자기기만이 아닐까? 이곳 정신 이상자들과 장애자들 사이에 있는 내가 엉뚱한 곳에 있는 거라는 깨달음이 서서히 자라났다. 폭죽 창고 화재는 활활 타오르는 바깥을 떠올리게 했고, 현실에서 일어나는 사건과 전복들, 그리고 이 세계의 기호들이 화염 속에서 광분하는 모습을 상기시켰다. 나는 그게 어떤 건지도 모르면서 혼돈의 한가운데에서 처리해야 할 과제가 있다고 확신했다. 병원은 내가 스스로 되고 싶은 존재가 되기에는 어울리지 않았고, 멀리서 내게 부과한 의무를 이행하는 데 방해가 되었다. 나는 자진해서 병원에 들어갔기 때문에 의사의 충고를 무시하고 퇴원할 수 있었다. 나는 정말로 그렇게 했다. 그리고 집으로 돌아왔다. 전부터 이사할 생각이었던 룸메이트는 그새 정말 집에서 나가고 없었다. 정적이 윙윙 소리를 냈다.

22.

내가 앓는 정신 질환은 조울증이다. 의학계에서는 물론이고 점차 일상에서도 양극성 정동(情動)[67] 장애라는 이름으로 알려지고 있다. 조금 수다스러운 이 명칭은 해당 질환을 대수롭지 않은 병으로 치부해버리게 만든다(이건 나만 그렇게 느끼는 게 아니라 다른 이들도 같은 생각이다. 또한 다른 사람들이 보기에는 낙인 효과가 덜한 이름이다.). 어쨌든 이 새로운 명칭은 다양한 장애 유형을 더 잘 묘사하기 위해 도입되었다. 이 질환에는 '양극성 장애 I', '양극성 장애 II', '순환 기질 장애', '급속 순환형 양극성 장애', '혼합형 장애'가 있다. '양극성 장애 I'은 전형적인 조증 뒤에 우울증이 오는 질환인데 대부분 재발한다. 다시 말해 환자는 평생 여러 번 이 질환을 앓는다. '양극성 장애 II' 유형의 환자는 주로 우울증을 먼저 경험하고, 그다음에 경조증을 겪고, 이후 다시 우울증에 시달리는 경우가 많다. '경조증'이란 경미하고 강도가 낮은 조증을 말한다. 다시 말해 환자는 자신이 대단히 강하고, 정신이 맑고, 쾌활하고, 생산적이라고 느끼며, 일찍 잠에서 깨고, 특히 기분 좋은 상태가 된다. 그러면서도 완전한 조증과 달리 어떤 중대한 사고를 치지 않는다(만약 우울증이 없다면 경조증을 문제로 보는 일은 거의 없을 것이다.). '순환 기질 장애'는 양극성 장애 II와 같은 증상을 보이지만, 강도는 약한 대신 발생 빈도는 더 높다. '급속 순환형 양극성 장애'에서는 빈도가 훨씬 높아지면서 1년에 네 번까지 삽화가 나타나는데, 그럼에도 위로 치솟았다가 아래로 곤두박질치는 진동이 격렬하다. '혼합형 장애'에서는 조증과 우울증 증상이 동시에 또는 짧은 간격을 두고 나타난다.

---

67) 희로애락과 같이 일시적으로 급격히 일어나는 감정. 진행 중인 사고 과정이 멎게 되거나 신체 변화가 뒤따르는 강렬한 감정 상태이다.

나는 양극성 장애 I 유형, 그러니까 전형적이고 심각한 유형의 장애를 앓고 있다. 정신과 의사 에밀 크레펠린은 19세기 말에 이 질환을 '조울증'이라고 불렀다. 이 장애 유형에서는 조증과 우울증이 완전히 뚜렷하게 나타난다. 이 질환을 앓는 동안 내 개인적인 증상은 다시 한 번 극적인 양상, 많은 이들이 '핵폭탄급'이라고 부르는 양상을 띠었다. 나는 조증과 우울증이 비정상적으로 오래 지속된다. 게다가 조증에는 편집증적인 정신 이상이 수반된다. 내가 나의 조증에 대해 이야기할 때는 대부분 이 정신 이상 증세까지 함께 의미하는데, 여기엔 망상에 따른 심각한 현실 감각 상실부터 환각에 의한 특성들까지 포함돼 있다. 양극성 장애 I 유형에서 조증의 평균 지속 기간은 약 2주~2개월이지만, 내가 지금까지 겪은 세 번의 조증 삽화는 이 평균치를 웃돌 뿐 아니라 회를 거듭할수록 지속 기간이 늘어났다. 1999년에는 3개월이었고, 2006년에는 1년, 2010년에는 심지어 1년 반에 육박했다. 그 후에 오는 우울증도 마찬가지로 오래, 그리고 고통스럽게 지속되었다. 조증 삽화에서 확실한 게 있다면 그건 이후에 반드시 우울증이 뒤따른다는 것이다. 조증이 강렬할수록 우울증도 깊고 끈질기다.

관련 서적을 읽어보면, 조울증은 전 세계적으로 가장 흔하게 평생 장애로 이어지는 열 가지 질병 중 하나다. 조울증은 발생 빈도가 비교적 높다. 세계 인구의 3~6.5퍼센트가 적어도 평생에 한 번 양극성 장애 중 한 가지 유형의 질환을 앓는다. 비공개 수치는 더 높다. 양극성 장애 환자의 대략 절반 정도가 양극성 장애 환자로 진단받지 않는다. 장애의 원인은 생물학적 원인, 신경학적 원인 등이 있지만, 장애 자체는 정신적 질환으로 나타난다. 다시 말해 기괴하게 바뀐 체험과 행동에서 드러나는데,

감정 상태가 정상을 벗어나고 모든 걸 강렬하게 인지하고 행동으로 옮긴다. 그건 진짜 정신 착란으로 끝나는 강렬함이다. 환자는 자신이 주변 사람들보다 월등히 우월하다고 느끼며, 새로 얻은 자신감을 즐기고 축하하며, 넘쳐흐르는 막대한 에너지에 고무된다. 그리고 심리적인 측면에서든 정신적인 측면에서든 아니면 금전적인 측면에서든 모든 자원을 있는 대로 낭비한다. 무절제는 모든 영역에서 맹위를 떨친다. 조증 환자는 성적으로는 방탕으로 기울고, 지적으로는 엉뚱한 곳으로 솟구치고, 정서적으로는 양극단으로 동요하기 쉽다. 그가 쉬지 않고 뽑아내는 생각과 계획은 현실과 거리가 멀고, 그의 행동 양식은 예측 불가능하고 극단적이다. 창의성은 추진력을 얻기도 하지만 반대로 아무것도 아닌 무(無)로 선회할 수도 있다. 주의력은 흐트러지고, 온통 나무에 집중하느라 숲을 보지 못하고, 세목에 매달려 주제에서 벗어나고, 그러다 다시 숲만 보고 가면서 나무에 부딪힌다. 사랑은 격렬하고 혼란스럽고 때론 지나치게 강한 충동의 연속 상태에서 간헐적이고 무의식적으로 소진되며, 건강한 시기였다면 흥미를 못 느꼈을 사람들과 짧은 연애를 하기도 한다. 조증 환자는 남들 눈에 띄게 옷을 입고, 정신없이 쉬지 않고 움직이며, 왕성한 구매욕과 불면에 빠지고, 말장난과 익살로 흐르는 통제 불가능한 대화 욕구에 사로잡힌다. 이 대화 욕구는 그의 분열된 사고의 기괴함을 비춰주기에는 충분치 않다. 그와 동시에 조증 환자는 자신을 무척 기분이 좋은 열광적인 사람으로 위장한다. 이 병의 진단이 종종 어려운 이유가 여기에 있다. 그는 또한 빚을 지고 파산한다. 여기에 더해 그가 과거의 분류법에서는 조현병에 속했으나 지금은 늘 양극성 장애의 기형 형태로도 인식되는 정신병 증상과 싸울 경우, 조증은 극단적 행복감을 느끼는 정신의 고양 상태에도 불구하고 어두운 편집증, 부정적인 강박 관념, 그리고 불안에 잠식된 총체적인 현실감 상실로 급변할 수 있다. 그렇게 되면 조현병과 조증을 가르는 기준으로는 종종 환청과 재발의 빈도만 남는다. 그런 까닭에 많은 조현병 환자들이 사실은 잘못된 진단을 받은 양극성 장애 환자일 수 있다.

이에 반해 조증의 이면인 음성 증상, 즉 우울증 단계에 이르면 양극성 장애는 거의 견디기 힘든 정신적 고통으로 이어진다. 희망의 상실, 무감각, 권태, 절망이라는 표현만으로 설명하기에는 턱없이 부족한 이 심적 고통은 자살로 끝나는 경우가 적지 않다. 다시 말해 환자의 15퍼센트 이상이 자살하며, 양극성 장애로 진단받고 치료받은 환자 가운데 적어도 네 명 중 한 명은 자살을 시도한다. 질병을 치료하지 않고 놔두면 사망률은 훨씬 높아져, 모든 심장병과 많은 종류의 암 사망률을 넘어선다.

23.

병원에서 퇴원한 다음 날 나는 새벽 네 시에 침대에서 일어났다. 곧 정신이 맑아진 나는 아직 어두운데도 노발리스의 「밤의 찬가」를 머릿속에서 과장해서 읊조리며 열에 들떠 시내를 배회하다가 슈테글리츠 쪽으로 향했다. 여덟 시에는 마그다와 그녀의 여동생이 사는 집을 찾아가 아침 식사를 했다. 식탁은 치우고 다시 차려야 했다. 그 사람들은 나와 달리 아직 평범하게 대학에서 공부하는 사람들이었으니까. 그 후 계속 베를린 경계선까지 힘차게 걸어갔다. 이제 몸이 피곤해진 상태에서 나는 도대체 이 세상에서 무슨 일이 벌어졌는지 생각해보았다. 물론 수

년간 쌓여온 내 넘치는 에너지를 물 쓰듯 펑펑 세상에 돌려주는 것도 기분 좋았다. 공허감이 너무 많이 생기면 새로운 자극과 새로운 도발이 와 주어야 했다. 서로 얼굴을 맞대고 지내는 현실에서 오든 인터넷 세상에서 오든 상관없었다. 인터넷에서는 어차피 내가 쓴 글들이 수천 번, 아니 수백만 번 복사되어 퍼져나갔다고 생각했으니 말이다. 독일 총리가 내 글에 반응했다. 케이트 모스[68]와 막심 빌러[69]도 각자 자기만의 개성 가득한 방식으로 내게 관심을 보였다. 나는 '체다트(ZEDAT)'로 줄여 부르는 베를린 대학교의 정보 처리 센터에서 인터넷에 글을 올린 뒤 몇 분 동안 연구소 복도를 오가는 사람들과 달렘 지역 거리를 지나는 사람들의 반응을 살폈다. 이제는 정적마저 의심스러워졌다. '달렘은 불타야 해!'[70] 나는 속으로 이렇게 생각했다. 아니 이렇게 말하며 웃었는지도 모른다. 여하튼 그러고 난 뒤 나는 랑크비츠 지역으로 갔다가 다시 집으로 돌아왔다.

매체 기기는 유일하게 발작적으로 반응한 기계였다. 비디오는 내 발언, 나아가 내 행동, 내가 가는 길, 내 말에 직접 반응하도록 프로그램이 짜여 있었다. 비디오는 나를 응원하고, 경고하고, 욕하고, 찬미하면서 늘 논평을 붙였다. 나는 기호로 이루어진 방에 갇혀 있었다. 기호는 나를 왕자와 바보와 무용수로 동시에 만들어 함께 사육제를 벌였다. 심지어 내 방에서조차 나는 모든 일을 지켜보는 게 누구인지, 내 자세나 내가 인터넷에 올린 글을 보고 벌써 최신 뉴스와 비디오 클립을 기획하는 게 누구인

---

68) 케이트 모스(Kate Moss : 1974~) : 영국 모델.
69) 막심 빌러(Maxim Biller : 1960~) : 독일 작가.
70) 브레넨 무스 달렘(Brennen muss Dahlem!) : 스티븐 킹의 소설 「살렘스 롯(Salem's Lot)」의 독역본 제목 '살렘은 불타야 해(Brennen muss Salem)'의 패러디.

지 알지 못했다. 나는 무엇에 홀린 듯 자꾸 텔레비전을 뚫어져라 바라보았다. 모든 게 생방송이었다. 두려움에 몸이 완전히 마비되어 앉아 있던 나는 마침내 다시 분노가 폭발했다.

이따금 나는 세미나에 참석했다. 1시간 30분이라는 시간을 견디려면 정신을 바짝 차려야 했다. 나는 조용히 앉아 침착하게 듣고 있을 수가 없었다. 가끔 손을 들고 발언할 때는 두서없는 대답을 아주 빠르게 랩을 하듯 교실에 내뱉었다. 나는 초기 낭만주의자들과 후기 사이버펑크[71] 간에 새로운 연관성이 있다고 보고 말도 안 되는 농담을 했으며, 지나가는 말로 '코체부(Kotzebue)'[72]를 '휘부(Hui Buh)'[73]와 비교했다. 그 말을 듣고 내 옆에 앉은 여학생은 소리 내어 웃었으나 교수는 당황하는 기색이 역력했다. 조현병 환자와 조증 환자의 전형적인 특징인 강박적 익살은 내 두뇌에서 언어를 주관하는 곳을 독점했다.

그 외에도 나는 완전히 절망하지 않기 위해 무질서한 상황을 어떤 농담에 넣어 분류하려고 애썼다. 나는 옛날 룸메이트 라르스가 일하는 화랑을 찾아갔다. 그곳에서 아이들 책을 가지고 하는 새로운 전시회가 열린다는 말을 우연히 들은 후였다. 어쩌면 영원한 아이인 나를 위한 것일 수 있겠다고 생각했다. 화랑 주인은 내게 친절하게 인사한 후 아래층으로 안내하더니, 정말로 색칠 공부 책이 있는 곳으로 데리고 갔다. 그러니

---

71) 사이버펑크(Cyberpunk): 1980년대 이후 등장한 과학 소설의 한 장르. 발달한 과학 기술과 그에 따른 사회적 병폐, 부조리, 계급 갈등 등을 소재로 사용한다. 주로 후기 고도 정보 기술 사회를 디스토피아적인 우울한 사회로 그려낸다. 이 장르의 소설들은 필름 누아르나 탐정 소설의 형식을 빌려서 구성하기도 한다.
72) 아우구스트 폰 코체부(August von Kotzebue: 1761~1819): 독일의 극작가.
73) 라디오 드라마 『휘부』의 주인공.

까 여기서 이걸 전부 칠해도 되나요? 그게 작가의 의도인가요? 네. 저기에 색연필이 있어요. 화랑 주인이 대답했다. 하지만 아직 아무도 색칠을 하지 않았네요! 내가 말했다. 그녀는 고개를 끄덕이고 그곳을 떠났다. 화랑 주인은 그렇게 끄덕이지 않는 게 좋을 뻔했다. 나는 연필을 쥐고 색칠을 하기 시작했다. 처음 얼마 동안은 색연필로 아주 착실하게 도형에 색을 입히고 농담과 음영도 표현했다. 그러다 곧 아무렇게나 휘갈겨 칠하기 시작하면서 정해진 선을 무시하고 색연필로 그림을 망쳐놓았다. 나는 계속 색을 칠하면서 그 위에 굵은 글씨로 '파괴'라고 적었다. 하지만 그게 너무 시시하고 약해 보여 '파괴' 뒤에 또 '파괴'라는 글자를 적었다. 그랬더니 파괴 행위를 할 때는 파괴를 파괴해야 한다는 메시지가 더 잘 전달되는 느낌이었다. 얼마 후 나는 일어나 정중하게 작별 인사도 하지 않은 채 화랑을 나왔다. 한 시간 뒤에는 이 행동을 내가 장악하고 있는 인터넷 포럼 중 한 곳에 아주 세세하게 적은 뒤 중압감에 눌린 수사법으로 꾸밈없이 비평했다. 곳곳에서 감지된 소문, 벌써 매체에서 흥분한 목소리로 다뤘던 소문을 다시 낚아채 해명해야 했기 때문이다. 이후 라르스가 잠깐 집으로 찾아왔다. 내가 한 행동에 대해 소식을 들었다면서 '인상적인' 행동이었다고 공허한 눈으로 말했다.

나는 여러 사람에게 전화를 걸었다. 당시에는 대부분 전화번호를 그냥 전화번호부에서 찾을 수 있었다. 나는 암호화된 메시지를 남겼다. 몇몇 사람과 나눈 대화는 내 편집증적인 관계망에 해독해 올렸다. 그런 다음 새로 얻은 정보를 기억에 담고 시내로 나간 뒤 게임의 말처럼 이 계단에서 저 계단으로 뛰어오르고, 아무 물건이나 주워 모으고, 서둘러 다시 집으로 달려가 또 전화를 걸기 시작했다. 나는 울프 포샤르트[74], 유타

쾨터[75], 디트마르 다트[76]에게 이메일을 보내고 모리츠 폰 우슬라[77]에게
는 전화를 걸었다. 다트는 답장을 보내지 않았다. 그러므로 나는 《스펙
스》[78]에 앙심을 품었고, 그에게 보냈던, 양말을 은유 삼아 쓴 글을 계속
써나갔다. 포샤르트는 재미있으면서도 진지한 답장을 보냈다. 그는 내가
보낸 글을 즐겁게 읽었지만 그건 문학이지 저널리즘이 아니라고 적었다.
반면에 유타 쾨터는 상대방의 요구에 즉각 부응하듯이 현재 뉴욕에서 보
내는 자신의 생활에 대해 있는 그대로 이야기했다. 그게 나를 묘하게 감
동시켰다. 그녀는 미친 낯선 사람에게 자신을 열어 보였다. 나는 한편 기
쁘면서도 지금처럼 정신이 이상한 상태에서는 그녀의 행동에 어떻게 반
응해야 좋을지 몰랐다. 나는 혼란한 마음으로 답장을 보냈다. 마지막으
로 전화를 걸어주기를 기다렸던 모리츠 폰 우슬라는 내가 자동 응답기
에 남긴 메시지가 무슨 말인지 이해하지 못했다고 짧게 말했다. 나는 그
의 말을 당장 이해했다. 그리고 왜 그는 그렇게도 건강하고 목소리도 낭
랑한데 나는 그렇지 못한지 잠시 생각했다. 그런 뒤 이 깨달음은 눈 깜
짝할 새에 반대로 뒤집혔다. 그는 그냥 쿨한 척하는 병, 사람을 현혹하고
멍청하게 만드는 잘난 체하는 병에 걸린 것이고, 나야말로 진짜 인생, 찬
란히 꽃피는 가식 없는 삶을 사는 거라고 생각했다.

---

74) 울프 포샤르트(Ulf Poschardt : 1967~) : 독일의 언론인이자 작가.
75) 유타 쾨터(Jutta Koether : 1958~) : 독일의 화가이자 행위예술가.
76) 디트마르 다트(Dietmar Dath : 1970~) : 독일의 작가이자 언론인. 1998년부터 2000년까
   지 잡지 《스펙스》의 편집장을 지냈다.
77) 모리츠 폰 우슬라(Moritz von Uslar : 1970~) : 독일 작가이자 언론인.
78) 스펙스(Spex) : 베를린에서 격월간으로 발행되는 음악 및 대중문화 잡지.

24.

우리는 토이펠스베르크[79]에 서 있었다. 전에도 여기에 온 적이 있었지만 지금 이 순간, 아니 이 순간의 감격과는 결코 비교할 수 없었다. 오존이 짙게 드리운 블루 아워[80], 이 분위기가 가슴을 가득 채우고 펑 터뜨리려 했다. 어스름한 황혼 속에서 실루엣은 부드러워지고, 몸은 빛이 통과할 듯 얇어지고, 정신은 터질 듯 팽팽해졌다. 한순간 날아갈 것 같은 기분이었다. 내가 미친 거라면 한번 날고 싶다는 생각이 들었다. 두 팔을 활짝 벌리고 솟아오르고 싶었다. 베라와 헨리크는 아주 가까운 곳에 서 있었다. 나는 두 사람을 느꼈고 그 두 사람은 나를 느꼈다. 우리는 인간이었다. 헨리크가 르코르뷔지에 하우스[81]를 가리키며 뭔가를 설명했다. 나는 귀 기울여 들으며 그가 한 말을 이해했다. 모든 게 아주 간단해 보였다.

깨달은 자의 은유가 내 감성에 영향을 주었는지, 아니면 도리어 내 감정이 감정을 인용한 것인지, 아니면 내가 그 모든 걸 정말 그렇게 경험했는지 잘 모르겠다. 나는 내가 그걸 정말 경험했다고 생각했다. 내 머리카락은 수상 돌기를 닮았다. 머릿속에는 압력이 들어차 있었지만 부드럽

---

79) 토이펠스베르크(Teufelsberg) : 제2차 세계대전 이후 전쟁 폐기물을 쌓아 만든 곳으로 베를린 서쪽에 있는 언덕. 정상에는 미군의 관제탑과 도청 및 감청 시설로 쓰이던 건물의 잔해가 있다.

80) 블루 아워(blue hour) : 해가 뜨기 전이나 해가 진 후 얼마 동안 주위가 희미하게 밝은 시간대. 하늘이 완전히 어둡지도 않고 밝지도 않으면서 푸르스름한 빛을 띠어 매우 오묘한 분위기를 자아낸다.

81) 르코르뷔지에 하우스(Le-Corbusier-Haus) : 건축가 르코르뷔지에의 설계에 따라 지은 베를린의 공동 주거지.

고 기분 좋았다. 피부는 민감하지만 정상이었다. 모든 게 뭔가를 기다리며 대기 중이었다. 르코르뷔지에 하우스와 토이펠스베르크와 올림픽 경기장으로 이루어진 이 삼각 지대에서 사물들은 역사의 짐을 지고 있었다. 장식에서 해방된 공동생활이라는 실용적인 바우하우스[82]의 미래상은 파시즘의 거대 건축과 만났고, 파시즘의 잔해는 무너져가는 연합군의 도청 시설에서 정점을 찍었다. 이제는 그곳에 올라갈 수 있었다. '양극 체제'의 잔해를 장비 없이 등반할 수 있었다. 우리는 그 안에 서 있었다. 바람이 불었다. 정말로 낙원에서 부는 바람이었다. 우리는 행복하게, 또 확실하게 서로 신호를 주고받았다. 역사의 긴장이 다른 두 명으로부터 나를 계속 밀어냈다. 나는 그들을 뒤에 두고 말없이 발걸음을 옮겼다. 혼자 언덕을 걸어 올라가 도청 시설 꼭대기까지 갔다. 그곳에서 미끄러진 나는 바닥에 누워 저 위에 있는 별들을 바라보았다. 전에는 그렇게도 좋아했으나 어느덧 잊힌 별들이었다. 별들은 조용히 쉬지 않고 빛났다. 냉전은 막을 내리고 그 잔해는 이제 여가 시설로 몰락했다. 저건 젊은이들이 직접 만든 거라고 나는 생각했다. 아무것도 하지 않으면서, 영광스럽게 거부하면서, 구멍 난 운동화를 신고 집단으로 게으름을 피우면서 만든 것이었다. 분노의 표출이었다. 그건 X세대의 필생의 과제였다. 나는 일어나 아래로 내려갔다. 밤이 나를 자비롭게 집어삼켰다.

---

82) 바우하우스(Bauhaus) : 1919년 건축가 발터 그로피우스가 독일의 바이마르에 설립한 조형 학교.

25.

이튿날(아니면 이틀 뒤나 일주일 뒤) 나는 샤리테 병원에서 내 담당 의사를 만나기 위해 대기실에 앉아 있었다. 나는 이따금 면담을 하러 갔다. 내 맞은편에 미친 여자가 웅크리고 앉아 있었다. 마흔 살가량에 몸은 비대하고 긴장한 모습이었다. 그녀는 계속 내 무릎을 빤히 쳐다보면서 의자에 앉아 안절부절못하고 몸을 부산하게 움직였다. 나는 태연히 앉아 내 평온함의 일부를 내뿜어 그녀에게 전해주려고 애썼다.

의사가 있는 진찰실로 들어가는 도중에 아버지 생각이 났다. 내 생물학적 아버지, 나를 낳은 사람, 뭐 어떻게 부르든 간에 아버지라는 사람을 생각할 때면, 나는 내가 텔레비전에서 방영되는 수많은 오후의 토크 쇼 중 하나에 출연한 기분이 들었다. 여하튼 그 아버지가 내 건강이 안 좋다는 소식(왜 '안 좋다'는 거지? 나는 힘이 넘쳐흘렀는데.)을 듣고 베를린으로 차를 몰고 가다가 중간에서 차가 퍼져 멈춰 섰다. 내가 듣기론 그랬다. 나는 무음으로 진행되는 극적인 장면을 상상했다. 아버지가 고속 도로 갓길에서 녹초가 된 모습으로 차에서 내려 숲을 향해 딱히 뭐라고 규정할 수 없는 몸짓을 한 뒤, 지친 얼굴로 머리를 차량 지붕에 댄다. 자동차들이 무심하게 지나간다. 영화 같은 장면이다. 무음이지만 대단히 극적인 영화 같다. 중간에서 뻗다니. 그건 그의 인생 모습이었다. 그와 동시에 나는 그게 거짓말이라고 생각했다. 화물차 운전사가 왜 아이펠 지방에서 베를린으로 가는 노선을 주파하지 못한단 말인가? 아버지는 그냥 카지노에 갔다가 전처럼 거기에서 다 잃고 만 것이겠지. 나는 그 남자를 알지 못했다.

내 담당 의사인 멜빈 박사는 지금까지 내가 본 사람 중에서 가장 무미건조한 인물이었다. 그의 생김새가 어떤지도 말하기 힘들었다. 안경이 얼굴 전체를 덮었고 정수리는 창백했다. 그는 내가 방금 무슨 생각을 했는지 또는 무엇을 느꼈는지를 무미건조하게 질문하고, 아무 감정 없이 관료주의적으로 여러 가지를 물어보았으나 내가 한 말에는 아무 대꾸도 하지 않았다. 나를 걱정하는 친구들이 가끔 그에게 전화를 걸어 내 상태를 문의했다는 걸 나는 알고 있었다. 하지만 그는 거기에 대해 한마디도 하지 않았다. 나는 앞서 말한 미친 여자에게 그랬듯이 의사를 진지하게 대하는 동시에 대수롭지 않게 여겼다. 내가 대기실을 지나 밖으로 나왔을 때 미친 여자는 벌써 사라지고 없었다. 모두가 단역 배우들이었다.

26.

조증 단계에서는 시간이 미친 듯이 흐른다. 하루하루가 내 옆을 쏜살같이 지나간다. 아니, 내가 하루하루를 신이 나서 질주한다. 들어오는 정보는 셀 수 없이 많고, 자극은 현란하며, 수면 시간과 간격은 짧다. 내가 모든 걸 휘어잡아 마음대로 할 수 있다는 확신 속에서 살아간다. 마지막 신경 섬유 하나까지 힘과 능력과 전지전능함과 행복감으로 넘치다가 다시 공포와 분노와 죄책감으로 가득 찬다.

나는 내 적인 슈프링거[83]와 다임러 벤츠[84]를 목표물로 삼았다. 그들은 베를린 미테 지역에서 팽창해나갔다. 후기 자본주의 사회에서 만들어졌

---

83) 악셀 슈프링거가 창립한 유럽 최대 출판 기업 중 하나. 베를린에 본사가 있다.
84) 1926년 자동차 회사인 다임러 사와 벤츠 사가 통합하여 설립된 회사.

기에 절망으로 가득 찬 맹독성 독극물을 뿌려댔으며, 땅딸막한 UFO와 기념물들을 건설하곤 가차 없이 도시 중심가로 밀고 들어왔다. 나는 카우프호프 백화점 스포츠 매장으로 가서 야구 방망이를 찾아보았다. 처음엔 예쁘면서 첨단 기술로 무장한 농구화와 농구 바지에 눈길이 갔다. 정말 끝내줬다! 그러나 지금은 사소한 물건에 시간을 빼앗길 수 없었다. 그래서 농구 코트를 본떠 바닥에 그어놓은 선을 따라 계속 가보았다. 안쪽 매장은 분위기가 훨씬 미국적이었다. 그러니 야구용품도 멀지 않은 곳에 있을 터였다. 아니나 다를까, 정말 거기에 있었다. 멋진 야구 방망이들이 따로 유리 진열장 안에 걸려 있었다. 벌써 조금쯤 양심의 가책을 느끼면서 나는 종업원에게 진열장을 열어달라고 했다. 종업원은 아무 의심 없이 계속 친절하게 대해주었다. 나는 단단하고 묵직하고 견고한 나무로 만든 야구 방망이 하나를 손에 들고 전문가처럼 팔을 구부려 무게를 저울질하며 웃었다. 계속 내 옆을 떠나지 않던 종업원도 웃었다. 나는 야구장에서 하듯 방망이를 아주 느린 속도로 몇 번 휘두르는 시늉을 한 뒤, 타자가 반원을 그리며 공을 때리는 전형적인 타격 시범을 해보였다. 방망이를 목덜미에서 시작해 앞쪽으로 밀면 몸 옆에서 공을 맞힌다. 나는 짐짓 전문가 같은 표정을 짓고 이 동작을 몇 차례 반복했다. 그러면서 오래전부터 야구에 정통한 사람인 양 경쾌한 발걸음으로 사뿐사뿐 뛰었다. 그와 동시에 내가 제다이[85] 기사가 된 기분이었다. 방망이의 움직임은 정말 광선검이 휘는 모양을 닮았다. 우주를 관통하는 스우시[86]였다. 나는

---

85) 제다이(Jedi) : 영화 「스타 워즈」에서 공화국을 수호하는 평화 수호자이자 학자 겸 수도사 집단.
86) 스우시(Swoosh) : 미국의 스포츠용품 브랜드 나이키의 로고.

속으로 벌써 플렉시글라스 유리창을 때려 부수는 내 모습을 상상했다. 같은 곳을 때리다가 곧 약해진 부분을 다섯 번 제대로 가격하면 유리 파편이 튀어오를 테고, 무수한 파편들이 터져 하늘로 치솟으면 디페시 모드[87]가 내는 경보음 소리에 맞춰 하늘에도 금이 갈 거다. 그러면 더는 멈출 수도 돌이킬 수도 없다. 회사 지점은 모두 망하고 말 거다. 나는 전시된 벤츠 리무진을 단시간에 깨부숴 미래파의 고철 예술로 만들고, 자본주의와 예술에 반대하는 성명으로 금고를 폭파하고 세상의 모든 범주를 쓰레기로 만들 거다. 그런 다음 전투화를 신고 수지가 런던에서 보내준 길거리 싸움꾼들의 모자를 쓰고 조용히 슈프링거 고층 사옥으로 쳐들어갈 거다. 그리고 거기에서……. 아니, 슈프링거 고층 사옥을 어떻게 한단 말인가? 그걸 내가 어떻게 뒤흔든단 말인가? 옛날 좌파들을 별장에서 불러내야 할까? 그 사람들이 살면서 잃어버렸던 활을 지금이라도 완성하려고 내게 동조할까? 선동가에게 비난이 쏟아진다!

그러나 구체적인 계획이 하나도 떠오르지 않았다. 옆에 있는 종업원은 초조한 기색이었다. 고층 사옥에 들이대는 야구 방망이는 장갑차에게 대드는 나사돌리개와 같다. 그렇지 않은가? 더구나 그때까지 남아 있던 내 옛날 자아상을 갑자기 그 볼품없는 환상과 일치시킬 수가 없었다. 이게 정말 나일까? 이 단순한 꼬마 테러리스트가? 도덕적인 죄책감과, 내가 적이 선택한 완벽히 진부한 수법에 걸려들었다는 생각이 뒤섞였다. 이런 식의 싸움은 모두 오래전에 격퇴당하지 않았나? 대체 무슨 싸움이 더 남아 있단 말인가? 내 손에 들린 야구 방망이가 다시 원래대로

---

87) 디페시 모드(Depeche-Mode): 1980년에 결성된 영국의 록 밴드.

죽은 사물이 되었다. 광선은 없었다. 나는 멍청한 기생충으로 변하기 일보 직전이었다. 우스웠다.

"이야, 아주 훌륭하네요." 나는 종업원 손에 방망이를 쥐어주고 고맙다고 말한 뒤 그곳을 나왔다. 그러곤 다시 뒤돌아 매장으로 돌아가서 농구공을 하나 샀다.

27.

　나는 여전히 친구들과 종종 밖으로 나가 취하도록 마셨고, 모르는 여자들에게 내가 좋아하는 인터넷상의 여자 친구의 이름을 붙여 말을 걸었고, 모든 걸 모든 것과 혼동했다. 모든 공간이 의미로 가득한 동굴이 되었다. 그곳에는 상상할 수 없는 형상들이 살고 있었다. 머잖아 나는 마그다에게 푹 빠졌다. 그녀도 나를 좋아했다. 그녀는 쉴 새 없이 쏟아지는 내 능변에 넋을 놓았다. 아무리 내가 정도가 지나치거나 무의미한 말을 해도 개의치 않았다. 언젠가 마그다가 우리 집에 찾아왔을 때 나는 대담한 코미디 만화 영화인 「고양이 프리츠」를 틀었다. 원래는 마음에 전혀 들지 않는 영화였지만 그때는 섹스와 마약 같은 내용들 때문에 거부할 수 없는 유혹의 도구처럼 생각되었다. 나 자신이 그 코미디 영화 속의 고양이였다.

　나는 마그다를 무척 좋아했지만 곧 그 사실을 잊어버리고 며칠 뒤 어느 집 파티에서 다른 여자에게 말을 걸었다. 지금은 그녀의 이름을 잊어버렸다. 그 여자도 우리 집을 찾아왔다(그녀가 내게 전화하기 직전 다른 여자, 그러니까 인터넷에서 만나 좋아하게 된 여자가 전화를 걸었는데, 내가 보기엔 서로 짜고 미리 말을 맞춘 것 같았다. 그런데 두 여자는 서로 모르는 사이였으니 편집증적인 연결이었다.). 그녀는 나의 혼잣말에 마그다처럼 적응하지 못했다. 그런 식으로 아무 이유 없는 말을 하는 내가 이상한 사람처럼 보였을 거다. 그녀는 곧 다시 가려고 했다. 그리고 지금 무조건 폴크스뷔네 극장에서 열리는 슐링겐지프[88]의 밤에 가자고 재촉했다. 우리가 보려고 대충 마음에 두었던 연극이었다. 그곳에 가는 도중에 그녀는 내게 '진실에 대한 다른 관계'를 증명했다. 물론 나는 그걸 완전히 오해했다. 그녀가 의도한 것처럼 비뚤어진 혼란한 관계로 해석한 게 아니라 유일하게 옳은 관계, 훌륭하고 참된 관계, 모든 의문을 푸는 단 하나의 열쇠로 해석한 것이다. 그런 다음 그녀는 진실에 관한 다양한 이론, 예를 들면 합의설, 정합설, 이미지설, '샛별은 금성이다.' 같은 이론을 설명한 뒤 자신의 조야한 가설을 세웠다. 그녀의 가설은 사실에 관한 내 새로운 은유법에 처음으로 연역법을 제공했다. 내 눈에는 그 여자가 미치도록 예쁘게 보였다.

폴크스뷔네에서 우리는 열려 있는 측면 입구에 계속 서 있었다. 관객석으로 들어가는 곳이었다. 나는 그녀에게 슐링겐지프를 안다고 말하고 푸코[89]도 아는 사람이라고 했다. 나는 푸코가 아직 살아 있다고 믿었다. 나는 두 사람과 계속 연락하는 사이라고 말했다. 우리가 쓴 글에 일치하는 면이 있다는 의미로, 그러니까 심하게 왜곡해서 말한 것이었는데, 그게 진짜 우정을 나눈다는 주장처럼 들렸다. 그런데 사실상 고립이나 체제의 과오와 싸운다는 점에서, 그것도 각자 자신을 위해 그리고 남들을

---

88) 크리스토프 슐링겐지프(Christoph Schlingensief: 1960~2010): 독일의 영화 및 연극 연출가이자 작가.
89) 미셸 푸코(Michel Foucault: 1926~1984): 프랑스의 구조주의 철학자.

위해서도 싸운다는 점에서 우리는 모두 친구 아니던가? 연극은 벌써 시작되었다. 나는 시간이 흐를수록 불안해지면서 벌써 말을 하려 했고, 몸을 앞뒤로 심하게 움직였다. 자극과 충동이 작은 전기 충격처럼 내 몸을 관통했다. 그녀는 나를 다시 한 번 훑어보더니 내가 뭐라고 소리를 지르기도 전에 말했다. "우리 나가는 게 좋겠어."

그녀는 나를 다시 밖으로 데리고 나갔다.

비에 젖은 길을 걸어 교외선 열차를 타러 가던 중 우연히 클레멘스 시크[90]와 마주쳤다. 나의 옛날 룸메이트였던 라르스의 친구였다. 나는 그를 아주 잘 아는 양 반갑게 "클레멘스!" 하고 그의 귀에 대고 소리쳤다. 그가 걸음을 멈췄다. 당장 분위기가 얼어붙었다. 그가 얼떨떨한 표정으로 나를 바라보는 바람에 나는 말을 멈추고 침묵했다. 여자와 클레멘스는 서로 그럴 생각이 없는데도 잠시 이야기를 나누어야 했다. 지금 와서 생각해보니, 두 사람의 눈빛이 내 상태를 훤히 알고 있다는 걸 드러냈다. 당시 내가 잘못 해석했던 그들의 눈빛이 지금 기억난다. 혹시 라르스가 그에게 벌써 내 이야기를 했을까? 어쩌면 내 상태는 눈에 빤히 보이도록 분명했을 것이다.

"너희들 지금 뭐 해?" 그가 친절하면서도 불안한 표정으로 물었다.

"집에 가는 길이야." 여자가 기묘하게 심각한 얼굴로 대답했다.

그런 뒤 세 사람은 모두 고개를 끄덕이며 작별 인사를 나누고 서로 길을 달리해 헤어졌다.

*

---

90) 클레멘스 시크(Clemens Schick : 1972~   ) : 독일의 영화배우. 당시에는 무명이었다.

그때 하케셔 마르크트에서 빗속에 서 있던 모습을 떠올려본다. 미래의
배우 시크가 우리 앞에 서 있고, 여자가 이야기하는 동안 나는 옆에서
그녀를 바라본다. 이렇게 당시의 상황을 떠올려보면, 그때 삽화기에 느꼈
던 감정이 마침내 다시 생생하게 되살아난다. 소외된 느낌, 옆으로 비켜
선 느낌. 정신병이 만드는 거리감, 갑작스러운 충격, 일거에 완전히 비정
상이 되어 이해할 수 없게 된 관계에서 오는 낯섦. 나는 현실에서 곁방에
있고, 벗어날 수 없는 뒷방에 있다. 사실 특별할 것 없는 그날의 만남의
기억 속에 이 모든 것이 짧게나마 다 들어 있다. 물론 그 이미지는 평범
한 과거의 모습으로 기억에 저장돼 있지 않다. 그건 수증기가 들어찬 실
내에서 빗방울로 얼룩진 자동차 앞 유리를 통해 내다보는 장면과 같다.
나는 두 사람 옆에 서서 뭔가를 말하다가 아무 말도 하지 않는다. 아무
래도 상관없다. 나는 소리를 지를 수도 있다. 그래도 거리감은 똑같을 것
이다. 두 사람은 서로를 바라본다. 지금 떠오르는 건 이렇다. 충동적이고
부적절했던 인사, 그 순간 내 인사에 놀라던 그의 모습, 그리고 다음 순
간 당혹감을 지워버리던 그들의 행동. 자꾸만 떠오르는 이 3종 움직임.
들이밀기와 놀라 물러서기와 무시하기. 그다음에 떠오르는 건 소심한 침
묵, 그와 동시에 기만적인 상황을 돌파하려던 의지, 그리고 다시 (지금 생
각해보니) 뭔가를 아는 두 사람의 눈빛을 올바로 해석하지 못한 무능력
이다. 신경의 일부는 이 부조화를 의식하고 조용히 전율하지만, 의식 자
체는 안타깝게도 그 부조화를 무시한다. 또 떠오르는 팽팽한 긴장, 필름
누아르에서와 같은 장면, 아름답고 심오한 인간들, 그리고 뭔가 아주 이
상하다는 통찰. 투명하고 파랗고 예리한 눈의 클레멘스. 그는 이 모습들
을 기억하지 못할 것이다. 아름답던 이름 모를 여자. 그녀는 이 글을 읽을

일이 없을 것이다. 나는 그들이 하는 말에서, 그때의 상황에서 그 이상한 기만을 읽어내지만, 내가 옆으로 밀려나는 상황과 그들의 거짓말의 구체적인 원인을 뭐라고 명명해야 할지 알지 못한다. 그리고 그 기만이 대체 어디에서 비롯됐는지도 나는 알지 못한다.

그 구체적인 원인은 당연히 나다. 하지만 나는 그걸 알지 못한다. 머릿속에 들어찬 압력, 영화처럼 내리는 비, 희미한 불빛. 무례함, 그의 멍한 눈 그리고 나의 멍한 눈. 나를 대할 때 거즈처럼 모든 걸 감싸는 신중함, 훗날 비슷한 상황에서 나로 하여금 자제력을 잃게 만든 태도. 밀려난 느낌. 후퇴 후의 돌진. 돌진은 침범할 수 없는 아우라와 빛을 소멸시키려는 시도다. 빗속에 나타난 성인의 후광. 내 기발한 어휘력을 동원하자면 그건 '위선자들의 후광'이라고 생각한다. 비, 두 사람의 눈. 허망함.

그리고 계속 걸어가는 단조로운 장면이 떠오른다. 나는 여자를 열차 타는 곳까지 바래다준 뒤 비틀거리며 얼른 집으로 돌아와 귀청을 찢는 음악을 듣고, 옛날 책과 최근 논문을 펼쳐 몇 개 단락을 읽고, 잠이 들었다가 세 시간 후에 다시 깨어 시끄럽게 소리를 지르기 시작했다.

몇 년 뒤 그 여자를 어느 무도장에서 만났다. 내게 말을 걸어온 그녀는 아직도 슐링겐지프를 알고 지내느냐고, 혹시 그새 상황이 달라졌느냐고, 만일 그렇다면 어떻게 달라졌느냐고 물었다. 내 기억이 틀리지 않다면, 그녀의 얼굴에 살짝 비웃음이 묻어 있었다. 그새 건강이 좋아진 나는 당시의 일을 잊었거나 의식에서 밀어낸 상태였다. 그러다 그때 옛날 사건과 마주하자 당장 기억이 되돌아왔다. 나는 무슨 말을 해야 좋을지 몰랐다. 그녀는 미소를 짓고 춤을 추다가 사라졌다. 그때 나는 깨달았다. 내게 망상이 일어난 모든 밤과 모든 시간이 잊히지 않고 그대로 있다는 것을. 어딘가에 늘 흔적을 남겼다는 것을.

28.

그렇게 두세 달이 흘렀다. 강박 관념은 계속 바뀌었다. 새 천년을 뜻하는 이른바 밀레니엄이 다가왔다는 사실이 나를 추가로 자극했다. 갑자기 나는 지금까지 우스꽝스러운 것으로 매도했던 주변의 밀레니엄 히스테리가 납득되었다. 심지어 거기에 전염까지 되었다. 왜냐하면 나는 그 끔찍한 장난질의 유일한 원흉은 아니더라도 분명히 여러 원흉 중의 한 명이었기 때문이다. 모든 게 벌써 오래전부터 진행되어온 것 같았다. 내가 오래전부터 준비되어 온 사람 같았다. 나는 생각에 잠겨 언제부터 사람들이 나를 알고 관찰했는지를 곰곰이 따져보았다. 그리고 정확히 언제 세계정신[91]이 이 사고를 쳤는지 알아내려고 노력했다. 나는 당시 인기 많던 「연대기」를 샀다. 1987년, 1983년, 1982년, 1979년, 1977년의 연대기였다. 그 밖에 피셔 출판사에서 나온 「세계 연감」을 연도별로 구입해 정치적 사건과 문화적 사건을 꼼꼼히 읽었고, 팝송 가사를 기억해내 새롭게 해석해서 불렀다. 그 노래들은 항상 나에 관해 이야기했다! 사방에서 조언과 재해석과 명령과 욕설이 쏟아졌다. 나는 가사와 뉴스가 뒤엉킨 미로에 갇혀버렸다. 미로는 내게 쉬지 않고 모순의 극치를 달리는 메시지를 속삭였다.

---

91) 세계정신(Weltgeist) : 세계를 통일하고 지배하는 정신적 원리. 헤겔은 세계정신의 자가실현 과정이 세계사라고 하였다.

당장 1982년과 1983년이 내 강박 관념이 되었다. 그때만 해도 아직 어린아이였던 나는 이제 본의 아니게 인류의 실험 대상이 되었다. 나는 1982년의 정권 교체를 완전히 새로운 눈으로 바라보았다. 세계정신의 탐조등은 폴란드 슐레지엔 사람의 후손으로 본의 바트 고데스베르크에 있는 일종의 빈민 주거지에서 자란 어린아이를 비췄다. 아이는 파탄 난 가정 환경에서 성장했다. 따라서 기독민주당으로 기울던 보수의 반동은 기적과는 한참 거리가 멀어 보였다. 예언자와 수석 평론가들은 「스타 워즈」의 은유적인 '힘'과 실제의 '힘'으로 제압당한 이 골치 아픈 남자아이가 이제 겨우 자신의 죄악을 반성하는 독일로 하여금 말할 수 없이 더 큰 죄를 짓게 할까 봐 두려워하는 게 분명했다. 더욱이 알코올 중독 증상을 보이고 폭력을 자주 휘두르는 내 계부는 이름이 헬무트였다. 그래서 헬무트 콜[92]이나 헬무트 슈미트[93]가 등장할 때 "헬무트, 헬무트" 하고 외치는 소리는, 벌써 망상에 빠졌던 당시에 회고해보면, 그저 단순한 정치적 환호성이 아니었다. 그건 계부의 손상된 정신을 더 왜곡해서 자극하려는 외침이었고 히스테리로 변한 대중의 합창이었다. 그게 옛날을 뒤적이던 나를 격분시켰다. 나는 인구 발달을 추적하면서 소득 관계와 불규칙적인 휴일의 리듬을 살펴보았다. 나는 가는 곳마다 계속 연대기를 들고 다녔고, 연대기 안에서 어슬렁거렸으며, 그곳에 적힌 날짜들을 내 인생의 정보들과 맞춰보았다. 그러면 거기에선 늘 새로운 결과가 나오면서 계속 정

---

92) 헬무트 콜(Helmut Kohl : 1930~2017) : 독일의 정치가. 기독민주당 출신으로 1982년부터 1998년까지 제6대 독일 총리를 지냈다.
93) 헬무트 슈미트(Helmut Schmidt : 1918~2015) : 독일의 정치가. 사회민주당 출신으로 1974년부터 1982년까지 제5대 독일 총리를 지냈다.

보의 정확도가 높아지는 것 같았다. 나의 어머니는 정확히 언제 심신의학 병원에 입원했을까? 고데스베르크에서 나는 정확히 언제 초등학교에 대체(代替) 입학[94] 했을까? 내가 아헨에서 도망친 게 언제였을까? 경찰은 언제 왔을까? 테니스 라켓이 피로 얼룩진 날은 언제였을까? 나는 내 인생의 정보를 기준으로 역사적 사건들을 찾아보는 게 아니라, 반대로 역사적 사건에서 내 인생의 정보를 읽어내기 시작했다. 그랬더니 언제나 모든 게 맞아떨어졌다. 내가 툭하면 모든 정보를 자꾸만 잊어버리고 새로운 해석 과정에 돌입했기 때문이다. 우리가 살던 판잣집에 불이 났을 땐 전 세계가 화염에 휩싸였다. 전 세계가 화염에 휩싸였을 땐 우리가 살던 작은 판잣집이 폭발했다.

29.

물속에서, 소리로 이루어진 환영 속에서, 나는 내 인생의 시작을 그려본다. 물결을 헤치고 내 기억이 시작되기 전 해체될 소시민의 복잡한 상황으로 들어간다. 머리를 거꾸로 처박으면 가까이 있는 덫에 걸릴 거다. 그건 진짜 덫이다. 쥐를 잡는 메커니즘, 냄새 고약한 치즈, 이중 바닥, 구덩이, 코피의 흔적, 조악한 악마 하리보[95]가 있는 덫이다. 텔레비전에 체중이 급격히 불어난 헬무트 콜이 나온다.

---

94) 원래 살고 있는 거주지에서 해당 학교에 입학하지 못하는 불가피한 상황이 발생할 경우 다른 지역 학교로 입학하는 것.
95) 하리보(Haribo) : 독일의 제과 회사. 젤리, 사탕, 감초 과자 등을 생산한다. 그곳에서 생산되는 제품을 일컫기도 한다.

단일 인과성은 어리석다. 근본적인 반(反)인과성도 역시 어리석다. 당연히 어린 시절에도 원인이 있다. 물론 그걸 선택적으로 도려내는 건 어려울지 모른다. 그렇게 한다고 그 원인들이 당장 훗날 발생한 사건의 일방적인 설명으로 고착되는 건 아니다.

분출하는 질병이 도망가는 사람을 다시 낚아챘다. 어린 시절의 소란과 불안정이 다시 돌아왔다. 나는 열아홉 살에 대학 공부를 시작했다. 마침내 나만의 원칙과 규율에 따라 내 고유의 삶을 살고 싶었다. 그저 좁고 답답한 곳에서 멀리 떠나 지성과 문학이 있는 넓은 세계로, 고속 정보 통신망 사용자들의 세계로 가고 싶었다.

언젠가 70년대에 찍은 슈퍼 8미리 비디오를 본 적이 있다. 부모님과 내가 스페인에서 휴가를 보내는 장면이 나왔다. 이후 부모님은 곧 헤어졌기에 그때 나는 채 세 살도 되지 않았을 거다. 어머니가 내 손을 잡고 휴양지에서 나를 끌고 다니는 모습, 나는 분명히 혼자 걸어가고 싶어 했는데 한 발자국도 혼자 걸어가게 두지 않는 모습, 매번 나를 지나치다 싶을 만큼 보호하고, 남에게 보여주듯 보살피고, 그러나 사실은 지나치게 개입하고 참견하며 나를 무슨 장난감처럼 들었다 놨다 하는 모습, 그러면서 카메라에 우쭐대며 추파를 던지는 모습, 그 모습을 보고 나는 경악했다. 크리스마스에 함께 비디오를 보던 내 사촌들도 그 장면들을 보았다. 그들은 제발 나를 가만두라며 소리를 질렀다. "에이 참, 토마스 좀 제발 가만 내버려둬요." 사촌들은 자기들이 끼어들면 상황을 바꿀 수 있다는 듯이 소리를 질렀다. 나는 어쩔 줄 모르고 창피한 마음으로, 아무 말도 하지 않는 이모들을 바라보았다. 그때 내 상황이 이랬다.

부모님의 첫 이혼(무절제한 카지노 출입, 도박 빚, 뚜쟁이 협박, 폭행에 의한 치아 손상 후)이라는 충격과 함께 총체적인 불안정 상태가 찾아왔을 것이다. 이 상태는 이후 10년 이상 내 모든 삶의 리듬을 망가뜨렸다. 탈출 시도는 하루의 일과가 되었다. 열일곱 살에 폴란드를 떠나 언어도 낯선 이국 땅 독일에 온 어머니의 고립감은, 때론 히스테릭하게 응석받이로 키우고 때론 방치하며 돌보지 않은 외동인 내게 전이되었다. 그런 상황에서 어머니도 한 줌 마음의 안정만을 찾고 있었다. 어머니는 경솔하게도 알코올에 중독된 컴퓨터 과학자와의 두 번째 결혼에 몸을 던졌다. 그의 폭력 성향은 이미 결혼 전부터 눈에 띄게 드러났다. 그러나 남자를 향한 갈망은 눈을 멀게 한다. 곧 피투성이 장면들이 흔한 일상사가 되었고 별거의 주기는 빨라졌다. 나는 자주 건강하지 못한 방식으로 어머니를 처음엔 보호하다가 그다음엔 위로하고 결국엔 정서적으로 파트너 노릇을 해야 했다. 그런데도 어머니는 그 괴물을 우리 가족이 사는 작은 집으로 다시 들였다가 얼마 후 그가 또 사납게 미쳐 날뛰는 꼴을 보고야 말았다. 그런 식으로 행복한 순간에 대한 내 믿음은 근본부터 무너졌다. '아버지'로 받아들인 겉만 번지르르한 남자는 자꾸만 야수로 돌변했고, 어머니는 알고 보니 매번 학대당하는 아이였다. 그 아이는 모든 사실에 대해 말하는 걸 잊어버리고 자꾸만 혼자만의 세계로 들어가 앉았다. 아이는 자신을 위로하고 위로했지만, 어느 날엔 바닥에 누운 채 몇 분 동안이나 야수의 발에 짓밟혔다. 그 모든 일이 반사회적 사람들이 사는 지역에서 석탄으로 난방을 하던 겨우 40제곱미터 크기의 아파트에서 일어났다.

"내 어린 시절은 혈종[96]이라는 낱말의 색채를 띠고 있다." 조증 삽화가

---

96) 혈종(血腫):내출혈로 말미암아 혈액이 한곳으로 모여 혹과 같이 된 것.

시작되기 몇 달 전 나는 내가 쓴 「토요일 밤」이라는 소설 속의 등장인물에게 이런 말을 하게 했다. 그는 실패한 디제이였고 이름은 페커였는데, 한 번도 누구에게 발탁된 적 없이 자신의 지하실에서 여러 장르를 오가며 음악을 편집했다. 나는 색채 효과가 공감각적으로 전이되는 상황에서 내가 저 문장으로 무슨 말을 하려고 했는지 어렴풋이 안다. 그러나 처음으로 회고하는 자, 자신의 어린 시절과 청소년기가 갑자기 객관화된 자의 비애도 보인다. '낱말의 색채'. 의사의 진단서와 소견서엔 '혈종'이라는 말이 자주 등장했다. 언제나 거기에 적혀 있었다. 어머니와의 결혼 후 짐승으로 변한 그 남자에게 가처분 상태에서, 그리고 언젠간 끝끝내 닥칠 이혼을 염두에 두고 그의 잘못을 증명하기 위해서였을 것이다. 처음에 나는 '혈종'이 무엇인지 몰랐지만 소견서의 맥락을 통해 짐작했다. 어쨌든 그 맥락은 사건을 완전히 새로운 시각으로, 제3자의 객관적인 눈으로, 의사의 시각으로 보게 했다. 나는 그 의사를 몰랐지만 그는 우리가 여기서 영위하는 삶을 냉철하고 정확하게, 전문 용어를 끼워 넣어 파국으로 묘사했다. 만화를 제외하면 그 소견서들이 처음으로 오래도록 기억에 남는 독서 체험이었다.

긍정적인 것들은 모두 나중에 추가로 오염되었다. 「하이디」가 그랬다. 「하이디」와 경찰 사건. 그로부터 5~6년 전 아헨에 살던 어느 날 저녁, 계부가 내 옆에 와서 앉았다. 우리는 함께 「하이디」를 보았다. 누구나 그렇듯이 나 역시 좋아했던 연속물이었다. 계부와 어머니는 그 몇 주 전 비디오 기기를 샀다. 나는 그 기계로 모든 걸(심지어 「하이디」까지) 두고두고 볼 수 있다는 게 정말 믿어지지 않았다. 이제 드디어 행복을 무한히 재생할 수 있다는 게 정말 기적 같았다. 당시 나는 평소엔, 나로서는 기쁘고

홀가분한 일이었지만, 방치되다시피 생활했다(그때 돌연 내 생물학적 아버지가 나타나 나를 '그런 환경에서' 빼내려고 소송을 걸었다가 뜻을 이루지 못하자 또 돌연 사라졌다. 어머니는 손에 서류를 들고 울면서 내게 물었다. "너 나랑 살 거지?"). 어쨌든 그때 나는 방치되어 있었기에 그날 저녁 계부가 보여준 관심은 놀라우면서도 낯설었다. 어머니는 어디에 있어요? 대답이 없었다. 우리는 깜깜한 어둠 속에 앉아 있었다. 텔레비전만이 일본식으로 보강된 「하이디」의 현란한 색채 속에서 화려하게 빛났다. 우리는 말없이 한 편 한 편 계속 보았다. 계부는 내 몸에 팔을 두르고 나를 쓰다듬었다. 그 친밀감은 낯설면서도 가짜였다. 그럼에도 나는 그 상황을 즐겼다. 나는 그가 위로를 받고 싶어서 다시 여느 때처럼 잔뜩 취하고 거기다 약에까지 손을 댔다는 걸 이해하지 못했다. 그리고 바로 직전 파티가 열리는 저 아래 어느 집 지하실에서 또 소란이 일어났으며, 그가 화를 내고 어머니와 이웃 사람들을 위협하고 어쩌면 때리기까지 했다는 것도 눈치채지 못했다. 함께 앉아 비디오를 보는 시간이 오래 걸렸다. 그의 호흡에서 들척지근한 술 냄새가 났다. 나는 그게 술 냄새인지도 알지 못했다. 그리고 초인종이 울렸다. 경찰이 문 앞에 서 있었다. 시끄러운 고성이 오갔다. 제복을 입은 경찰들은 계부를 데려가려 했다. 이웃집 사람들이 뒤쪽에 서 있었다. 실랑이가 벌어지며 설왕설래했다. 어머니가 울면서 끼어들었다. 이 소리의 무대. 나는 다시 혼자가 되어 조금 전과는 많이 달라진 「하이디」를 보았다.

언제나 매번 이런 식이었다. 모든 관심은 훗날 돌아보면 그 가치를 잃었다. 당시 어머니와 나는 아헨을 떠나 다시 본으로 돌아왔다. 처음엔 조부모 집에서 지내다가 다 쓰러져가는 집으로 거처를 옮겼다. 앞으로 몇 년을 더 살게 될 집이었다. 그런데 얼마 후 어이없게도 계부가 다시 그곳으로 들어왔다. 나는 경악을 금치 못했다("집에 가면 깜짝 놀랄 일이 있어." 조부모 집에 갔다가 돌아오는 길에 어머니가 말했다. 때는 벌써 크리스마스였다. "네가 좋아할지 아닐지 잘 모르겠네."). 이번의 도피도 이런 식으로 가치와 목적을 잃어버렸다. 그 무엇으로부터 달아나려는 시도는 내가 보기에 아무 소용이 없었다. 그 무엇은 피할 수 없는 것이 되어 되돌아왔다. 그 남자는 어쩔 수 없이 다시 우리 집으로 들어와 자리를 잡았다. 떼어낼 수 없는 사람이었다. 머잖아 그는 다시 역겨운 인간으로 돌변했다. 만취한 채 카우치에 누워 담배꽁초를 하나씩 둘씩 튀겨 바닥에 던지며 어머니를 모욕했다. 그러면 어머니는 울면서 담배꽁초를 하나씩 둘씩 집어 들었다. 그 정도만으로도 우리에게는 감지덕지였다. 이후 몇 년간 날마다 조개탄 두 양동이를 지하실에서 가져오고 그곳에서 극심한 공포를 견뎌야 했던 사람도 그가 아니라 나였다. 조개탄 더미 아래에는 당연히 알 수 없는 사체 토막들이 있었다. 위에서 끊임없이 켜져 있는 쓰레기 프로그램에 나온 것들이었다. 지하실에는 온통 살인자들 천지였다. 내가 매일 아침 가판대에서 훔쳐 와야 했던 《엑스프레스》지에 나온 살인자들이었다. 계단 난간에서 곡선으로 휜 끄트머리 부분은 특정 각도에서 보면 모퉁이에서 비스듬히 내다보는 늙은 악령의 해골이었다. 악령의 창백한 이마에는 땀에 젖은 머리카락이 붙어 있었다. 1년 뒤 스티븐 킹의 소설 「그것」을 읽고 나서야 나는 구원받았다. 공포는 픽션일 때 해방이 된다.

"그때 우리는 병이 들었어." 훗날 어머니는 이렇게 말했다. 아마도 우리 둘이 대량으로 삼켰던 수면제 렉소타닐을 말하는 거였을 것이다. 이것도 어린 시절 내가 이해하지 못한 낱말이었다.

30.

'반쪽짜리 인간!' 계속 걸어. 나는 나를 태운 파도의 물마루에 계속 앉아 있었다. 나는 윌리엄 블레이크의 시와 《스펙스》지의 인터뷰 기사가 적힌 전단지를 닥치는 대로 수백 장 복사해 샤를로텐부르크에서 나누어 주었다. 지나가던 디드리히 디데릭센[97]에게는 공교롭게도 그 자신의 인터뷰 기사 사본을 손에 쥐어주었다. 그는 처음에 관심을 보이다가 곧 황급히 내뺐다. 정신 이상자를 정신 이상자로 올바로 알아본 것이다. 나는 계속 이 구역 저 구역을 돌아다니고, 파티가 열리는 곳에 가고, 인터넷을 통해 안다고 생각되는 낯선 사람들에게 말을 걸었다. 그들이 나를 모른다고 부인해도 바로 그런 식으로 부인하기 때문에 그들이 아무개일 거라고 우겼다. 그때 벌어진 일은 사실 혼동 때문에 벌어진 정신 나간 코미디였다. 그저 어느 지점에서 웃어야 할지를 아무도 모를 뿐이다.

계속해봐! 나는 굵은 펜으로 글씨를 쓴 종이를 어느 주택의 복도에 붙였다. 그 바람에 처음으로 경찰이 출동했다. 그 편집증적인 인사말은 은근한 위협과 맞먹었기 때문이다. 무슨 문학인들을 만나는 자리에서는 여과되지 않은 우스갯소리를 사방으로 내뱉었다. 그리고 그들과 함께 '파리' 바에 가서 혼잣말을 중얼거리며 어느 문화부 기자를 배꼽 잡게 만들었다. 나중에는 그래픽 디자이너와 택시를 타고 가다가 차 안에서 울음을 터뜨렸다. 함께 차를 타고 가겠다는 의사를 내게 넌지시 흘렸던 그녀

---

97) 디드리히 디데릭센(Diedrich Diederichsen : 1957~) : 독일의 문화학자, 비평가, 작가. 잡지 《스펙스》의 편집인으로 활동했다.

는 어안이 벙벙한 표정으로 나를 바라보다가 차에서 내렸다. 나는 체다트(베를린 대학교 정보처리센터)에서 옆에 앉아 있던 교환 학생에게 미리 슬쩍 훔쳐본 그녀의 이메일 주소로 재빨리 메일을 보냈다. 그건 원래 다른 사람에게 보내려던 메일이었지만 그녀는 내 행동이 무척이나 재미있다고 여겼다. 밖에서 담배를 피울 때 나는 그녀가 전화번호 이상의 것을 나와 교환하고 싶어 한다는 느낌을 받았다. 하지만 나는 그런 것에 관심이 없었다. 나는 성스럽다고 할 수 있는 영역으로 들어가 표류했으며, 형이상학적으로 파도타기를 하며 이 덥고도 잔인한 여름의 수수께끼 속에서 다음번 단서를 찾아다녔다. 나는 달렘에서 도망쳐 교외선 열차에 올라탔다. 객실을 쿵쾅거리며 돌아다니고, 종잡을 수 없는 말을 하고, 《스펙스》지의 인터뷰 기사와 격언과 노발리스의 발언을 복사한 전단지를 계속 돌렸다. 그렇게 배회하던 나를 관찰한 어느 남자가 나중에 한 친목 모임에서 나를 가리켜 '이상한 미친 놈'이라고 했다. 그는 자신의 여자 친구에게 이렇게 말했다. "라라, 좀 봐. 저 녀석이 내가 얘기한 그 이상한 미친놈이야." 나는 그의 말이 멋지거나 솔직하거나 하여튼 뭐 그렇다고 생각했다. 그래서 나는 안드레아스를 데리고 와서 나를 '이상한 미친 놈'이라고 부른 그 인간과 꼭 알고 지내라고 말했다. 두 사람은 말없이 서로 쳐다보았다. 그러더니 안드레아스가 내게 몸을 돌려 물었다. "왜?" 내가 아무 말도 하지 않자 그는 어깨를 들썩이며 같은 질문을 반복했다. "왜?" 그의 생각이 옳았다. 나도 그 이유는 몰랐다. 이런 식으로 이유를 묻는 지엽적인 질문은 잠시 나를 현실로 끌어내려 정신을 차리게 할 수 있다. 모여 있던 몇 안 되는 사람들은 다시 흩어졌다.

고래들이 내 입에서 튀어나왔다. 무색의 초록 관념들이 또 격렬하게 잠을 잤다. 마그다와 나는 대중문화 오중주의 「장엄한 슬픔」 낭독회를 찾았다. 물론 나는 아도르노[98]의 「한 줌의 도덕」과 내가 쓴 「토요일 밤」의 원고를 가방에 넣어 가져갔다. 그러니까 특별 무장을 한 것이다. 나는 마그다와 카페 탁자에 앉아 담배를 한 대 피웠다. 그리고 내가 지금 여기서 불에 타 죽을 거라는 엉뚱한 이유를 대며 아도르노의 책에 담뱃재를 털었다. 나는 앞쪽 무대에서 이야기하는 대중 문학가들의 발언을, 표면적으로 떠들어대는 소리 뒤에 숨어 있어야 하는 메시지로 바꿔 들었다. 마그다가 어쩔 줄 모르며 입을 다물었다. 사람들이 당황한 얼굴로 우리를 건너다보았다. 낭독회가 끝난 뒤 나는 몰려 있는 작가들에게 느닷없이 다가갔다. 그리고 알렉산더 폰 쉔부르크[99]의 성(姓)을 큰 소리로 여러 번 불렀다. 내게는 눈에 보이듯 생생하게 와 닿는 성이었기 때문이다. 그런 다음 크리스티안 크라흐트의 어깨를 톡톡 쳤다. 그는 나를 껴안았다가 내가 나의 이름을 대자 소스라치게 놀라 뒤로 물러서며 말했다. "넌 재수 없는 녀석이잖아." 그 말이 마음에 들었다. 크라흐트다웠다. 나는 그에게 큰 소리로 이야기하면서 내 원고를 내밀었으나 그는 받으려 하지 않았다. 그것도 내 마음에 들었다. 나는 느닷없이 웃음을 터뜨리고 원고를 카페 탁자에 내던진 뒤 그곳을 떠났다.

언제나 변함없이 나를 잡아주고, 진정시키고, 다시 데려오려고 애쓴 사람들이 있었다. 내 친구들이었다. 실제로 가까운 사람 한 명이 옆에 있으면 꽤 효과가 있었다. 내 주장들은 친구들이 계속 질문을 던짐으로써

---

98) 테오도어 아도르노(Theodor Adorno: 1903~1969): 독일의 사회 철학자.
99) '아름다운'을 뜻하는 쉔(schön)과 '성(城)'을 뜻하는 부르크(Burg)가 합성된 고유 명사.

힘이 빠지거나 그들에게 반복해서 말해야 함으로써 다소 대담성을 상실했다. 내 주장에서 점점 김이 빠졌다. 그래서 억지로 힘들여 잡아 뺄 필요가 없어졌다. 여하튼 대화 시작 후 5분 동안은 그럴 필요가 없었다. 게다가 친구들은 나를 나머지 세상으로부터 보호하는 바람막이가 되어주었다. 당분간 나는 쓸데없는 짐을 내던지고 살 수 있었다. 그렇다고 그게 당장 사회적 불행으로 변질된 건 아니었다. 내 상황은 잠시 괜찮았다.

한번은 루카스와 함께 놀이터에 앉아 있었다. 뒤쪽에서는 파티가 열리고 있었다. 내가 고래고래 소리를 지르며 싸우고 나온 뒤였다. 루카스는 내 손에 맥주를 쥐어주고 파티장에서 나를 끌어내 이 어두운 놀이터로 데리고 왔다. 우리는 「트루먼 쇼」에서처럼 각자 그네에 앉아 술을 마셨다. 루카스의 영리하면서도 온화한 눈이 안경 때문에 작아졌다. 안경에 비친 달빛이, 두 배로 커져 빛나는 동공 같았다. 아래쪽에 강철 용수철이 달린 흔들 목마가 조용히 서서 우리가 하는 말을 엿들었다. 신발 밑의 모래에서 뽀드득 소리가 났다. 내 입에서 폭포수처럼 말이 쏟아져 나왔다. 나는 언제나 속고 살았다고 절규했다. 이 모든 게 이루 말로 다할 수 없이 엄청나게 빌어먹을 일이라고 소리쳤다. 내가 도대체 어떻게 살아야 할지 아무것도 모르겠다고 외쳤다. 내 입에서 나온 건 분노라기보다 절망에 가까웠다. 내 장광설에 곧 흐느낌이 섞여 들어갔다. "모든 게 처음부터 터무니없는 사기라면, 늘 속기만 하고 배신당하고 버림받는다면, 어떻게 살아야 하는 거야?" 나는 울부짖었다. 루카스는 아무 말도 하지 못했다. 편집증을 부인하기에는 이미 너무 늦었다. 루카스는 내 등에 손을 얹고 조용히 나를 위로했다. 애써 미소를 지으려는 그의 눈에도 눈물이 차올랐다.

31.

그렇게 밤이 사그라들고, 낮이 지나고 몇 주가 흘렀다. 나는 물건을 훔치고, 미친 듯이 날뛰고, 소리를 질렀다. 나의 외적인 모습은 소름 끼치고 기괴했다. 쉽게 열광하면서도 내향적인 인물이 갑자기 수많은 하찮은 일에서 폭발하고, 황당무계한 주장을 아무렇게나 내뱉고, 괴상한 행동을 되풀이하고, 내면으로 빗장이 걸려 소통이 되지 않았지만, 그런 만큼 밖으로는 더 많이 활동하며 돌아다녔다. 겉에서는 정신의 사육제가 벌어졌고, 내면에서는 역사의 편집증과 의미론적 망상이 난동을 부리다가 단단히 굳어졌다. 그러니까 나는 정말로 인류의 실험 대상이었다. 오랜 세월 기다려온 메시아였다. 하지만 그 메시아는 자신이 아주 평범한 인간이라는 걸 드러내면서 모든 종교와 목적론을 끝장냈다. 우리는 나의 평범함을 통해 이성이 이끄는 새로운 낙원으로 들어갔다. 그 낙원은 신화와 계몽주의를 화해시켰다. 낙원의 가능성과 해석을 놓고 날마다 싸움이 벌어졌다. 현실의 무기를 들고 사방에서 사람이 죽어나가면서 일어난 싸움이었다. 사실 있는 그대로의 핵심은 이렇다.── 니체는 글로써 신을 죽일 수 없었지만, 나는 그냥 신을 무시하고 살아감으로써 신을 죽였다.

32.

이 세계관은 내게 닥친 세 번의 중(重)조증에서 거의 똑같은 모습으로 되살아났다. 그러므로 그에 관해 여기에서 간단히 소개하려 한다. 내가 쓴 「이집트의 공룡」이라는 짤막한 글에서 그 세계관에 대해 이미 내면의 시각으로 기술한 적이 있지만, 그 글에서는 예술적으로 꾸며낸 허구 조증 환자의 흥분, 유사 사례를 찾으려는 열망, 기타 이해할 수 없는 상황들을 함께 그렸다. 하지만 여기에서는 이해하기 쉽게 기술하려 한다.

나는 은밀한 세계 역사가 있다고 추정했다. 태곳적부터 전해 내려오는 내밀한 전승이 있다고 생각했다. 그것은 모든 걸 포괄하는 진실이자 말로는 표현할 수 없는 진실이기 때문에 내게 공개되어서는 안 되며, 내가 스스로 찾아내야 하고, 혼자 의식의 도약을 수행해야 했다. 그게 정확히 언제였는지는 아무도 알 수 없지만, 메시아가 오기를 바라는 유대인의 기대와 아주 비슷한 기대감이 수백 년에 걸쳐 형성되었을 거라는 게 나 나름의 설명이었다. 그건 어느 한 종교나 특정 문화권에 한정되지 않았다. 사람들은 누군가 올 거라는 말, 그것도 천 년이 바뀔 즈음에 올 거라는 말을 은밀히 속삭이고 은유적으로 퍼뜨렸다. 나는 이 내밀한 종말론이 이미 수백 년 전부터 모든 텍스트와 노래와 그림을 관통해왔다고 상상했다. 그건 내가 최근 들어서 인터넷을 통해 알게 된 것과 똑같은 다의적인 말하기 방식이었다. 인터넷에서 접한 것도 바로 이런 말하기 방식이었다. 이 방식은 간이매점에서 담배를 사는 악의 없는 행위에서부터 괴테의 「파우스트」 2부에 이르기까지 거의 모든 발언에 침투해 있었다. 그러므로 나는 내가 태어나기 훨씬 전에 나온 텍스트와 영화와 그림에서도 그 어렴풋하고 혼란한 관념에 대한 단서를 찾을 수 있었다. 메시아에 대한 기대는 언제나 존재했다. 그러나 이 속삭임, 누군가 올 거라는 말, 어머니들이 자식에게 노래하며 들려주었을 이 기대의 말은 지금까지 존재한 다른 예언들보다 훨씬 끈질기게 전 세계로 퍼져나갔다. 히스테리가 천천히 뿌리를 내렸다. 그 실제 규모가 어떤지는 저속 촬영을 통한 빠른 동작으로 봐야만 알 수 있다. 뿌리를 내리는 과정이 너무 느린 까닭에 사람들은 모든 사건의 중심에 어떤 히스테리가 잠자고 있는지 알지 못했다.

메시아의 도래를 놓고 벌이는 경주가 시작되었다. 당연히 히틀러도 스탈린과 비슷하게 이 도래를 발판으로 새로운 세상을 세우고자 했고 메시아의 도래를 선점하려 했다. '천년 왕국'[100]의 테두리 안에서 만일의 사태를 막아내는 동시에 모든 메시아 기대감을 제 한 몸에 받기 위해서였다. 내 망상에 따르면, 결국 히틀러는 자신이 나라고 생각한 것이다. 그렇게 해서 히틀러가 과하게 세계의 이목을 지적이고 열광적인 독일이라는 한 지점에 모은 건 그의 승리이자 패착이었다. 메시아 기대감을 없애버리기는커녕 도리어 거기에 계속 부채질을 했기 때문이다. 이런 때 이른 망상이 가져온 결과가 하나 더 있다. 내가 태어나기도 전에 인류 역사상 최악의 범죄가 내 이름으로 저질러졌다는 것이다.

여기서 충분히 상상할 수 있듯이, 그런 음험한 메시아의 역할은 결코 쉬운 게 아니다. 모든 게 돌연 나 자신을 중심으로 돌아간다. 그 모든 걸 칼로 단박에 끊어버리고 나를 희생하지 않는 (만일 그렇게 한다면 그건 세상의 끔찍한 암흑, 종말 전쟁과 세상의 파멸, 소돔과 고모라를 불러올 거라고 나는 예측했다.) 방법이 팝에 몰두하는 것이다. 팝은 순간을 찬미하고 편집증의 영향을 덜 고통스럽게 느끼도록 해준다. 나는 MTV 프로그램을 눈이 빠지게 들여다보았다. 얼굴에서 방사능을 내뿜는 사람들의 프로그램 소개말을 해부하고, 천박하기 짝이 없는 노래까지 큰 관심을 갖고

---

100) 그리스도가 재림하여 천 년 동안 다스릴 것이라고 믿는 이상의 왕국.

녹화했다. 그런데도 내 취향과 감각은 완전히 망가지지 않았다. 특정 음악은 더더욱 미치도록 내 신경을 건드렸다. 우울한 어느 남자를 노래한 「블루(Blue)」라는 히트곡이 그랬다. 남자는 파란 세상에서 파란색 방에 살면서 '아임 블루 다바디 다바다' 하고 노래한다. 이 곡은 내 상황의 압축판이었다. 나를 조롱하면서 순전히 돈지랄로 탄생한 곡이었다. 반면에 모비의 노래 「내 마음이 왜 이리 아플까?」에서는 음울한 정서를 발견했다. 이 감정은 출구 없는 내 처지와 딱 들어맞으면서 눈물을 자아냈다. 나는 옛날 CD들을 꺼내 플레이어에 넣고 노래를 다시 들었다. 모든 노래의 의미가 달라져 있었다. CD와 책이 방바닥을 뒤덮었다. 텔레비전에서 영화와 비디오 클립이 나왔다. 거기서 내보내는 내용이 모두 뒤죽박죽이었다. 내 방은 엉망이 되었다.

33.

새천년이 시작될 때 무슨 일이 일어날까? 단순히 날짜만 보면 그건 나를 예수에 빗대 생각하던 망상에 서서히 그러나 확실하게 불을 지핀 정말 대대적인 시대 전환이었다. '2000년 0시 0분이면 파티는 끝나. 이런, 시간이 없어.'[101] 프린스는 이렇게 노래했다. 정말 때가 이르기도 전에 내가 시간 밖으로 내던져졌다는 느낌이 엄습했다. 이 세계의 사고(事故)를 이해하고 그것을 제정신이 아닌 상태에서 표현한 사람은 누구나 그렇게 미쳐 날뛰어야 했을까? 그리고 그 여러 명 중 내가 마지

101) 미국 가수 프린스의 노래 「1999」의 가사 일부.

막 사람이었을까? 베르너 슈바프[102]는 그래서 술을 마시다가 죽었을까? 세라 케인[103]은 그래서 정신 병원에서 자살했을까? 원래 전도유망한 의사였던 라이날트 괴츠는 그래서 이마를 찢고, 격분하고, 신문 문예란을 통제하면서 다시는 화를 내지 않게 되었을까? 토머스 핀천은 「V.」로 정말 나의 도착을 암시했을까? 핀천은 그 자신의 은둔과 환각적이면서 명료한 디스토피아를 아주 잘 표현했다. 그리고 「바인랜드(Vineland)」에서는, 튀빙겐 대학의 어느 강사가 그 두 해 전 내게 눈을 찡긋하며 확인해준 대로, 좀 더 낙관적인 자세를 취했다. 그렇다. 오래전부터(얼마나 오래전부터?) 수평선에 서 있던 거대한 괴물은 알고 보니 그저 평범한 작가 지망생이었지 사람들이 두려워한 대로 잔인한 독재자나 과대망상에 사로잡힌 종교 창시자가 아니었다. 그러니까 인류는 그렇게까지 타락한 게 아니었다.

'우리는 미끼새들이다!'[104] 사방에서 내게 이렇게 외쳐댔다. 1982년은 왜 그토록 참담했을까? 나는 눈썹 하나 까딱 않고 모든 트라우마를 숨겼다! 즉흥적으로 문학 세미나에 간 나는 그곳 낭독회가 끝난 후 브렛 이스턴 엘리스[105]와 이야기를 나누면서 그에게서 뭔가를 알아내려 했다. 그리고 내가 「아메리칸 사이코(American Psycho)」의 짐을 혼자 짊어지는 게 얼마나 어려운지 고백했다. 문학 세미나 단장에게는 전화를 걸어 자본주의가 활황이라고 말했다. 그는 내 말에 동의했다.

---

102) 베르너 슈바프(Werner Schwab : 1958~1994) : 오스트리아 극작가.
103) 세라 케인(Sarah Kane : 1971~1999) : 영국의 극작가이자 연출가.
104) 오스트리아 작가 엘프리데 옐리네크(Elfriede Jelinek)의 소설 제목.
105) 브렛 이스턴 엘리스(Bret Easton Ellis : 1964~) : 미국 작가. 소설 「아메리칸 사이코」의 저자.

돈이 다 떨어지자 나는 상점과 문화 상품 매장에 들어가 전혀 숨길 생각도 하지 않고 CD와 책을 훔쳤다. 그 물건들은 오래전부터 내 것이나 다름없었다. 의도적으로 나를 겨냥했고, 나를 언급했고, 1996년 내가 오스틴에 체류할 때부터 어차피 나에 의해 오염되고 내 영향을 받았기 때문이다. 그 CD와 책들은 모두 내 것을 훔쳐갔다. 그러나 그건 나에 대한 존경의 표시였다. 최근 내가 쓴 글들이 인터넷에서 수없이 복사되고 번역되었다. 그뿐만 아니라 내가 파키스탄계 미국 작가 줄피카르 고세가 강의한 창조적 글쓰기 과정에서 쓴 실험적인 짧은 이야기들, 영어로 써서 세계 시민들 누구나 이해할 법한 (그리고 세상에 내던져진 지금 나의 상황을 예견한—이 선견지명이라니!) 이야기들도 복사되고, 배포되고, 빠른 정보고속 도로를 이용해 독일로 돌아온 뒤, 다시 거기에서 전 세계로 퍼져나가 모든 이가 참고하는 은밀한 기준이 되었다. 나는 판타스티셴 피어[106]의 노래에도 귀 기울였다. 우연이라고 볼 수 없는 제목을 단 앨범 『4:99』에 실린 노래들을 아주 유심히 들었다. 가사 한 줄 한 줄이 암시였고 모든 운율이 인사말이었다. 트렌트 레즈너[107]는 인간 혐오증에 따른 고립생활에서 빠져나오더니 내게 어렴풋이 닥친 일을 벌써 알고 「더 프래자일(The Fragile)」이란 노래를 발표했다. 그는 이미 모든 걸 나 대신 겪어낸 것이다. 나는 그의 음악을 쉬지 않고 속으로 흥얼거렸고 맥주로 흥을 돋우었다. 나는 나를 둘러싼 이 새로운 우주에 매혹되어 길을 잃었다. 새천년이 가까워질수록 내 발작은 더 심해졌다.

---

106) 판타스티셴 피어(Fantastischen Vier): 독일의 4인조 힙합 밴드.
107) 트렌트 레즈너(Trent Reznor: 1965~): 미국의 가수이자 작곡가. 록 밴드 '나인 인치 네일스'를 만들었다.

나는 초조한 활동 욕구에 내몰려 혹시 해답을 찾을까 하고 본으로 갔다. 터무니없이 작은 슈프레 강과 달리 근엄한 라인 강은 잠시 내 마음을 달래주었다. 나는 어머니에게 인기 가수 파트리크 린드너가 어느 토론 프로에 나와 자신이 입양한 아들이 나라는 걸 암시했다고 거짓말을 해 믿게 했다. 어머니는 그 말을 듣고 정신적 충격으로 반쯤 실신했다. 텔레비전에 나오는 사람들이 상당히 달라진 것처럼 느껴졌다. 눈은 벌써 마약에 취한 듯 빛이 났다. 그렇다. 그들은 정말로 모두 마약에 취해 있었다. 그게 아니라면, 이제 드디어 예언이 이루어지고 새로운 낙원이 눈앞에 닥쳤다는 사실에 은근히, 조용히, 말없이 기뻐하는 거였다. 그건 사랑에 빠진 그들의 눈을 보면 알 수 있었다.

온통 사랑, 사랑, 섹스였다. 사랑은 곳곳에 있었다. 단지 거기에 증오가 균형을 맞추고 위장해 들어가 합류했을 뿐이다. 내가 사랑 때문에 질식하지 않게 하기 위해서였다. 나 자신에게서 전도(顚倒)가 일어났다. 나는 지금까지 내가 사랑했던 것들을 파괴했다. 그 와중에 가까운 사람들이 가장 먼 사람들이 되었고, 먼 사람들은 가까운 사람들이 되었다. 친한 친구와 지인들이 갑자기 비열한 배신자처럼 보였다. 나는 그들과 거리를 두고 책과 노래와 영화와 신문 기사에 그 거리감을 투사하려고 애썼다. 내가 지금까지 살아온 과정과 사랑했던 것들이 모두 가짜라고 내 강박 관념은 말했다. 멀리서 나를 보고 놀라는 낯선 것 속에만, 나 역시 전율하며 바라보는 그 낯선 것 속에만 순수함이 숨어 있는 것 같았다.

그럼 섹스는? 나는 갈수록 내가 페티시[108]가 된 것 같았다. 모든 사람들이 나를 알고 나에 대해 곰곰 생각해왔다면, 그리고 지금도 여전히 생각한다면, 나는 남들의 사랑과 모험적 섹스에서도 어떤 역할을 하는 게 분명했다. 나는 느닷없이 가학피학성 성행위를 나와 연관 지었다. 가장 변태적인 사랑의 방식들은 내가 중심에 선 이 거대하게 왜곡된 구조 안에서는 변칙적인 쾌락, 즉 이 무수히 많은 몸의 반응에 대응하려는 노력의 일환일 뿐이었다. 포르노 영화에서 자신의 이름이 신음과 함께 터져 나오는 걸 듣는 사람은, 자연히 마음만 먹으면 세상의 모든 여자를 다 가질 수 있다고 확신한다. 그러나 나는 그래서는 안 되었다. 그새 나는 일종의 성자가 되었으니까. 그러나 훗날 상황은 달라졌다.

반면에 에이즈는 꾸며낸 이야기였다. 확실했다. 에이즈라는 질병은 존재하지 않았다. 그건 세상을 특정한 효과로부터 지키기 위한 매체의 장치였다. 그런데 어떤 효과? 그렇게 해서 어떤 결과가 나왔나? 이른바 에이즈라는 것으로 사망한 사람들은 새천년이 시작되려는 지금 다시 모습을 드러낼까?

크리스마스가 오기 전 루카스는 내가 인터넷에서 또 허튼소리를 하지 못하게 하려고 내 컴퓨터에서 모뎀부터 제거했다. 그리고 나를 설득해 다시 정신 병원에 들어가게 했다. 나는 얼마 안 가 또 거기서 도망쳐 나왔다. 이 패턴이 이후 몇 년 동안 되풀이되었다. 시계에서 나는 째깍째깍 소리가 갈수록 빨라졌다. 12월 31일이 코앞이었다. 나는 피시방에 앉아 인터넷에 있는 다양한 포럼에 새로운 글을 올렸다. 글을 올린 후의 효과와 반응의 간격과 강도가 어떻게 다른지 알아보기 위해서였다. 나는 평범한 뉴스들은 거의 읽을 수가 없었다. 혹시라도 읽으면 곧장 잘못된 해석과

---

108) 페티시(Fetisch) : (1) 물신(物神). 신령이 깃들어 있다고 생각하여 숭배하는 동식물이나 물건. (2) 성적인 감정을 불러 일으키는 대상.

반항적인 반응이 튀어나왔다. 모든 게 그저 허무맹랑한 속임수였고, 과대망상적인 연극이었으며, 다른 것은 없이 나에 관한 것만으로 채워놓은 텅 빈 언론의 과장 보도일 뿐이었다. 사람들이 정말 나에 대해 무엇을 알겠는가? 십여 년 전에 그랬듯이 나는 모든 걸 무시하려고 노력했다. 하지만 이제는 더 이상 그렇게 할 수가 없었다.

34.

12월 31일 밤에는 함께 모여 파티를 했다. 우리는 둥그렇게 모여 앉았다. 나는 거의 말을 하지 않았다. 남들이 하는 말도 잘못 알아들었다. 머릿속의 압력이 어마어마했다. 누가 한 층 아래에 사는 벤 베커[109]를 불러내자고 했다. 우리는 그의 말대로 했다. 살이 많이 찐 베커는 쿨하고 지친 표정으로 문턱에 서서 무슨 말을 중얼거렸다. 그 이상은 지금 생각나지 않는다. 단지 내가 '세상에서 가장 조용한 클럽'에서 열리는 파티에 가다가 중간 어딘가에서 사라졌다는 것만 기억난다. 그 클럽은 대충만 알고 지내는 알료샤가 디제이로 일하는 곳이었다. 또한 담배 연기가 베를린 미테 지역에서 유일하게 탄내 나는 안개 벽과 하나로 합쳐졌다는 것, 눈앞에 펼쳐진 어두운 하얀 벽을 바라보며 내가 그곳을 정처 없이 헤맸다는 것도 기억난다. 그리고 옐친[110]의 사임 소식을 듣고 이런 생각을 했다는 것도 기억난다. 내가 존재하는 지금 저 사람은 물러났

---

109) 벤 베커(Ben Becker : 1964~) : 독일의 영화배우이자 가수.
110) 보리스 옐친(1931~2007) : 러시아의 첫 번째 대통령으로 1991년에 선출되어 1999년에 사임했다.

군. 마침내 미국이 승리했다는 걸 그는 아는 거야. 그러니 보드카나 퍼마시겠지. 나도 보드카를 마셨다.

35.

내 질병이 가지고 있는 거의 비극에 가까운 보너스라면 갑자기 많은 일들이 설명할 수 있는 것처럼 보인다는 점이다. 사람들의 냉혹함, 나와 그들 양측에서 느끼는 망설임, 애매모호함, 조롱들이 설명 가능한 일이 되었다. 전에 나는 다른 사람들과 옴짝달싹하지 못할 만큼 밀착된 관계를 맺고 있었다. 나 자신이 근본적으로 너무 외로움을 잘 타는 기질이었다. 그런 까닭에 이제 새로운 질병 정보가 나오면서 나는 마침내 무엇이 잘못되었는지를 이해하게 되었다. 이런 상황에서 누가 나하고 정상적인 관계를 맺을 수 있겠는가! 어린 시절의 가혹한 환경, 급작스러운 이사, 침묵 —— 이런 모든 것들이 왜 그렇게 복잡하고 참담하게 진행되었는지 이제야 알게 되었다. 그건 세상에서 일어난 사고(事故) 때문이었다! 이 설명은 정신병을 앓지 않는 시기에는 당연히 다시 사라졌다. 그리고 모든 게 전처럼 다시 왜곡되고 나는 외로웠다. 아니 전보다 더 왜곡되었고 더 외로웠다. 그런데 이 모든 불길한 상황에 또 하나의 확실한 정신병이 합류했다.

36.

1월 말에 나는 실신했다. 어느덧 나는 프렌츨라우어 베르크로 이사해(내가 어떻게 일을 처리했는지는 로벤 & 빈톄스[111]가 알고 있을 것이다.) 작고 안락한 방 한 개짜리 아파트에서 살았다. 그곳에서 살면서 나는 전보다 안정되었다. 과거의 익숙한 사고(思考)가 다시 시작되었다. 더불어 지난 몇 달간의 내 생각들이 모두 잘못되었다는 것, 아니, 잘못되기만 한 게 아니라 완전히 정신 나간 생각이었다는 걸 깨달았다. 이 깨달음은 하나씩 서서히 다가왔다. 이제야 내가 이 세상에 대해 가지고 있던 많은 생각들이 그냥 틀릴 수 있다는 것을 알았고, 만일 내가 덜 분주한 상황에 있었더라면 내가 나와 관련해 만들어낸 과대망상적인 생각 전체를 견뎌내지 못했으리라는 것도 알았다. 이틀인가 사흘이 지난 뒤 편집증은 차갑고 축축한 거품처럼 스러졌다. 나는 다시 정신이 맑아졌다. 뉴런의 과잉 연소가 그치고 반대 상태로 돌변했다. 얼마 전까지 머릿속에서 넘쳐흐르던 신경 전달 물질이 줄어들고 굳어버렸다. 뇌는 기능이 떨어졌고, 정신은 어두워지다가 갑자기 모든 걸 잠식하는 슬픔에 무너져 내렸다. 대체 무슨 일이 일어난 걸까?

처음으로 이런 상태와 마주하면 —— '마주한다'는 게 무슨 말인가? 그 상태는 따로 떨어져서 내 앞에 서 있는 게 아니라, 나라는 인물의 모든 걸 남김없이 장악하고 있는데.—— 여하튼 처음으로 이런 상태에 빠지면 뭘 어찌해야 좋을지 모르고 어떻게 대처해야 할지 알지 못한다. 완전히 낯선 상황인 데다 잔인한 새로움이다. 현재 체험하는 것을 분류할 범주가 환자에겐 없다. 이게 뭘까? 우울증일까? 왜 이렇게 맹렬하고 왜 이다지

---

111) 로벤 & 빈톄스(Robben & Wientjes): 베를린에 있는 렌터카 업체. 시간당 대여가 가능하므로 간단한 이사를 할 때 이용하기도 한다.

도 극단적이고 고통스러울까? 정신이 맑아질수록 환자는 세상을 더 어둡게 본다. 되찾은 의식은 그에게 기억뿐만 아니라 형언할 수 없는 수치심까지 더불어 심어준다. 수치심은 그를 시시각각 더 깊고 깊은 곳으로 끌어당긴다.

37.

조울증을 앓는 사람의 삶보다 더 수치심에 점령된 삶은 거의 생각하기 힘들다. 그건 그 사람이 서로 배척하고 공격하고 모욕하는 세 가지 삶을 살기 때문이다. 우울증 환자의 삶, 조증 환자의 삶, 그리고 잠시 치유된 사람의 삶이다. 잠시 치유된 사람은 자신이 전 단계에서 했던 것, 하지 않았던 것, 생각했던 것들을 이해할 길이 없다. 잠시 치유된 사람은('잠시'라고 한 것은 이 장애가 평생을 가는 질병이기 때문이다. 당사자는 가능한 한 다시는 발병하지 않기를 바라는 수밖에 없다.) 만신창이가 되어 사방을 돌아다닌다. 그리고 자신이 지나온 전쟁터를 보고 놀라움을 금치 못한다. 사납게 날뛰었던 조증 환자와 병으로 쇠약해진 우울증 환자는 그의 자아의 두 모습인데도 그로서는 이미 벌어진 사태를 어찌해볼 도리가 없다. 완전히 낯선 두 모습은 기억을 통해서만 그의 현재의 자아(그렇다면 그는 대체 누구란 말인가?)와 이어질 뿐 동일성에 의해서는 연결되지 않는다. 그럼에도 그가 두 모습의 주인이었다는 사실은 부인할 수 없다. 그는 과거의 모든 행적이었고, 참사였고, 우스꽝스러운 행동이었다. 그는 탐닉이자 오판이었으며, 강박 관념이자 아무것도 아닌 문장이었고, 건물 출입 금지이자 자살 시도였다. 그는 불쾌함이었고, 광분이었고, 발작이었다. 그는 소란 피우는 자였고 그다음엔 시체였다. 그리고 지금 그 양극성 장애 환자는 소외된 인간 그 자체다.

조증 환자는 선천적으로 가장 큰 소리로 싸우는 싸움꾼이다. 수치심은 무엇보다 그의 무분별한 행동 때문에 생긴다. 이 무슨 얼빠진 일인가! 이 무슨 어리석은 짓인가! 그는 또 정신 나간 짓을 하려고 시내를 휘젓고 다녔다. 난처하게도 고함을 지르며 등장했고, 사이드 미러까지 망가뜨렸다. 또한 그 자신만을 가리키는 뒤죽박죽된 언어 속에서 살았다. 그와는 전혀 무관한 상황들이 끊임없이 그에게 말을 걸고 그를 비방했다. 뉴런의 불길이 타오르고 세상만사에 대한 그릇된 해석으로 가득한 그는 자신을 자위 기구, 영화의 구성, 역사적 전투와 동일시했다. 조증 환자는, 특히 조현병의 징후가 있을 때는, 망상의 시스템에 맞서 싸우다가 질식한다. 망상의 시스템은 그 자신이다. 망상의 시스템은 그릇된 감정으로 시작되었다. 두 개의 거짓 결론과 세 개의 허무맹랑한 추측을 야기한 그릇된 연관 짓기로 시작되었다. 이건 5분 안에 온 세상을 뒤집어놓을 수 있는 역동성이다. 그런 다음 그는 퇴장한다. 나의 경우 조증은 4개월간 물러나 있었다. 조증은 시간과 망상이 뒤엉킨 혼돈 속에서 사라진다. 그리고 결국엔 평판이 무너지고 삶이 망가진다.

우울증 환자의 상황은 당연히 다르다. 그는 파편 더미 위에 누워 더는 움직일 생각을 하지 않는다. 움직일 수도 없다. 모든 기능이 멈춘 뒤 하루하루가 공허의 연속이다. 하루하루를 연명한다는 건 그저 자살하지 않으려고 안간힘을 쓰는 것이다. 그 자살도 쉽게 할 수 있는 게 아니다. 우울증 환자는 너무 마비된 상태라 사라지기도 힘들다. 걷는 것이 전에 없이 힘들고 남들의 시선은 굴욕이다. 망상에 대한 기억이 그를 괴롭힌다.

현실감이 없는 건 우울증 환자도 마찬가지다. 망상이 음성 증상으로 바뀌었을 뿐이다. 검은 것이 믿을 수 없을 정도로 검다. 하지만 그 또한 지나간다. 우울증이 물러가는 데는 조증보다 두 배나 많은 시간이 걸린다.

잠시 치유된 사람은 이제 이도 저도 아닌 상태에 있다. 그는 자신조차 더는 믿을 수 없다. 아슬아슬한 줄타기를 하며 그저 먹고 있는 약이 제발 듣기만을 바랄 뿐이다. 방금 썼듯이, 잠시 치유된 자의 내면에 있는 사람은 그 자신도 신뢰할 수 없는 존재다. 그의 내면에는 그런 존재가 한 명만 있지 않다. 수많은 사람이 있다. 병역 기피자와 영원한 탈영병으로 구성된 무리가 있다. 자신의 얼굴을 아주 정직하게 들여다보면, 뭔가를 숨기거나 꾸미지 않고 닦지 않은 더러운 거울을 바라보면, 그의 삶은 그가 상상한 대로 실패하고 엉망으로 끝나버려 그 어디에서도 다시는 찾을 수 없다. 다른 삶이 시작되기에는 요원하다.

만일 당신이 조울증을 앓는다면 이제 당신의 삶에 연속성이란 없다. 전에는 일관된 이야기로 들렸던 것이 이제 돌이켜보면 지리멸렬한 조각으로 부서진다. 조울증은 당신의 과거를 엉망으로 만들었다. 그리고 그보다 더 강도 높게 당신의 미래를 위협한다. 조증 삽화가 시작될 때마다 당신이 알고 있던 당신의 삶은 이제 불가능해진다. 당신이 당신이라고 믿었던 인물, 당신이 안다고 생각했던 인물은 더 이상 확실한 발판을 딛고 서 있지 않다. 당신은 이제 당신 자신을 확신할 수 없다.

또한 당신은 당신이 누구였는지 더는 알지 못한다. 당신이 했던 행동들이 낯설어진다. 그 행동이 기억나는데도 그렇다. 그 외에도 생각이라고 잠시 번쩍 떠올랐다가 금방 사라지는 것들은 조증이 합선을 일으키면 행동으로 옮겨 간다. 인간은 누구나 내면에 심연을 품고 살면서 때때로 그 안을 들여다본다. 그러나 조증은 그 심연을 일주하는 여행이다. 당신이 오랫동안 당신 자신에 대해 알고 있던 것들은 단시간 내에 무효가 된다. 그런 다음 당신은 다시 영에서 시작하는 게 아니라 땅 밑 아주 깊숙한 곳으로 미끄러져 내려간다. 그러면 믿을 수 있는 방법으로 당신과 연결되는 것은 아무것도 없다.

여기에서 뭔가 새로운 걸 만들어낼 힘을 가진 사람이 누가 있겠는가?

38.

나는 그냥 가만히 앉아 있다. 나는 하나의 대상이다. 나는 더 이상 인간이라는 부류에 속하지 않는다. 내가 속한 곳은 무생물, 사물, 객체. 영혼이 없는 죽은 물체다. 내 주변의 사람들도, 물론 그렇지 않다는 걸 잘 알지만, 마찬가지로 생명이 없는 무생물일 뿐이다. 그들이 하는 말은—만일 말이라는 것을 한다면—내게 거의 도달하지 못한다. 물론 그렇지 않다는 걸 나는 안다. 그러나 나는 이것 말고 다른 식으로는 느끼지 못한다. 나는 나무, 강철, 플라스틱으로 이루어져 있고 내 혈관은 전깃줄이다. 나는 슬픔 외에는 아무것도 느낄 줄 모른다. 내가 앉아 있는 우주는 아주 작다. 움직임이 없는 추운 곳이다. 데이비드 린치 감독의 영화에서처럼 환풍기에서 웅웅 소리가 난다. 감정이 없이 공허하게 배경에서 나는 소리다. 나는 화장실에 들어간다. 환풍기가 켜지고 아무 소리도 나지 않는다. 나는 여전히 환풍기 소리가 들린다. 그 소리는 대상이 없는데도 내뱉는 강박적인 조소 반응 같다. 전에는 소리가 들리지 않았다. 전에 그 소리는 다른 쪽에서 났다. 이제는 내가 그 다른 쪽에 있다.

나는 스물네 살이다. 그러나 시간이 사라졌다. 그리고 나는 시간 속에서 사라졌다. 시간은 존재하지 않는다. 시간은 아무것도 일어나지 않는 불안한 진공이다. 아니면 나를 중심으로 닫히면서 서서히 나를 마비시키는 불안정한 물질이다. 내가 사는 집이 적대적으로 조용하게 서 있다. 거기에 들어가고 싶지 않았다. 나는 어떻게 여기에 왔을까? 집은 적대적인 피난처다. 줏대 없는 기생충인 내가 떠나기 힘든 곳이다. 만일 떠난다면 나는 눈을 멀게 하는 태양을 바라보아야 한다. 그리고 다른 세상에서 사는 사람들, 내가 갈 수 없는 곳에서 사는 사람들, 유리문 너머 분명히 다른 차원에서 완전히 낯선 본성과 기질을 가지고 사는 사람들 틈으로 가야 한다. 그들이 산 사람이라는 걸 내가 깨닫는다면 말이다. 나는 그들처럼 된다는 게 어떤 것인지 멀리서 알 뿐이다. 그러나 오늘은 그게 불가능하다.

끔찍하게 수치스럽다. 이걸 그대로 내버려두면 나는 수치심 속으로 완전히 가라앉는다. 그대로 내버려두어야 한다. 나는 저항할 수 없으니까. 시시각각 나는 이 치욕 속으로 사라진다. 순간이 넘쳐흐르며 출렁댄다. 타락한 생각의 실타래가, 잘못된 생각이, 잘못된 시스템이 쏟아진다. 언제나 비정상과 어리석음으로 가득한 순간과 상황과 행동들뿐이다. 이 모든 게 나였단 말인가? 회상한다. 눈을 감는다. 부끄러움의 물결이 밀려온다. 나는 이 모든 것과 거리조차 둘 수 없다. 나 자신의 행동을 '기괴'하다거나 '허무맹랑'하다고 말할 수도 없다. 내 행동을 객관화하거나 나로부터 떼어놓을 수 없다. 그 정도로 나는 나약하다. 내 행동을 잠시 몰아내야 한다. 그리고 일어나 냉장고를 들여다본다. 비어 있다. 냉장고 안에 불빛이 있다. 그 흐릿한 인위성이 욕실의 환풍기를 닮았다. 모든 게 정말로, 정말로 다 죽었다.

나는 앉아 있다. 나는 아무것도 아니다. 뭔가가 앉아 있다. 더는 아무
것도 아닌 무엇이.

39.

봄이 왔다. 『빅 브라더』[112]의 시즌 1이 벌써 시작되었다. 내
가 텔레비전 잡지에 나온 『빅 브라더』의 요란한 예고를 개인적인 조롱으
로 받아들였던 게 아직도 뚜렷이 기억난다. 겨우 몇 주 전이었을 것이다.
나는 그게 나를 이용해 나를 모욕하려는 엔데몰[113]의 장난이라고 느꼈
다. 이제 「빅 브라더」가 방영되기 시작했다. 이 프로그램은 곳곳에서 드
러나는 매체의 비애를 대표하는 사례였다. 구성은 극도로 빈약하고 관음
증은 더할 수 없을 만큼 천박했다. 그런데도 이 잡탕 형식이 별로 자극적
이지 않고 미지근하다고 보았는지 나는 이따금 시청하면서 내가 누구이
고 어떤 사람인지를 잠시 잊었다. 소설을 읽고 영화를 보기에는 내가 너
무 망가져 있었다. 텔레비전을 본 뒤엔 될 수 있는 대로 잠에 들었다. 아
침이면 얼굴을 비추는 태양을 증오했다. 커튼을 달지도 않았고 침대를

---

112) 빅 브라더(Big Brother): 전 세계 70개국에서 제작 방영된 텔레비전 리얼리티 프로그램.
　　1999년에 처음으로 네덜란드에서 방송되었다. 일정 기간 외부와 단절한 채 텔레비전 카
　　메라의 감시를 받는 집에서 24시간 생활하는 동거인들을 보여준다. 시청자의 인기투표에
　　서 끝까지 살아남은 사람이 최종 상금을 획득한다. '빅 브라더'는 영국 작가 조지 오웰의
　　소설 「1984」에서 유래한 용어로, 정보의 독점을 통해 사회를 통제하는 권력을 의미한다.
113) 엔데몰(Endemol): 네덜란드에 본사를 둔 텔레비전 프로그램 제작 기업. 「빅 브라더」를
　　만들었다.

창문에서 멀리 떨어뜨려놓지도 않았기 때문이다. 제발 영원히 잠을 잤으면 좋겠다. 그저 꿈꾸지 않았으면 좋겠다. 어느 한 순간도 의미가 없다. 환상 속에서조차 의미가 없다.

나는 본으로 가서 며칠을 그곳에서 묵었다. 콘라트와 말테는 「빅 브라더」가 역설적이게도 아주 흥분된다고 했다. 그들은 쾰른에 가서 츨라트코[114]의 탈락을 축하하기로 했다. 나도 그냥 함께 갔다. 혼자서는 무엇을 해야 좋을지 몰랐으니까. 가는 내내 나는 아무 말도 하지 않았다. 콘라트와 말테의 정상 상태, 그들의 농담과 조롱이 감탄스러웠다. 풍자적으로 뭔가 저급한 일을 도모하고 저 아래에 있는 것을 흥분된다고 생각하는 이 살짝 불성실한 태도를 나는 알고 있었다. 그런데 나는 그게 되지 않았다. 나는 무기력하게 따라가 어둠 속에서 사람들 틈에 서 있었다. 우리는 어디론가 달려갔으나 아무것도 보지 못하고 다시 돌아왔다. 다른 두 친구는 좋은 시간을 보냈지만 나는 아니었다. 그건 목이 메는 정도가 아니라 완전히 막혀버리는 경험이었다.

어머니는 내게 식사를 차려주었다. 심한 우울증을 겪었으면서도 어머니는 애정과 인내를 보여주는 영웅이라는 게 드러났다. 하지만 그것도 도움은 되지 못했다.

나는 어머니가 경솔하게도 복용하지 않고 남겨둔 갖가지 향정신성 약품을 훔쳤다. 약은 작은 유리병에 이것저것 담겨 있었다. 그중에서 나는 특히 타포르를 많이 가져왔다. 나는 알아보지도 않고 그 정도면 충분하다고 생각했다.

---

114) 츨라트코(Zlatko): 독일의 리얼리티 프로그램 「빅 브라더」의 시즌 1에 출연한 사람.

40.

베를린으로 돌아가는 기차에 올라 자리를 잡는다. 어머니가 바깥에서 손을 흔드는 순간 나는 안타깝지만 두 번 다시 어머니를 보지 못하리라는 걸 안다. 우리는 둘 다 울면서도 그걸 인정하지 않는다. 두 사람의 얼굴이 고통으로 일그러진다. 눈물이 흐르지만 몰래 훔친다. 그걸 왜 숨겨야 하나. 나는 이렇게 생각한다. 왜 그렇게 겁을 내야 하나. 영화에서처럼—— 하지만 이건 영화가 아니라 유사 이래 가장 슬픈 현실이다.—— 기차가 움직이기 시작할 때, 우리 둘 사이에 무언의 외침이 끼어든다. 나는 내가 죽었다고 생각할 수밖에 없다. 이건 정말 마지막 작별이다. 이렇게 결심한 건 내가 아니다. 다른 뭔가가 나를 대신해 결심했다. 이 삶은 더 이상 살 가치가 없다. 어머니가 이걸 아는지 모르는지는 잘 모르겠다. 그러나 추측건대 어머니는 그걸 알고 억지로 몰아낸다. 마음이 너무 아프다. 나 자신보다 어머니 때문에 눈물이 나온다. 하지만 나는 이게 잘못되었고 주제 넘는다고 생각한다. 왜 고통을 이렇게 해부해야 하는지. 고통은 어차피 사방에 널려 있는데.

다시 베를린으로 돌아왔다. 집에 가니 그곳은 여전히 조용하고 무미건조하다. 시간은 고통이다. 이 공허함을 어떻게 해결해야 할지 도무지 모르겠다. 노래를 부를 수도 없고 책이나 영화도 볼 수 없다. 전부터 민감했던 다른 사람들과의 관계는 완전히 끊어졌다. 친구들은 내가 미안하다고 사과하려고 하면 사과할 필요가 없다고 말한다. 자기들은 다 이해한다고, 끔찍한 일이 다 지나갔으니 기쁘다고 말한다. 내게는 끔찍한 일이 이제 막 본격적으로 시작되었다. 친구들은 이 사태를 겪으며 성장했지만 나는 그것 때문에 죽을 지경이었다.

하루하루가 서서히 고통스럽게 지나간다. 우울증은 내가 생각했던 것과 달리 감정이 없는 상태가 아니라 끊임없는 굴욕이고, 날카롭고 지속적인 고통이고, 불안정이고, 슬픔이다. 눈을 감고 생각한다. 이게 진짜여서는 안 돼. 눈을 뜬다. 달라진 게 없다. 눈을 감는다. 눈을 뜬다. 그리고 잠자리에 든다. 잠이 오지 않는다. 그래도 어떻게든 잠을 잔다. 깨어나면서 한숨을 쉰다.

나는 약을 주방 부엌장 안에 있는 접시 옆에 두었다. 부엌장이 아주 깨끗하게 정돈돼 있는 것 같다. 누가 여기에 사는 걸까? 깔끔한 여대생? 이 집은 왜 이렇게 깨끗하고 새것 같을까? 게다가 왜 이리 작을까? 부엌에 오래된 식탁이 있다. 거기에 한 번도 앉은 적이 없다. 나는 시험 삼아 그 앞에 앉아본다. 아무렇지도 않다. 나는 컴퓨터 앞에 앉는다. 아무렇지도 않다. 나는 누웠다가 섰다가 걸어본다. 그때 논평하듯 떠오를 생각은 정확히 이것뿐이다.── 누웠다가 섰다가 걷기. 대체 생각이 어디로 향하는지 의문조차 생기지 않는다. 그냥 아무것도 없을 뿐이다.

또 하루가 지나간다. 또 하루가 간다. 나아지는 게 없다.

또 하루가 간다. 더는 아무것도 할 수 없다.

또 한 주가 간다. 또 하루가 간다.

다 끝났다.

41.

루카스의 놀란 얼굴이 떠오른다. 그는 문을 열고 의식을 잃은 채 소파에 누워 있는 나를 발견했다. 그가 나를 깨웠을까? 안경 너머에서 휘둥그레지던 눈과 그 눈에 어렸던 공포감이 떠오른다. 루카스는 내게 연락이 닿지 않자 이미 최악의 상황을 예상했다. 나는 약을 먹었다. 빵처럼 생긴 커다란 배 모양의 알약과 작은 파란색 알약이었다. 나는 약을 전부 먹고 쓰러졌다. 150알쯤 되었다. 루카스는 초인종을 누르고 노크를 하다가 문을 쾅쾅 두드렸다. 그리고 안으로 들어왔다. 루카스가 열쇠를 가지고 있었을까? 아마 그랬나 보다. 그는 그동안 나를 책임지고 있었다. 아마 나를 돌봐주었을 거다. 언제나 나를 돌보는 누군가가 있었다. 하지만 대부분 우정은 이런 식의 임무를 견뎌내지 못하고 힘을 들여야 하는 일 때문에 상처를 입었다.

우리는 차를 타고 출발했다. 병원으로 가는 도중 머리가 맑아지는 것 같았다. 좀처럼 느끼지 못했던 기분이었다. 그러나 몇 주 뒤 루카스는 약에 취해 침을 질질 흘리며 몸을 떠는 폐쇄 병동의 어느 멍청한 사람을 가리키며 말했다. "네 꼴이 대충 저랬어. 그래, 괜찮아질 거야. 비유하자면 그렇다는 말이었어."

지금 나는 내 의지에 따라 병원에 온 게 아니다. 하지만 의지라는 건 어차피 전에도 없었다.

42.

그들은 **나를** 몇 달 전과 같은 곳에 집어넣었다. 구석기 시대에 지은 것 같은 어두운 부속 병동이었다. 단지 지금은 관점이 근본적으로 바뀌었을 뿐이다. 미친 듯이 날뛰는 내 여행에서 장난 비슷하게 사육제 분위기가 풍겼던 임시 병동이 이젠 창문에 창살이 달린 우중충한 1층 감옥 같은 곳으로 바뀌었다. 이곳에선 시간도 환자처럼 붙잡혀 있었다. 그러나 나는 그 감옥에 유감이 없었다. 이미 말했듯이, 나는 의지 없는 인간이 되었으니까. 나는 그들이 나를 데리고 하는 대로 내버려두었고, 그들이 요구하는 대로 다 했다. 이틀 후에 나올 식사를 위한 노란 식권에 적혀 있는 것 중 원하는 음식에 표시했다. 그러면서 내가 그래도 이틀은 더 살 것 같다는 사실에 꽤나 놀랐고, 체크 표시를 한 음식이 정말 이틀 뒤 식탁에 올랐다는 사실에도 놀랐다. 그러고 보면 미래는 체크 표시를 해서 결정할 수 있는 것이었다.

기억은 불투명하거나 거의 사라졌다. 옛날에 보았던 낯익은 환자들이 없었다. 올라프 게마이너도 없었고 지배인도 없었다. 모두 새 얼굴로 바뀌었다. 알코올 중독자와 우울증 환자들이 함께 스카트 게임을 했다. 나는 게임도 이해하지 못하면서 그들 옆에 가서 앉았다. 아침이면 사람들은 여물통으로 달려가듯 커피 자판기로 달려갔다. 나도 사람들 틈에 끼어 달려갔다. 몇 달 전 나는 자살을 시도한 어느 군인에게 자살은 비겁한 거라며 훈계했는데 지금은 내가 그 남자와 똑같이 말수가 없어지고, 전혀 웃지 않고, 내면으로 파고들고, 도저히 가까이 할 수 없는 사람이 되었다. 내가 옆에 앉아 울고 있는 마그다를 팔로 어색하게 감싸 안고 위로하던 모습이 떠오른다. 처음엔 내가 그녀 때문에 울었다. 그것도 남몰래. 그 당시 우리 사이에서 뭔가가 시작되었다. 그녀는 점차 나에게 많은 관심을 보였고, 나는 조증으로 인해 그녀에게 푹 빠진 것이다. 그러다 그녀 쪽에서 나를 감당하기 힘들어했다. 충분히 이해할 수 있었다. 그러다 정신을 차리고 보니 그녀는 다른 사람과 사귀고 있었다. 지금 그녀는 내 옆에서 울고 있다. 나는 어찌 할 바를 모르는 그녀를 감싸 안았다. 그녀는 나 때문에 우는 거였다. 그때 그 순간 어쩌면 나는 잠시 인간이 느끼는 감정을 느꼈는지도 모른다.

그 밖에는 오래전부터 예상됐던 무감각이 나타났다. 어느 날 밤 나는 복도에 있는 의자에 앉아 소리 없이 그러나 발작적으로 흐느껴 울기 시작했다. 그걸 보고 간호사가 달려와 나를 진정시키려고 했다. 그럴 때를 제외하면 내 내면은 화석처럼 굳어졌다. 아니 영원히 굳어졌다고 해야 옳다. 불행은 이미 전부터 내 마음속에 들어와 있었다. 그 상태는 무감각으로 변해 더는 예리한 고통을 유발하지 않았다. 여기엔 항우울제와 기분안정제도 한몫 거들었다. 슬픔이 밀려왔지만 급속 냉동되어 단단한 얼음으로 변했다. 하루하루가 타인이 결정하는 삶이었다. 하루의 일과, 치료 시간, 식사 시간, 취침 시간이 모두 그랬다. 병원 측에서는 어쨌든 내게 뭔가 소일거리를 주었지만 나는 그 어느 것에도 진지하게 관심을 쏟지 못했다. 무얼 만드는 일에도, 그림에도 흥미가 없었다. 아니다. 얼굴을 그린 적이 있다. 청소년기에도 그렸던 얼굴들이다. 만화에 나오는 주름지고 좌절한 얼굴, 삐죽삐죽한 캐릭터 얼굴인데 함께 그림을 그리던 환자들 사이에서 큰 화제가 됐다. 언제나 그랬듯이, 병원 바깥에서도 그랬듯이. 전에 나는 그 얼굴들이 특정 세계관의 아라베스크 장식 문양이라고 여기고 나중엔 젊은 날의 오만으로 하나의 작품으로 만들 생각을 했지만, 지금은 그저 병들고 우스꽝스러운 그림에 지나지 않았다. 마치 내가 나의 옛날 재능을 패러디하는 듯했다. 같은 병실을 쓰던 환자도 상황이 비슷했다. 그는 순박하면서 사악한 사람의 얼굴을 수채화로 그렸다. 조금 섬뜩한 모습을 표현하려 했으나 바로 그게 잘 되지 않았다.

"이게 뭘 그린 겁니까?"

"나예요."

"왜 이게 당신이에요?"

"이건 괴물이에요. 내가 괴물이에요."

나는 그가 뭘 했던 사람인지 듣지 못했다. 그는 방탄유리로 된 안경을 쓰고 코는 술꾼의 코에다 콧수염 밑의 입으로는 슬픈 표정으로 뭔가를 우물우물 씹었다. 콧대는 날마다 찾아오는 머리 허연 그의 어머니를 닮아 높았다. 그런 모습들로 미루어 짐작하면 하는 일이 아무것도 없는 사람인 듯했다. 그는 스스로 괴물이 되었다. 어쩌면 그것이 그 사람으로서는 그가 저지른 비행보다 더 심각한 일일 수도 있었다.

비정상이 정상이었다. 피곤한 눈빛은 몰상식으로 더욱더 피곤해졌다. 나는 병원에서 나를 데리고 뭘 하든 개의치 않았다. 심지어 의대생들 앞에서 실습 대상이 되는 것도 마다하지 않을 만큼 아무 의욕이 없었다. 이건 내가 마음 깊은 곳에서는 분명히 거기에 반대한다는 것이었지만, 나는 언짢은 감정을 끌어 올려 그걸 행동으로 보여주지 못했다. 말로 표현하는 건 더더욱 하지 못했다. 그냥 그들이 하는 대로 따라갔다. 내가 아무짝에도 쓸모없는 존재라면 차세대 학자들을 위해 익명의 본보기가 되지 못할 이유가 없다고 생각했다. 그렇게 나는 무늬목으로 만든 강의실로 불려가 '분열 정동 장애의 요소가 있는 조울증 증상에서 내인성 우울증의 전형적인 사례'로 소개되었다. 나는 얼떨떨한 표정의 학생들 얼굴을 바라보았다. 몇 달 전만 해도 나는 너희들과 놀고 토론했는데 지금은 내가 다른 편에 서 있구나. 어떻게 이런 일이! 이렇게 나는 생각했다. 학생들의 눈빛에서 공손함, 비밀 엄수의 의지도 보았다는 생각이 들었다. 빌어먹을, 나는 스물네 살이고 저 아이들은 평균적으로 나보다 두 살 아래일 거다. 그런데도 나는 훨씬 나이가 많고 몸무게도 많이 나가고 게다가 이 저승 같은 또 하나의 세계로 사라졌다. 여기에선 존재들이 눈 깜짝할 새에 파괴된다.

폐쇄 병동의 의사로도 일하는 여자 강사가 몇 마디 말을 했지만 나는 그것 때문에 모욕감을 느끼지는 않았다. 그래도 내가 학생들 앞에 나서기 전과 후에 그녀가 했던 말들이 대략 기억난다. 내 간략한 병력, 살아온 이력, 정신과 진단에 관한 것이었다. 미동도 없는 얼굴, 활기 없는 자세, 축 처진 어깨, 눈에 확연히 보이는 무감각 상태를 주의 깊게 보세요. 몇 주 전만 해도 이 사람은 데르비시[115]처럼 복도를 이리저리 미친 사람처럼 뛰어다녔어요. 내가 직접 봤어요. 지금은 보다시피 이렇게 전형적인 사례가 됐죠. 그녀가 이렇게 얘기했던 것 같다.

한순간 수치스러운 마음이 들었다. 얼마 후 나는 그곳에서 다시 나올 수 있었다. 말 그대로 사람들 앞에 나가서 어떤 태도를 취하지도 못한 채 말이다. 괜찮았다. 그래도 끔찍했다. 상관없었다. 병동에 갔다가 다시 잼

---

115) 데르비시(Dervish) : 극도의 금욕 생활을 서약하는 이슬람교 집단의 일원. 예배 때 빠른 춤을 춘다.

을 발라 먹으러 가고, 약을 타러 가고, 담배를 피우러 갔다.

하루하루가 희뿌연 유리 같은 날들이었고 한 주 한 주는 미로 같은 날의 연속이었다. 환자들은 이곳에서 저곳으로 터벅터벅 걸어 다니고, 얼빠진 치료 시간을 보내고, 식사를 기다리고, 담배를 피우며 시간을 죽인다. 내가 이 모든 고통 속에 들어와 있다는 게 새롭다. 나 자신을 도저히 이해하지 못하는 게 새롭고, 원래 있던 곳에서 완전히 떨어져 나와 모든 역할을 면제받았다는 것, 생각할 수 있는 모든 직책에서 벗어난 내 모습을 보는 것, 이렇게 아무 의지 없이 어딘가에 이르렀다는 게 새롭다. 예나 지금이나 그 누구도 자신의 집에서 주인이 되지 못한다. 자기 존재에 대한 몰이해는 보편적이다. 나는 내 삶에 들어온 망상과 그 파괴력과 황폐함에 충격을 받았다. 마지막 계단을 오르려면 아직 한참 남았다는 것을 알지 못했고, 이 병이 앞으로 10년 안에 얼마나 또 징그럽게 날뛰고 요동칠지, 순수하게 물질적인 것까지 포함해 얼마나 나를 약탈할지 예상하지 못했다. 그러나 첫 상실은 이미 일어났다. '첫 상처가 가장 깊은 법이다.'[116] 그 와중에 내가 받은 가장 큰 충격은 내 자아를 상실했다는 것이었다. 이론적으로는 구성물이지만 실제로는 완전히 신뢰할 수 있는 주도적 기능인 자아가 사라지고 파괴되고 무효가 되었다. 나는 인격이 아니기 때문에 내 앞에는 시간도 미래도 보이지 않았고, 이 구덩이를 다시 기어 올라갈 수 있다는 가능성도 보이지 않았다.

---

116) 미국 가수 P.P 아놀드(Arnold)의 노래 제목.

43.

　　나로 하여금 살아남게 한 것을 인내심이라고 부를 수는 없
다. 그건 차라리 동물의 기다림, 무감각에 가깝다. 네온사인을 받으며 그
냥 꾸벅꾸벅 조는 것이다. 호흡 기능은 계속된다. 죽음의 고통에 대한 두
려움이 죽음을 연기시킨다. 담배 수천 개비가 다음 5분간의 심연을 건너
게 돕는다. 그리고 어느 때인가 눈빛이 다시 움직이기 시작하고, 뭔가를
받아들이고, 내면의 공허로부터 갈라져 나오기 시작한다. 함께 생활하는
환자들 중에 발작하는 사람이 나오면 그건 반가운 기분 전환이다. 이상
한 것은 아주 조금이나마 다시 이상한 것으로 인식된다. 그다음엔 위험
을 느낀다. 아무도 자신이 안전하다고 여기지 않는다. 갑자기 옆의 환자
가 무슨 발작을 일으킬지, 어떤 조증이 덮칠지, 무슨 괴팍한 기분에 사로
잡힐지 누가 알겠는가. 그 사람의 병력을 모르거니와 거짓말하는 환자도
많으니까. 차폐 공간은 화약고다. 그러나 한편으로는 이런 것들에 대부분
무관심해진다. 이 병동, 이 복도에 있다는 건 어떤 면에서 죽은 거나 마
찬가지다. 바깥세상의 삶과 단절되고 산소가 끊긴 채 삐걱거리는 유리나
나무 병실 안쪽에서 정말 생기 없이 더는 호흡도 하지 못하고 죽어 있다.
그리고 몇 주가 지나면 심장이 다시 수줍게 뛰기 시작한다.

　기분이 고약해질 때가 있다.──정신 병원에 있으면 언젠가는 다시 나
갈 궁리를 한다. 의사와 간호사도 알고 있는 이 목표를 위한 첫걸음이 외
출이다. 나는 내가 피울 담배를 사러 나갈 수 있었다. 자기 결정권을 행
사하는 장족의 발전이었다. 샤리테 병원 구내는 현란한 조명 장치 같았
다. 그곳에 발을 내디디면서 나는 주변에 널린 수많은 삶과 수많은 의미

에 당황했다. 모두 자신이 어디에 속해 있는지, 무엇을 해야 하는지, 어디로 가야 하는지 알고 있었다. 이런 곳이 있는 걸 알지 못했던 나는 어디로 가장 먼저 발걸음을 떼야 할지 전혀 몰라 당황해서 서 있었다. 어쨌든 나는 네 번째인가 다섯 번째 외출 때 병원 구내에 있는 작은 서점에 들어가 원래 좋아했던 로베르트 게른하르트의 책까지 한 권 샀다. 그리고 슬픈 마음으로 읽었다. 나는 아직까지는 유머를 이해하기는 했지만 거기에 공감은 하지 못했다. 이따금 미소 짓는 것조차 되지 않았다. 이 감정의 무능이 나를 더 슬프게 했다. (훗날 어머니가 본에서 크리스티안 크라흐트의 책을 사준 적이 있다. 「노란 연필」이라는 제목의 여행기였다. 갖고 싶은 책을 고르라고 해서 나는 침침한 눈으로 가까이에 있는 것을 골랐다. 서점에서 집으로 돌아가는 길에 어머니는 내게 그 책이 좋아질 것 같으냐고 물었다. 나는 그렇다고 대답했다. 나는 내가 무엇에 흥미가 있는지 이해해주는 사람은 없지만, 바깥에서 그리고 위에서 자애롭게 지켜보는 사람은 있는 어린아이가 되었다. 그런데 그 책이 전혀 재미있지 않았다. 아무 재미가 없었다. 나는 그 이유가 절대로 내게 있다고 생각하지 않는다.)

처음에 몇 번 외출하며 조마조마하게 발걸음을 내딛은 나는 몇 주가 지난 뒤엔 집에서 하룻밤을 보냈다. 나는 몇 시간 동안 심호흡을 했다. 적대적이었던 집이 갑자기 폐쇄 병동의 테러를 피할 수 있는 안식처가 되었다. 그건 정신 병원 체류가 낳은 왜곡된 효과였다. 병원에서 스트레스와 충격 속에서 살면서 지독한 무료함까지 시달린 탓에, 좀비처럼 떠났다가 비틀거리며 들어온 이 황량한 곳이 견딜 만해진 것이다. 그 정도로 병원은 바깥보다 훨씬 끔찍했다. 나는 다시 인터넷에 올라온 글을 읽다가 옛날 책을 펴서 처음 몇 줄을 읽기 시작했다. 몇몇 문장은 아주 희미하게 마음속의 뭔가를 건드렸다. 나는 책상 전등에서 나오는 따스한 불빛을 즐겼다. 병원과는 거리가 먼, 부드럽고 은은한 광채 속으로 내 방을 가라앉히는 불빛이었다. 친구들과도 다시 어울려 술집이나 영화관에 갔다. 「존 말코비치 되기」도 보았다. 이 영화에 대해 어느 수련의와 짧게 의견을 나누다가 나는 그녀에게 영화가 마음에 들었다고 말했다. 그것만으로도 아주 대단한 일이었다. 나도 의식하지 못하는 새에 내 상태가 좋아진 것이다. 의사들은 그런 호전을 환자보다 먼저 알아차린다.

내가 영화관에서 「존 말코비치 되기」를 보는 동안 소방관이 나의 집 창문을 부수고 들어왔다. 나는 마그다와 한 약속을 잊고 있었다. 그 바람에 그녀는 극심한 공포에 빠졌다. 혹시 내가 집에서 죽어 있지나 않을까 생각했을 것이다. 그때 소방관이 했다는 말을 전하는 것도 의미가 있을 것 같다. 집에 들어갔으나 아무도 없다는 걸 안 그는 마그다의 변명을 듣다가 그만두라는 손짓을 하며 말했다. "여기서 우리가 만화를 찍는 것도 아니고." 소방관의 말은 그다지 우습지 않았지만 나는 그 말을 듣고 처음으로 활짝 웃었다. 그런데도 내가 힘을 내어 바닥에 흩어져 있는 마지막 유리 파편들을 쓸어 담기까지는 몇 주가 걸렸다.

44.

"당신의 어머니가 보낸 서류를 읽었어요. 무척 희망적입니다."

어머니의 서류. 어머니는 대학에서 발부한 수많은 증명서를 병원에 팩스로 보냈다. 튀빙겐 대학교와 오스틴 대학교에서 보낸, 실속 없이 거창

한 찬사로 도배된 서류들이었다. 이런 일은 나중에도 계속되었다. 너무나 엉뚱하게도 어머니는 위기 때마다 당신의 손으로 논평을 써넣고 강조까지 해서 팩스를 보냈다. 그런데 머리를 근엄하게 뒤로 묶은 이 아름다운 여의사에게는 멀리서 온 이 진술서들이 효험을 본 게 분명했다.

"우리가 곧 다시 낫게 해드릴 겁니다." 그녀가 무미건조하게 말했다.

나는 아무 말도 하지 않고 생각에 잠겼다. '그럴 리가요.'

"아닙니다, 아니에요. 우리가 곧 다시 낫게 할 겁니다." 내가 대답도 하지 않았는데 그녀가 대꾸했다.

나중에 나는 어느 심리학자와 면담했다. 그는 내 반응 시간과 논리적 사고력을 구석기 시대에나 썼을 법한 컴퓨터로 측정했다. 처음 몇 번의 실험이 끝난 후 그가 웃으며 말했다. "이건 환자가 평균치보다 얼마나 높은지를 확인하는 실험일 뿐이에요."

그런 실험은 한 번도 꺼지지 않은 내 허영심을 여전히 자극했지만 이번에도 나는 그럴 리가 있을까 하고 생각했다. 무슨 평균치 이상인 게 중요한 게 아니었다. 내게 중요한 건, 이게 상투어든 아니든, 그저 살아남는 것이었다.

45.

기분이 고약해질 때가 있다.── 환자는 병원에서 나갈 궁리를 한다. 심지어 자살하겠다는 결심이 여전히 단호할 때, 아니 바로 단호하기 때문에 나가고 싶어 한다. 그래서 나는 의사들에게 거짓말을 하기 시작했다. 아니, 거짓말을 한다고 착각하기 시작했다. 나는 그렇지 않

앓는데 의사들은 내 기분이 밝아졌다고 생각했다. 나는 그걸 이용해 의사들의 긍정적인 소견이 맞는다는 걸 확인해주었고 정말로 기분이 나아졌다고 주장했다. 나는 거짓말하지 않고 거짓말을 했다.

이 모든 게 무슨 소용일까. 마음속으로 이런 의문이 들었다. 하루하루가 여전히 짐이야. 나는 그저 여기에서 나가고 싶을 뿐이야. 나가고 싶어. 그리하여 마침내 적당한 시기에 죽고 싶어. 타인의 결정이 아닌 내 의지에 따라 죽고 싶어. 두 개의 날짜 사이에 끼여 황망히 죽고 싶지 않아. 전차를 타고 가다가 출구에서 죽고 싶지 않아. 사전 준비 없이 이도 저도 아닌 상태에서 죽고 싶지 않아. 이런 생각을 한다는 것은 이미 구원이나 마찬가지다. 이제 앞뒤 재지 않고 죽을 생각을 더는 하지 않는 사람은 치유 과정에 있는 것이다. 그와 동시에 이는 대다수 환자에게 가장 위험한 시기이기도 하다. 처음으로 의지력이 소생하고, 자아는 다시 암중모색하며 자신을 되찾는다. 몸과 정신이 서서히 안정되지만 우울증을 정말로 털어버리지는 못했다. 많은 환자들이 새로 되찾은 활력이라는 이 창문을 이용해 오래전부터 굳건히 간직해온 결심을 끝내 행동으로 옮긴다. 전에 그들은 뭔가를 도모하기엔 너무 나약하고 마비되어 있었지만, 이제는 싹트는 모든 추진력을 끌어모아 마침내 완전히 사라지려고 한다.

46.

의사는 내가 폐쇄 병동을 나와 주간 병원에 다닐 수 있도록 며칠 예정으로 나를 퇴원시켰다. 웨이페어러 안경을 쓴 맵시 좋은 그 의사는 내게 '신사협정'을 요구했다. 협정 내용은 내가 아무 짓도 하지 않는다는 것이었다. 대신 그는 내게 할당된 약을 주었다. 교외선 열차를 타고 가는데 너무 외로웠다. 끔찍한 햇빛이 더러운 창문으로 들어와 신경을 건드렸다. 밖은 베를린 레고랜드[117]였다. 집에 오니 조용하다. 책을 읽고 또 읽는다. 슬픔이 아직도 파도처럼 몰려온다. 하루하루가 아무 흔적도 남기지 않고 흘러간다. 주간 병원에서 탁구를 쳤다. 건강이 좋아진 환자들과 처음으로 대화를 나누었다. 전차를 타고 주간 병원과 집 사이를 오간다. 말없이, 무감각하게, 절망적으로. 아무 의지도 없다. 그러나 이유야 어떻든 이겨내야 한다는 의무감이 생긴다. 언젠가는 이에 관해 글을 써보겠다는 생각이 든다. 훔볼트 대학교의 정치 철학 세미나에 처음으로 들어갔다. 수업을 듣기가 힘들다. 여전히 우울증으로 가득하다. 사람들 누구와도 접촉하지 않는다. 나의 원래 학업 주제인 언어 철학이나 의식 철학과는 거리가 멀다.―― 하지만 어쨌든 난 거기에 있다. 다시 햇빛이 비친다. 이 성질 고약한 놈. 프리드리히 가를 지나는 사람들이 곤충 같다. 벌집으로, 개미집으로, 구더기가 득시글거리는 곳으로 가는 중이다. 나는 아무것도 아닌 존재로 그들 틈에 끼어 어디로 가야 할지 알지 못한다. 중력, 전차 타기. 인터넷의 무의미함. 인터넷을 어떻게 사용해야 할지 모르겠다. 나는 컴퓨터 앞에 앉아 온종일 혼자 하는 카드 게임만 한다. 그리고 책방 주인이 되겠다는 생각을 해본다. 그 생각에 한 시간 동안 희열에 젖는다. 어머니는 조금이나마 유쾌한 내 목소리를 듣고 행복해한다. 국가 장학 재단의 상담 강사와 만났다. 그는 나 같은 사람에게는 필요 없

---

117) 레고로 만들어지거나 레고를 가지고 노는 놀이공원.

는 '소프트 스킬'¹¹⁸⁾에 대해 말했다. 그리고 앞으로 계속 나를 지원하겠다고 약속했다. 관료주의적인 조직에서 이해와 도움을 얻다니, 놀랍다. 그리고 다시 떠오르는 엄격한 얼굴들. 몇 달이 흘렀다. 아인슈튀르첸데 노이바우텐¹¹⁹⁾의 노래 「모든 것」과 콜드플레이¹²⁰⁾의 노래 「전부 잃은 것은 아니야」를 듣는다. CD 플레이어의 반복 기능을 이용한다. 처음으로 홀가분해지는 가을. 털어버리기.

47.

털어버리기. 중증 우울증 단계가 천천히 사라졌다. 하루하루가 다시 전보다 선명해졌다. 감정과 생각의 윤곽도 뚜렷해졌다. 화장실의 환풍기 소음은 전보다 덜 치근덕거렸다. 정말로 나는 서서히 건강해졌다. 여기엔 밤 생활이 결정적으로 한몫했다.

이제는 주간 병원도 다니지 않는다. 처음에 나는 어디로 가서 뭘 해야 좋을지 몰랐다. 대학 공부? 말도 안 된다. 대체 어떻게? 나는 별로 하는 일 없이 지냈다. 이제 내 고향이 된 빈스 구역을 처음으로 몇 바퀴 돌아보았고, 카이저스 슈퍼마켓에 가서 원격 조종을 당하며 뭔가를 산 뒤 다시 집으로 돌아왔다. 아는 여성이 영화 대본을 보내줘서 기뻤다. 그러니

---

118) 소프트 스킬(Soft Skill) : 타인과 협력하는 능력, 문제 해결력, 의사소통 능력, 리더십, 회복 탄력성 등을 활성화하는 능력

119) 아인슈튀르첸데 노이바우텐(Einstürzende Neubauten) : 실험적 음악을 추구하는 독일의 밴드.

120) 콜드플레이(Coldplay) : 영국의 4인조 록 밴드.

까 내가 뭔가를 완성할 수 있다는 말인가? 친구들은 내 곁을 지키며 나에게 신경을 써주었고, 아무 특색 없이 무능한 사람이 된 나를 데리고 다녔다. 나는 차츰 다시 콘서트에 가고 용기를 내어 클럽에도 갔다. 크누트는 내 협력자였고 나는 그의 충실한 조수였다. 나는 갈수록 단호하게 내가 있을 자리에 자리를 잡았다. 낮 시간에는 생각을 고쳐먹고 다시 학교에 가서 공부했다. 이 학업을 빨리 끝내지 못한다는 건 우스운 일이라는 생각이 들었다. 나는 정말로 대학 공부를 마쳤다.

그즈음 알료샤가 내 인생에 들어왔다. 내가 사는 셰어하우스에서 열린 파티 때 보고 대충 알고 지내던 사이였다(당시 파티를 지나치게 많이 여는 바람에 나는 처음으로 루카스와 사이가 틀어졌다.). 파티에서 알료샤는 벽에 기대서서 새처럼 탐색하는 눈으로 굽어보며 내게 가볍게 고개를 끄덕여 인사했다. 알료샤는 크누트가 데리고 왔다. 둘은 쾰른에서부터 서로 아는 사이였다. 나중에 나는 블룸펠트[121]를 통해 알료샤와 친해졌다. 다른 아이들은 벌써 기진맥진해 있는데 알료샤는 「나는 이렇게 살지」를 틀었다. 그걸 듣고 보니 알료샤가 어떤 사람인지 분명히 알 것 같았다.

기억나는 콘서트가 있다. 그때 우울증으로 여전히 머리가 조금 띵했던 나는 바깥에서 석양을 보며 맥주 두 병을 마신 뒤 알료샤와 그의 여자 친구 비앙카에게 말했다. "더는 못 참겠어! 기타를 사야겠어. 빌어먹을 전자 기타를 사서 내 멜로디를 기타 줄에 새길 거야! 뭔가가 터지지 않으면 안 돼! 기타를 살 거야!"

"네가 그런 투로 말하는 건 처음 들어. 더 얘기해봐!" 알료샤가 짓궂게

---

121) 블룸펠트(Blumfeld): 독일 함부르크 출신의 팝 밴드.

재촉했다. 나는 소리 내어 웃었다. 자꾸 웃었다. 나는 내가 웃는다는 걸 알았다. 기분이 좋았다.

밤에는 고통이 누그러졌고, 낮에는 전에 했던 익숙한 일들을 다시 시작했다. 나는 언젠가부터 약을 먹지 않았다. 그 대신 맥주와 독서와 음악의 치료 효과에 기댔다. 나는 나 자신을 다시 느꼈다. 나는 서서히 다시 돌아와 있었다. 우울증이 남긴 마지막 흔적은 도취 속에서 증발했다. 비앙카는 알료샤와 크누트와 나를 '삼총사'라고 불렀다. 밤의 무장 보병이라고 했다. 우리는 당장 기세 좋게 서로를 독려하고 춤을 추고 순간을 즐기며 재미를 만끽했다. 알료샤와 나를 더욱 가깝게 이어준 건 영혼의 암흑 속에서 생긴 형제애였다. 우리는 그 암흑에 맞서 늘 속박에서 벗어난 순간을 사냥하러 다녔다. 예술이든, 영화든, 대화든 아니면 음악이든, 어떤 식으로든 순간의 행복을 찾아다녔다.

얼마 후 내게 여자 친구가 생겼다. 그녀는 마리화나를 너무 많이 피우고 음모론에 빠져 있었다. 나는 곧 그게 너무 혐오스러워졌다. 그건 나도 겪었던 가벼운 정신 질환의 일종이었다. 그런데도 나는 그녀에게 그 사실을 암시하는 정도로만 그쳤다. 나는 너무 젊었고, 나 자신에 대해 너무 몰랐으며, 미래와 현재만 바라보았다.

9월 11일이 되었다. 비행기가 건물에 충돌하는 시점에 내가 편집증을 앓지 않는다는 게 기뻤다. 내가 무엇을 생각하고 무엇을 했는지 꾸며내지 않는다는 게 기뻤다. 그때 나는 여론 조사 기관인 포르사에서 아르바이트를 했는데, 테러가 발생한 날 저녁에도 일을 하고 있었다. 전화기 저쪽에서 말하는 사람이 미친 듯이 화를 내다가 공포에 질려 어쩔 줄을 몰라 했다. 나는 평소보다 욕은 덜 먹는 대신, 즉각 치료사로 변신하여 그저 귀 기울여 듣는 것만으로 사람들의 불안을 해소해주었다. 어느 중년 여자는 내게 빈 라덴의 얼굴을 보았느냐고 묻고는 헤드폰을 통해 내 귀에 이렇게 소곤거렸다. "젊은이, 그 사람이 적(敵)그리스도[122]예요. 정말 적그리스도예요. 때가 된 거예요."

때가 된 것이다. 나는 병에서 회복되었다. 기호가 나를 지시하는 기능의 여파가 아직 남아 있었지만 나는 다시 정상적인 삶을 살았다. 날마다 자전거를 타고 프렌츨라우어 가를 오르내리고, 책을 읽고, 공부를 하고, 아르바이트를 하고, 즐기고, 사랑하고, 싸웠다. 새로 사귄 미국 여자 친구의 집에 들어가 살았고, 책임을 졌고, 계속 글을 썼다.

뭔가 일어났었다. 하지만 나는 그게 되풀이될 수 있는 사건이라고 인식하지 않았다. 마침내 나는 완전한 정상인이 되어 함께 사는 집을 꾸미고, 학업을 계속하고, 지금보다 멋질 수 있는 앞날의 삶을 꿈꾸었다. 여자 친구나 다른 사람들하고는 내 정신적 결함에 대해 거의 얘기하지 않았다. 혹시 이야기할 일이 있을 때는 아주 솔직하게 대화했다. 나는 그 사건을 통해 어떤 오만함을 벗어버렸으며, 실패한 자와 이용당한 자들을 더 많이 이해하게 되었고, 그들에게 정말 관심을 갖게 되었으며, 개별적인 것, 동떨어진 것, 말이 없는 것, 배척된 것에 대해 관심이 생겼다고 생각했다.

마지막 구두시험을 끝으로 대학 공부를 마쳤을 때 나는 캔 맥주를 인용문처럼 손에 들고 비교문학연구소 근처의 풀밭으로 가서 앉았다. 연구소 주소에는 아름답고도 위협적인 '검은 바닥'이라는 이름이 붙어 있었다. 햇빛이 비쳤다. 한낮이었다. 시험에서 나는 아도르노가 말한 '화해'

---

122) 신약 성경에서, 마지막 시대에 나타난다는 예수의 적대자.

의 개념을 가능한 한 미사여구를 동원해 개진하고 설명했다. 방금 전만 해도 이론적으로 다루었던 그 개념과 정말로 똑같은 것이 이제 내 마음 속에 생기는 걸 느꼈다. 나는 모든 것과 화해했다. 나는 주체이자 객체였고 조심스럽게 경계를 벗어났다. 나는 맥주를 들고 앉아 주변을 둘러보았다. 완벽하게 행복했다. 어린 대학생들이 지나갔다. 나는 마음속으로 그들에게 인사를 보냈다. 나무는 친구였고, 풀밭은 한 조각 낙원이었으며, 하늘은 드높이 솟아 활짝 열려 있었다. 나는 많은 것을 배웠고 모든 게 순조로웠다. 삶을 위한 시간이 무르익었다. 나는 맥주를 다 마시고 일어나 풀밭을 떠났다. 다시는 그곳에 앉을 일이 없다는 것을 나는 알고 있었다. 나는 웃으며 지하철을 탔다. 질병의 삽화가 내 안에 벌려놓은 틈새가 이제 다시 닫혔다.

나는 아프지 않았다. 약 복용을 중지하는 것은 당연한 수순이었다. 약은 나를 메마르게 만들고 살이 찌게 했다. 약은 나를 진정시키고 멍청하게 만들었다. 내가 생각하는 단 하나의 진정한 치유법은 흐르는 시간이었다. 시간은 마침내 다시 내 편이 되었다. 나는 그저 미끄러졌을 뿐이다. 젊고 혈기 왕성한 정신이 극도로 흥분했을 뿐이다. 이제 나는 성장할 수 있다.

2006년

01.

　나는 북해에 있는 쥘트 섬에 있다. 초저녁이다. 빛이 막 사라지려 한다. 아니, 사실은 벌써 사라졌다. 형체 없는 안개. 물질이고 축축하다. 어스름한 저녁. 나는 세잔을 생각한다. 그가 바다를 일종의 수직 벽으로 그렸던 것을 떠올린다. 그러자 곧 내 앞에 펼쳐진 바다가 정말 수직 벽으로 보인다. 이게 진짜 지각이 아니라 내가 그렇게 지각하려 한다는 것을 알면서도 나는 벽으로 들어간다. 벽에서 편안함이 나와 나를 받아주지만 마음을 가라앉히지는 못한다. 울리히 빌트그루버[1]가 떠오른다. 그가 이곳 해변에서 자살했던 것도 생각난다. 나는 나를 가까이 잡아끌면서 내 귀에 대고 나지막이 속삭이는 바다에게서 당장 몸을 돌리고 싶다. 그런데도 나는 가만히 서서 계속 수직의 회색 바다를 응시한다. 나는 모든 것에 저항한다.

---

1) 울리히 빌트그루버(Ulrich Wildgruber : 1937~1999) : 독일 배우.

방금 나는 쿨트크벨레 재단의 장학생으로서 두 달 예정으로 살고 있는 내 방을 초토화시켰다. 방을 왜 엉망으로 만들었는지 나도 잘 모르겠다. 감정이 폭포수처럼 쏟아져 내렸다. 견디기 힘든 내 운명에 대한 반항심이 솟았다. 내 등 뒤에 온 세상이 있다. 온 역사가 있다. 죄인은 없고 죄악만 있다. 죄악은 추상이 되어 내 머리 위에 드리워져 있다. 죄악은 신생의 존재이며 개인으로 환원되지 않는다. 나는 음식물을 사방으로 내던지고 뭔가를 갈기갈기 찢었다. 또 다시 내 인생 전체가 단 하나의 거대한 사기라는 생각이 든다. 이건 벌써 알고 있었다. 그런데 지금은 지난 몇 년 동안 건강이 회복되었다는 말도, 많은 사람들의 생명을 빼앗아간 비열한 자기기만이라는 걸 안다.

그렇다. 사실이다.

나는 세계정신의 희생물이다. 나는 세상의 흐름에서 내쳐진 존재다. 이미 1999년에 예견했던 대로다. 어떻게 나는 이 부당함에 소리쳐 항거하지도 못하고, 내 특별한 위치와 믿기 힘든 능력을 인류를 위해 봉사하지도 못하고, 지난 몇 년을 그냥 흘려보냈을까. 1999년에 깨달았던 사실을 떨쳐버리지 않았다면 9월 11일의 사건은 없었을 것이다! 이건 한번쯤 생각해봐야 한다. 이건 한번쯤 생각해봐야 한다! 나는 바다를 응시한다. 바다는 수직 벽이다. 나는 그곳으로 돌진할 수도 있다. 엉망이 된 방 따위에는 관심 없다. 이 절망적인 부당함 앞에서는 모든 게 정당하다. 악취가 하늘로 진동한다. 경천동지할 일이다.

02.

화가 나고 당황한 나는 모래를 쿵쿵 밟으며 쵤트크벨레로 돌아왔다. 뭔가 먹을 것을 만들어야 한다. 나는 이미 뭔가를 만들었다. 뭘 만들었지? 아주 독특한 음식이었다. 거기에 뭔가를 더 넣어야 한다. 위층 내 방에 올라가 냉장고를 연다. 넘쳐흐르는 재료들이 뒤죽박죽 들어차 있다. 나는 버스를 기다릴 수 없어서 베스터란트에서 란툼까지 달려갔다. 내겐 이제 인내심이 없다. 그 무엇도 기다릴 수 없다. 란툼에 있는 슈퍼마켓에 가서 쇼핑 카트에 물건을 가득 담았다. 그리고 재단에서 내게 준 현금으로 물건값을 치렀다. 나는 넘쳐나는 물건들을 이 냉장고에 쑤셔 박았다. 그러므로 이 과정들은 일상적으로나 관료주의적으로나 정당하다. 오븐 문을 여니 내가 먹을 음식이 든 냄비가 있다. 음식은 꽁꽁 언 아이들 생일 음식처럼 생겼다. 형형색색의 거품이 흘러넘친다. 단 것과 신 것, 고기와 채소 등 온갖 것을 섞어 만들었다. 유일무이하다. 나는 음식에 마지막 열기와 냉기를 주려고 오븐 스위치를 한 번 더 돌린다.

"이거 아직 먹을 수 있는 거야?" 동료 누스바우메더[2]가 냄비를 보며 실용주의와 조롱이 섞인 말투로 물었다. 어제였거나 몇 시간 전이었을 것이다. 나는 그렇다고 대답했지만 잠시 당황했다. 혹시 내가 막 음독자살을 하려던 참이었을까? 나는 냄비를 살펴본다. 그리고 이 호화 아파트에서 이리저리 돌아다니다가 신문과 인터넷을 읽고, 누스바우메더에게 건너가 함께 《문화 시대》[3]를 보며 비평가들을 험담한 뒤 다시 내 방으로

---

2) 크리스토프 누스바우메더(Christoph Nußbaumeder : 1978~) : 독일 극작가.
3) 쿨투어차이트(Kulturzeit) : 독일 텔레비전 3sat에서 방송하는 문화 프로그램.

돌아온다. 음식이 다 됐다. 아닌가? 맞다. 유일무이한 음식이다. 이제 식혀야 한다.

귀중하고 서늘한 바닷바람을 쏘일 작정으로 나는 냄비를 들고 계단을 내려간다. 그렇게 하면 맛이 느껴지지는 않아도 음식에 마지막 짭조름한 풍미를 줄 수 있다. 나는 밖에서 기다린다. 주위가 전부 어둡다. 맞은편에 있는 이상야릇한 레스토랑도 어둡다. 내가 매일 시칠리아산(産) 술 아베르나를 마시는 곳이다. 얼마 후 다시 분노가 치민다. 여기는 너무 조용하다. 그러나 이 정적은 유일한 거짓이다! 그리고 음식은 실패작이고 실책이다. 나는 멋진 동료라고 생각하는 누스바우메더를 흉내 내서 음식을 만들어보려고 했다. 그는 요리하는 걸 좋아한다. 음식을 만들면 그걸 바이에른 사람답게 조용히 우리에게 권한다. 나는 그에게 음식을 대접하려 했다. 뭔가 색다른 것을 만들어주려 했다. 고백하자면, 요리 기술에서도 그를 물리치려 했고, 그 기술에서까지 그를 능가하려 했다. 분노의 충동이 몸속 모든 신경을 통과해 아래로 내려간다. 내 눈에 잠시 어리석음이 보인다. 그 어리석음은 바로 나다. 나는 오른발을 들어 냄비를 쳐서 넘어뜨린다. 질척질척하고 갈색으로 현란한 내용물이 사방으로 튄다. 흔적이 남아야 한다. 나는 고기죽으로 뒤범벅된 발로 마당을 몇 걸음 걷는다. 그리고 내가 길을 잃었으나 여기에 있다는 걸 보여준다. 어둡다. 내일이면 사람들이 이 꼴을 보겠지. 마음이 미친 듯이 날뛴다. 이 프리지아의 바다를 내려다보는 하늘 아래에서 나는 비극이자 희극이고, 헐크이자 히브리스[4]이다. 나는 위로 올라가 마음을 진정시키려고 위스키를 따라 마신

---

4) 히브리스(Hybris): 그리스 신화에 등장하는, 오만과 방종의 여신.

다. 하지만 그 반대 상태가 된다. 마음의 불길은 더 거세지고 더 흥분한다. 무엇을 해야 좋을지 모르겠다. 벽에 걸린 유화가 분명히 나를 가리킨다. 그건 처음부터 알고 있었다. 그림을 처음 본 순간부터 그랬다. 틀림없었다. 처음엔 그게 경외의 몸짓으로 보였다. 저 건너편 대륙에서 타오른 모든 광기를 뒤로하고 여기에서 영원히 살라는 무언의 제안으로 보였다. 그러던 것이 이젠 신랄한 조롱으로 바뀐다. 게다가 나는 문화 부서 공무원의 그런 소심한 사탕발림은 좋아하지 않는다. 나는 그림을 향해 레몬과 오렌지를 집어 던진다. 과일이 현란하게 터진다. 그러나 아무 소용이 없다. 나는 다른 과일들까지 천장을 향해 던지고 창문 밖으로 던진다. 아무 일도 일어나지 않는다. 피아노를 연주하려고 하는데 잠겨 있다. 나는 깜짝 놀란다. 내가 대체 여기서 무얼 하는 걸까?

다음 날 새벽 나는 잠도 자지 않은 채 그곳을 출발해 도망친다. 이곳 예술가들의 은둔처는 내게 맞지 않는다. 지금으로서는 아니다. 나는 내가 잘못된 행동을 했다는 것도 안다. 나는 편집자에게 전화를 걸어 내 지원금의 나머지 절반은 방을 다시 정비하는 데 쓰라고 했다. 죄송하다고 했다. 다시 베를린으로 가겠다고 말했다. 여기에서는 두 번 다시 내 얼굴을 보지 못할 거라고 말했다.

03.

"진짜 멜레야." 10년 뒤 누군가 웃으며 이렇게 말한다. 자신의 아내가 지원금을 받고 쥘트 섬에 머무는 동안 벽에 생긴 얼룩을 보았노라고. 그리고 언제나 이렇게 생각했노라고. "진짜 멜레야." 그러면 나는 함께 웃을 수밖에 없다. 이건 그 사건을 언급하는 썩 괜찮은 방법의 하나다. 유머로서는 시원찮겠지만 해결책으로는 최고다.

04.

사건은 해가 바뀔 때 일어났다. 쥘트에 체류하기 전 나는 에를랑겐으로 갔다. 그곳에 머물며 희곡을 쓰고 배우 및 연출가들과 집단으로 연극을 만들었다. 당시에는 연극의 집단 창작이 유행했다. 왜 그런지는 아무도 몰랐다. 집단 창작극의 유행은 곧 퍼포먼스와 다큐의 물결로 바뀌었다.

연극은 내가 옛날부터 열정적으로 관심을 가졌던 분야였다. 청소년 시절 한때 연출가가 되려고 했던 나는 학교에서 연극을 공연할 때 연출을 맡았고 짤막한 희곡도 썼다. 그러다 일단 뭔가 구체적으로 손에 잡히는 것을 배우고 싶었는데 그게 인문과학이었으니 아이러니다. 그러나 나는 당시 나 자신이 창조적인 예술가라거나 연극 연출이라는 예술을 관련 학교에서 배우겠다는 생각은 당치도 않다고 생각했다. 게다가 나는 원래부터 글만 쓰려고 생각하고 있었다.

그때 막 떠오르는 신예였던 마르틴 헤크만스[5]와 집단 창작극을 만들고 2004년에 그 작품이 뜻밖에 베를린의 도이체스 테아터에서도 무대에 오른 후, 에를랑겐에서 비슷한 작업을 해달라는 제의가 들어왔다. 당시 나는 여전히 기업의 광고 문안 작성자로 석유 회사에서 아르바이트를 하

---

5) 마르틴 헤크만스(Martin Heckmanns: 1971~): 독일 극작가.

고 있었고, 윌리엄 T. 볼먼[6]을 주제로 장황하고 끝없이 긴 논문을 써서 학업을 마쳤으며, 「식스터」와 그 밖의 몇몇 글의 초본을 가지고 고군분투하느라 정신을 집중하며 안정적으로 살고 있었다. 그 정도로 내 앞엔 유망한 미래가 놓여 있었다. 내 병에 대해서는 생각하지 않았다. 아니, 물론 생각은 했다. 그러나 이미 끝난 것으로, 글을 써서 극복해야 하는 것으로 여겼다. 그것은 여전히 이해할 수 없는, 그리고 비밀로 해온 폭발이었으나 몇 년 전부터 그 잔향이 느껴지기 시작했다. 그 병이 근본적으로 더 격렬한 두 번의 폭발을 위한 서막에 불과하다는 생각은 꿈에도 하지 않았다. 나는 몇 년 전의 그 사건이 그때 단 한 번으로 그쳤다고 믿었으며 나 자신이 위험한 상황에 있다고도 생각하지 않았다. 의사들은 이를 가리켜 '일시적 회복'이라고 말한다. 이 단계에서는 증상이 감소하여 완전히 사라지는가 싶지만 그 현혹적인 유예 기간이 지나면 곧 더욱 맹렬하게 달려든다. 그리고 거기에 수반되는 내면의 거부, 다시 말해 자신을 만성 질환자로 인식하려 하지 않고 질환을 본인의 삶의 본질적인 요소로 보지 않으려는 마음속의 부정은 첫 조울증 삽화가 지난 뒤에 흔히 볼 수 있는 현상이며 지극히 정상적인 반응이다. 누가 그런 안짱다리를 끌고 다니고 싶어 하겠는가? 정말 한 번 미쳤으면 됐지 더 이상은 아니었다. 끔찍하지만 이미 지나간 일이었다. 두 번 다시는 일어나지 말아야 할 일이었다.

---

6) 윌리엄 태너 볼먼(William Tanner Vollmann : 1959~) 미국의 소설가, 언론인.

05.

     나는 연극 연습 기간인 6주 동안 에를랑겐에 머물 예정이었다. 처음에는 모든 상황이 무리 없이 진행되는 듯했다. 배우들은 날마다 즉흥 연기를 하며 등장인물의 관점과 단편적인 줄거리를 제시했고 나는 그것을 받아들여 밤새 글로 옮겼다. 나는 많은 이들의 저항을 무릅쓰고 자살 클리닉을 공간적 배경으로 밀어붙였다. '태양의 집'이라는 이름의 그곳은 국가가 세운 인간 폐기 시설과 유토피아적인 소원 성취 기구가 하나로 통합된 기관이었다. 그러나 인생의 마지막 몇 주 또는 몇 달을 그곳에서 보낼 수 있는 특권을 얻은 '의뢰인'들은 모두 병원 혹은 재활 기관으로 위장한 그 자살 공장을 뭔가 다른 곳으로 인식했다. 누구는 그곳을 거대한 미용 시설, 곧 성형외과의 메카로 여겼고, 누구는 보편적인 전략 게임으로 보았으며, 또 누구는 거대한 최후의 데이트 포털로 생각했다. 하지만 누구나 이것만은 분명히 알고 있었다. 국가는 혼자 힘으로는 아무것도 할 수 없는 사람들 때문에 늘어날 미래의 비용을 예측했다. 그리고 의뢰인이 원하는 바를 최대한으로 이루면서 자발적으로 삶을 마감할 수 있는 선택권을 주는 게 더 인간적이고 경제적이라는 결론에 이르렀다. 여기서 진행하는 모의실험은 대부분 선택을 하도록 하기 위한 수단이었다. 이 계획은 거대한 허구이자, 쾌락주의와 허무주의로 가득 찬 병적이고 우스꽝스러운 공상 과학 디스토피아였지만, 그럼에도 갈망에 가장 큰 비중을 두었다. 등장인물들은 모두 내가 즐겨 사용하는 대로 굴절되고 결함이 있는 사람들이었다. 나는 곧장 작업에 들어갔다.

     나는 낮에는 연습장에서 지내고 밤에는 극장에 딸린 숙소에서 보냈다. 숙소에 들어가기 전에는 극장 맞은편에 있는 술집에서 동료들과 맥주를 몇 잔 마셨다. 때론 창조적인 야간작업을 하는 동안 영감을 얻으려고 추가로 위스키까지 마셨다. 그리고 다음 날 아침이면 몸은 망가졌지만 행복에 젖어 새로 쓴 글을 들고 연습장에 나타났다. 당연히 미친 짓이었다. 희곡은 2주 후에 완성되었고 나는 정확히 그 시점에서 정신이 나가버렸다.

극장은, 특히 지방에서는, 술꾼들의 유일한 클럽 같은 곳이다. 사람들은 따분한 구내식당과 벽에 판자를 댄 술집에 모여 맥주와 독주를 마신다. 그러면 그곳에서 달아날 수 없다는 느낌이 혀 꼬부라진 소리와 함께 희미한 연대감으로 변한다. 거기다 결손 가정의 심리적 역학과 비슷한 정신적 동력이 작용하는데 여기선 아주 빠른 동작으로 연출된다. 사람들은 서로 가까이 지내면서 아주 심도 있는 역할을 연기하고, 갈등을 키우다 터뜨리고, 패거리를 만들어 음모를 꾸미고, 허구와 현실의 경계를 모호하게 만들고, 그러다 결국에는 열반에 들 때까지 취하도록 마신다. 말수가 적고 가족과 담을 쌓고 지내는 나 같은 아웃사이더는 그런 상황에서는 그저 난감한 처지에 놓일 수밖에 없다.

연말에 연습을 잠시 쉬는 동안 나는 베를린에서 지냈다. 한 친구의 말에 따르면 나는 12월 31일에 벌써 '다른 사람'으로 변해 있었다. 내 지각은 정말로 범위가 줄어들고 좁아졌으며 어떤 의미에서는 2차원으로 바뀌었다. 사람들과 말할 때는 움직이는 표면과 이야기하는 듯했고 완전한 소통이 되지 않았다. 그렇게 되기 며칠 전, 한 해가 저물어가는 조용하고 긴장된 분위기 속에서 잠복기가 먼저 왔다. 잠복기는 지금은 기억나지 않는 어느 파티에서 막을 내렸다. 하지만 내가 그 파티를 정지 화면처럼 느껐다는 것은 지금도 생각난다. 그 화면 안에서 생각들이 말 그대로 수은처럼 끈질기게 한 곳으로 모였다. 느린 동작으로 보는 화면이었다. 나는 희곡에 정신이 빠져 옴짝달싹하지 못했다.

06.

희곡이 현실을 점령했다. 나는 주변 사람들에게서 내가 그려낸 인물을 발견하기 시작했다. 아마 그 반대였다면 수긍할 수도 있었을 것이다. 내가 적어놓은 대사들이 내가 사람들과 나눈 대화에서 메아리쳤고, 다른 사람들이 말한 문장은 내가 적은 대사를 인용하는 것처럼 들렸다. 나는 내가 쓴 희곡의 기본적 상황이 고도 자본주의 사회에서 살아가는 우리의 파괴된 삶의 핵심을 찌르고 나아가 가까운 미래까지 예견한 천재적인 각본이라고 여기기 시작했다. 이런 생각을 머리에 담고 나는 다시 극장으로 돌아왔다.

그런데 에를랑겐에서 무슨 일이 벌어졌을까? 보행자 전용 구역과 지멘스 공장만 있는 것 같은 이 도시에 대해 내가 아는 것이라고는 「에를랑겐에 대해 알아두어야 할 것들」이라는 익살스러운 노래에 나오는 진부한 사실들밖에 없었고 그 이상은 알고 싶지도 않았다. 그러니 결국 아는 게 전혀 없는 거나 마찬가지였다. 여하튼 내가 1월 3일에 다시 돌아왔을 때 그 우스꽝스러운 도시는 달라져 있었다. 전보다 조용해졌으며, 견디기 힘들 정도로 아늑해졌다. 그와 동시에 방금 여기에서 뭔가가 일어났다. 대체 이 도시에서 무슨 일이 일어난 걸까? 나는 극장에 딸린 숙소에서 나와 도시를 탐문했다. 주변 풍경이 이상야릇했다. 가동을 멈춘 원자력 발전소처럼 긴장감이 감돌았다. 나는 길을 잃고 신축 건물이 늘어선 삭막한 지역을 헤매고 다니다 처음에 길을 잃었던 그 장소로 돌아왔다. 그냥 다시 원점으로 되돌아온 것이다. 식당 한 곳은 대낮에 문이 활짝 열려 있었는데도 아직 영업을 시작하지 않았다. 식당 주인은 빗자루로 청소하는 시늉을 하며 내게 나가달라고 말했다. 나는 그저 구운 고기 일인분을 먹고 싶었을 뿐이었다. 그때 갑자기 생각난 것이지만 내가 그 정도 대접은 충분히 받을 자격이 있다고 믿었다. 나는 고기 대신 말린 토마토로 속을 채운 바게트를 먹었다. 이곳에 와서 처음부터 먹었던 음식이었다. 얼마 후 나는 몇몇 배우들이 열심히 비난했던 그 기괴한 보행자 구역 끄트머리에 와 있었다. 그곳에서 나는 어느 음식점에 '잠깐 들렀다'. 평소에는 전혀 하지 않는 행동이었다. 보통 때는 그냥 음식점에 갔지만 지금은 '잠시 들렀다'. 나는 이 의미 변화에 주목하고 싱긋 웃었다. 나는 맥주 한 잔을 마셨다. 그리고 드라마투르크[7]가 3막에서 사건의 긴장을 푸는 동시에 팽팽히 조였으면 좋겠다고 한 부분을 들여다보았다. 나는 당장 그의 말대로 했다. 결과는 마음에 들었다. 격렬한 토론이 단편적으로 벌어지면서 병원 수용자들 간의 갈등이 대화를 통해 점점 깊어지는 부분이었다. 나는 인물들의 이름과 어원을 놓고 생각에 잠겼다. 원래 처음 이름을 지었을 때는 의식하지 못했지만 그 어원은 모두 복잡하면서 외설적이며 정확한 방식으로 이름의 주인과 맞아떨어졌다. 그건 우연도 아니고 직관도 아니었다. 뭔가 다른 것이었다. 그건 말과 사물 간의 은밀한 계약이었다.

---

7) 드라마투르크(dramaturg) : 연출가와 함께 작품의 해석 및 각색 작업을 하며 문학적인 조언과 레퍼토리 선택 등에 관여하는 사람.

옆자리에 앉은 김나지움 졸업반 학생이 함께 앉아 있는 사람에게 뭔가 우스갯소리를 했다. 나는 그게 나를 가리키는 거라고 생각하고 그에게 지금 빈정거린 그 말이 혹시 나를 뜻하는 거냐고 물었다. 학생은 나를 보고 쾌활하게 웃으며 아니라고, 나를 뜻한 게 아니라고 대답했다. 그리고 그런 추측은 명백히 나의 '실수'라고 했다. 나는 그 '실수'와 실수를 두려워하는 내 마음에 대해 잠시 생각했다. 나는 실수를 피하려는 끊임없는 노력이 어쩌면 가장 큰 실수일 수 있다는 걸 알고 있었다. 그래서 다음번에는 실수를 하겠다고 마음먹었다. 어딘가에 '잠시 들른' 사람이 분명 '매력적'이라고 말했을 법한 아름다운 여종업원은 촛불 위로 나를 열심히 응시했다. 관심과 감시의 중간 어디쯤인 듯했다. 또 다시 있지도 않은 것을 찾는 눈빛으로 지나치게 노골적으로 쳐다보던 나도 그녀를 불꽃 튀는 눈으로 응시했다. 그런 다음 나는 태연히 일어나 음식점을 나왔다. 다시 극장 술집으로 갔지만 마치 약속이나 한 듯 배우는 한 명도 보이지 않았다.

나를 찾아온 크누트는 또 '뭔가 이상하다'는 걸 금방 눈치챘다. 나는 너무 오랫동안 사물과 기호에 매달렸다. 눈빛은 정처 없이 사방을 둘러보며 불안하게 움직이다가 중요하지 않은 것에 집착했다. 사물에 대한 해석이 또 빗나가기 시작했다. 어느 바에서 한 남자가 내게 공격적으로 시비를 걸었다. 내가 괴상한 가방을 들고 걸핏하면 시내를 돌아다니는 사람이라며, 저기 바로 그 괴상한 가방이 있다고 말하는 것이었다. 내 고압적인 반응 때문에 하마터면 그와 나는 주먹다짐까지 벌일 뻔했다. 평소였다면 사소하지만 부적절한 공격이라고 여겼을 이 싸움이, 지금은 여태내가 멋모르고 어디서나 유발하는 평범한 심술과 같은 거라고 생각했다. 이제 그 심술에 눈에 떠진 나는 사방에서 이런 심술과 마주쳤다. 길거리에서 한 여대생이 내게 말을 걸었다. 내가 극장에서 일하는 작가가 아니냐면서 물어볼 게 있다고 했다. 나는 그녀와 말을 나누는 대신 그냥 고개를 끄덕이고 뒷걸음질로 좁은 골목을 도망치듯 걸어 올라갔다. 왜 그랬는지도 나도 몰랐다. 그녀가 뒤에서 내게 뭐라고 소리쳤다. 나는 뒤돌아섰다. 그리고 한마디도 알아듣지 못했으면서 다시 뒷걸음질 치며 그녀의 말에 동의했다. 나는 서둘러 극장 숙소로 돌아왔다. 내 방은 또 서서히 연례 기념일의 문서실로 바뀌었다. 나는 다시 신문과 연대기를 수집하면서 미친 속도로 그 기록들을 읽어치웠다. 거기다 수많은 SZ-디스코텍까지 무차별로 사들였는데, 이는 1955년부터 2004년까지 나온 팝 음악 중 그해의 하이라이트들을 담아 당시 매주 발매한 CD 모음집이었다. 나는 뒤늦게 그 노래들을 들으며 다시 한 번 1977년부터 1983년까지의 시간에 집중했다. 포스트 펑크와 뉴웨이브가 유행한 이 기간은 내가 음악적으로 가장 흥미롭다고 느낀 시기였다. 그뿐만 아니라 나는 형언할 수 없는 나에 대한 배신도 그때쯤 어딘가에서 일어났다고 믿었다. 나는 뭔가 단서를 찾으려고 가사와 선율을 탈탈 털다시피 들었다. 이번엔 편집증적인 세계상이 당장 눈앞에 보였다. 나는 몇 년 전에 와해되었으나 아직 남아 있는 쓸 만한 조각들을 주워 모으기만 하면 되었다. 그러면 빈집에 들어가듯 다시 피해망상 속으로 들어갈 수 있었다. 나는 다시 세계정신의 희생물이 되었고 미래의 응징자가 되었다. 형언할 수 없는 것은 입 밖에 내어 말할 수 없는 것이었기에, 나는 다른 사람들처럼 이 비밀을 혼자 간직한 채 거기에 대해 한마디도 발설하지 않았다. 내게는 익숙한 전략이었다. 그러나 내면의 긴장은 거의 견디기 힘들 정도였다.

상황은 금방 기괴하게 돌아갔다. 여기서 '상황'이란 건 무엇보다 나를 의미한다. 나는 아이티 지진 참사에 완전히 넋이 나간 채 손에 맥주병을 들고 연극 연습장에 들이닥쳐 항의의 표시로 무대에 가서 앉았다. 나는 최근의 연습 상황을 알지도 못하면서 그곳에서 연습하는 내용이 마음에 들지 않았다. 얼마 후 극장 기술자가 연출자에게 전기와 물을 동시에 동원할 때는 당연히 조심해야 한다고 말했다. 나는 우리 모두가 학교에서 배웠던 법칙을 더는 믿지 않았기에 기술자의 그 경고를 은유로 받아들였다. 구체적인 것은 은유로 해석하고 은유는 구체적인 것으로 받아들이는 나의 옛날 성향이 다시 발동하기 시작했다. '전기'와 '물'은 내가 더는 그 의미를 신뢰하지 않는 단어에 속했다. 두 개념은 지금까지와는 다른 것을 의미했지만 그게 뭔지 아직은 확실하게 알지 못했다. "그래요, 전기. 전기와 물이라, 알겠습니다!" 나는 이렇게 외쳤다. 기술자는 나를 당황한 표정으로, 거의 증오에 가득 찬 얼굴로 바라보았다. 그리고 저녁이 되자 아까 그 순간에 나를 한 대 치고 싶었다고 내 귀에 대고 중얼거렸다. 나는 소리 내어 웃으며 그의 고백을 진심으로 받아들이지 않았다. 다음 날에는 무엇이 나를 자극했고 무엇이 그를 흥분시켰는지 벌써 잊어버렸다.

초연이 다가왔다. 그런 연극 제작에서 흔히 그렇듯 연극 팀은 미친 듯이 분주해졌다. 모두 신경이 예민해졌다. 특히 즉흥 연기에서 배우들이 개인사를 인물에 아주 많이 집어넣었기 때문이었다. 지방 도시에서 이루어지는 이런 연극 제작은 실존적인 측면이 강했다. 게다가 작가라는 사람은 흥분해서 날뛰었다. 밤이 되면 나는 시내를 배회하고, 대학생 파티에 가고, 거기에 모여 있는 한 무리의 사람들에게 종잡을 수 없는 이야기로 말참견을 했다. 그들은 처음에 마음을 터놓고 나와 토론하다가 어느새 짜증을 내고 나를 따돌렸다. 나는 야간 버스를 탔다가 다시 광역 철도에 올라타 거기에서 잠이 들었다. 이튿날 아침 나를 깨운 검표원에게 나는 정신을 못 차리고 내가 어디에 있는 거냐고, 혹시 여기가 베를린의 프리드리히 가냐고 물었다. 밖을 보니 황량한 풍경만 눈에 들어왔다. 내 뒤에 앉은 학생 두 명이 큰 소리로 웃더니 길을 잃은 나를 보고 '끝내준다'고 말했다. 나는 기차에서 내렸지만 내가 어디에 있는지 알지 못했다. 승강장에서는 한 학생에게 그때 막 읽고 있던 페터리히트의 책을 선물했다. 나는 조난 구조에서 정신이 혼미한 사람을 얘기할 때 쓰는 용어대로 이미 '무력한' 상황에 있었다. 그러나 나는 어느 정도 정신을 차리고 다시 에를랑겐으로 돌아올 수 있었다.

07.

"포스트 트라우마 연극이란 개념을 처음 성명으로 발표한 사람은 프라터에 있는 내 친구다. 이 개념은 포스트 드라마 연극의 개념을 이미 대체했다. 포스트 트라우마 연극은 20세기의 트라우마를 더 면밀하게 분석하면서 협의를 거쳐 강령적으로 새로운 개념들을 고안하려한다. '떨어지는 것은 더 차버려야 한다.' 니체의 이 말이 큰 논쟁거리가 되고 있다. 꿈을 꾸고 춤을 추어도 괜찮다. 몇몇 희곡과 산문과 음악은 동일성과 차이의 문제에서 이미 '포스트 트라우마 연극'의 핵심을 건드리며 사전 작업을 해왔다. '포스트 트라우마 연극'의 전략은 역방향이며 대단히 과격하게 계몽적이다. 이 연극은 혼란을 주는 대신 대답을 하려한다. 우리는 인용문을 통해서도 서로 소통할 수 있다. 서로를 두려워하는 텍스트들은 배제를 좌절시킬 것이다. 다시 말해 배제를 탄식하고 조롱할 것이다. 희곡 「태양의 집」은 진지하게 반종교적인 방향으로(예를 들면 '한증막'이 있는 쪽으로) '포스트 트라우마 연극'을 계속 공개하고 틈틈이 편입시키려 한다. '죄악'의 원리는 일반적으로 엄격하게 부정하고, 음모론은 분석하고, 체계 이론은 시로 표현한다. 한 명의 여성만 늘 탁자에 앉아 있어서는 안 된다.

얼간이들이여, 진심으로 환영한다!

이 글을 세라 케인, 알료샤 그리고 요정들에게 바친다."

(「포스트 트라우마 연극 선언」, 2006년 1월 21일)

08.

친구들이 초연에 왔다. 나 자신은 전혀 인지하지 못했지만 벌써 나를 둘러싸고 볼 만한 연극이 완성되었다. 전 여자 친구 캐시는 내가 그녀에게 등을 돌리자마자 울음을 터뜨렸다. 지난 몇 주간 그녀와 다시 만났었다. 알료샤도 왔다. 그는 내 방에 연도별로 정돈되어 진열되어 있는 다양한 책과 레코드판을 보고 짧지만 불안한 폭소를 터뜨렸다. 그러곤 한시도 내 곁을 떠나지 않았다. 다른 친구들은 위축되고 넋이 나간 얼굴로 방 가장자리에 서 있었다. 그들은 초연이 끝나면 나를 다시 폐쇄 병동에 넣겠다고 이미 말을 맞추고 확실하게 결정을 내린 뒤였다. 당연히 내게는 비밀로 했다.

나는 초연에 거의 신경 쓰지 않았다. 공연이 계속되는 동안 서서히 술에 취한 나는 새빨간 티셔츠를 입었다. 그러나 자신을 드러내려는 모든 것들에 말할 수 없는 분노가 치밀어 다음 날 당장 그 티셔츠를 내다 버렸다. 나는 허리 숙여 인사한 뒤 초연 파티가 열리는 방으로 건너갔다. 파티에서 나는 되도록 위스키는 마시지 않으려고 자제했다. 나는 첫 음악을 틀려고 음반을 꺼내 왔다. 음반은 내가 골라도 좋다는 약속을 이미 받은 터였다. 팝이 내게 새롭게 중요해짐에 따라 음악 선택은 그간 등한시했던 연극 희곡보다 훨씬 실존적인 문제처럼 보였다. 2주 만에 뚝딱 완성한 희곡은 1999년의 내 통찰이 두루두루 옳았음을 증명하는 인식 과정을 작동시켰을 뿐이다. 그로써 희곡은 제 유일한 기능을 완수했다. 내 의식은 정말 이음매에서 떨어져나간 세계로 다시 들어가 문을 잠갔다. 희곡은 그 인식으로 올라가는 사다리에 불과했다. 나는 공연을 거부할 마음까지 먹었으니 그 사다리를 밀어 넘어뜨릴 수도 있었다. 파티에서 나는 음향 기기가 타버릴 정도로 음악을 미친 듯이 크게 틀었다.

다음 날은 베를린으로 돌아가는 날이었다. 주변 사람들이 화가 난 게 느껴졌다. 그 감정이 내게로 전이되어 몇 배로 상승했다. 나는 캐시와 알료샤의 호위를 받으며 보행자 구역을 걷다가 모욕감을 느끼고 곧장 역으로 향했다. 가는 길에 나는 축구 선수처럼 단호히 마음을 먹고 큰 가방을 어깨에 둘러멘 채 돌처럼 굳은 표정으로 이 사람 저 사람 지나가는 행인에게 시비를 걸었다. 나머지 짐은 대부분 극장 숙소에 그냥 두고 왔다. 짐은 나중에 쓰레기봉투에 담겨 나를 기다렸지만 나는 가지러 가지 않았다. 기차에 올라타서는 식당에서 벌써 맥주를 한 병 마시고 담배를 피우고 종업원에게 욕을 했다. 속에서 목표 없는 공격성이 고동쳤다.

베를린에 도착하자 친구들이 개입했다. 나보고 다시 병원에 들어가라는 것이었다. 친구들의 결정을 전달한 사람은 알료샤였다. 그는 내가 친구들을 피해 도망쳐 들어간 어느 바에서 맥주를 앞에 놓고 그 얘기를 꺼냈다. 나는 싫다고 했다. 다른 것은 다 해도 그것만은 하고 싶지 않았다. 나는 이제 겨우 세상을 꿰뚫어보기 시작한 터였다. 자유를 향해 나아갈 수 있는 길이 바로 눈앞에 보였다. 알료샤는 내가 하겠다는 대로 내버려두었다.

고독이 시작되었다. 정작 고독에 빠진 사람은 그걸 느끼지 못했다. 나는 할 일이 너무 많았다. 계속 사람들을 만나고, 낯선 사람과도 어울리고, 여기저기 참견하며 기괴한 상황을 연출했다. 예의 바르게 정면으로 맞서는 것이 당시의 올바른 예법이었다. 나는 속이 부글부글 끓었지만 겉모습은 어느 정도 평온을 유지했다. 이따금 사람들이 그저 의미심장하게 침묵하고 뭔가를 아는 눈빛을 보냈지만, 나는 그 끈덕진 시선의 의미를 알아채지 못했다.

친구 두 명이 다시 찾아와 나를 샤리테 병원으로 끌고 가 접수시켰다. 상냥하고 격의 없는 의사가 나를 잠깐 문진했다. 나는 여전히 입원하고 싶지 않았다. 의사는 정신 병원에 입원했던 내 경험이 트라우마로 남은 게 분명하다며 인내하고 기다려야 한다고 친구들에게 설명했다. 하지만 누가 흥분한 조증 환자를 인내할 수 있을까? 나는 친구들의 눈에 비친 근심을 읽고 결국 순순히 병원에 입원했다. 그러다 며칠 뒤 의사의 충고를 무시하고 또 퇴원했다. 그리고 몇 번 더 발작을 일으킨 뒤 병원에 들어가라는 말에 설득되어 입원했다가 또 퇴원했다. 그렇게 한 해 내내 같은 일이 반복되었다.

09.

터질 듯이 꽉 찬 해였다. 딩, 딩, 딩, 딩, 딩. 나는 갑자기 세 분야에서 수상 후보에 올랐다. 라이프치히 도서전의 번역 분야, 잉게보르크 바흐만 문학상의 산문 분야, 그리고 베를린 연극제였다. 게다가 유명 출판사들이 내 산문에 관심을 보였는데 특히 주어캄프 출판사가 흥미를 보였다. 그 후 나는 정말 이곳에 둥지를 틀었다. 일단 내 젊은 날의 꿈이 이루어진 셈이었다. 그해 전반기 내내 나는 익숙지 않은 박수갈채를 받았다. 이건 내 망상이 옳았음을 증명했다. 나는 올바른 길을 가고 있는 게 분명했다.

그러나 사실 그건 가장 잘못된 길이었다. 되돌아보면 내 등장은 중급의 파국 그 이상이었다. 나는 윌리엄 T. 볼먼의 「영광을 위한 매춘부」의 번역으로 수상 후보에 오른 라이프치히에서 작은 소동을 일으켰다. 수상식 참석에 필요한 초대장을 잊고 가져오지 않은 데다가 문을 지키고 있던 우악스러운 남자들과 큰 소리로 다툰 것이다. 앞에는 관객이 앉아 있었고 문학계 인사의 절반이 참석한 자리였다. 나는 소리를 질렀다. 소리가 커질수록 그들이 가죽 재킷을 입은 정신 나간 불평꾼을 들여보내지 않으려는 건 당연했다. "저 사람 하는 짓 좀 보세요." 이런 말이 들렸다. 마침내 심사 위원인 리하르트 케머링스가 직접 무대에서 내려와 손을 내 어깨에 얹고 나를 부드럽게 안내했다. 그가 보여준 이 행동에 나는 지금까지 기묘하게도 감사하는 마음을 가지고 있다. 역시 심사 위원인 뢰플러는 경악하다가 나중엔 침착하게, 여하튼 고집 센 표정으로 내가 있는 쪽을 바라보았다. 나는 일단 지정석에 기분 좋게 앉았다. 그러다 내 뒤에 편집인인 울라 운젤트 베르케비치와 미하엘 크뤼거가 앉아 있는 걸 보았다. 그들이 이상하게도 나를 상냥하게 웃는 얼굴로 바라보았는데도 그게 너무나 신경에 거슬린 나는 그 자리에서 도망쳐 홀 측면에 있는 스탠드 테이블로 갔다. 그리고 시상식이 시작될 때까지 무지막지하게 큰 소리로 계속 허풍을 떨었다. 그해 수상 후보에 올랐던 다른 행사에서와 마찬가지로 나는 이번에도 빈손으로 나왔다. 하지만 나는 거기에 조금도 동요하지 않고 밤에 어느 파티에 쳐들어갔으며 나중에는 작은 바를 다 비울 정도로 술을 마시고 낯선 도시에서 또 길을 잃었다.

베를린 축제극장에서 열린 베를린 연극제의 연극 마켓에서도 내 행동은 다르지 않았다. 나는 약초주 예거마이스터를 잔뜩 마시고 극장 앞으로 가서 주변에 병풍처럼 둘러서 있는 시민들을 적의를 가지고 관찰했다. 최고로 격식을 차리는 문화 행사에서 예거마이스터 병을 들고 문 앞에 서 있는 불길한 남자는 당연히 삐딱한 시선을 받게 마련이다. 그런 만큼 나는 더 삐딱한 눈으로 그들의 시선을 맞받아쳤다.

그러나 나는 이제 세계 구원의 여행길에 있지 않았다. 망상과 관계의 개념들은 간헐적으로만 불쑥불쑥 나타났다. 그래도 나는 모든 인간이, 예외 없이 모든 사람이, 비록 내 모습을 다시 알아보지는 못한다고 해도 나를 알고 있다는 확신이 들었다. 정신 질환자는 이유를 알 수 없는 이 편집증의 잔재를 여전히 느끼면서 그걸 쇠사슬처럼 끌고 다닌다. 그건 정상적인 활동을 불가능하게 하고 설익은 삶을 지옥으로 만드는 족쇄다.

베를린의 샤우뷔네 역시 내가 꿈꾸던 극단의 하나였다. 그곳의 연출가와 희곡 작가가 내 희곡을 채택해 장면 낭독에 참여시켰다. 국가의 간섭에 맞서 연대 투쟁하는 망가진 뒷골목 공동체를 다룬 「빛이 없는 집」

이라는 작품이었다. 정신 질환 병력이 있는 대학생도 등장하는데, 훗날의 작품에서도 자주 그랬듯이, 아니 늘 그랬듯이 나를 대리하는 인물이었다. 나는 이 희곡을 2005년 말에 써서 베를린 축제극장 우편함에 직접 갖다 넣었다. 포근하면서도 차가운 겨울 햇빛이 비스듬히 떨어지던 어느 날이었다. 아름다운 순간이었다. 그 후 내 작품은 몇 군데를 삭제하고 변경한 상태로 낭독 공연에 포함되었다. 그러나 내 작품에 대한 파괴 욕망이 다시 꿈틀거렸다. 나는 절반은 의도적으로, 절반은 터무니없는 퇴행에 내몰려 유사 다다이즘적인 실없는 대목들을 될 수 있는 대로 많이 집어넣었다. 여주인공 역할을 맡아 낭독할 여배우 율레 뵈베가 연습 중에 어느 특정 단어를 어떻게 발음하는지 물어왔다. 내가 리듬과 의미를 낯설게 표현한 단어였다. 사실 아무 의미도 없는 낱말이었지만 나는 그녀에게 발음법을 시범으로 보여주었다. 그녀는 고개만 끄덕이고는 잠시 생각하다가 나를 따라 발음했다. 다 이해한 듯했다. 배우들이니까 극장에서 익숙하게 하리라고 나는 생각했다. 장면 낭독을 위한 또 다른 연습에서도 강조한 사실이었다. 그런데 그 연습 중에 배우들과 연출자가 갑자기 이렇다 할 분명한 이유도 없이 미친 것처럼 소리를 질러댔다. 율레 뵈베는 분노로 발작을 일으키며 젖가슴을 드러냈고 다른 사람들도 모두 흥분해서 발광했다. 결국 원래 미친 사람인 내가 그들에게 진정해달라고 말하는 지경에 이르렀다. 이미 병적이라고 할 수 있는 내 신경과민이 어쩌면 그들을 흥분 상태에 빠지게 한 원인이었을지도 모른다. 나도 잘 모르겠다. 얼마 후 연출가는 '피키—피키'라는 대목을 다시 빼야 한다고 말했다. 나는 고개를 끄덕이며 웃기만 했다. 내가 희곡 전체를 조금 일그러뜨려 외설로 만든 건 사실이었다. 나는 원하는 대로 얼마든지 뜯어고치라고 했다. 어차피 내 생각은 다른 데 가 있었다. 장면 낭독은 기술적으로 탄탄하다는 평을 받았다. 아무 할 말이 없을 때 으레 나오는 평가였다. 나는 아무렇지도 않았다. 상은 다른 사람이 받았다. 배우 마르틴 부트케는 실망한 얼굴로 몸을 돌려 바 카운터로 가서 술을 마셨다. 나는 주위에 무리 지어 둘러서 있는 사람들 틈으로 사라졌다가 여기저기를 떠돌면서 헛소리를 남발했다. 이번 연극제도 이런 식으로 끝났고 반미치광이라는 내 평판은 더욱 고착되었다.

민헨에서도 비슷한 일이 벌어졌다. 어느 가을날 소극장에서 열린 '젊은 드라마 작가의 밤'이라는 행사에서였는데, 나는 거기서 엘프리데 옐리네크[8]를 볼 수 있을 거라고 착각했다. 행사 후 나는 무일푼으로 도심을 배회했다. 이튿날 아침에는 문화계 인사들의 조찬회에서 마이크를 잡고, 있지도 않은 내 세대의 아버지들을 장내가 떠나갈 듯한 소리로 고발했다(이 사건 역시 어느 드라마 작가에게 깊은 인상을 심어주었다. 이건 토론회가 끝난 뒤 그 여성 작가가 직접 해준 말이었다. 조증 분노가 갖고 있는 이중적 가치는 이렇듯 문제의 정곡을 찌를 때도 있다.). 그뿐만 아니라 나는 《춴트풍크》 잡지사의 문화부 기자에게 완전히 정신 나간 헛소리를 그녀가 가지고 온 녹음기에 대고 웅얼거렸다. 나는 그때 내가 취했다는 걸 알지 못했다. 몇 주 뒤 그 여기자는 전화 통화를 하며 내가 취했었다고 말했다. 이번에도 나는 아무것도 얻지 못하고 정신이 나간 채 다시 그곳을 떠났다. 옆에 앉아 있던 디르크 라우케[9]에게 나는 맥주를 따라주었다.

---

8) 엘프레데 옐리네크(Elfriede Jelinek : 1946~) : 오스트리아의 여성 작가. 2004년에 노벨 문학상을 받았다.
9) 디르크 라우케(Dirk Laucke : 1982~) : 독일 극작가.

오스트리아 클라겐푸르트에서의 일은 거의 기억나지 않는다. 나는 이미 몇 달을 이런 정신병과 음주로 인한 반(半) 정신 착란 상태에서 보냈기 때문에 정신을 차리고 가다듬으려면 어마어마한 노력을 기울여야 했다. 집에서는 친구들이 텔레비전 앞에 앉아 숨을 죽이고 잉게보르크 바흐만 시상식 생중계를 지켜보았다. 그들은 내가 낭독 도중 혹시 이마라도 찢을까 봐 걱정했다. 만일 그랬다면 그건 다른 작가를 따라 하는 우스꽝스러운 모방[10]이었을 테지만, 그와 동시에 연극적인 요소가 전혀 없는, 내 정서 상태에 들어맞는 상황이었을 것이다. 친구들은 혹시 내가 그냥 일어나 소리를 고래고래 지르거나 입고 있는 옷을 갈기갈기 찢지나 아닐까 노심초사했다.

나는 클라겐푸르트가 싫었다. 그건 지금도 생각난다. 다 알다시피 그곳에서 벌어지는 시상식은 무엇보다 스스로를 찬미하는 비평가, 에이전시, 출판인들의 행사다. 작가는 싸구려 매춘부처럼 아무 데나 서서 자신의 날고기를 판다. 지금도 기억나는 일이 있다. 뷔페에서 나는 어느 비평가를 밀쳐냈다. 하지만 그건 내 자리를 확보하기 위해서가 아니라 계속 밀쳐대던 그의 행동을 희화화하기 위해서였다. 그런 다음 나는 자리를 잡고 앉아 있던 사람들에게 갔다. 내가 아는 얼굴들이었다. 편집자 샤를로테 브롬바흐가 작가 요제프 빙클러를 데리고 왔다. 나는 감동했다. 그는 내 젊은 날 문학적 영웅의 한 사람이었다. 나는 당장 그에게 그의 어떤 책들이 어떤 이유로 최고의 작품들인지를 주워섬겼다. 그는 고개만

---

10) 1983년 클라겐푸르트에서 열린 잉게보르크 바흐만 문학상 경연 대회에서 라이날트 괴츠가 자신의 작품을 낭독하던 중 자신의 이마를 찢었고 그것이 텔레비전으로 방영되었다.

끄덕거렸다. 그때 많은 이들이 고개를 끄덕였다. 고개를 끄덕이는 게 당연했다. 그런데 그냥 고개만 끄덕이고 아무 말도 하지 않았다. 요즘에 나도 미치광이를 만나면 고개만 끄덕인다. 나도 잘 모르겠다.

나는 빌린 자전거를 타고 클라겐푸르트 주변 지역으로 달려 나갔다. 문학인들이 하루 종일 모여 있는 마리아 로레토 레스토랑과 구역질나는 모든 것에서 벗어났다. 일광욕을 하러 호수에 가지도 않았다. 나는 행사 주최자에게 뻔뻔한 행동을 하고 옆을 지나가던 작가 클레멘스 마이어에게 무례하게 굴면서 어디에서 무얼 같이 하자는 제안을 거부했다. 문학 경연이 어떻게 돌아가는지에 대해서는 거의 소식을 듣지 못했다. 나의 새 편집자가 된 여성이 가능한 한 내 곁을 떠나지 않고 함께 움직였다. 당시 크게 유행하며 곳곳마다 스피커에서 울려나오던 노래는 날스 바클리의 「크레이지(Crazy)」였다.

내가 낭독할 차례가 되었을 때 현기증이 일었다. 카메라가 내가 있는 쪽으로 다가왔다. 나는 청룡열차에서 급강하하기 직전 꼭대기에 앉아 있는 사람 같았다. 나는 균형을 잃었다. 앞에 있는 모든 사물이 아래로 기울어지면서 나도 벌써 크게 요동치며 아래로 내리꽂힐 지경이었다. 그래도 나는 별다른 일 없이 낭독을 마쳤다. 나는 원고를 꼭 붙잡고 있었다. 낭독은 너무 빨랐다. 그리고 지금 돌이켜보면 상당히 무례하게 마음을 꼭 닫아걸고 있었다. 마치 짧은 머리에 기괴하게 젤을 바른 사람 같았다. 어쩌면 완전히 정신이 나가 발작을 일으켰을지도 모른다.

10.

그런데도 **나는** 또 자극적인 일을 끼워 넣었다. 그 자세한 내막을 읽어보면 정신병 환자의 마음이 작동하는 뒤틀린 논리와, 현실과 거리가 먼 환상을 일부나마 알 수 있다. 그 1년 전 나는 율리 체의 소설 「유희 충동」을 읽고 깜짝 놀랐다. 책이 마음에 들었다. 본이 배경이었으며 주인공은 파괴적이다 못해 테러에 버금가는 방법으로 권위에 도전하는 젊고 지적인 인물들이었는데 그것도 훌륭했다. 게다가 그 소설은 고속으로 휘몰아치고 은유가 난무하는 언어로 쓰였다. 내가 오늘날까지 선호하는 문체였다. 매우 강렬한 독서 체험이었다. 그런데 그 체험이 이제 조증 시기에 나타난 편집증과 함께 변하기 시작했다. 대부분의 픽션에서처럼, 아니 내가 매체를 통해 또는 개인적으로 만난 대부분의 것에서처럼, 나는 그 소설의 구조와 사건과 인물들을 나와 연관 짓기 시작했다. 그 소설의 주인공 알레프에게서 나는 나 자신의 왜곡된 초상을 보았다. 주인공은 어디에도 없는 뻔뻔하고 지적인 아웃사이더이다. 그 무엇도 자신을 건드릴 수 없다는 듯이 행동하는 그는 모든 도덕을 초월해 추악하게 살면서도 눈부신 빛을 발한다. 이런 자기 투사의 여러 측면에는 틀린 게 많았지만, 그래도 나는 모든 것을 받아들였듯이 이 초상도 받아들였다. 이미 나는 사방에서 어떻게 손써볼 틈도 없이 지속적으로 심하게 왜곡되어 삐딱하고 뒤틀린 모습으로 묘사되었기 때문이다. 그러나 이 알레프는 내 안에 있던 풍자 충동을 건드렸다. 아니, 풍자 충동만이 아니었다. 조금 강력한 은유를 사용하자면, 내 안에 있는 드론[11] 전체를 건드렸다. 구체적인 특성은 맞지 않았으나 나는 내 사고방식이 알레프를 통해 직관적이고 천재적으로 포착되었다고 믿었다. 그리고 알레프를 친구 측의 독특하지만 정당한 투사라고 생각해 받아들였다. 나는 작가가 나를 인정했다고 생각했다. 인정받았다는 착각은 자극적이지 않은 호의적인 강박으로 발전했다. 과대망상과 관계의 망상 속에서 나는 율리 체와 내가 서로 어울리는 짝이라고, 지하 조직의 은밀한 총리 부부라고 생각했다. 두 사람은 은유를 이용해 서로 소통했다. 이 세계의 정치가들은 벌써 우리 둘을 두려워하기 시작했다. 지금 막 두려워하기 시작한 게 아니었다. 그건 우리가 서로 알지 못한 채 동네 모퉁이에서 성장하면서 어떤 식으로든 남들 눈에 띄던 어린 시절부터 그랬다. 우리는 목가적이지만 골치 아픈 이곳에, 세계 역사가 숨을 죽이고 지켜보던 이곳에, 수백만 명을 죽인 범죄가 끝나고 성립된 임시 수도인 이곳에, 유서 깊은 라인 강변에 있는 차분한 이곳에, 곧 주도적 위치가 무너지고 세계의 진정한 중심지로 넘어갈 이곳 본에 내던져진 사람들이었다.

당시의 내 생각이 이랬다. 이에 관해서는 더 자세한 글을 몇 쪽이라도 쓸 수 있다. 그 정도로 내 머릿속에는 수많은 망상이 들어 있었다. 때론 지붕의 참새가 정말로 우리 두 사람의 이름을 부르며 지저귄다고 생각했고, 크로이츠베르크의 어린아이들도 우리를 염두에 두고 역할 놀이를 한다고 믿었다. 날마다 내 귀에는 그 소리가 창문으로 똑똑히 들렸다.

조증 환자의 강박 관념에는 거의 모두 이런 계보가 있다. 비정상적이고 설명할 수는 없지만 이야기로는 풀어낼 수 있는 족보다. 대부분은 겁이 날 정도로 허튼 생각이다. 그걸 하나도 남김없이 해석하는 것은 아무

---

11) 드론(drone): 음악에서 선율을 반주할 때 지속적으로 단조롭게 연주하는 낮은 음.

도움이 되지 않는다.

내가 계속 빠져든 이 알레프 초상에 대한 답례로 나는 클라겐푸르트에서 낭독할 텍스트의 허구적 차원을 잠시 깨뜨리겠다고 마음먹었다. 한 대목에서 여주인공의 이름인 비앙카를 재빨리 의미심장하면서도 가벼운, 마치 팔꿈치로 건드리는 듯한 이름인 '율리'로 바꾼 것이다. 해당 대목은 밤에 꿈을 꾸는 장면이다. 노이로제에 걸린 지적인 비앙카가 악몽을 꾸는데 1인칭 여성 화자가 "비앙카, 비앙카, 일어나." 하고 부르면서 그녀를 깨우려고 애쓴다. 나는 바로 이 대목에서 낯선 이름을 텍스트에 슬쩍 끼워 넣은 뒤 내면의 저항을 이겨내며 정말 큰 소리로 낭독했다. 내 기억이 맞는다면 나는 그때 소심하면서도 요란한 퍼포먼스를 선보였다. 나는 머리를 홱 움직이며 허구에서 나와 현실로 돌파해 들어가려는 내 단호함을 표현했다. 그리고 이것이 클라겐푸르트에서 했던 모든 경험의 진정한 성취라고 생각했다. 해당 대목을 들은 사람들은 분명히 뭔가 이상하다는 걸 알아챘다. 이해가 되지 않는 부분이었을 테니까. 하지만 그걸 눈치챈 사람은 그렇게 많지 않았을 것이다. 당시 상황을 녹화한 비디오는 아직도 인터넷에 남아 있다. 나는 그 장면을 바라볼 수가 없다. 문제의 책을 최종적으로 편집할 때 나는 그 잘못된 이름이 반드시 그대로 인쇄되어야 한다고 고집했다. 현실을 바라보는 그 창문이 무슨 일이 있어도 열려 있어야 하겠기에 말이다.

어떤 일들은 너무나 창피하여 당분간 나만의 기록장에 암호화하여 적어놓겠다.

11.

다시 베를린으로 돌아왔다. 어느 비평가가 공항 환승장에서 내 손을 잡으려고 했다. 그새 내가 또 길을 잃었기 때문이다. 나는 후보자를 탈락시키는 절차로 악명 높은 문학상 심사 과정에서 탈락했다. 그게 얼마나 정확했는지는 나도 모른다. 나를 초대한 부르크하르트 슈피넨은 내가 자랑스럽다고 말했다. 왜 자랑스러운지는 알 길이 없었다. 혹시 이름을 알게 돼서? 아, 그리고 그때 뒤쪽에 편집자 토르스텐 아렌트도 서 있었다. 그 후 나는 내 작품을 한데 모아 그에게 이메일로 보냈다. 지금 생각하면 완전히 어수선하고 혼란스러운 작품들이다. 그가 내 이메일을 삭제했기를 바란다.

몇 주 뒤 나는 율리 체에게 공손하지만 삐딱한 이메일을 적어 보냈다. 그녀는 솔직하고 냉담하게 답장을 해주었다. 내가 깨달은 인식을 입 밖에 내어 표현하는 것은 나 자신에게 금기였다. 그게 존재하지 않는 이 게임의 게임 규칙이었다. 진실에 너무 가까이 다가간 것들과는 모두 거리를 두어야 했다.

12.

이메일. 짓궂은 조증 환자에게 이보다 더 유혹적이고 위험한 소통 수단은 없다. 갑작스러운 충동을 좇아 뒤죽박죽된 관찰 내용이나 급히 다른 기호로 바꿔 쓴 감정의 분출물을 세계로 내보내는 건 너무나 간단하다. 선의로 말한 것, 그냥 웃어젖힌 것들이 상대방에게는 협박처럼 다가온다. 언어에는 어차피 커다란 결함이 있다. 그게 상대방을 이해하려고 할 때 간격을 더 벌려놓는다. 언어는 불안정한 토대다. 더는 완전하게 이용할 수 없다. 이제는 '전기'와 '물'이라는 말을 옛날 의미대로 읽지 않는다. 관용구는 글자 그대로만 받아들인다. 채널들이 놀라울 정도로 열려 있다. 그래서 비유와 수수께끼 같은 말을 마구잡이로 사용한다. 비밀은 또 한 번 이중 은유의 옷을 입어야 한다. 내가 보낸 모든 것들은 잠재적으로 누구나 알아들을 수 있고 수천 번이나 복사되어 배포되기 때문이다. 오늘 내가 이메일로 보내는 것이 내일이면 내무부 장관의 책상 위에 올라가 있다. 텔레비전을 켜니 저기, 내무부 장관 쇼이블레가 나온다. 나는 그를 주시한다. 그는 내가 쓴 「토요일 밤」의 초본을 넘겨보고 있는 것 같다. 정말이다. 그는 음흉하게 웃고 있다. 그러니 나는 당장 한 번 더 다른 암호로 바꿔 써야 한다. 아니, 전체를 다르게 각색해야 한다. 특히 분명하게 욕설을 쓰고 엉망으로 만들어야 한다. 어느 방향으로 하든 상관없다. 오늘 여기에서 이걸 한다는 건 나의 첫 시민적 의무이자 내 반항 정신에 속하는 거니까. 주소 줄에 적힌 수신인은 진정한 수신인이 아니다. 만일 내가 '돌파구'라고 쓰면 그건 내가 1997년에 오스틴에서 쓴 열광적인 글인 '틈'을 간접적으로 가리킨다는 걸 모두가 안다. 혹시 내가 그걸 의식하지 못하고 그랬더라도 모두가 알고 있다. 모든 텍스트는 감옥 같은 지시 관계에 있다. 그게 내 언어와 목구멍을 조른다. 나는 글자를 가지고 절망적인 사육제를 벌여야 한다. 그 때문에 내 글은 수수께끼처럼 아리송해진다. 그러나 밖에서 모든 것이 달라진다고 해도 나는 꿋꿋하게 변함없이 나 자신으로 남아 있다. 때론 커튼을 낱말로 잡아 찢어야 한다. 때론 단체 메일을 적어야 하고, 잊힌 사람들을 한데 모아 보호해야 하고, 계획에 착수해야 하고, 아이디어에 불을 붙여야 한다.

이메일은 파괴적이다. 발작 상태에서 인터넷에 접속하면 당신은 남은 인생 동안 많은 이들과 사이가 틀어진다. 조증 상태에서 맥주를 마시며 오후를 보내면 당신은 영원히 괴물로 변한다.

13.

처음으로 친구들이 나를 포기하고 돌아섰다. 나는 루카스를 벌써 오래전에 잃어버렸다. 너무 진이 빠지고 신경이 피폐해졌을 거다. 너무 충격적인 일이기도 했을 거다. 친구들도 자신의 삶을 살아야 했다. 내 조증은 중간에 가끔 혼합 상태가 나타나는 시기가 있었지만, 평소엔 끔찍할 정도로 증상에 변화가 없고 저항력이 강했다. 혼합 상태의 시기도 환자에게나 주변 사람들에게나 평안하지 않다. 급성 조증과 급성 우울증 사이에 지속되는 긴장은 자신과 남들에 대한 공격으로 이어진다.

자꾸만 친구들이 떠나가고 관계가 끊어지고 가까웠던 사람들을 잃는다는 것, 그것도 삶에서 일상적인 배척이나 소외의 정도를 훨씬 뛰어넘는 정도로 상실을 겪는다는 건 정말이지 견디기 힘들다. 여기에 그 사람들을 끊임없이 불러내는 것, 대부분 '친구들'의 빈자리를, 그들이 떠나고 남은 의자를, 자그마한 환상을 고독 속에서 불러내는 건 아마도 그 때문일 것이다.

14.

　돈이 떨어졌다. 석유 회사를 위해 광고 문안 작성자로 일했던 내 프리랜서 아르바이트는 이제 할 수 없게 되었다. 더 이상 견딜 수 없어서 에를랑겐에 머물 때 갑자기 내던지고 말았다. 그 일자리는 처음부터 내 성향과 맞지 않았다. 그러나 그때 나는 12월에 나온 문안조차 의미 있는 형식으로 만들지 못했다. 전에 내 상사였던 여성은 나중에 작별 인사차 만나 함께 식사하는 자리에서 일을 그만두어서 금전적으로 손해가 많을 거라고 말했다.

　나는 책을 팔아치우기 시작했다. 토마스 만이 가장 먼저 사라져야 했다. 그를 좋아한 적이 없었다. 그의 문체는 불성실하고 향수를 뿌린 것 같았다. 많은 찬사를 받은 그의 풍자도 나는 어떻게 해석해야 할지 몰랐다. 여기도 곡예, 저기도 곡예였다. 고전 그리스어 풍으로 화려하게 꾸민 소아 성애의 미화도 내버려야 했다. 잔뜩 모아놓은 괴테, 실러, 마크 트웨인의 싸구려 작품들도 버렸다. 젊은 시절부터 늘 읽었던 것들이었다. 노망으로 말을 더듬으며 정체성이 흔들리는 색정광 막스 프리슈, 술에 찌든 연대기 작가 우베 욘존, 사이비 성직자 뵐과 뒤렌마트도 버렸다. 나는 하루가 멀다 하고 거의 날마다 음반이 든 무거운 가방을 들고 드문드문 퍼져 있는 고서점에 갔다가 10유로 정도를 받아 들고 나왔다. 겨우 담배를 사고 음식을 먹고 맥주를 마실 수 있는 돈이었다. 그건 나의 직업이고 스포츠였다. 임시 해결책은 새로운 강박 관념이 되었다. 나는 책을 없애버리고 싶었다. 마음을 짓누르는 짐을 벗어던지고 싶었다. 정신사는 이제 내 정신 속에서만 계속 존재해야 했다. 어차피 그건 벌써 오래전에 허깨비의 역사가 되었고 나를 쫓아다니는 유령이 되었다. 책들은 전부 구원의 기대감으로 오염되었다. 계속 그 생각에 빠져 있지는 않았어도 나는 이따금 그 구원의 기대감이 내게서 정점에 이르렀다고 믿었다. 나는 정리하고 치워서 서가에 빈 공간을 만들어야 했다. 서가에 차츰 빈 공간이 생겼다. 분석 철학 전집, 해체 철학, 푸코의 책도 모조리 치웠다. 내 모든 철학 공부가 하찮은 광대극처럼 보였다. 나는 과거에 대단히 중요하게 여겼던 책들까지 팔아버리기 시작했다. 데이비드 포스터 월리스, 브렛 이스턴 엘리스, 아도르노, 베케트, 볼먼, 비트겐슈타인, 핀천, 그라스, 괴츠, 체, 바흐만, 베른하르트의 책이었다. 캐시는 전화로 최소한 나보코프[12]의 책들은 가지고 있어달라고 부탁했다. 그녀는 내가 그의 책들을 얼마나 사랑하는지 알고 있었다.

그래도 나는 나보코프의 책들을 나중에 팔아치웠다.

어느 날 고서점 주인은 내가 이렇게 날마다 책을 가지고 찾아오는 건 멍청한 짓이라고 말했다. 정말 책을 팔 생각이라면 날짜를 약속해서 자기가 그날 우리 집에 들르겠다고 했다. 나는 곧장 그러자고 했다. 며칠 뒤 고서점 주인은 내가 사는 베를린 집의 방에 서서 내 서가를 대량 학살했다. 프로이트 전집, 고트프리트 벤 전집, 조이스와 프루스트와 카프카 전집, 전집이란 전집은 다 가져갔다. 한트케, 슈트라우스, 옐리네크도 가져갔다. 우엘베크도 가져갔다. 슐레겔, 셸링, 슐라이어마허도 가져갔다. 그는 악의로 그런 게 아니었다. 나 역시 좋지 않은 감정이 조금 남아 고개를 들었지만 그래도 기뻤다. 그러나 나는 곧 부자가 되면 다시 책을 사서

---

12) 블라디미르 나보코프(Vladimir Nabokov: 1899~1977) 러시아 출신 미국 작가.

세상에서 가장 멋진 장서를 꾸밀 수 있다는 걸 알고 있었다. 고서점 주인이 가장 이윤이 많이 남는 책 수백 권을 가지고 떠난 뒤에도 책은 여전히 많이 남아 있었다. 그것도 주체할 수 없이 남아 있었다. 나는 다시 가방을 어깨에 둘러멨다.

15.

그리고 집을 옮겼다. 조증이 오면 적어도 한 번은 꼭 집을 옮겼다. 최소한 한 번이었다. 이번에는 프렌츨라우어 베르크 아래쪽에 있는 크로이츠베르크로 이사했다. 콧부서 토어 바로 옆이었다. 나는 차프 이사업체의 트럭과 포장 직원 세 명을 불렀다. 내 짐에 비해서는 너무 대규모였다. "여기 아주 끔찍하네요." 포장 직원 한 명이 큰 소리로 외쳤다. 그게 크로이츠베르크의 내 집과 짐을 넣은 상자 몇 개를 말한 것인지 아니면 나를 뜻한 것인지는 알 수 없었다. 알료샤는 몸을 덜덜 떨며 껄껄 웃었다.

처음 몇 주는 상자 안의 내용물로 살았다. 말할 수 없이 크게 음악을 들으며 나를 이웃에게 소개했고, 유별난 사람이 되어 비틀거리며 거리를 쏘다녔다. 그해 여름은 더웠다. 이른바 여름 동화가 나를 계속 광기로 내몰았다. 가는 곳마다 현란하고 눈이 부셨다. 곳곳이 월드컵 축구 경기로 번쩍거렸다. 깃발이 나부끼고, 텔레비전과 길게 늘어선 축구 팬들이 아우성쳤다. 나는 공격적이 되어 시내를 여기저기 활보하고, 때론 독일을 응원하고, 때론 누군가를 격려하고, 길거리에서 함께 축구를 하고, 자동차를 향해 공을 걷어찼다.

나는 크로이츠베르크에 있는 어느 카페의 붙박이 손님이 되기 시작했다. 아니 거기에 체크인을 하기 시작했다. 종업원들은 금방 나를 귀찮아했지만 나는 눈치채지 못했다. 아니면 알고도 묵살했다. 그러나 종업원들이 마음 깊은 곳에서는 남몰래 즐거워한다는 것을 나는 알고 있었다. 내가 그곳에 있는 한 그들에게는 아무 일도 일어나지 않을 터였다. 나는 그 카페에서 여름을 났다. 혹시 다른 단골손님들이 내게 욕설을 던져도 못 들은 체하며 소설을 쓰고 술을 마셨다. 식사는 거의 하지 않았다. 집에 와서는 될 수 있는 대로 잠을 잤다. 그런데 거의 자지를 못했다. 여자도 몇 명 집으로 끌고 왔다. 연대기를 읽었다. 그리고 다시 연대기를 팔거나 내다 버렸다. 더는 아무것도 알고 싶지 않으면서도 모든 걸 알고 싶었다.

16.

여자들을 몇 명 집으로 끌고 왔다. 너무나 간단해 보였으니까. 대부분 실제로도 아주 간단했다. 조증 환자의 자신감 하나만으로도 성공하기에는 이미 충분했다. 나는 산산조각 났지만 침착하고 당당했다. 나는 주제에서 벗어난 한심한 이야기를 들려주었지만 상대는 그 이야기를 익살로 해석했다. 수사적인 모방, 진실을 말하지 못하는 금제, '정상적'인 대화에 매달리려는 무언의 행동도 한몫 거들면서 나를 완전히 미치지는 않은 사람으로, 괴짜 예술가로 보이게 했다. 그의 짓궂은 성향은 얼마든지 용서할 수 있는 게 되었다. 전형적인 조증 환자였던 나는 성적인 방탕으로 기울었고 침대에서 악마나 동물같이 굴었다. 마침내 그녀들은 사탄을, 포르노 스타를 넘어뜨렸다. 나는 완전히 정신 나간 사람처럼 퍼포먼스를 했다. 나는 미치광이였다. "그건 운동이에요, 아니면 뭐예요?" 잠깐 만났던 여자가 물었다. 퍼포먼스가 가끔 복용하는 약 때문에 고역이 되었다. 하지만 나는 그게 약 때문이라고 생각하지 않고 내 어깨를 짓누르는 압박감 탓으로 돌렸다. 결국 나는 수많은 담론과 역사를 꿰뚫어야 했다. 그리고 내 밑에는 여전히 똑같은 이름 없는 살덩어리가 있었다.

공간 설치 미술을 하는 여자는 선머슴 같았는데 사실 처녀였다. '뫼벨 올페'라는 바에서 단 두 마디 문장으로 데리고 온 여자는 내 책들을 보고 폭소를 터뜨렸다. '로지스' 바에 있던 외로운 미녀는 당시 내게는 그냥 여배우 캐리 앤 모스였다. 영화 「매트릭스」 때문에 현실에서 특별한 재회를 한 셈이었다. 친구의 전 여친이자 잘 알고 지내던 여자도 있었다. 그래서 나는 도덕적으로 죄책감이 들었다. 자신도 미치고 싶다던 기자도 있었다. 화가도 있었다. 형편없는 변호사도 있었다. 레스토랑 '바토 이브르'에서 데리고 온 특성 없는 여자도 있었다. 가슴 아래에 흉터가 있는 무직 여성도 있었다. 그리고 이런저런 여자, 이런 여자, 저런 여자가 있었다.

타락, 고독, 그리고 섹스를 통해 뭔가를 해결하려는 시도는 폭력에 가깝다. 아침이면 다시 혼자 길을 나선다. 아침이면 침대 시트에서 기어 나와 이 미친 도시의 분주함 속으로 들어간다.

17.

나는 프랑크푸르트에 있는 주어캄프 출판사를 방문했다. 어느덧 내 출판사가 되었다고 믿은 곳이었다. 그러나 그건 정말 소유하려는 마음에서 생긴 건전하지 않은 생각이었다. 젊은 날 가졌던 꿈의 실현은 부수적인 각주가 되어버렸다. 세계 역사의 구조 전체가 나를 향해 달려온다면 그 대상은 바로 독일연방공화국의 지성을 수호하는 이 금 간 요새일 터였다. 서로 짝을 이루는 것들은 이제 함께 성장했으니 우리는 드디어 하나가 되어 새로운 광채 속에서 빛을 발할 것이었다. 나는 기뻐하기보다는 이 출판사를 구해야 한다는 임무를 떠맡았다. 척 노리스 유머 시리즈의 표현법대로 말하면, 내가 주어캄프에 온 게 아니라 주어캄프가 내게 온 것이었다.

편집자와 감정이 앞서는 대화를 나누고, 연극 부서를 방문해 사람들을 심란하게 만들고, 1960년대에 지어진 실용적이고 유서 깊은 건물을 한 바퀴 돈 뒤 나는 다시 방문객 숙소로 돌아왔다. 내가 냉장고를 열자 누군가가 말했다. 출판사 대표 운젤트의 여비서 베커 부인이었던 것으로 기억한다. 네, 거기에 있는 건 전부 당신 거예요. 냉장고에는 앞서 묵었던 손님이 잊고 간 것으로 보이는 맥주 몇 병과 코른 술병이 있었다. 나는 당장 마음속으로 그 병을 '우베 욘존 기념 술병'이라고 불렀다. 베커 부인은 작별 인사를 하고 돌아갔다. 이제 막 도착한 나는 멍하니 앉아 코른 술을 따라 마셨다. 무척이나 독일연방공화국다운 곳이었다. 정말이었다. 60년대 또는 70년대에 와 있는 기분이었다. 냉전의 책임과 혹시 다가올지 모를 세계 멸망의 냄새가 확실하게 났다. 양탄자에 밴 늙은 남자들의 냄새가 났다. 쾨펜은 혼자 킥킥거리고 웃었을 테고 한트케는 순간적으로 고무되어 버럭 화를 냈을 거다. 우베 욘존 술을 양껏 마신 뒤 나는 추악한 도시 프랑크푸르트의 어둠 속을 배회하기 시작했다. 어느 레스토랑 앞에 이르자 그곳 주방장이 내게 20유로를 빌려줄 수 있느냐고 물었다. 나는 두말없이 빌려주었다. 그는 다른 모든 사람들처럼 나를 알고 있으니 내게 빌린 돈을 다시 갚을 거였다. 나는 오페라 하우스로 달려갔다가 다시 돌아왔다. 이처럼 활기 없는 도시는 별로 본 적이 없었다. 나중에 숙소로 돌아와서는 손에 담배를 든 채 잠이 들었다. 그 바람에 질긴 리넨 침대보에 큼지막한 담뱃불 구멍을 냈다. 나는 이튿날 아침에서야 그걸 알아챘다. 정신병이 도졌던 그 시기에, 물론 2010년도 포함해 나는 이제 곳곳에서 써댔던 것과 달리 잉게보르크 바흐만이 결코 그런 식으로 죽지는 않았다고 생각했다. 담배 하나 때문에 침대에서 불에 타 죽는다는 것, 그것도 빳빳한 70년대산 침대보에서 죽는다는 건 불가능했다. 바흐만은 살아 있었다. 아니면 90년대 어느 때인가 아무도 모르게 사망했다. 나는 이걸 '바흐만의 거짓말'이라고 불렀다. 실제로 이 문제를 다룬 내 짤막한 산문이——원래는 파울 첼란을 조롱하려고 쓴 글이었다.——훗날 《차이트》지에 실렸다.

18.

죽은 사람들의 대다수가 아직도 살아 있다는 생각은 내 망상 시스템에서 특히나 집요한 상상이었다. 죽음이 그냥 너무 슬펐다. 눈앞에 죽지 않은 자들의 회랑이 보였다. 나는 많은 죽음이 죽은 사람들 본인에 의한 속임수일 뿐이라는 떨치기 힘든 의혹을 가지고 있었다. 유명하다는 건 파쇄기 같은 작용을 한다고 보았기 때문이다. 저기 바깥 거리와 도심에 적의가 너무 많았다. 곳곳에서 파시즘의 기운이 감돌았다. 그러니 어딘가에, 어쩌면 알프스에 주어캄프 출판사가 지원하는 리조트가 있고, 정신의 투사들이 자신이 죽었다고 선언한 뒤 그곳으로 들어가

산악 지대의 공기를 마시고 있는 게 틀림없었다. 거기에는 바흐만, 베른하르트, 베케트가 있었다. 그들은 그곳에서 내가 깊은 잠에서 깨어날 때를 기다렸다. 베르너 슈바프도 그곳에서 술을 마셨고, 세라 케인도 아침 운동을 하며 지나갔다. 베른하르트는 당연히 그곳이 너무 편한 곳이 되었던지 잠시 그 목가적인 환경에서 도망쳐 나온 것 같았다. 혹시 그는 미래에 올 사람들의 선발대원에 지나지 않았던 건가? 여하튼 믿기 힘들겠지만, 그즈음 나는 베른하르트가 부퍼탈 기차역에 있는 맥도날드에 앉아서 언짢은 얼굴로 빅맥을 게걸스럽게 먹는 걸 보았다. 시선은 옆으로 돌리고 있었는데, 그의 소설 「소멸」의 문고판의 빨간색 겉표지에 나온 모습과 똑같았다. 빅맥이 맛이 없는 것 같았다. 나는 그가 조용히 계속 식사하도록 내버려두었다.

내가 깊은 잠에서 깨어날 때가 정말로 다가왔다. 나는 내가 어떤 역할을 맡았는지 잘 알고 있었다. 그리하여 거기에 맞는 신호를 인터넷으로, 편지로, 그리고 길거리에서 내보냈다. 그에 대한 반응으로 나는 죽은 자들의 도래를 기다렸다. 그들의 부활을 기다리고 휴가지에서 복귀하기를 기다렸다. 마침내 푸코가 다시 나타났다. 당연히 최고의 인물들 중에서 첫 번째로 돌아왔다. 그것도 프렌츨라우어 베르크에 있는 '프라터'라는 식당의 주인이 되어 나타났다. 그러니까 작가는 죽었던 것인가? 인간은 해변의 모래에 그려진 얼굴처럼 사라져야 하는 존재인가?

하지만 그는 거기에 서 있었다. 게다가 자신을 '토마스'라고 불렀다.

그렇고말고.

19.

이봐! 오늘은 파티가 열린다. 나는 함께 놀 사람들에게 전화했다. 그 사람들은 올 거다. 알료샤, 파트리크, 크누트, 콘라트, 심지어 다그니도 온다. 가장 멋지고 화려한 저녁이 될 거다. 우리는 발하우스 오스트[13]로 갈 예정이다. 문을 열기 전에 나는 그곳에 들러 음악과 내가 쓴 글을 미리 가져다주었다. 그곳 사람들은 적극적이고 발랄해 보인다. 인상적이다.

우리는 벌써 극장 바에 서 있다. 방금 나는 옆에서 공연된 「마리아 브라운의 결혼」의 초연을 혼자 보고 왔다. 그런데 지금은 기억나는 게 별로 없다. 히틀러를 연기한 여성만 겨우 생각나는 정도다. 처음에 무대 앞쪽에서 킥킥대며 웃던 여자다. 그 외에는 모든 게 스치듯 사라졌다. 나는 주최 측에서 냉장고에 넣어둔 맥주를 하나 훔치려다가 들켰다. 바에 있던 남자가 그건 '품위' 있는 행동이 아니라고 말했다. 이해한다. 하지만 이봐! 나는 거기에 직접 CD에 구운 음악과 내 희곡들을 가져다 놓았다. 그리고 그 사람들은 내 작품을 실컷 인용했다. 안 그런가? 그게 사실 아닌가? 그 사람들 이름이 폴레슈[14]인가? 아니면 무엇인가? 얼마 전에도 그 폴레슈한테 똑같은 일이 벌어졌다. 그는 최소한 내 글의 어느 부분을 인용한다는 것쯤은 말해줄 수도 있지 않았는가. 그는 희곡을 첨부해 보낸 내 이메일을 받고도 연락하지 않다가 내 생각과 문장을 대량으로 인

---

13) 발하우스 오스트(Ballhaus Ost) : 베를린 프렌츨라우어 베르크에 있는 연극 및 음악 공연장.
14) 르네 폴레슈(René Pollesch : 1962~) : 독일의 극작가이자 연출가.

용했다. 우리는 그런 걸 좋아하지! 내가 공연장을 떠날 때 기술자가 폴레슈에게 "재수 없는 놈!"이라고 중얼거리는 소리가 들렸다. 그런 말을 들어도 싸다. 하지만 폴레슈는 그냥 악동이다. 그에게는 화를 낼 수가 없다. 할리우드에서도 어차피 오래전부터 그랬다. 그러니 나도 이곳 베를린 마을에서 했던 쿠한델 게임 때문에 흥분하지는 않을 거다.

음악이 시작된다. 음악은 나를 곧장 추상의 공간으로 들어 올린다. 나는 맥주 한 병을 단숨에 들이켠다. 한 병을 더 들이켠다. 그리고 주변 사람들에게 한 병씩 돌리고 춤을 추기 시작한다. 파티는 아직 정식으로 시작되지 않았지만 나는 그때까지 기다릴 수 없다. 내가 있는 곳은 파티다. 이게 내 본성이다. 그리고 이건 파티의 본성이다. 친구들은 뻣뻣하게 아무 말도 하지 않고 서 있다. 친구들! 오늘 우리는 구원받았어! 그게 단 몇 시간뿐일지라도. 그러니까 즐겨!

다그니가 다시 아주 매력적으로 보인다. 왜 그때 우리가 헤어졌는지 더는 기억나지 않는다. 그러나 지금은 그녀와 막 다시 만나기 시작한 느낌이 든다. 이런 일에서는 말을 할 필요가 없다. 눈빛과 작은 접촉으로도 충분하다. 서로 얼굴을 맞대고 있는 것으로도 충분하다. 나는 미친 듯이 그녀와 춤을 춘다. 그녀를 빙빙 돌린다. 이곳 조명에는 소시민의 지하 파티 공간에서나 볼 수 있는 색채 구조와 질감이 있다. 그래도 이게 제대로 된 파티라는 생각이 든다. 제대로 만든 파티다. 훌륭한 절제다. 좋은 사람들이다. 사람들이 더 올 거다. 역시 좋은 사람들이 올 거다. 좋은 사람만 올 거다. 내가 잠시 안네 티스머[15]에게 횡설수설 쓸데없는 말을 지껄이자 그녀는 주눅 든 표정으로 웃는다. 이상할 것도 없다.

다그니에게 한 번 키스를 한다. 제대로 했다는 느낌이 든다. 그러나 나는 그녀를 다시 밀어내야 한다. 이 순간은 다른 식으로 폭발해야 하니까. 키스는 나중에도 할 수 있다. 우린 그걸 알고 있다. 혹시 저기서 또 결혼식이 열린다는 안내가 나오는 걸까? 잠에서 깨어난 지금? 주위를 둘러본다. 낯선 이들이 주변에서 춤을 춘다. 그걸 보는 나는 진정한 희열로 빠져든다. 나도 함께 춤을 춘다. 그들도 함께 춤을 춘다. 낯선 이들이 서로 이렇게 가까워질 수 있다니. 이 음악은 또 얼마나 기가 막힌가.

음악이 부드럽게 경계를 벗어난 소시오토프16)로 우리를 사뿐히 데려간다. 이렇게 생각한 나는 온몸으로 박자를 느낀다. 박자는 머릿속으로 들어오고, 고음은 영혼 속으로, 저음은 다리 속으로 흡수된다.

잠시 한눈을 파는 사이 불평불만을 늘어놓던 젊은 애들 몇 명이 다그니를 우롱한다. 아니 그녀를 헐뜯고 있다. 나는 관대한 표정으로 못 본 체한다. 그래도 저 녀석들 너무 까불지 말아야 할 텐데! 내 기분은 성스럽다. 그러니 내 신경을 건드리지 않는 게 좋다. 그런데 녀석들이 그렇게 하고 만다. 나는 벌써 박자 따위는 안중에 없다. 헬리콥터 부모의 핏기 없는 아이들이 가지고 놀던 블록 조각처럼 기분이 와장창 무너진다. 이봐, 이봐! 다그니는 보지 못한다. 무슨 일이냐고 물으니 그 불평꾼들이 시비를 걸었단다. 관광객들이란다. 나는 불평꾼 관광객들을 조금 도발한다. 도전적인 몸짓과 말을 마구잡이로 뱉어낸다. 처음에 그들은 나를 따

---

15) 안네 티스머(Anne Tismer : 1963~) : 행위예술가이자 배우. 공연장 발하우스 오스트의 창립자 중의 한 사람이다.

16) 소시오토프(Sociotope) : 어느 집단의 생활 공간 또는 어느 집단의 발전을 고취하는 생활 공간을 말한다. 때론 현실적 공간과는 무관하게 사회적 환경이나 하위문화를 뜻하는 말로도 사용된다.

라 하며 웃는다. 그러다가 안색이 어두워진다. 나는 그들에게 다가간다. 한 놈을 잡아봐? 내 진짜 장기는 보여주지 않는다.

갑자기 나는 바닥에 누워 소리를 지른다. 이렇게 소리를 지른 적은 여태 없었다. 그 세 명 중 한 명이 주먹으로 내 왼쪽 눈을 힘껏 가격했다. 처음에 그들은 진지한 표정으로 뭔가 작당하듯 이야기했다. 그러곤 내 화해의 제안에 난데없이 이 주먹질로 대답했다. 나는 미소를 지었으나 이내 바닥에 뻗어버렸다. 디제이가 음악을 껐다. 오직 내 고함 소리만 공중에 떠다녔다. 친구들이 내 주변에 서서 불평꾼들에게 겁을 준다. 콘라트는 그들에게 집단 난투극이 하고 싶다면 얼마든지 하자고 말한다. 알료샤는 무릎을 꿇고 앉아 나를 진정시킨다. 눈이 금방 부어올랐다.

우리는 바(bar)로 몸을 피한다. 그곳에서 나는 눈을 감은 채, 콘라트의 말에 따르면 '장님처럼' 계속 떠든다. 그 모습이 분명 망가진 예언자 같을 것이다. 눈이 떠지지 않는다. 계속 부어오른다. 나는 두 눈을 감은 채 그대로 있다. 그게 덜 고통스러우니까. 그리고 얘기하고 또 얘기한다.

나중에 다그니와 잠을 잤다. 눈을 감으니 피가 난다. 어째서 왜 이런 일이 벌어졌는지, 왜 그녀가 함께 했는지, 왜 나는 지금에 와서 그랬는지 아무도 모른다.

아침에 전차에서 승객들이 놀란 얼굴로 나를 몰래 훔쳐본다. 눈 상태가 분명히 심각했을 거다. 그래도 한 소녀가 "쾌유를 빌어요."라고 말한다. 그 말에 정신을 차린다. 하지만 어디가 어딘지 길을 찾지 못하겠다. 나는 프렌츨라우어 베르크에서 눈 속을 표류하며 흩날린다. 여기 어딘가에 병원이 있었는데, 아닌가? 그 병원이 어디에 있더라? 어디에 있었는지 전에는 알았는데 왜 지금은 모를까? 나는 진이 빠져 에른스트 텔만 공원에 가서 자리를 잡고 앉았지만 뭘 어찌해야 좋을지 모른다. 몸이 피곤하고 차갑다. 눈을 치료해야 하는데, 병원이 어디에 있든 간에 그곳까지 갈 수가 없다. 휴대폰으로 알료샤에게 전화한다. 그는 다시 친구들에게 전화해 연쇄 전화 통화를 유발한다. 콘라트는 크누트에게, 알료샤는 파트리크에게 전화한다. 파트리크는 제플 버스를 빌린다. 나는 완전히 포기했다. 모든 걸 혼자 해결할 수가 없다. 한 시간 뒤 친구들이 나를 수습해 버스에 태운다. 나는 안과에 갈 생각이다. 하지만 친구들의 계획은 당연히 다르다.

친구들은 나를 부흐 병원으로 데려간다. 그곳에서 눈에 응급 처치를 한다.

"네, 저 안쪽이 아픈 거네요. 눈에 통증이 있어요. 저걸 **빼내야 해요**." 검사실에서 여의사가 나를 내려다보다가 가까이에서 내 눈을 보며 걱정스럽게 중얼거린다. 그녀가 왜 그렇게 이상하게 말하는지 모르겠다. 통증을 **빼낸다고?** 은유일까, 아니면 서툴러서 나온 말일까?

그런 다음 바이센제에 있는 정신 병원으로 간다. 친구들이 벌써 모든 일을 꾸민 게 분명했다. 그곳에 빈자리가 하나 있단다. 또 모의를 한 거다. 나는 처음에 버티다가 곧 항복한다. 환멸을 느끼고 충격을 받는다. 케빈 베네만[17]이 말했듯이, 친구들은 여전히 나를 '추방'하려 한다. "너를 또 추방했어?" 언젠가 그가 콧부서 토어의 고가 철도 아치 밑에서 이렇게 물었다. 그러더니 깜짝 놀라 사과했다. 아마 내 얼굴 표정 때문인 모양이었다. 잠깐이지만 얼굴이 분명 화상을 입은 것처럼 보였을 거다.

---

17) 케빈 베네만(Kevin Vennemann : 1977~) : 독일의 작가이자 번역가.

나를 입원시킨 의사는 머리카락이 가늘고 얼굴에는 아무것도 모르는 듯한 애매한 표정이 배어 있다. 아주 불쾌하다. 역광을 받으며 치아를 드러내는 그는 정말 아무것도 모르는 것 같다. 환자에게 공감하는 자세가 전혀 느껴지지 않는다. 필만 안경에 비친 불빛은 거짓말하는 그의 두 눈을 감추기에는 역부족이다. 나중에 들은 말로는 그가 친구들에게 다음에도 이런 일이 벌어지면 당장 경찰에 신고하라고 말했다고 한다.

반면에 같은 병실을 쓰는 크리스티안이라는 젊은 남자는 힘과 활력이 넘쳐흐른다. 잘 알지도 못하면서 쉴 새 없이 지적인 이야기를 지껄인다. 그가 심각한 조증 환자라는 걸 나는 금방 알아챘다. 베를린에 있는 클럽이란 클럽은 다 자기 집처럼 다녔단다. 그럼에도 나는 그의 말을 곧이곧대로 믿는다. 의심할 이유가 무엇인가? 꾸며낸 건 하나도 없다.

친구들이 떠났다. 아마 그들도 지쳤을 거다. 구조 활동은 오늘 아침부터 시작해서 하루 온종일 걸렸다. 저녁 식사를 하며 생각한다. 안 돼. 난 여기에 있지 않을 거야.

다른 환자들이 나를 쳐다보며 지나간다. 내겐 그 사람들을 지각할 여력이 더는 없다. 기억력도 남아 있지 않다. 그들의 운명은 이번엔 내 관심 밖이다. 이곳은 말할 수 없이 따분하다.

이틀 뒤 나는 퇴원해서 황량한 집으로 돌아왔다.

20.

미치광이들이 어떻게 자기 자신으로부터 스스로를 보호해야 하는지는 간단히 답할 수 있는 문제가 아니다. 이에 대한 법률적 기초는 주법(州法)인 정신 질환자법이다. 언제 정신 질환자의 행동 자유권을 박탈하고 그를 병원에 수용해 강제 약물 치료를 받게 해야 적절한가? 여기에서 핵심은 '본인 또는 타인에게 가하는 위해'라는 표현이다. 자신이나 타인에게(또는 그들의 권리나 재산에) 위협을 가하고 의사의 진단을 통해 정신 질환자로 판정받은 사람은 지방법원의 결정에 따라 '수용'될 수 있다. 그러니까 사실상 그를 감금할 수 있다. 여기서도 핵심은 공공질서의 유지라고 말한다. 공공질서는 공동체 생활을 가능하게 하는 불문율의 총체다. 이 문제에서 우리는 벌써 '상식'이라는 불분명한 영역에 와 있다. 누가 그 '불문율'을 정의하는가? 나는 내 행동에서 어떤 법적 결과가 나오는지, 내가 질서를 깨뜨리면 정확히 무슨 일이 벌어지는지를 인식할 수 있어야 한다. 여하튼 이른바 법규의 기본 원칙에 따르면 그렇다. 그리고 '불문율'에는 많은 게 있을 수 있다. 근본적으로 그 모든 것들의 경계는 느낌으로 정해진다.

나는 원하는 걸 모두 구입해도 되는가? 어떤 사람들은 단순히 세금 문제 때문에 빚을 진다. 경제 시스템도 열심히 돈을 꿔서 빚을 지고 미래를 어디에 거는지도 모르고 거는 내기나 도박으로 본다면, 그것 역시 조증 체계이자 비합리적 체계가 아닌가?

나의 병원 입원이 뭔가를 막았는가? 뭔가 나쁜 일을 저지했는가? 그랬는지도 모른다. 나로서는 알 길이 없다. 하지만 그 후 내가 입은 피해는 너무 막대해서 처음 입원했을 때의 트라우마는 어느새 하찮은 일처럼 느껴졌다. 그렇다. 병원 입원은 아무 도움이 되지 못했다. 아니, 도움이 됐다. 다른 이들이 잠시나마 숨을 쉴 수 있었으니까. 그러나 내 건강은 다른 요인들을 통해 회복되었다.

미쳤다는 것, 정신적으로 아프다는 것은 대체 무얼 말하는가? 나는 살인도 미친 짓이라고 생각한다. 그래서 살인자들에게는 모두 그 자리에서 미쳤다는 진단서를 써줄 거다. 그렇게 해서 기형적이지만 그 살인자를 빚에서 해방시킬 거다.

2015년 저먼윙스 항공의 조종사가 프랑스 알프스 지방에서 고의로 비행기 추락 사고를 일으켜 149명을 죽음으로 몰아넣었을 때, 나는 공개 토론을 유심히 관찰하고, 날마다 뉴스와 논평을 여러 번 샅샅이 찾아 읽고, 여러 예단과 주장을 분석했다. 그리고 나는 비열하게도 당시 내가 보기엔 분명히 양극성 장애 환자였던 범인이 그저 우울증을 앓은 것으로 밝혀지기를 희망했지, 지금도 내가 근본적으로 의심하고 있는 그 병명으로 판명나지 않기를 바랐다.

나는 나 자신을 위험에 빠뜨렸지 타인에게는 그렇게 한 적이 없다. 그저 다른 이들의 신경을 무지막지하게 건드렸을 뿐이다. 어떤 사람은 두려움을 느끼기도 했다. 그건 전부 인정한다. 내가 지적하려는 것은 불분명한 법적 상황이다. 자의적인 요인들이 있기 때문이다. 법적인 모든 노력은 조증을 치유하는 게 아니라 그 강도를 낮추고 조증을 다른 곳으로 옮겨놓을 뿐이다. 구조와 권리 침해 간의 경계는 애매하다. 이것이 문제 전체를 아주 복잡하고 미묘하게 만든다.

사람이 어떤 식으로 관료 체제의 대상이 되어 인간의 존엄성과는 거의 무관한 삶을 사는지는 다른 차원의 문제다. 의료 체계와 사회 복지의 민영화와 자본화는 주변부에서 사는 사람들을 착취 가능한 상품으로 만든다. 평소에는 말도 섞지 않았을 사람들이 갑자기 당신을 만만하게 다룬다. 일에 지쳐버린 편협한 책임자들 말이다. 그들은 당신에게 기분 내키는 대로 자신의 알량하고 썩어빠진 권력을 느끼게 하고 결국엔 매상까지 신경 써야 한다. 제로섬 게임이 되어서는 안 되니 말이다. 이윤 창출은 의무다.

당신이 고분고분 말을 들으려 하지 않으면 그들은 낡은 바인더의 죔쇠처럼 당신을 서서히 그러나 가차 없이 덥석 물어버린다. 지원의 관료화는 문제 전체에 너무나 많은 자의성과 비인간성을 섞어 넣는다. 따라서 이 속박에서 탈출한 사람은 어떻게 자신이 그걸 해냈는지 놀랄 수밖에 없다.

이걸 어떻게 다른 식으로 해결한단 말인가?

21.

상처는 서서히 나았다. 흉터는 금방 커졌다. 병원에 다시 여러 번 입원했다. 결박 조치, 신경 안정제 할돌 투여, 자가 퇴원이 반복되었다. 시간이 점점 다가왔다. 그런데 어떤 시간? 내가 아프다는 사실을 몰랐던 나는 아이러니하게도 내 데뷔작인 「공간 요구」에 넣으려고 1999년의 질환에 대해 썼던 글들을 계속 다듬었다. 여기저기 단어만 집어넣고 정확하게 묘사했다며 열광했다. 그뿐만 아니라 단시간에 짧은 소설 세 편을 아무렇게나 써댔다. 아무 의미 없는 대목이 여러 군데에다 아주 극단적인 장면만 자세히 늘어놓은 작품들이었는데 「키피 게임(Kippy Game) 2」도 그중 하나였다. 아, 맞다. 당시 나는 마르틴 키펜베르거[18]에게도 빠져 있었다. 그도 역시 죽지 않았다. '모레나 바'에서 그를 보았다고 생각했다. 나는 그의 화보집, 전시회 안내 책자, 그에 관한 학술서 두 권을 사서 여기저기를 겉핥기로 읽으며 책에 뭔가를 끼적거리고 죽도록 웃었다. 그의 창작물이 내 히스테리와 술에 찌든 존재를 아주 정확하게 예견했다고 생각했다. 그는 지금 어디에 있을까? 저기! 저기에 있다! 그러더니 금방 다시 사라졌다. 아, 그들은 모두 나를 도와주었다. 그들은 살아 있었다. 죽지 않은 선한 유령들이었다.

나는 확 타오르는 열정으로 다시 그림도 그리기 시작했다. 젊은 시절에 그림과 소묘를 그린 적이 있다. 대부분은 사람 얼굴이었고 도시의 단편적인 모습도 많이 그렸다. 처음엔 기술적인 완성도에 치중하다가 이후 왜곡된 그림으로 방향을 바꿨다. 이제부터는 종합 예술가로서의 내 재능을 아낌없이 발휘하고 싶었다. 그래서 힘닿는 대로 그림을 그렸고, 여기저기 널려 있던 일간지 《타게스차이퉁》에 가수 케이트 부시의 새 앨범 「에어리얼(Aerial)」의 리믹스 곡을 작곡했다(그녀가 요새에 있다가 다시 세상으로 나오다니 무척 기뻤다. 복귀를 환영한다!). 나는 《타게스차이퉁》을 카페 '산 레모 우플라뫼르'에 두고 왔는데, 저녁 때 테 라움슈미레[19]의 디제이 세트에 그 리믹스가 들어가 있는 걸 발견했다. 모든 게 이렇게 서로 네트워크로 연결돼 있다니! 다행히 클럽 '마리아'에서는 얼마 전 블룸펠트나 미아의 공연에서와 달리 나를 내쫓지 않았다. 팝 밴드 블룸펠트 공연 때는 보안 요원이 나를 뒤에서 들어 올려 밖으로 데리고 나갔다. 나는 아주 요란하게 소리를 질렀다. 보컬을 맡은 디스텔마이어는 공연을 중단

---

18) 마르틴 키펜베르거(Martin Kippenberger : 1953~1997) : 독일 화가, 설치 미술가, 행위예술가, 조각가, 사진작가.

19) 테 라움슈미레(T. Raumschmiere) : 독일의 테크노펑크 디제이인 마르코 하스(Marco Haas)의 예명.

했다. 역시 함부르크에서 열린 미아 공연에서는 문지기가 내 두 팔을 부러뜨리겠다고 협박했다. 당신들, 일을 그렇게 하는 게 아니야. 크로이츠 베르크에 있는 내 집의 방을 나는 '스튜디오'라고 불렀다. 거기에서 나는 스벤 레게너의 「레만 씨」에 나오는 정신 질환자와 아주 비슷하게 옷가지, 다리미, 물감, 침대 스프링, 옷걸이, 신문을 이용해 조각 작품을 만들기 시작했다. 작품은 어느새 쥐와 비슷한 괴물의 형상이 되었다. 쥐라고? 그게 뭐란 말인가? 다리미 전선을 싹둑 자르니 꼬리가 만들어졌다. 쥐가 완성되었다. 맞은편 집에서 터키 여자가 의심의 눈길로 나를 내려다보더니 은박지를 붙여 가려놓은 창문을 닫았다. 다시는 열 것 같지 않았다.

곧 특별한 이유도 없이 분노의 발작이 덮쳤다. 나는 조각 작품을 갈기갈기 찢고 산산조각 냈다. 그런 다음 베토벤의 운명 교향곡의 모티브를 침대 위에 있는 톱밥 섞인 벽지에 이중으로 새겼다. 그래도 진정이 되지 않았다. 이번에는 책과 음반을 창문 밖으로 던지기 시작했다. 정신과 창의성의 산물인 그 물건들에 화가 났다. 바닥을 알 수 없는 흡혈귀 같은 행동이었다! 안뜰에서 물건들이 우당탕 떨어지고 와장창 부서지며 큰 소음이 났다. 나는 어마어마한 분노에 휩싸여 5분가량 손에 잡히는 물건들을 계속 아스팔트와 덤불을 향해 내던졌다. 그러다 결국엔 그것도 전혀 도움이 되지 않는다는 걸 알았다. 항의하는 이웃 주민조차 없었다. 나는 창문을 닫았다. 몇 시간 뒤, 아니 하루가 지난 뒤 나는 내던진 물건들을 다시 주워 모았다. 그중에서 여전히 애지중지하는 책 몇 권은 배낭에 넣고 나머지는 쓰레기통에 던져버렸다.

그리고 다시 놀림감이 되어 공포의 순찰을 돌았다.

22.

　　기차를 타고 함부르크로 간다. 엔첸스베르거가 여자로 변장해 옆 칸에 타고 있다. 자기 딴에는 빈틈없다 이건가? 엔첸스베르거처럼 빈틈없기. 또 하나의 관용구가 탄생한 건가? 이 '교활한 인간'! 그는 나를 자극했다. 아침에는 클루게[20]까지 총리 공관 앞에서 보았다. 그는 몸을 돌리며 웃고 있었다. 자신이 설립한 '데체테페(dctp)'에서 만든 방송에는 없던 평온함을 발산했다.

　　이제 함부르크에 왔다. 진실을 이해한 후엔 언제나 나를 잡아끄는 곳이다. 아우센알스터 호수를 따라 걸었다. 내 가죽 재킷이 백조들을 유혹하는 수단이라는 걸 알았다. 중심가 쪽으로 가는 동안 백조들이 나를 따라온다. 백조들이 참으로 아름답고 우아하다. 놀랄 것도 없다. 횔덜린이 그 모습을 보고 미쳤을 정도니까. 갑자기 가죽 재킷이 싫어져서 쓰레기통에 쑤셔 넣었다. 백조들은 죽겠지. 그런데 재킷이 없으니 춥다. 어디가 따뜻할까. 나는 미친 듯이 달려서 저 아래 어느 술집으로 들어간다. 생기 없고 수척하고 헤로인을 복용한 여자들이 있다. 매춘부일까? 우르반 종합병원에서 보았던 환자와 의심스러울 정도로 비슷하게 생긴 어느 여장 남자에게 깜박 속아 넘어갔다. 나는 왜 두 사람을 연결하는 걸까? 그는 내게 구강성교를 했다. 아니면 그저 나의 상상일까? 가학피학성 공연을 관람한다. 남자가 길거리에서 목줄을 한 개가 되어 있는 장면을 본다. 그는 대갈못으로 고정한 목줄에 끌려다닌다. 피부가 퍼석퍼석하고 얼

---

20) 알렉산더 클루게(Alexander Kluge : 1932~　) : 뉴저먼 시네마를 대표하는 독일의 영화감독.

룩이 져 있다. 역겹고 혼란스럽다. 여기서 나가자. 차라리 다시 슈테른샨 체에 있는 바와 술집에 가는 게 낫다. 희한한 대화를 나누었다. 내가 누 군가의 신경을 건드렸을까? 압생트 술을 마신다. 더 이상은 못 마시겠다. 성 게오르크 지구의 한 여관에 방을 얻었다. 거의 잠을 자지 못했다. 죽 으면 잠도 잘 수 없겠지. 잠시 생각을 멈춘다. 과거로부터 기억의 조각들 이 날아온다. 여기, 이 지역에서 나는 정확히 두 번 행복했던 적이 있다. 하지만 지금은 그 어느 것도 남아 있지 않다.

엉뚱한 기차에 올라타 잠이 든 채 올덴부르크에 도착했다. 올덴부르크 에서 무얼 한단 말인가? 분노가 치민다. 객차 사이에 있는 디지털 안내 판을 주먹으로 친다. 안타깝게도 산산조각 부서진다. 나는 올덴부르크 역 앞에서 조각상처럼 서 있다. 《빌트》지를 이용해 여자를 물색하던 정 치인 카르스텐젠이 급히 지나간다(혹시 그의 도플갱어일까?). 그는 내게 낮 은 소리로 외설스러운 말을 중얼거리다. 내가 그 의미를 파악하기도 전에 경찰관 두 명이 나를 발견하고 달려든다. 나는 손 끝 하나 움직이지 않는 다. 저항하지 않고 순순히 있겠다고 말했는데도 경찰관들은 내 팔을 뒤 로 틀어쥐고 벽으로 잡아끈 뒤 난폭하게 몸을 짓누른다. 그들은 급하게 내 손에 수갑을 채우려 한다. 나는 따라가겠다고 말한다. 경찰관들은 그 망할 놈의 수갑을 내 손목에 채우지 못하고 살갗에 상처만 낸다. 나보다 더 격앙돼 보인다. 마침내 수갑을 채웠다. 나는 끌려간다. 기차역을 지나 는데 내게 스포트라이트가 쏟아진다. 사람들이 놀란 눈으로 쳐다본다. 경찰서에 왔다. 인적 사항을 조사받았다.

"왜 그런 짓을 했습니까, 멜레 씨?"

나를 어깨를 들썩인다.

"그건 그 사람의 평소 행동이야."

경찰은 나를 내보냈다. 나는 아무래도 상관없다. 나는 전혀 술에 취하지 않은 상태에서 그 유명한 만취자 보호실에 들어가도 괜찮다. 하지만 나는 그렇게 하지 않고 조금 전처럼 다시 역 앞에 꼼짝도 않고 서 있다. 빌어먹을 올덴부르크! 어디로 가야 하나? 완전히 길을 잃었다. 택시 운전사에게 호텔을 물어본다. 우리는 호텔 서너 곳을 돌며 샅샅이 뒤진다. 아무 데도 빈방이 없단다. 운전사 역시 무슨 영문인지 모른다. 그는 내게 특가로 브레멘까지 태워다 주겠다고 제안한다. 자기 아들에게도 비슷한 일이 일어났었다고 한다. 나는 고마운 마음으로 그의 제안을 받아들인다.

브레멘의 어느 호텔 방. 나는 흔적을 남기지 않으려고 노력한다. 이유는 나도 모른다. 갑자기 스파이가 되었다. 팔 굽혀 펴기를 하고 텔레비전을 본다. 커튼 틈새로 거리를 주시한다. 아침 식사는 양은 적지만 호화찬란하다. 나는 바보이지만 교활하다.

피시방에서(영화배우 게리 올드먼이 완전히 술에 취해 옆에 앉아 있다.) 여덟 명의 남녀 드라마 작가들에게 함께 작품을 쓰자고 이런저런 얘기를 섞어 이메일을 보냈다. 가능하면 많은 작가들과 모든 주제에 대해 쓰자고 했다. 그날 중으로 여러 명이 답장을 보내왔다. 심지어 가능한 주제에 대해서까지 의견을 나누었다. 나는 신이 났다. 함께 뭉친 것이 기뻤다. 1945년 이후 최고의 작품이 나오기를 기대한다.

부퍼탈에 다시 왔다. 동료가 쓴 작품 「지방의 승리」를 축하하기 위해서다. 캔 콜라를 들고 비탈에 앉아 현수식(懸垂式) 모노레일을 바라본다. 그리고 편집자와 전화로 통화한다. 그녀가 미스 머니페니[21]라도 되는 양 상냥하게 암호로 대화를 나눈다. 얼마 후 똑같은 망상이 새로 일어난다. 나는 호텔 방을 처음 들어갔을 때와 정확히 똑같은 상태로 만들어놓고 떠났다. 흔적은 남기지 않는다. 정말 털끝 하나 남기지 않는다. 그렇게 하는 게 재미있다. 방 열쇠는 가지고 온다. 어차피 모든 게 내 것이니까. 머잖아, 아니면 지금, 아니면 언젠가는 내 것이 될 테니까.

잠시 본에 들렀다. 어머니가 나 때문에 불안해한다. 나는 액자에 끼운 그라스[22] 초상화의 유리를 때려 부쉈다. 열네 살 때 그린 그림이다. 그걸 보고 그라스가 감사의 인사로 편지를 보냈었다. 나는 초상화를 갈기갈기 찢고 그 조각들을 발코니에서 정원으로 던졌다. 그라스는 창피한 줄 알아라.

베를린에서 거의 죽을 뻔했다. 지하철 맞은편 승강장에서 가볍게 알고 지내는 사람을 발견하고 어처구니없게도 그쪽으로 한 걸음 다가가다가 선로 바닥으로 떨어진 것이다. 열차는 아직 멀리 있었다. 또 한 번은 바르샤바 다리 위에서 지나가는 차량에 주의하지 않다가 달려드는 자동차에 치여 죽을 뻔했다. "한 발자국만 더 갔으면 죽었을 거예요." 청소년 두 명이 깜짝 놀라며 웃었다. 저녁에는 어느 화랑에 들이닥쳐 그곳에서 열리는 컴퓨터 게임과 예술을 주제로 한 토론회에서 키펜베르거에 대해 의미 없는 질문을 던지고 이어진 연주회를 방해했다. 여성 큐레이터가 내게 무슨 말을 낮게 중얼거리다가 한마디를 더 보태더니 나와 섹스하고 싶다고 말했다. 내가 유리잔을 박살내자 밴드가 연주를 그쳤다.

며칠 뒤에는 다시 함부르크에서 유원지 옆의 가파른 흙비탈을 걸어 올

---

21) 미스 머니페니(Miss Moneypenny) : 영화 007 시리즈에서 제임스 본드의 상관의 여비서.
22) 귄터 그라스(Gunter Grass : 1927~2015) : 독일의 작가. 「양철북」의 저자. 1999년 노벨 문학상을 수상하였다.

라가다가 손가락으로 흙을 헤쳐 가며 올라갔다. 내 안에 들어 있는 사나운 힘을 없애버려야 했다. 위에 올라가서는 시내를 굽어보았다. 날개가 돋으려나? 나는 마음속에서 뛰어내렸다가 정말로 뛰어내렸다. 아무 일도 없었다. 나는 대체 무엇을 찾는 걸까? 비탈에서 미끄러지며 떨어졌다. 나중에 베를린에 돌아와서 나는 운동화에 묻은 오물을 '함부르크에서 묻혀온 흙'이라고 부르며 아이러니한 자부심을 발산했다. 내가 '함부르크에서 묻혀온 흙'이라고 말하며 웃으니 사람들도 함께 웃었다.

23.

함부르크는 기준점이자 징후다. 내가 일정이 없는데도 함부르크에 와 있다면 내가 조증 단계에 있다고 봐도 무방하다. 무엇을 어찌해야 좋을지 모르고 쩔쩔맬 때, 정신병의 순환 도로에서 뱅뱅 돌 때, 함부르크가 나를 잡아끈다. 그러면 나는 이 도시가 나의 원래 고향이라고 가정해버린다. 함부르크에 대한 이런 동경은 어디에서 비롯되었을까? 개방성, 함부르크 시민, 팝 음악의 함부르크 악파, 그리고 항구? 연도도 뒤섞인다. 나는 어떤 일이 2006년에 일어났고 어떤 일이 2010년에 일어났는지 기억나지 않을 때가 많다. 그래서 백조 옆에서 곰곰 생각해보았다. 그랬더니 다시 기억난다. 지금은 분명 2006년이다. 그렇지 않은가? 맞다. 아닌가? 맞다.

함부르크로 간 데에는 1999년의 이른바 내 인터넷 연인이 그곳 출신이라는 점도 작용했던 것 같다. 발작기에는 언제나 일이 처음 시작된 장소, 즉 본, 함부르크, 인터넷, 포럼 같은 곳으로 돌아가고 싶은 충동이 일어난다. 방화범이 남몰래 자신의 범죄 현장에 가보듯 말이다. 단지 내 경우는 몇 년이 지나 돌아간다는 게 다르다. 함부르크에 대한 동경은 거기에서 무의식적으로 나타나는 동경, 다시 말해 발작이 일어나기 전의 시간으로 가보고 싶은 동경이다.

다시 함부르크 중앙역이다. 전광판이 번쩍인다. 카슈타트 백화점에서 에이펙스 트윈의 음반을 사고, 탈리아 극장을 찾아가고, 이리저리 헤맨다. 미국 작가 리처드 파워스가 거리를 배회한다. 안녕하세요. 방금 얼굴만 알고 지내는 어느 가족에게 직접 구운 위스키칩을 조니 캐시 CD 커버에 넣어 갖다주었다. 역으로 돌아왔으나 또 기차를 놓친다. 이런 혼란한 상태에서 계속 승강강에서 실수하거나 순전히 분노와 초조감에서 어디로 추락하지 않고 집에 가는 열차를 올바로 잡아타 귀로에 오른다는건 절대 간단하지 않다. 갈 때는 늘 아무 문제가 없지만 돌아올 때는 지옥이다. 결국 나는 열차를 전부 놓치고 공원 벤치에서 떨면서 밤을 샜다. 2010년에는 사흘을 꼬박 빈에서 보냈다.

마침내 다시 베를린에 돌아왔다. 여기에서도 쉬지 않고 바깥으로 돌아다닌다. 돈도 거의 없다. 가는 곳마다 출입 금지다. 그것으로도 충분하지 않다. 블룸펠트 사건이 머리에서 떠나지 않는다. 어떻게 나는 하필그 밴드의 공연에서 끌려 나갔을까? 어떻게 디스텔마이어조차 개입하지 않았을까? 내가 무대를 향해 래퍼 쿨 사바시의 이름을 큰 소리로 외쳤을 때도 그는 냉담하게 있었다! 이 의문을 풀기 위해 나는 블룸펠트 공연 주최자들의 이름과 주소를 알아냈다. 그들이 구석에 앉아 있었다. 나는 그쪽으로 가서 땅딸막한 녀석과 시끄럽게 맞고함을 치며 입씨름을 벌였다. 그걸 보고 여직원이 진저리를 치며 싸움을 말렸다. 며칠 후 록 밴드 스트록스 공연에 갔을 때 그 여직원이 매표창구에 앉아 말했다. "아, 너로구나." 그녀는 잠시 고민하더니 이렇게 말했다. "스트록스 공연은 그냥 들어가게 해줄게." 그 공연에서는 별다른 사고를 치지 않았다. 아름다운 여자들과 기타만 보였다.

절망스럽다. 아직도 만족스럽지 못하다. 크리스마스가 다가온다. 한 해가 곧 끝난다. 책은 완성되었다. 온 힘이 다 빠졌다. 출판사에서 다른 작가 세 명과 함께 무슨 행사를 계획하고 있다. '우리의 그 무엇도 친절하지 않아'인가 하여튼 그렇다. 좋다. 그러지 뭐.

본으로 간다. 본이 지독히도 싫지만 그래도 가야 한다. 내 출생과 출신에 관한 책은, 쓸 수나 있다면, 몇십 년 후에나 가능할 것 같다. 본에 도착했다. 이곳은 모든 게 너무 작기만 하다. 어제와 다름없다. 고데스베르크에서 호텔에 묵으면 되겠다는 묘안이 떠오른다. 여전히 내가 스파이라는 생각이 떠나지 않는다. 공식적으로 아무도 모르게 첩보 활동을 하고 있다는 생각을 한다. 벌써 소문이 퍼질 것이다. 본에서 나는 또 율리 체에게 영향을 받았다. 가는 곳마다 그녀를 보았다고 생각했다. 우리는 이곳 아그로 본[23]을 지배한다. 나는 웃으며 코블렌츠 가에 있는 소박한 호텔에 체크인을 한다.

아침 여섯 시에 호텔 침대에 꼿꼿이 앉아 있다. 잠을 더 잘 생각은 없다. 체크아웃을 하고 빵집에서 커피와 크루아상을 먹는다. 저기 창문에 비친 내 모습을 보니 몸이 말랐다. 재미있다. 이 도시는 나를 아주 온순하게 만든다. 최근 이곳은 교통량이 줄어들고 모두 아랍화되었다. 다시

---

23) 베를린에 있는 힙합 음악 레이블 회사 '아그로 베를린'을 빗댄 표현.

좋은 생각이 떠오른다. 옛날에 다니던 학교를 찾아가야겠다. 저 위 산에 있는 학교다. 나는 그곳에서 사회화를 겪었고, 프롤레타리아 출신의 아이가 타인이 초래한 미성숙 상태에서 벗어나는 교육을 받았으며, 피히테에 견줄 만한 배움의 기회를 얻었다. 그러니 이제 한번 찾아가보는 것이 좋을뿐더러 사리에도 맞다. 하지만 그 누군가를 우연히 보거나 일부러 만나고 싶은 마음은 없다. 그저 학교 울타리 안에 들어가 옛날의 모든 추억을 느끼고 싶다. 시간적으로도 적당하다.

24.

학교는 나를 구해준 곳이다. 수포로 돌아갔으나 지금 이 책에서도 이야기하는 내 교양 소설이 시작된 곳도 바로 여기다. 나치 출신으로 짐작되는 교장이 강압적으로 군림한 그 초등학교에서 처음에는, 그러니까 2학년까지만 해도 나는 공부하는 게 행복했다. 현실과 전혀 다른 대안 세계가 열렸다. 거기서 나는 답답하고 잔인했던 집안 분위기를 머릿속에서 극복하며 잠시 잊었다. 학교가 좋아지기 시작하면서 나는 글자를 쉽게 익혔다. 신이 나서 글자를 종이에 적었다. 종이에 그어진 줄은 학년이 올라가면서 늘어났다. 나는 일찌감치 의사가 되고 싶었다. 뭔가를 치료하고 싶었다. 그러나 글자의 힘이 더 강해지더니 김나지움에 들어와서는 글자들이 모여 라틴어로 씌어진 이야기가 되었다. 오래됐으면서도 새로운 라틴어는 내가 살아온 환경에서는 완전히 낯선 언어였지만 어떤 전통을 느끼게 했다. 나는 「석탄 송가」라는 첫 시를 썼다. 수년 동안 지하실에서 가지고 올라와야 했던 조개탄을 노래한 시였다. 내게는 일종의 굴욕이었던 그 뭔가를 찬미한 이 송가의 다의성이 과거를 찬란히 빛나게 만들고 거의 마법으로 불러냈다는 걸 나는 깨달았다. 그러니까 그건 지금의 내 것이 되었고 내게서 빼앗아갈 수 없는 것이었다. 언어와 허구로 이루어진 전염병이 나를 더 강하게 덮쳤다. 그와 동시에 나는 날마다 학교에서 공식적으로 인정받으면서 일종의 정체성이 자라났다. 중산층과 귀족들 틈에 낀 프롤레타리아 출신의 아이는 반에서 일등을 했지만 언제나 뭔가를 경계했다. 사춘기 아이의 냉정한 몸짓과 발작적인 반항은 늘 내면의 광채와 학교에서의 걸출함으로 덮어야 했다. 일단 나는 모든 면에서 건드릴 수 없는 아이가 되었다. 그리고 나는 아무도 내게 다가오지 못하게 했다. 오로지 말과 언어에만 접근을 허락했다.

그런 사회적 관계 이외의 영역에서는 늘 현실 도피로 흘렀다. 어렸을 때 나는 텔레비전에 중독돼 살았다. 그다음엔 만화에 빠져 수도 없이 만화를 보았다. 그다음엔 천문학에 몰두했다. 겨울 내내 바깥 주택 단지들 사이에서 별자리표를 놓고 보낸 적도 있었다. 이후에는 「TKKG」와 「세 개의 물음표」 같은 청소년 추리 소설과 카를 마이의 소설을 전부 읽었고 쥘 베른의 소설도 읽었다. 결혼으로 인척 관계가 된 삼촌은 입이 떡 벌어지는 장서를 보유하고 있었는데 그를 통해 일찌감치 막스 프리슈의 「호모 파버(Homo Faber)」, 브레히트의 작품, 그라스의 「양철북」을 접했다. 그걸로 이미 끝이었다. 나는 바로 그런 게 하고 싶었다. 내가 갈 길은 이미 정해져 있었다.

나와 같은 배경을 가진 젊은이는 만일 가능성이 있다면 차라리 다른 직업을 택하라는 조언을 받을지도 모른다. 중산층이 선택하는 법률가나 의사가 상층부로 뛰어오를 수 있는 탄탄한 직업이 아닐까? 아니면 텔레비전으로 진출하는 방법도 있지 않았을까? 그러나 나는 그럴 마음이 없었고 능력도 없었다. 나는 작가가 되고 싶었다. 그런데 문학이야말로 극심한 계층적 차이가 존재하는 분야라는 걸 나는 아직 모르고 있었다. 만일 알았다고 해도 머잖아 몸에 익어버린 내 오만함으로 볼 때는 신경 쓸 일이 아니었다.

당시 어머니는 안내서와 입문서를 내는 작은 출판사에서 시간제 타자수로 일하고 있었다. 덕분에 나는 책을 살 일이 있으면 할인가로 구입할 수 있는 특혜를 누렸다. 나는 닥치는 대로 책을 사서 모조리 읽었다. 게다가 무슨 기념일 같은 때가 되면 늘 전집을 갖고 싶다고 말했고 실제로 대부분 책을 선물로 받았다. 나는 책 내용에 감동해 오랜 시간을 앉아 읽었다. 바깥세상의 삶과는 비교할 수 없는 체험이었다. 그때까지 내가 겪은 일 중에서 가장 짜릿한 경험이었다. 그 책들에서는 삶이 가장 큰 주제였다. 삶에 대해 타협하고, 삶을 깨부수고, 삶을 성찰하는 내용들이었다. 가장 추악한 것도 아름다운 것으로 변했다. 삶은 바로 그래야 한다고 나는 생각했다.

그러다 갑자기 연극에 관심이 생겼다. 나는 젊은 배우 볼프람 코흐가 출연한 본의 샤우슈필 연극 공연에 갔다. 아직 많은 걸 이해하지는 못했다. 하지만 다른 이들의 중산층다운 태도에 주눅이 들기는 했어도 나는 내가 있어야 할 곳에 와 있다고 느꼈고 나도 거기에 참여할 수 있다고 믿었다. 자극을 주는 기계 가까이에서 전력을 공급받을 수 있다고 생각했다. 그건 탐구할 가치가 있는 또 하나의 세계였다. 모든 힘을 다해 나를 지원했던 곳, 지금 내가 친숙한 산을 따라 흥분 상태로 올라가는 저 예수회 김나지움에서 나는 연극을 연출하기 시작했다. 어머니는 내 히스테리를 제외하고는 당시 나의 사춘기 행동에 아무런 제재를 가하지 않았기에 나는 교장이 주선한 장학금을 받고 부속 기숙사로 들어가 김나지움 마지막 2년을 보냈다. 바로 이 김나지움이 훗날 폭력과 성폭행 추문에 연루되었다는 건 이미 다른 곳에서도 회자되었다(그리고 계속 회자되어야 한다.). 혹시 그때 내가 어떤 피해를 입었다고 한다면 그건 단지 일반적인 차원에서, 다시 말해 애증이 교차하는 환경에서 자란 사람으로서 입은 피해였다. 그 환경은 훗날 발밑에서 부서져나가면서 내 청춘의 모든 세월을 새로 평가하게 만들었다. 그러나 처음에 나는 그저 감사한 마음뿐이었다. 물론 자긍심도 잊지 않고 챙겼다. 나는 할 수 있는 한 모든 기회를 이용했고, 순응과 반항이 뒤섞인 거친 마음을 계속 갈고닦았다. 오늘날까지.

모든 게 그 김나지움에서 시작되었다. 나는 잠시 그곳으로 가보고 싶었다.

25.

나는 레두테 공원을 지나 터덜터덜 산을 걸어 올라가며 교황에 대한 예수회 사람들의 충성에 대해 생각한다. 수백 년을 이어져 내려온 예수회 사람들의 이 은밀한 행동거지와 거기에서 묻어나는 모반의 기운은 나하고도 조금 관계가 있다. 하지만 오늘은 그런 것이야 어찌되었든 관심 없다. 오늘은 쉬는 날이다. 저기 입구에 젊은이들이 몇 명 서 있다. 성인 남자도 두 명 있다. 이제 곧 여덟 시가 될 거다. 방학이 되기 전 마지막 등교일인 듯하다. 나는 페터스베르크 가의 초입을 지나 위로 올라가면서 '페터스베르크 가'라는 거리 이름을 머릿속에서 메아리쳐 울려본다. 마찬가지로 '엘리자베트 가'도 울려본다. 그리고 이 두 낱말이 어린아이의 머릿속에서 추상적인 두려움의 개념이었다가 비열한 거리 이름으로 바뀌고 고착되었던 옛날을 떠올린다. 벌써 학교 입구를 지나려는데 또 한 명의 남자가 어디서 난데없이 나타나 내게 서라고 말한다. 나는 그의 말대로 선다. 입구에서 안경 쓴 신사가 나온다. 교사인 게 분명하다. 그는 나를 슬쩍 건너다본다. 남자들이 그를 쳐다보자 그는 나를 가리키며 고개를 끄덕인다. 그러곤 사라진다. 남자들이 덮치더니 나를 힘껏 문 쪽으로 밀어붙인다. 지금 무슨 일이 벌어진 건가?

"두 손 들어!"

영화 찍나?

나는 저항하지 않는다. 이건 얼마 전의 일을 통해 배운 거다. 나는 레코드판 가방 두 개를 들고 있어서 몸이 무겁게 축 늘어졌다. 지금 겨우 눈에 띈 것이지만, 그 모습이 어쩌면 남들에게 기괴한 느낌을 줄지도 모르겠다. 레코드판 가방에는 책, CD, 컴퓨터, 세면도구 주머니가 있다. 내 파카의 조끼 주머니에도 책과 CD가 들어 있다. 남자들은 내 주머니의 내용물을 다 쏟아냈다. 사복 경찰관은 별로 힘들이지 않고 보란 듯이 모든 물건을 바닥에 떨어뜨린다. 책에 흠집과 구멍이 생기고 CD 케이스가 찢어진다.

"이게 뭐 하는 겁니까?"

"조용히 해."

"내 물건 좀 살살 다뤄요!"

반응이 없다. 네 번째 경찰관이 제복 차림으로 소형차 안에 앉아 있다. 차 문은 열려 있다. 그의 제복 바지가 살진 넓적다리 위로 팽팽하다.

그는 바보처럼 입을 헤벌리고 나를 바라보며 뭔가를 기다린다. 아우펜앙거 선생님이 나온다. 누구인지 알겠다. 음악과 철학을 가르치던 선생님이다. 세련된 사람이었다.

"토마스, 어떻게 지내니?"

선생님도 이 모든 상황을 믿지 못하는 눈치다.

"아주 잘 지내요, 아우펜앙거 선생님. 보시다시피."

나는 여전히 문 옆의 벽에 서 있다. 양손은 쫙 펴서 돌에 대고 있다. 경찰관은 손가락으로 내 바지 뒷주머니를 더듬는다. 다른 경찰관이 아우펜앙거 선생님에게 가서 뭐라고 귓속말을 한다.

"아, 지금 나를 의심하시는 겁니까? 지금 나를 체포하려고요? 그건 너무하잖아요!" 아우펜앙거 선생님이 화가 나서 소리친다. 그는 내게 또한 번 고개를 끄덕이지만 경찰관에게 밀려 뒤로 물러났다가 다시 안으로 들어간다.

내 뒤에서 안전하게 거리를 두고 서 있던 학생들이 고소하다는 듯이 웃는다. 나중에 듣기로는 그들 중에 내 사촌 헨드리크도 있었다. 우리는 서로를 알아보지 못했다.

상황이 끝나기까지는 한 시간이 걸렸다. 그들은 수갑을 채웠다가 풀었다. 왜 그랬는지 이해할 수 없다. 마침내 남아 있던 정상적인 인간의 오성과 정의감이 작동한다. 나는 대체 내가 무슨 짓을 했느냐고 물었다.

"그건 곧 파출소에 가서 알려드리죠."

다시 머리가 멍해진다. 여기엔 뭔가 그럴 만한 이유가 있을 거라고 나는 스스로를 설득한다. 나는 역사상 가장 신뢰할 수 없는 메시아에다 실제로 반국가적인 사상을 품고 있지 않은가. 내 정신을 잠시나마 체포해도 좋다. 왜냐하면 나는 정말로 잘못한 게 없는 영리한 사람이니까. 나를 얼마든지 조사해도 좋다. 그건 구원의 가망도 없이 올해 그 많은 테러를 당한 후 내가 했던 몇 안 되는 연습의 하나이니까.

26.

그들은 우선 나를 차에 태워 집으로 데리고 갔다. 하리보 젤리 공장이 있는 빈민가다. 내가 인터넷에서 무슨 짓을 저질렀다고 한다. 아니 또? 전에 다니던 학교에 묻지마 위협을 했다고 한다. 그러나 나는 하지 않았다. 어머니는 완전히 정신이 나가 내가 그런 일을 할 사람이 아니라고 단언했다. 그 짓을 한 사람은 내가 아니라고 했다! 어머니가 운다. 벌써 형사들이 문 앞에 서서 주변을 둘러보고 심문하고 꼬치꼬치 캐묻는다! 그들은 조금도 흔들리지 않고 나를 파출서 중앙 부서로 데리고 간다. 나는 내적 망명을 떠난다. 나는 만약의 경우를 위해 요아힘 페스트의 자서전인 「나는 아니다」를 늘 가지고 다닌다.

경찰이 사실을 왜곡하면 어쩌지? 볼먼과 그의 약아빠진 웃음이 떠오른다. 그때 그는 내게 이렇게 말했다. "인터넷은 사악해요. 정보를 바꿔놓거든요." 사실이다. 경찰은 자기들이 원하는 건 뭐든지 마음대로 주장할 수 있다. 모든 걸 조작하고 바꾸고 내게 불리한 증거로 들이댈 수 있다. 나는 경찰들 손에 넘겨졌다. 그들은 바로 얼마 전, 그러니까 5월 1일에 뇌가 흔들리도록 나를 짓밟지 않았는가? 그들은 무슨 짓이든 할 수 있는 사람들이다.

파출소의 일 처리는 한없이 오래 걸렸다. 얼굴이 도마뱀처럼 생기고 눈 주위가 짙은 녹색으로 깊게 파인 경찰관이 보란 듯이 권총을 내려놓으며 나를 의미심장하게 바라보고는 다시 무기를 느린 동작으로 책상 밑의 금고에 넣고 자물쇠를 채운다. 겁을 주려는 수법인 듯하다. 그러는 동안 나도 보란 듯이 「나는 아니다」를 읽으며 가장 오만한 표정을 짓는다.

"멜레 씨, 당신 때문에 미치겠소." 경찰관이 말했다. 그의 말은 죽을 만큼 진심이었다.

27.

나는 정말 그 짓을 하지 않았다. 아무리 미쳤다고 해도 나는 내가 무엇을 했고 무엇을 하지 않았는지 알고 있다. 몇 주 뒤 밝혀진 내용에 따르면, 베르기셰스 란트에 사는 어느 10대 청소년이 채팅으로 묻지마 위협을 가했다고 한다. 그는 심지어 학교와는 전혀 무관한 인물이었다. 그런데 내가 쓸데없이 호텔에서 하룻밤을 묵은 뒤 가방에 무거운 짐을 넣고 다니다가 공교롭게도 잠재적 묻지마 살인범을 기다리던 경찰과 만난 것이다. 그리고 모두들 몇 시간 동안이나 드디어 이제 끝났다고, 이제 내가 테러리스트라고 생각했다.

전화 통화가 다시 빗발치듯 이어졌다. 베를린에서도 이 사건에 관한 라디오 보도가 나왔다. 몇 시간 뒤에는 용의자가 잡혔다는 뉴스도 나왔다. 친구들이 학교와 통화하고, 저희끼리 의논하고, 벌어진 사태를 믿지 않으려 하면서도 믿어버리는 동안, 나는 이미 감옥에 앉아 있는 거나 다름없었다. 경찰은 내 컴퓨터 속의 자료를 들여다보고 내 지갑을 샅샅이 뒤지면서 모든 걸 수색했다. 파출소의 상황은 코미디 채널 같았다. "네 네,

펜스터마이스터 부인, 그렇지 않아요, 그렇지 않습니다!" "그거 좋지요!"
뭐 이런 식의 조롱이 이어졌다. 경찰관들은 그들 특유의 커피를 홀짝대
고 마셨고 그들 특유의 농담을 했다. 내가 있는 이곳이 '권력의 심장부'라
며 비꼬듯 위협하듯 내게 속삭였다. 도마뱀은 내게 호의적이지 않았다.
숱이 없는 곱슬머리의 그의 동료가 훨씬 친절했다. 그는 자기 아들도 그
학교에 다녔다면서 내가 학교와 무슨 문제가 있는 것처럼 생각했다. 내
가 사태의 심각성을 완전히 오판하고 아무 생각 없이 내 과거에 대해 떠
들어대면서 그런 추측을 할 만한 말을 했던 것 같다.

기다리고, 멍하니 바라보고, 하지 불안으로 다리를 떨었다. 경찰관들
이 들어와 질문을 하고 다시 나갔다. "나는 아니에요." 몇 시간이 흘렀다.

"저 사람 아니야! 저 사람 아니야!" 양탄자를 깔아 발걸음 소리가 둔탁
해진 복도를 걸으며 곱슬머리 경찰관이 외쳤다. 그건 내가 처음부터 경
찰에게 했던 말이었다.

경찰은 내 컴퓨터를 크리스마스가 지나서까지 돌려주지 않았다. 그들
은 나를 라인 주립병원 정신과로 인계했다.

"아, 자네들 이제 친구가 됐나 봐?" 병원으로 가는 길에 내가 곱슬머리
와 몇 마디 격의 없는 말을 주고받자 도마뱀이 곱슬머리를 놀렸다. 나는
그 말을 듣고 입을 다물었다.

수위가 읽고 있던 신문에서 눈을 떼고 올려다보았다.

"형사님, 안녕하세요. 네, 여기에 들어올 사람 한 명 있습니다."

28.

다시 몸이 결박되고, 할돌을 복용하고, 흡연실에 가 있었다. 미국 가수 트렌트 레즈너처럼 생긴 키 작은 남자가 내 분노를 알아보고 양손을 높이 들어 알록달록한 벽에 붙은 비상 단추를 눌렀다. 하지만 단추는 그려놓은 것이었다. 그는 영문을 모르는 채 그 앞에 5분간 서 있었다. 그는 자꾸만 벽에 칠해진 물감을 눌러댔다.

이모가 비누 한 개와 담배를 가져다주었다.

이모는 비누 냄새를 맡아보았다. 이모는 이곳 병실들을 잘 알고 있었다.

29.

몇 년이 지난 뒤 나는 문화 교양지 《더미(Dummy)》에 경찰이 내게 저지른 모든 위법 행위를 열거한 기고문을 썼다. 2010년 여름 호는 의미심장하게도 '경찰'을 주제로 다루었다. 나는 무엇을 어디에 써야 하는지 알고 있었다. 그 잡지는 아직도 가지고 있다. 격앙된 손글씨로 8~9개 항목에 걸쳐 작성한 내용이 2쪽과 3쪽에 자리를 잡았으며, 남성복 전문업체 '헤어 폰 에덴'의 광고가 들어간 두 쪽짜리 펼침 기사의 중간에는 대략적으로 계산해서 총 '100만 유로'에 달하는 조증 환자의 손해 배상 청구액을 적었다.

나는 아직도 내 고발이 전적으로 정당하다고 생각한다.

30.

 그 후 나는 몇 주를 정신이 붕괴된 상태로 쾅쾅 울려대는 사운드 트랙과 불협화음의 현악기 소리와 신시사이저 음향을 벗 삼아 지냈다. 모두 둘도 없이 집요한 하강 운동을 묘사하는 음악들이었다. 조증은 새해를 지나서까지 지속되었지만 숭숭 뚫린 구멍을 통해 뭔가가 침투했다. 베를린에서 나는 아는 사람들을 만나 내가 겪은 일에 대해 격분해서 웃으며 이야기를 들려주었다. 나는 흥분했다. 그러나 나는 죄가 없었다. 아무도 나를 이해하지 못했다. 오직 군터만이 이렇게 말했다. "너는 그냥 옛날 학교를 찾아가려던 거였어!" 바로 그것, 바로 그 문장을 듣고 이른바 영혼이라고 하는 것이 잠시나마 심호흡을 했다.

 이본느를 알게 되었다. 혼란스럽기 그지없는 두 영혼이 잠시 서로 얽혀 지냈다. 빠르게 마신 맥주 덕분에 나는 한 번 더 환하게 빛이 났지만 나는 그 에너지가 빌려온 것이라는 걸 곧 깨달았다. 도시의 어둠은 벌써 물질로 변해 내 발걸음을 막았다. 집은? 이상했다. 나는 여기서 무얼 하려고 했을까? 왜 나는 이사를 했을까? 게다가 방에는 사방에 깃털이 널려 있었고 벽에는 뭔가로 새겨놓은 자국이 있었다.

 편집증이 사라졌다. 마지막으로 남아 있던 망상이 만든 관계망도 와해되었다. 평범하고 일관성 있는 행동이 돌아왔으나 그와 함께 침묵도 시작되었다. 몸과 마음을 마비시키는 침체 상태였다. 그러다가 더욱더 말이 없어지고 사고와 감정이 무디어졌다. 욕실에 있는 환풍기가 다시 의식 속으로 들어왔다. 집은 옛날과 다른데 효과는 똑같았다. 욕실에 들어가면 환풍기에서 나는 평범한 윙윙 소리에 스산한 파괴의 기운이 섞여 있었다. 그 울림이 무언지 나는 알고 있었다. 영원히 끝나지 않는 하강 나선을 떠올리게 하는 소리였다. 고치를 뚫고 밖으로 나가려다가 그와 동시에 다시 움푹 꺼진 내면으로 조용히 후퇴했던 며칠이 지난 뒤 드디어 몇 시간 만에 알게 된 사실이 있었다. 1년 전부터 남들이 분명히 인지했던 것, 남들이 확실하게 눈으로 보았던 것을 이제 나도 단번에 깨달았다. 그건 참사가 일어났다는 것이었다. 지난 1년이 전부 참사였다. 내가 참사였다.

눈앞이 캄캄했다.

31.

'누텔라[24]와 담배. 그는 누워서 누텔라와 담배로 연명한다.' 이본느가 자신의 일기에 적은 말이다. 나는 이런 걸 쓴다는 게 입이 가볍고 사려 깊지 못하다고 생각했다. 하지만 나는 무방비였다. 글의 본성은 폭로다. 특히 자기 폭로다. 이 글을 쓰는 필자보다 그걸 더 잘 아는 사람은 없을 거다.

가라앉는다, 가라앉는다. 가라앉는다. 나를 붙잡는 것이 아무것도 없었다. 콧부서 토어에 있는 나의 집은 낯선 이의 집이었다. 거기엔 깃털들이 있었다. 없애버릴 수가 없었다. 아마 내가 침대에 온통 좁고 긴 상처를 냈다 보다. 책들이 없어졌다. 내 구역이 불에 탔다. 나는 친구들을 피했다. 나는 카이저스 슈퍼마켓에 느릿느릿 걸어가서 우유, 콜라, 초코 팝스를 산 뒤 다시 느릿느릿 걸어 돌아왔다. 청소를 해보려고 노력했다.

---

24) 초콜릿에 헤이즐넛을 넣어 만든 기호 식품.

뉴런의 활동에 따라 우울증이 진행되는 과정에서 다시 마음을 짓누르는 수치심이 일어나고 최근에 발생한 일에 대한 끔찍한 기억이 되살아났다. 바닥으로 가라앉고 싶었다. 사라지고 싶었다. 자살해야겠다는 생각이 시시각각 솟구쳐 올라 마음속에 달라붙었다가 다른 생각들을 전부 덮어버리고, 뒤에서 숨어 기다리고, 결국엔 모든 활동의 어두운 바닥이 되어 고착되었다.

알료샤가 내 앞 책상에 앉아 《타게스차이퉁》지를 읽고 있었다. 신문을 읽으면서 그가 미소를 지을 수 있다는 게 이해가 되지 않았고, 언뜻 보기에 그런 신문이 무슨 즐거움을 준다는 건지도 알 수 없었다. 나는 아무것도 이해하지 못했다.

「공간 요구」의 출간일이 다가왔지만 나는 아무 느낌도 없었다. 전혀 감흥이 없었고 기쁘지도 않았다. 그 책에는 내가 늘 쓰고자 했던 것이 전부 모여 있었는데 말이다. 납본이 든 소포가 배달되었을 때 나는 울 뻔했다. 그래도 책은 내 마음속의 뭔가를 건드린 것이다. 그건 더는 기뻐할 줄 모르게 되었다는 깨달음으로 인한 슬픔이었다. 나는 그 무엇에도 기뻐할 줄 모르고 삶의 자극조차 잃어버렸다는 걸 깨달았다. 책을 들여다보았지만 뭘 어떻게 해야 좋을지 몰랐다. 그건 지금 여기에서 모든 걸 잃어버렸다는 상실감이었다. 상황이 달라질 것 같지도 않았다.

알리바이를 만들려는 듯 나는 자리를 잡고 앉아 전에 약속했던 볼멘의 「중유럽」을 번역하기 시작했다. 그러나 세 쪽 이상은 진도가 나가지 않았다. 괴물 같은 텍스트 앞에서 나는 말 그대로 무너져 내렸다. 대체 내 인터넷은 어디로 갔을까? 끊어버렸다.

그리고 내 책을 선보일 라이프치히 도서전이 다가왔다. 하지만 나는 거기에 갈 수가 없어서 아프다고 연락했다. 항우울제를 먹었지만 듣지를 않았다. 그 약은 내게 한 번도 효과가 없었다. 아니다. 부작용이 있었다. 하루하루가 정체된 날의 연속이었다. 하루하루가 부인으로 시작해 항복으로 끝났다.

그래도 일정 한 개는 소화해냈다. 주어캄프 출판사의 젊은 작가 세 명과 함께 폴크스뷔네의 '붉은 살롱'에서 진행하는 신간 소개 행사였다. 나는 여기엔 참석해야 한다는 의무감을 느끼고 어찌 됐든, 만에 하나, 혹시라도, 보잘것없는 말이나마 하게 되면 몇 마디 하려고 전력을 다해 두려움을 억눌렀다. 신기했다. 2011년 신간 「식스터」를 소개할 때도 상황이 아주 비슷했다. 여하튼 나는 우울하고 정신이 암흑 속에 있었는데도 썩 괜찮게 일정을 해치웠다. 대중 문학 이론가들의 질문에는 절반은 익살을 섞은 스탠자[25]로 대답했는데, 내가 보기엔 소설의 구성 요소들을 이용해 책 내용을 거짓으로 늘려놓은 것처럼 되었다. 듣는 사람은 미리 준비한 답변처럼 느꼈겠지만 사실은 즉흥적으로 나온 것이었다. 내 대답과 발언의 기반이 된 그 원점과, 복용하던 약 덕분에 나는 이른바 건강했던 기간보다 더 이완되고 무심하게 이야기할 수 있었다. 애처로운 자유였다.

아무 일도 일어나지 않았다. 다시 똑같은 날의 연속이었다. 하루가 지나고, 또 하루가 지나고, 또 하루가 지났다. 느릿느릿 간신히 시간을 걸어갔다. 몸과 마음은 갈수록 무겁고, 덩어리지고, 끈적끈적해졌다.

'네가 원하는 방식대로 되지 않았어.

---

25) 4행 이상의 각운이 있는 시구.

네가 원하는 방식대로 되지 않았어. 안 그래?'[26)]

32.

나도 모르게 머릿속에서 어떤 노래가 재생된다. 이건 흔하게 나타나는 현상이다. 나만의 특성이 아니다. 어떤 그림을 보거나, 글을 한 줄 읽거나, 어느 음악의 모티브나 어떤 이름을 들으면 무의식적으로 방아쇠가 당겨진다. 그러면 나는 이른바 귀벌레와 함께 길거리를 돌아다닌다. 그러면서도 귀벌레가 있다는 걸 의식하지 못한다. 귀벌레는 끊임없이 이어지는 리믹스된 곡을 무한 반복하며 글을 쓰거나 책을 읽거나 밥을 먹을 때 나를 따라다닌다. 나는 시간이 조금 지난 뒤에야 노래가 재생된다는 걸 알아차린다. 그리고 대부분 그 노래가 구체적으로 어디에서 왔는지 의아해한다.

아바의 「페르난도」는 재생되는 노래 목록 중에서 특별한 위치를 차지한다. 희한하다. 나는 이 노래를 좋아하지 않는다. 너무 달콤하고, 너무 따분하고, 너무 아바스럽다. 그러나 특정한 상황이 되면 마치 잊었던 어린 시절의 선율처럼 멀리서 이 노래가 다가온다.

이제 적을 내용을 생각하니 마음이 움츠러든다. 비록 구역질 나는 세세한 사항은 나오지 않지만 그 내밀한 모든 과정이 부끄러워서다.

당연히 자살 시도에 관한 이야기이다. 어리석은 짓이었지만 거의 성공할 뻔한 시도였다. '이루어졌다'거나 '성공적'이라거나 '바라던 결과로 이

---

26) 미국의 록 밴드 '나인 인치 네일스'의 노래 「레치드 (Wretched)」의 일부.

어졌다'처럼 긍정적인 의미를 담은 어휘들은 이 사안에서 사용하지 말아야 한다. '이루어진 것은' 아무것도 없고, '성공'도 그런 묘사에는 어울리지 않으며, 혹시 나처럼 가능한 한 복잡하지 않게 고통 없이 자살할 권리를 옹호한다고 해도 사태의 결말이 정말 자살자의 '바람'과 일치하는지도 의문이기 때문이다. 게다가 사람들은 내심 자살에 '실패한 사람'을 의지가 약하고 무능하다고 생각한다. '저 사람들은 똑바로 죽을 줄도 몰라.'

두려웠다. 나는 기찻길에 몸을 던지고 싶지 않았다. 어디 아래로 뛰어내려 피범벅으로 끝장내고 싶지도 않았다. 이 방법들은 너무 호전적이고 과격해 보였고 지나치게 무모했다. 더욱이 내겐 절벽 아래로 마지막 한 발을 내디딜 용기가 없었다. 그리고 걱정되는 게 있었다. 그런 자살 생각으로 고민하는 사람이라면 누구나 할 법한 걱정이었다. 휠체어에 앉은 모습, 절단된 다리, 하반신 마비였다. 제발 그것만은 안 돼. 그렇지만 너무도 죽고 싶었다. 매번 고집 세게 버티고, 고통에서 벗어나지도 못하면서 고통이 끝나기를 기다렸어도 어쨌든 죽고 싶은 갈망이 컸다. 그런데 혹시라도 한 번쯤 그게 다시 찾아오지 않을까? 삶이, 삶에 대한 감정이?

자살 사이트는 완전히 절망에 빠진 사람에게는 머리를 식혀주는 곳이다. 부디 이 시각을 용서하시라. 나는 냉소적인 시각을 드러내려는 게 아니다. 그 반대다. 그건 텔레비전과 같다. 텔레비전을 보면서 우리는 게으르게 채널을 획획 돌리면서 자기 자신을 잊는다. 출구 전략을 찾아 자살 사이트에 모인 모든 사람이 그렇듯이, 사실 그곳을 방문한 뒤에는 방문하기 전보다 열 배는 더 어리둥절해진다. 살아남기에는 일단 괜찮은 효과를 내는 곳이다. 심지어 변태적인 방법으로 위로받고 이해를 받았다는 느낌까지 든다. 그곳에서는 기괴한 자살 방법들을 놓고 꼼꼼하게 토론한다. 틈새를 막은 욕실에서 숯불을 피우고 질식사하는 것도 그 하나다. 믿을 수 없지만, 방독면을 이용하거나 치사량의 물을 마시는 방법도 있다. 더 이상 자세한 언급은 하지 않겠다. 그런 논의들로 몇 시간이 흐르고 나면 고통은 이런 의문이 생기면서 잠시 날아간다. 그럼 이제 어쩌라고?

나는 자유롭게 구입할 수 있는 진통제를 다량 복용하고 최소한 하루를 버티면, 약의 유효 성분으로 인해 회복할 수 없는 간 손상이 나타나고 결국 사나흘 안에 고통스럽지만 어쩔 수 없이 죽음에 이른다는 말을 들었다. 이 얘기가 오랫동안 인터넷을 떠돌아다녔기 때문에 제약 회사는 진통제 한 갑에 들어가는 약의 개수를 이미 열 알로 줄였다. 이 용량을 먹어서는 죽을 확률이 거의 없다는 말은 어디에도 적혀 있지 않았다. 아니면 내가 그냥 너무 둔해서 그걸 읽지도 못했을 수도 있고 읽었어도 이해하지 못했을 수 있다.

나는 약국을 돌며 알약을 사서 대량으로 비축하기 시작했다. 크게 급할 건 없었다. 그걸 정말로 먹을지 아닐지도 확실하지 않았다. 그러나 나는 약을 사서 모아놓고 싶었다. 나는 약을 부엌 개수대 밑에 쌓아두었다. 그리고 정말 그럴 의지가 생기면 지체 없이 실행에 옮길 생각이었다.

게다가 —— 이 지점에서 우리는 아바의 「페르난도」에 다가간다. —— 내가 쓰는 욕실 난방기 온도 조절기 꼭지에는 전선이 아래로 늘어져 있었다. 나는 거기에 올가미를 이어 붙였다. 내가 사는 집에는 어디에 밧줄을 고정할 다른 방법이 없었다. 숲에 가서 적당한 나뭇가지를 찾아낼 힘도 내겐 없었다. 결국 나는 욕실에서의 죽음을 연습했다. 거기에서 죽음의 경계선에 가까이 가고 싶었다. 그 경계선을 넘고 싶었다.

어렴풋이 죽음의 문턱까지 다가간 당시 상황이 어땠는지 나 자신은 알

길이 없다. 무위도식하며 연명하다가 죽으려던 건 나였는데 말이다. 나는 그걸 나 자신이 납득할 수 있게 설명할 수 없다. 그러니 그게 독자에게 가능하겠는가?

아니다. 그래, 지금 기억난다. 포츠담 가 건물에 붙은 돌림띠를 보았던 게 기억난다. 의미 없던 불빛이 기억난다. 깨지기 쉬운 시간과 공간의 특성이 기억나고, 공허함의 무게가 기억나고, 걸을 때 재킷에서 나던 바스락거리는 소리가 기억난다. 매번 힘들게 끌고 가던 발걸음이 기억난다. 폐의 압박, 사지의 마비, 믿을 수 없는 내 운명이 기억난다. 남들과 똑같은 부류에 속해 있지 않고, 그들로부터 떨어져 나와 산산조각 난 이음매 안에서 살고 있고, 더는 살 수 없다는 익숙한 느낌이 생각난다. 완벽히 배제됐다는 느낌이 기억난다.

이 글을 쓰는 지금도 그때와 동일한 감정을 다시 느낀다.

위에서 기술한 자살 방법들을 '소프트'하다고 부른다. 통계적으로 보면 여자들이 이 방법을 선호한다. 그러니까 자살 기법상으로 나는 여자이며, 내가 시도했던 방법들은 바깥에서 보면 그저 '호소'하려는 특성을 가지고 있다. 살려달라는 외침이라는 것이다. 하지만 그건 그렇게 간단하지 않다. 사라지려는 의지는 분명히 존재할 뿐 아니라 그 어떤 다른 의지보다 강하다. 단지 고깃덩어리가 되어 끝나고 싶지 않을 뿐이다. 혹시 일이 실패로 돌아가도 제발 방해하지 말아달라.

아는 사람이 조울증을 앓는 스위스 남성 안드레 리더를 가리켜 '비겁하다'고 했다. 리더는 안락사 시행 기관인 엑시트(Exit)의 도움을 받아 생을 마감했다. 유튜브에서 그에 관한 기록물을 볼 수 있다. 왜 비겁하다고 했을까? 남자다워야 하고 결단력이 있어야 하고 행동은 단호해야 한다는 인습적 사고는 왜 생겼을까? 여자는 조용히 음독자살을 해도 괜찮지만 남자는 윙윙 돌아가는 원형 톱에 몸을 던져야 하는가? 그렇다면 나는 당장 여자가 되겠다. 마지막 발걸음을 내디뎌 고층 건물에서 뛰어내리는 행동은 정말 용감하다. 하지만 그 반대 해석을 나는 하지 않겠다. 20년간 괴로움을 겪고 고통스럽게 고민한 끝에 약물로 생을 마감하겠다고 결심한 사람이 왜 겁쟁이가 되어야 하는지 나는 정말 모르겠다. 오히려 그게 갑작스러운 치명타보다 훨씬 일관성 있고 인간적이다.

(여담이지만, 앙드레 리더의 외양은 우리가 상투적으로 생각하는 쇠약하고 신경질적이고 늘 조급한 이미지보다 훨씬 더 전형적인 양극성 장애 환자의 모습이다. '곰 같은 남자'로 묘사된 리더는 둥글둥글 살이 찌고, 굼뜨고, 신체장애도 있는 거구에 공무원이나 보험설계사 같은 인상을 풍긴다. 그런 그의 모습과 부어 있는 얼굴에서 어떤 감정의 동요를 읽어내기는 어렵다. 하지만 그의 인생을 파괴한 것은 바로 강렬한 충동과 마음의 동요였다. 케이 레드필드 재미슨의 얼굴 표정도 비슷하다. 아니, 사실은 표정이 전혀 없다. 아일랜드 여가수 시네이드 오코너는 2007년에 자신이 양극성 장애 진단을 받았다고 공개했다가 2013년에 이 발언을 취소했다. 한때 세계 최고의 미녀 중 한 명이었지만 어느덧 몸이 무슨 덩어리처럼 뭉쳐지고 말았다. 인상이 거칠고 갑옷을 입은 것 같고 감정 결핍처럼 바뀌는 것도 우연이 아니다. 그건 이 사람들이 단지 내면에서만 경험하지 않은 수많은 죽음에 대해 이야기해준다.)

나는 목에 밧줄 자국을 남기지 않으려 했다. 쭈그려 앉은 상태에서 체중이 올가미에 실리고 반쯤 기절할 정도로 목을 조르는 동안 이따금 눈앞이 캄캄해졌다. 그 와중에 나는 슈탐하임 감옥에 있다가 역시 이 방법으로 자살한(아닌가?) 독일 적군파 여자 테러리스트들을 생각했다. 그리고 환풍기, 언제나 그렇듯이 자동으로 켜지는 냉소적인 환풍기가 있었다. 내 주변을 빙 둘러 하얀 타일이 붙어 있었다.

한번은 경계선을 훌쩍 넘어간 적이 있었다. 피가 응고하고 뇌는 벌써 기능이 멎었다. 그때 들려온 노래가 바로 「페르난도」였다. 이젠 그 노래가 어디에서 왔는지를 안다. 몇 년 전 캐시가 자신이 이 곡을 얼마나 좋아하는지를 웃으며 얘기했다. 우리는 그 노래를 기쁜 마음으로, 그리고 서먹한 마음으로 함께 들었다. 그 후로 나는 이 노래를 한 번도 생각한 적이 없었다. 그런데 지금 노래는 없는데 노래가 들렸다. 노래는 삶이 저승에 보내는 마지막 인사말처럼 들려왔다. '그날 밤하늘에 뭔가가 있었어 / 별이 밝게 빛났지 / 페르난도.' 나는 벌써 나를 아래로 끌어당겨 삼켜버린 캄캄한 어둠 속에서 다시 나를 끌어 올리고 숨을 들이마셨다. 빛이 돌아오고, 피가 흐르기 시작하고, 뇌에는 다시 시동이 걸렸다. 나는 당황해서 맨바닥에 쓰러져 누워 있었다. 이 노래가 내게 뭘 말하려는지 알지 못했다. 하지만 분명한 게 있었다. 그 노래는 조화롭게 더불어 사는 삶의 모습과 이어져 있었다. 삶이 활짝 열리고 올바른 길에 서 있는 시간과 이어져 있었다. 행복의 가능성이 죽어가던 의식 속으로 막판에 밀려 들어왔다. 그것도 내가 좋아하지 않던 노래를 통해서. 깊이가 없는 값싼 낭만이지만 오랜만에 절절하게 느껴지는 팝의 약속을 통해서. 나는 심호흡을 하고 일어났다. 노래는 계속 머릿속에서 돌아가게 두었다. 그런 다음 전선과 밧줄을 떼어내서 버렸다. 이건 아니었다.

이번에는 밧줄 자국이 남았다. 자기애가 강한 내 주치의는 그걸 보지 못했다. 나는 그에게 다시는 가지 않았다.

33.

나는 치료를 받으러 가지 않았다. 친구들은 대부분 그걸 경솔하다고 보았다. 나 같은 사람이 치료를 안 받는다고? 책임감이 없네. 정신분석가 그리고 말만 앞서거나 말수가 없는 의사들에 대한 내 반감은 물론 예전부터 있었다. 누가 그런 영혼 마사지를 받는지 한번 보라. 거의 모두가 받는다. 여하튼 내가 오래 살았던 크로이츠베르크에서는 그랬다. 그들은 본인의 이력을 고대 신화로 각색하고, 엘렉트라 콤플렉스를 서로 옷깃에 달아주고, 오이디푸스와는 친구로 지낸다. 일상의 대화는 복잡하기 이를 데 없는 성찰로 바뀌고, 술집 순례는 명상이라며 미화한다. 그들은 갈등을 해결하는 대신 의사를 찾아간다. 그러면 의사는 사물에 대한 그들의 견해를 다시 한 번 부풀려서 지원 사격을 해준다. 그렇게 그들은 자아가 충만한 작은 짐승이 된다. 그들은 그 자체로 사랑스러운 결함들을 의미심장한 인류의 서사시에 끼워 넣고, 잠재의식 깊숙한 곳을 헤집는 사이코드라마 작법 안에서 그 결함을 플롯 포인트[27]로 만들어 과장한다. 언제나 똑바른 인생 이력의 진부함을 견디지 못하는 것이다. 그 대신 아버지가 주는 생활비로 아버지의 과거 비행에 해설을 붙이고, 만신창이가 되도록 그 비행을 까발린다. 또다시 공허함이 무척 위태로우면서 흥미롭게 느껴질 때까지. 그들은 소리를 지르면 메아리가 울릴 수 있게 아무거나 심연을 열어젖힌다. 하지만 거기엔 아무것도 없다.

---

27) 플롯 포인트(plot point): 이야기에서 주요 사건이 발발하는 부분이자 줄거리 전체를 이끄는 에너지가 발생하는 지점.

그들은 아무 문제가 없는데도 그것을 아주 심각하게 받아들인다. 나는 오랫동안 그 반대 상황에 있었다.

34.

해결책이 찾아지지 않았다. 붙잡을 곳도 없었다. 죽음은 단지 미뤄졌을 뿐이다. 5월 1일이 되었다. 전통적으로 크로이츠베르크에서 베스텐타셴 혁명과[28] 그새 추가된 거리 축제가 열리는 날이다. 나는 그곳에 갔다. 하지만 사람들 틈에서 완전히 따로 놀면서 내가 그들과는 다른 공간에 살고 있다는 생각에 또 한 번 사로잡혔다. 나는 그들과 관계가 없었고 그들은 나와 관계가 없었다. 스테이크를 넣은 빵을 먹다가 이내 던져버렸다. 무대에서 무슨 음악이 울려 퍼졌다. 사람들이 생기 없이 북적거렸다. 비앙카, 크누트, 알료샤 그리고 나는 몇 년 전 여기에서 샴페인을 마시며 조금 왁자지껄하게 혁명의 전통 문화를 함께 즐겼다. 그러나 지금 나는 여기에서 죽은 고물에 불과했다. 다시 집으로 돌아왔다. 그리고 이걸로 끝이라는 걸 느꼈다.

「자루 속의 고양이」가 방영되고 있었다. 내가 아는 여배우 율레 뵈베가 나왔다. 이미 본 영화였지만 나는 다른 채널로 돌리지 않았다. 한 번 더 율레 뵈베의 젖가슴을 보고 싶었다. 자위를 했으나 헛수고였다. 그리고 알약을 먹었다. 한 번에 하나씩 200알을 훨씬 넘게 먹었다. 어쩌면 다

---

28) 베스텐타셴 혁명(Westentaschenrevolution): '조끼 주머니 혁명'. 진정한 혁명이 아니라 자그마한 혁명적 상황을 모방해 매년 열리는 행사.

시는 깨어나지 못할지도 몰랐다.

　그러나 다음 날 나는 극심한 통증을 느끼며 깨어났다. 온몸에서 알 수 없는 구역질이 났다. 이젠 그냥 버티면서 간이 망가질 때까지 기다려야 한다고 스스로 다짐했다. 하지만 지나고 보니 쉬운 일이 아니었다. 나는 한낮을 견디고 이른 오후까지 버텼다. 그때부터 참을 수 없는 상태가 되었다. 몸을 움직일 수조차 없었다. 고통이 밀려오고 맥박이 고동쳤다. 신경 하나하나가 다 메스꺼웠다. 몸에 있는 모든 구멍으로 구역질을 할 것 같았다. 나는 긴급 구조대에 전화를 걸어 내 몸 상태가 좋지 않다고, 자살 시도를 한 것 같다고 더듬거리며 말했다. 지금 와서 생각해보니 살려달라고 호소한 것이었다. 정말 가소로웠다. 그러나 나는 어차피 영웅이 아니다. 대체 '영웅'이란 게 무엇인가?

　전화기 저쪽에 있는 남자는 나더러 택시를 타고 병원에 가라고 했다. 이것도 기막히게 기괴했다. 나는 옷가지를 몇 개 추려 가방에 넣고 출발하려 했다. 우르반 종합병원은 멀지 않았다. 그러나 열 걸음을 걷자 이미 더는 어떻게 할 수가 없이 구역질이 났다. 나는 정말로 택시를 불렀다. 돈은 모자라지 않을 만큼 있었던 것 같다.

　응급실에서 내게 약용탄(藥用炭)을 주었으나 나는 곧 큰 소리로 웩웩거리며 다시 토했다. 그다음엔 링거 주사를 맞았다. 해독제가 한 방울씩 똑똑 떨어졌다. 간 이식이 필요한 모양이었다. 그러므로 나는 다른 병원 중환자실로 이원되었다. 이식 문제는 어떻게 되는 건지 알 수 없었다. 나는 아무 말도 하지 않고 묻지도 않은 채 병원에서 하는 대로 따라갔다. 정신이 거의 나가 있었다. 그러곤 새 병원의 4층 병실에 누워 있었다. 병실 창문은 잠겨 있지 않았다. 아이러니였다. 그와 동시에 지금이라도 본격적으로 해치울 수 있는 마지막 기회처럼 보였다. 그러나 나는 뛰어내리지 않았다. 옆에 누워 있는 중년의 과묵한 신사에게 그런 민폐를 끼치고 싶지 않았다. 핑계는 여전하군.

알료샤가 와주기를 바랐는데 결국 찾아왔다. 나는 내 담당 편집자와 통화했다. 어느덧 친근해진 그녀의 목소리가 위안이 되었다. 몇 시간 만에 가슴에 고름 주머니가 생겼다. 간은 벌써 회복 단계에 있다고 했다. 그 상태에서 보드카 반병을 마시면 간은 완전히 간다고 했다. 내 간이 아주 튼실하다고 했다. 내 인생은 왜 이리 광대극인가.

35.

우르반 종합병원 폐쇄 병동에서 몇 달이 흘렀다. 나는 거기서 하라는 대로 다 했다. 심지어 많은 의사들에게 신뢰까지 보냈다. 그들은 그 보답으로 내게 약을 한가득 안겼다. 나는 그걸 두말없이 삼켰다. 나는 안색이 창백한 애 같은 어른과 한 병실에 누워 있었다. 그는 다른 환자들에게 인종 차별적 발언을 하고 묻지도 않았는데 최고의 자위 장소를 추천했다. 나는 그것도 견뎠다.

운젤트 베르케비치[29]가 주어캄프 출판사에서 주는 약소한 장학금으로 나를 지원했다. 이걸 언급하는 이유는 나중에 우리 둘 사이가 처참하게 틀어져서다. 나는 그게 그녀 책임인 양 행동하고 싶지 않다. 지금

---

29) 운젤트 베르케비치(Unseld-Berkéwicz: 1948~): 독일의 출판인, 배우, 작가. 주어캄프 출판사의 대표.

기억을 떠올려보면 장학금은 내가 병원에 있을 당시에는 지급되지 않았다. 그때 나는 하르츠 IV[29]에 따라 아직 정부로부터 생활 보조금을 받고 있었기 때문이다. 훗날 구직 센터 직원은 보조금 액수를 전화로 꼬치꼬치 따지며 계산했다. 병원에 입원한 사람은 먹을 것을 제공받으니까 보조금의 대부분을 반납해야 한다고 했다. 거기에 이런저런 하루치 입원비와 병실료에 입원 기간을 곱하는 등 복잡했다. 여하튼 보조금은 큰 도움이 되지 못했다.

매점에서 콜라만 사고 신문은 사지 않았다. 콜라조차 마시지 못할 때가 부지기수였다. 과일 젤리는 가끔 먹었고 담배는 늘 피웠다. 폰 로초[31]의 기사가 지역 문화지 표지에 실렸다. 나는 《금요일》이라는 주간지에 지난번 발매된 토코트로닉 앨범에 대해 평론까지 썼지만, 그의 모습을 보고도 전혀 연대감을 느끼지 못했다. 팬심은 어림도 없었다. 한번 파괴되니 나중에도 회복하기가 불가능했다. 그 대신 추락한 팝 가수 요아힘 도이칠란트가 옆 병동에 수용되었다.

내가 사는 집 맞은편에 있는 심야 영업 편의점 주인의 아들인 세놀과, RTL[32]과 인디 영화를 오가며 활동하던 배우도 환자로 와 있었다. 우리는 병동에서 많은 대화를 나누었다. 그러다 병동 밖으로 나가면 서로 모

---

30) 하르츠(Hartz) IV: 게르하르트 슈뢰더 전 총리가 이끌던 사회민주당과 녹색당 연립 정부에서 2005년에 도입한 정책. 종전의 영세민 보조금과 실업 수당을 통합해 저소득층 및 실업자에 대한 복지 급여 혜택을 강화했다.

31) 디르크 폰 로초(Dirk von Lowtzow: 1971~): 독일의 록 밴드 '토코트로닉(Tocotronic)'의 기타 연주자이자 가수이며 작곡가.

32) RTL: 라디오 텔레비전 룩셈부르크(Radio Télévision Luxembourg)의 약자. 유럽의 민영 방송.

르는 체했다. 이런 비밀주의는 건전하지 않다. 세놀은 아마 다른 이유에서 이 문제에 관해 이야기할 게 있었을 테지만, 안타깝게도 그렇게 하지 못했다. 그는 나중에 자살했다.

내가 있던 곳은 3인실이었다. 편집성 조현병 환자가 있었다. 나는 굼뜨지만 온순한 변호사였던 그와 주기적으로 체스를 두었다. 그를 미치게 한 것도 역시 인터넷이었다. 내가 그의 홈페이지에 가보았다고 하자 그는 전날 내게 홈페이지 주소를 직접 알려주었으면서도 몸을 움찔했다. 그가 인터넷을 통해 감염되었다고 믿은 컴퓨터 바이러스가 그의 사고 속으로 침투했다. 그러나 나는 그가 건강을 회복하고 마음의 평정을 되찾을 걸로 예측했다. 그는 결코 절망적인 상태에 있지 않았다.

반면에 환자의 3분의 1가량은 완전히 달랐다. 이른바 '회전문 환자들'은 귀청이 찢어질 정도로 요란했다. 병에서 헤어나지 못하는 사람들, 몇 달이 지나면 다시 들어오는 사람들, 이런 발작 증세에 수반되는 장애 요소가 이미 실존을 완벽히 좀먹은 사람들이었다. 그들의 코는 파열되고, 피부는 부풀어 오르고, 논리적 사고는 대폭 망가졌다. 돌이켜보면 가슴이 아프다. 하지만 그때는 나 역시 그들 중 한 명이나 다름없었다.

기억은 이렇게 끝없는 단조로움 속에서 닳아 없어진다. 지각 작용이 둔해졌다. 전부터 우울증 때문에 성능이 떨어졌던 머리는 기분 안정제, 선택적 세로토닌 재흡수 억제제(SSRI) 그리고 기분 향상제에 의해 화학적으로 볼모 잡힌 상태가 되었다. 다른 환자와 내가 텔레비전 프로그램 『라프를 이겨라』를 끝까지 볼 수 있게 해준 간호사에게 고마운 마음을 전한다. 아침을 먹고(롤빵이 하루의 유일한 하이라이트였다.), 흡연실에 가고, 10분간 무슨 운동을 했다. 작은 실내 체육관에서 다른 환자들과 떨어져 곤봉과 공과 리본으로 하는 리듬 체조 대신 필라테스용 소프트볼을 몇 번 농구 링에 던져 넣는 순간 아픔이 목까지 차올랐다. 한때는 나도 농구를 했다. 학교 다닐 때부터 농구 선수였다. 그런 내 모습이 그토록 멀게 느껴진 적이 없었다.

어느 날 에이전시 대표 로베르트가 찾아와 나를 다시 집으로 데려다주었다. 이웃 중에서 나보다 몇 층 위에 사는 카를 우베는 크로이츠베르크의 나이 든 슈폰티[33]였다. 맞은편 집에는 예술가인 페트라가 살고 있었다. 두 사람은 안뜰에서 나를 다시 보고 경악했다. 처음엔 내게서 풍겨 나왔을 법한 새로운 테러의 위협이 두려워서였고, 그다음엔 내가 발산한 회복 불능의 분위기 때문이었다.

나는 뭐든지 했다. 어쩔 줄을 몰랐지만 그래도 살아 있었다. 몇 주 동안 주간 병원에도 다녔다. 내가 좋아했던 의사 한 명이 그곳으로 옮겨 진료하고 있었다. 목소리가 밝은 진정한 박애주의자였던 그는 인도주의 정신과 거리감을 적절히 섞어 환자를 대했다. 햇빛이 위에서 내리비쳤지만 그건 우리 환자들과는 무관했다. 병원에서는 늘 뭔가를 시켰다. 도자기를 만들고, 뜨개질을 하고, 뭔가를 줄로 다듬게 했다. 나는 그게 싫어서 꽁무니를 빼고 차라리 그림 그리기를 택했다. 그래도 나는 주간 병원에 계속 다녔다. 어느 여성 조증 환자가 무조건 모든 환자들과 함께 「모모」를 보겠다고 고집을 피웠다. 나는 한숨을 쉬며 함께 영화를 보았다. 미하엘 엔데, 이건 순전히 당신 때문이야.

차츰 글을 다시 쓰기 시작했다. 「중유럽」 번역이 잠시 보류된 후(이 책

---

33) 스폰티(Sponti) : 정치적 좌익 집단, 또는 그 추종자.

은 여러 번역가를 피폐하게 하더니 드디어 몇 년 뒤 상당히 훌륭한 번역이 되어 나왔다.), 일감 창출 차원에서 「어디로든 떠나기」를 번역하면 어떻겠냐는 제안이 들어왔다. 이것 역시 윌리엄 T. 볼먼의 작품이었다. 그뿐만 아니라 지난번 조증이 막바지에 이르렀을 때 나는 이본느의 제의로 예술인 마을 쇠핑겐 체류 프로그램에 참여하기 위해 지원서를 보냈다. 처음 들어보는 곳이었다. 이본느도 지원했다. 그런데 어이없게 나는 통과되고 이본느는 떨어졌다. 나는 그 상황에 어떻게 대처해야 좋을지 몰랐다. 그래도 될 대로 되라는 심정으로 그곳을 향해 떠났다.

36.

기차역, 차가운 불빛이 비추는 상품 진열장, 비닐로 밀봉한 그 안의 물건들. 구매 명령이 떨어진다. 소외된 상품들. 늦었다는 신호가 울린다. 선로에 서서 기다린다. 무엇을? 아마 기차이겠지. 나는 유령이다. 그런데도 몸의 무게가 느껴진다. 그러니 유령일 리가 없다. 그렇다면 무엇일까? 불친절한 장소에서, 작은 틈과 좌석에 몸을 바짝 붙인다. 슬픔에 포위된다. 아무것도 허락하지 않는 슬픔, 아무 의미도 없는 곳에 머물러 있는 슬픔. 주머니 속의 책 한 권. 읽을 수가 없다. 머리가 닫혀 있으니까. 세상으로부터 고립되어 있으니까.

37.

예술인 마을에 있는 조용하고 평범한 건물. 체류자 숙소가 딸린 그 건물에서 나는 빈둥빈둥 지냈다. 이따금 사람들 틈에 끼어 바비큐 파티를 하고 담소를 나누고 가끔 술을 마셨다. 하루하루가 똑같은 모양으로, 속이 다 비치도록 방울져 내려 공허함 속으로 들어갔다. 언젠가 밀밭을 거닐었지만 두 번 다시는 가지 않았다. 이를 악물고, 밥을 먹고, 더 많이 먹고, 많은 것을 생각하지 않고, 여기저기 돌아다니고, 누워 있고, 맞은편 슈퍼마켓에 가고, 누워 있고, 맞은편 슈퍼마켓을 피해 다녔다.

슈퍼마켓, 슈퍼마켓, 슈퍼마켓. 사실 내 일평생은 내가 삽화기마다 자주 방문했던 슈퍼마켓을 따라 묘사할 수 있다. 그리고 그 슈퍼마켓에 대한 증오를 얘기하며 묘사할 수 있다. 그 증오는 각 슈퍼마켓을 방문할 때마다, 모든 삽화기마다 개별 슈퍼마켓의 특성에 물든 고유의 뉘앙스를 보여주었다. 슈퍼마켓의 특색 없는 조명 속에선 좌절, 절망, 고공비행, 무관심이 일어나거나 일어나지 않았다. 쓸모없지만 꼭 필요한 쇼핑 카트 속의 물건들을 바라본다. 물건이 든 카트를 끈끈한 바닥 위로 계속 잡아당긴다. 쓸모없지만 꼭 필요한 내 생각의 내용물을 끈끈한 의식 속에서 잡아당기듯이. 이 쇼핑 카트들, 이 노르스름한 유리에서 나오는 불빛들. 저기에 피자가 있고 여기에 세제가 있다. 대부분의 물건은 기억나지 않는다. 고가 제품의 쇼핑 낙원이든 고약한 냄새가 나는 싸구려 할인점이든, 늘 똑같은 굴욕감이 생긴다. 나는 쇼핑을 한 뒤부터 쇼핑하는 걸 좋아하지 않는다. 나는 늘 엉뚱한 곳에 가 있다. 될 수 있는 한 빨리 그곳에서 나와야 한다.

그래서 슈퍼마켓에 가지 않고 누워 있다. 콘플레이크를 게걸스럽게 먹는다. 죽고 싶은 마음.

한 해 전에 또 미쳤었다는 것, 안팎으로 모든 걸 잃어버렸다는 데서 온 충격의 여파가 뼛속까지 들어찼다. 그 뼈 주변으로 초콜릿에 중독돼 금방 지방이 생겼다. 옛날 형태 주변으로 기름기가 생겨 두더지처럼 변했다. 게으르게 무위도식하는 생활. 영국에 있는 피비와 겨우 채팅만 한다. 저녁에는 사람들과 이야기를 나누지만 언제나 그렇듯 모든 게 낯설다.

어느 날 밤 어머니가 기진맥진해서 전화를 걸었다. 자살하겠다고 했다. 그 자리에서 당장. 이모들이 신경 써서 어머니를 입원시켰다.

다음번에는 무슨 일이 생길까 생각해보았다.

38.

건강은 부분적으로만 나아졌다. 1999년 발작 후의 몇 년은 몸이 완전히 회복된 시기였다. 그땐 미래가 열리고 가능성이 충만한 삶을 살았다. 진정한 인간관계를 맺었고 정신과 기분은 사실 남김없이 회복되었다. 그저 청소년기의 지옥에서 얻은 두려움으로 가볍게 상처가 났을 뿐이었다. 그에 비해 지금은 근본부터 파괴되었다는 생각이 남아 있다. 그 생각을 떨쳐내지 못했다. 파괴된 것을 다시 완벽히 이어 붙일 수가 없었다. 조각들이 서로 맞지 않았다. 그래도 나는 빈사 직전에 있는 용기를 다시 내고 새로 기운을 차렸다. 그건 나 자신의 운명에 대한 반항심과 실존적 고집에서 나왔다. 어디 한번 보자. 나 같은 비정상적인 녀석에게도 존재의 자격이 있는지.

장학생 숙소는 조용했다. 나는 글을 쓰고, 새로운 글에 대해 생각하고, 노트북으로 앨프리드 히치콕의 초기작을 보았다. 조증을 겪을 당시 이유도 모르고 구입한 영화였다. 켈만과 글라비니치의 작품을 읽었지만 얻는 게 없었다.

뒤셀도르프 극장에서 열린 작가 실험실에 참여했다. 우울증 증세가 있는 젊은 극작가들로 구성된 모임이었다. 나는 밝고 무척 영리한 세미나 지도자 토마스 요니크의 존재 자체에서 즐거움을 얻었다. 성공적인 삶은 분명히 가능해 보였다. 그런데 쓸 만한 드라마가 나오지 않았다. 세 번 반 정도 시도했으나 단조로운 단막극만 나왔다.

예나 테아터하우스에서 집단 창작극을 써달라는 요청이 또 들어왔다. 나는 그러겠다고 했다. 예나에서는 극단 사람들과 함께 지냈다. 재미있는 사람들이었다. 분위기가 밝았다. 뭔가 어긋나는 일도 없었다. 희곡은 프랑켄슈타인 이야기를 옮겨 쓴 것인데 그쪽에서 좋다고 했다. 그 외에 공상 과학 소설을 드라마로 만들었다. 이 창작을 통해 나는 형식상 많은 것을 배웠다. 도움이 되는 작업이었다.

그리고 다시 베를린으로 돌아왔다. 얼간이들이 둔해빠져서 몰려가는 곳으로. 나는 콧부서 토어에 있는 집에서 일상을 견뎠다. 내가 보기에 그곳은 파손된 호텔 방 같았다. 그러나 크로이츠베르크에 있을 때는 상당히 기분이 좋았다. 크로이츠베르크는 말하자면 제2의 고향 같은 곳이다. 이런저런 사연을 겪은 괴물과 별종들이 가득하다. 나는 몇 군데 바는 피해 다녔다. 그곳은 서서히 관광객들이 점령했다.

새로운 창작으로 가득하거나 아니면 공허로 가득한 날의 연속 중 하나를 택해야 했다. 나는 창작 쪽으로 결정을 내렸다. 시내에 있는 바에 가서 동반 질환으로 가끔 반(半)조증의 착란 상태가 나타날 때까지 술을 마셨다. 그러면 이튿날에는 그만큼 더 무자비한 실존적 숙취가 나타나 견딜 수가 없었다. 그러나 나는 잊고 싶었다. 힘을 쓸 수 없는 이 세상에서 내게 무슨 낙이 더 있겠는가? 병을 앓지 않았어도 이 세상은 견디기 힘든 곳이었다.

증인의 말을 한번 인용해보자. 에드거 앨런 포가 말했다. "그러나 나는 기질적으로 예민하고 비정상적일 정도로 신경과민이다. 나는 정신 이상에 빠졌다. 중간에는 잔인하게도 정신이 아주 말짱한 긴 휴지기가 있었다. 의식이 완전히 없어지는 발작 상태에서 나는 술을 마셨다. 얼마나 자주, 얼마나 많이 마셨는지는 모른다. 당연히 내 친구들은 술 때문에 정신 이상이 생긴 것이지 정신 이상이 생겨서 술을 마신 건 아니라고 했다." 너는 아직도 술을 마시는가, 아니면 벌써 미쳐 날뛰는가? 너는 아파서 술을 마시는가, 아니면 술을 마셔서 아픈가?

나는 「공간 요구」로 두 개의 상을 받았다. 뜻밖이었고 기뻤다. 그에 뒤따른 경험들이 당초 내가 그려보았던 것보다 훨씬 수수하고 싱겁고 평범했지만 말이다. 브레멘 문학상 장려상에 대한 수상 소감을 쓰려 했으나 잘 생각나지 않았다. 대체 무슨 말을 해야 할까? "문제가 생기면 그 문제를 문제로 삼아." 요니크가 조언했다. 나는 그의 말대로 했다. 지금도 나는 그렇게 한다. 당시 나는 강연이나 낭독회에서 아직 공황 발작을 일으키지는 않았다. 수상 소감은 무사히 마쳤다. 내 앞에는 명망 있는 노령의 인사들과 시상식에 강제 동원된 학생들이 앉아 있었다. 시청 건물에서 식사할 때는 로타어 뮐러 기자 옆에 앉았다. 그는 보토 슈트라우스[34]와 미국에 대해 흥미로운 이야기들을 들려주었다. 그에 반해 나는 겁먹

---

34) 보토 슈트라우스(Botho Strauß : 1944~): 독일의 소설가이자 극작가.

은 아이처럼 침묵했다.

시청 건물 앞에서 어느 미친 여자가 나를 붙잡고 집요하게 말을 걸었다. 우리 두 사람의 얼굴에 드리워진 그림자가 서로 상대방을 향해 움직였다.

이 모든 것의 의미가 뭔지는 알 수 없었다. 그러나 나는 그렇게 흘러가는 대로 내버려두었다.

39.

2008년과 2009년. 총질이 시작되었지만 나는 쓰러지지 않았다. 여름이다. 조금이나마 다시 여름의 조짐이 느껴졌다. 저녁에는 운하를 따라 걸었다. 모든 이들과 떨어져 있었지만 함께 있었다. 집을 조금 수리했다. 어머니는 병에서 회복되었다. 나는 「식스터」를 손질했다. 카페에 있는 사람들을 보며 그들이 거기에서 뭘 하는지 궁금했다. 여전히 소심한 채로 동네를 한 바퀴 돌았다. 다시 책을 많이 읽었다. 아직 꼴이 갖춰지진 않았지만 적어도 단편적인이나마 내용이 드러나고 있다.

나 자신에 대한 실망과 소외감. 그렇게 멍청한 생각을 하고 말도 안 되는 짓을 했다는 고통. 대부분의 인생 계획에 가위표를 친다. 그래도 버티고 일어나서 새로운 목표 달성을 꿈꾼다. 하지만 일반적인 삶의 의미와 목표 지향적인 인생 이력을——그런 게 있다면——상실했다는 느낌이 끊이지 않는다. 가슴 안쪽에 생긴 균열. 끝없는 실망감. 일어난다. 다시, 또 다시 일어난다. 중력을 거슬러서 일어난다. 그냥 영원히 누워 지내고픈 욕망, 지금도 누워 있고 싶은 욕망을 거슬러서 일어난다. 겨우 커피

세 잔을 마셨는데 나중에 미열이 생겼다. 반갑게도 분주한 일상. 감정의 기복이 여전하다. 내 질환 특유의 감정의 상승과 하강이 아직도 소규모로 일어난다. 이행하기가 좀처럼 쉽지 않겠지만, 나 자신에게 구조를 부과한다. 자아 상실을 일에서 찾기, 다른 것에 몰입할 때 피아니스트가 연주하는 순간을 느끼기. 그러나 구조는 위험하기도 하다. 그게 언제 스트레스로 변할까? 이 관료적인 의무가 언제 마음을 짓누르는 재앙으로 변할까? 건강상의 이유에서 잠을 푹 자는 건 언제나 바람직하다. 단지 스트레스에 주도권을 넘기지 않으면 된다. 그러나 너무 많이 자도 좋지 않다. 그렇게 하면 우울감으로 기분이 불쾌해지고, 그것을 막으려는 방어 반응이 조증을 일으킬 수 있다. 반대로 잠을 너무 적게 자면 당장 조증이 닥칠 위험이 있다. 이런!

의무적인 과제처럼 사람들 틈으로 들어가기. 대화에 빠져 나 자신을 잊기. 실용적으로 생각하고 어떻게든 바깥일에 참여하기. 그렇게 하다 보면 모든 게 겉보기와 달리 그리 나쁘지만은 않을 거라 느껴진다.

40.

멍청한 짓이었지만, 나는 약을 끊었다. 약을 영원히 복용하고 싶진 않았다. 머잖아 다시 망상이 덮칠 수 있다는 생각은 하지 않았다. 어차피 나는 지난번 삽화기에 너무 많이 파괴되었다. 또 감정이 솟구쳐서 나를 공격할 만큼 인체 시스템이 충분한 에너지를 생산할 수 있을까? 내 온몸은 너무 활기가 없었고, 너무 살이 쪘고, 약했고, 약으로 무력화되었고, 볼품없이 부어올랐다. 사고 작용도 똑같았다.

평생 약을 복용해야 한다는 사실을 납득하기란 쉽지 않다. 의사들도 그래야 한다고 단호하게 말하지 않는다. 이 문제는 간단하다. 양극성 장애는 때론 심각하고 치명적으로 진행되는 재발성 질병이다. 따라서 이 병은 보통 간헐적 치료가 아니라 평생에 걸친 약물 치료가 필요하다. 그러나 당신이 부작용으로 똘똘 뭉친 덩어리처럼 느껴질 때 이 약을 한번 삼켜보라. 젊을수록 약의 평생 복용을 받아들이기가 쉽지 않다.

나는 약을 서서히 줄였다. 기분 안정 작용이 있는 항경련제 오르피릴은 물론이고, 세로토닌 재흡수 억제제도 차츰 먹지 않았다. 그 결과 머리와 몸에 작은 전기 충격이 오는 브레인 잽스(Brain Zaps)가 나타났다. 세로토닌 재흡수 억제제 중단에 따른 이러한 현상은 어느덧 공인을 받아 기술되어 있지만, 당시만 해도 그렇지 않았다. 의사들에게 이 증상에 대해 이야기하면, 그들은 의심하는 눈으로 나를 쳐다보았다. 나와 친분이 있는 약리학자가 연구해 밝혀낸 바에 따르면, 브레인 잽스는 확실히 인정을 받았지만, 공인된 부작용 목록에는 올라가 있지 않았다. 로비와 거짓말과 돈의 삼박자였다. 브레인 잽스는 2~3주가 지나면 다시 사라진다. 위험하지도 않다. 그러나 브레인 잽스는 머리가 감전되고 그 충격이 사지로 뻗어나가는 무척 불쾌한 느낌과 함께 상당한 과민증을 일으킨다. 내가 아직도 나 자신을 통제하지 못하는 걸까? 이 모든 게 단지 신경 화학 물질이 벌이는 도박판일까? 안에서 나오는 이 전기 충격은 또 뭐란 말인가!

나는 영문도 모르고 기다렸다. 나는 그저 견디기만 했다.

내 주변에서 시민적 삶이 꾸려졌다. 그걸 결혼이라고 부르지 아마. 거기엔 아이도 있고 구조도 있고 미래도 있다. 내게는 현재조차 없는데.

41.

방금 '시민적 삶'에 대해 쓰면서 나는 잠시 아비투스[35]의 차이에 대해 생각했다. 그리고 저도 모르게 부르디외의 책 「구별 짓기」를 꺼내 읽으려고 했다. 하지만 그건 생각만으로 그친 의식 이전의 소망이었다. 이룰 수 없는 바람이었다. 어디로 손을 뻗어 꺼낸단 말인가? 아무것도 없었다. 내 장서에는 부르디외의 책이 서너 권 있었지만 지금은 모두 사라졌다. 가령 어제 밥 딜런의 자서전인 「연대기」처럼, 내가 소장했던 어느 책의 표지가 눈에 띄면 미세한 아픔이 나를 관통한다. 전에 갖고 있던 책과 똑같은 것과 마주칠 때면 나는 금방 알아차린다. 나는 내가 소장했던 책들을 수동적으로 모두 알아본다. 그 상황은 그치지 않고 계속된다.

42.

알료샤와 나는 2009년 크리스마스 때 터키의 이스탄불로 날아갔다. 우리는 그랜드 호텔 드 롱드레에 방을 얻었다. 영화 「벽에 기대어」의 배경이 된 곳이다. 우리는 도시를 탐문했다. 이스탄불은 예상보다 훨씬 분주하고 사람들로 넘쳐났다. 과연 대도시다웠다. 우리가 흐르는 세월 틈에서 살고 있듯이 이스탄불 역시 수많은 세월 속에서 오늘도 아니고 어제도 아닌 모습, 어쩌면 둘 다의 모습을 보여주었다. 우리는 베이

---

35) 아비투스(habitus): 프랑스의 사회학자 부르디외가 제창한 개념. 현대 사회에서 각 계급 구성원들이 공통적으로 향유하는 구조화된 성향 체계와 문화.

욜루를 거닐고, 터키산(産) 에페스 맥주를 들고 대학생들이 많이 모이는 곳을 돌아다니고, 갈라타 다리 위에서 생선을 먹고, 톱카프 궁전에 있는 검을 구경했다. 연락선을 타고 나서야 우리는 도시가 얼마나 혼잡했는지를 깨달았다. 분주한 이스탄불 시민들은 배에 올라타야 조용해지고 심호흡을 할 수 있을 것 같은 느낌이 들었다. 멋진 날들이었다.

돌아오는 비행기 안에서 나는 그저께 밤부터 계속 피곤하고 지친 상태에 있었다. 그걸 보고 알료샤 옆에 앉은 승객이 친구에게 무슨 일이 있냐고 물었다. 아무 일도 없어요. 아무 일도. 내가 말했다. 무슨 일이 있을 게 뭐가 있겠는가.

12월 31일에 나는 길을 잃었다. 사방에 눈이 왔다. 파티가 열린 헬름홀츠 광장 주변을 잘 아는 나였지만, 친구들이 보이지 않았다. 택시를 탈 생각도 하지 못할 정도로 나는 너무 조바심을 냈다. 나는 그냥 걸었다. 휴대폰은 인터넷이 되지 않았다. 나는 진창에 빠졌다.

미래는 소심하게 열려 있었다. 새해에 나는 이런 생각을 하며 예나 테아터하우스를 위한 새로운 희곡 「심장은 더러운 남창」의 마지막 줄을 완성했다. 작품은 통속 멜로드라마가 되었다. 통속 코미디와 멜로드라마의 잡종이었다. 극장 문이 수시로 열리고 닫히는 가운데 초록색 야회복을 입은 사람이 내뿜는 담배 연기의 파토스가 있는 드라마였다. 내게 새로운 아이디어가 떠올랐다.

얼마 후 그 아이디어가 급작스럽게 중단되고 조증이라 부르는 불합리하다 못해 치명적인 파쇄기에 잘려나가리라는 걸 나는 알지 못했다. 나는 아는 게 너무 없었다. 하루하루가 다가와 나를 뚫고 지나갔다. 어쩌면 내 머리 위에서 초읽기가 진행되는 건지도 몰랐다. 나는 알료샤와 크누트를 '알트 베를린'이라는 바에서 만났다. 그들은 나중에 생각해보니 (나중에 생각하는 건 언제나 쉽다.) 내가 그날 저녁 또 '다른 사람'처럼 굴었다고 말했다. 그리고 그건 내가 줄기차게 얘기한 나의 새 블로그에도 원인이 있다고 했다. 그 모든 얘기에 나는 긍정도 부정도 하지 않았다. 하지만 뭔가 심상치 않은 일이 벌어지고 있었다. 나는 특히 내 블로그로 또는 약 복용 중단으로 그 심상치 않은 일을 도발했다.

신이 기다리고 있었다. 파국이 기다리고 있었다.

2010년

01.

"어허힘"

벌써부터 사방에서 웅성거리고 버스럭거리고 따다닥거리고 쩍쩍거리던 목소리들 틈에서 드디어 한 사람의 목소리가 쭈뼛거리며 다시 고개를 들었다. 목소리가 아직 잔뜩 쉬어 있다. 처음으로 헛기침을 한다. 마이크 테스트, 하나 둘, 하나 둘, 아 아아. 어쨌든 기술적으로는 문제가 없는 것 같다. 그럼 이제 시작하려나? 이제 시작인 건가? 그런데 뭘? 꼭두각시들이 말없이 고개를 끄덕였다. 이야기를 시작해. 전에 분명히 여기에 왔던 적이 있어. 내가 중얼거렸다. 하지만 그게 정확히 어디였는지는 하나도 생각나지 않아. 나는 속으로 생각했다. 한 음절을 말할 때마다 축축한 땅에서 한 발자국을 내딛는다. 나무들이 경계선을 치고 있는 저 너머에서 12월 31일을 장식하는 마지막 폭죽이 요란하게 터졌다. 젊은 터키 아이들은 그걸 야비하게 비축했다가 바로 지금 이 순간에 불을 붙여 눈으로 질퍽해진 채로 폭발시키기에 안성맞춤이라고 보았다.

그럼 책이 출간될 때까지 계속 이렇게 지내야 한단 말인가?
그런데 당신은, 바로 당신은 또 인터넷을 한단 말이지?
당신도 알잖아. 당신이……. 뭐라고 해야 좋을까. 안 그래?
그 외에는 잘 지내지?

어느덧 머리에 처음 들어찬 압력과 모호함이 호흡 곤란을 살짝 누그러
뜨렸다. 아, 이 모호함은 블로그에 글을 몇 개 더 쓰는 동안 먼지바람을
조금 일으킨 다음 사라질 거야. 나는 모호하게 나 자신을 위로했다. 그
리고 모든 걸 단번에 말하고 싶은 충동도 사라질 거야. 「식스터」에 돌아
온 걸 환영해. 내 손가락이 말했다. 책이 탄생할 때 만든 블로그에 온 걸
환영해. 모든 약점과 결점을 기억하면서도 거창하고 조야한 것으로 기우
는 블로그에 온 걸 환영해. 당신은 아직 여기에 와본 적이 없다고? 너무
편하게 생각하지 마. 나는 벌써 내 말투가 잘못되었다고, 훔쳐온 거라고,
너무 우아하다고, 아니면 우쭐해하는 거라고 책망하고 싶다. 내 자리가
아닌 곳에 잘못된 내 자리를 정해주는 말투라고 힐난하고 싶다. 그러나
자리는 충분해. 아니, 자리는 아주 많아. 걱정하지 마. 젊은이, 그냥 시작
해. 거리낌 없이 마음대로 해. 이상하다고 느껴봐. 그리고 질병에게 서서
히 발언권을 돌려줘. 무엇이 너를 침묵하게 했는지 들려줘.

'만일 우리가 다시 만난다면, 내 시간은 2010년에 올 것이다.' 전에는
'만일~'로 시작되는 문장이 배타적이고 완전히 비현실적이라고 느껴졌

으며, 심지어 마음속으로는 완전히 돌이킬 수 없는 실현 불가능한 소망의 조건문으로만 생각했다. 그러나 다행히 지금은 얼마든지 가능성이 있는, 시제를 표현하는 문장으로 바뀌었다. 다시 말해 때가 되면 그렇게 될 수 있다는 뜻이다. 마지막에 가서는 모든 걸 올바로 판단할 것이다. 마지막에 가서는 충분히 말하고 충분히 성찰할 것이다. 마지막에 가서는 언젠가는. 다시 일렉트로 음악으로 말하자면, 바이러스 같은 작은 입자들이 마찰과 긴장 상태에서 서로 효과를 증대시키거나 상쇄시킨다. 대부분 둘 다일 것이다. 그리고 마침내 내 인생의 소설로 굳어져 쓰이고 말 것이다. 그러면 이 블로그는 거기에 딸린 현실과 상상 속의 모든 기능과 함께 없어질 것이다. 그러면 우리는 계속 지평선을 바라보다가 마침내, 마침내 픽션의 세계로 들어간다. '기다려봅시다. 그럼 알게 되겠지.' 축구 황제 베켄바워는 특유의 자기도취와 여유로움에 빠져 시동의 머리를 한 사람들에게 이렇게 받아 적게 했다. 물론 당연히 이탤릭체로. 맞아. 완전히 이탤릭체로. 신사 숙녀 여러분, 정확히 이탤릭체, 이탤릭체, 이탤릭체입니다. 건식 소화전. 그가 벌써 앙상하고 쇠약한 모습으로 재빨리 덧붙였다. 비트겐슈타인, 유리병 속의 파리, 앞에서 말한 기능들의 소화전 같은 성질 때문이야. 이젠 사라질 거라고 약속한 기능들이야. 위로 올라가는 것은 금방 파괴되니까. 곱슬머리의 순진한 바보는 귀를 기울여 경청하며 연필을 깎았다. 전신 스캐너가 윙 소리를 내며 다가왔다. 시작에 뒤따르는 즐거운 우울증이 내가 '구멍'이라고 부르는 집에 불어왔다."

(2010년 1월 1일 내 블로그에 쓴 첫 번째 글)

253

02.

나는 드라마투르크, 연출가, 무대 디자이너와 함께 '쿠헨 카이저'라는 음식점에 앉아 있었다. 내가 벌써 빗장을 단단히 걸어 잠그고 있었나 보다. 다시 뭔가 속에서 부글부글 끓어올랐다.

그래도 나는 토론에 참여해 대화를 나누며 모든 가능성을 열어두었다. 그런데 반대에 부딪혔다. 그러니까 내가 참여하기 전에 벌써 전선이 형성되어 있었던 것이다. 극작술과 텍스트 대 연출과 무대 디자인의 전선이었다. 연출가와 무대 디자이너는 분명하게 텍스트에 반대했다. 그들은 텍스트를 좋아하지 않았다. 그 이유는 그들도 몰랐다. 또는 이유를 말해주려 하지 않았다. 아니면 텍스트를 좋아하지만 왠지 거기에 반대하겠다고 결심했다. 아니면 자신들도 잘 몰라 입장을 정하지 못하고 있다가 예방책이랍시고 말도 안 되는 쌀쌀맞은 태도로 철벽을 친 것이다. 그들은 내 맞은편에서 매우 모호한 표정을 짓고 앉아 변덕스러운 오만함을 발산했다. 요점도 없고 방향도 없는 그 태도에 나는 짜증이 났다. 얼굴만 대충 아는 무대 디자이너는 그간 하고 다니던 헤비메탈 가수들의 땋은 머리를 자르고 이젠 앞머리를 올린 펑키 언더컷을 과시했다. 그 모습이 네온 불빛으로 범벅된 80년대 뉴웨이브 술집에서 튀어나온 사람 같았다. 자신감 없는 시골뜨기들이 처음으로 대도시 사람 흉내를 내는 선술집 말이다. 그러나 우리가 있는 곳은 2000년대 크로이츠베르크의 조금 격식을 차리는 음식점이고, 지금은 단지 새로운 텍스트와 그 극화에 대해 논의하려는 참이었다. 기괴했다.

물론 그런 전선은 극장에서는 일상다반사다. 연출가들은 작가를 자연스레 적으로 여기고 작가는 연출가를 필요악으로 생각한다. 특별할 것 없는 일이었다. 다만 오케스트라 피트에서 벌어지는 싸움에서와 같은 일상의 자만심을 그 두 사람이 무리하게 드러냈을 뿐이다. 아니나 다를까, 드라마투르크는 나중에 '그 새파랗게 젊은 예술가 애들' 때문에 흥분했다. 나는 싱긋 웃었다. 그리고 그들의 태도를 나 혼자만 이렇게 해석한 게 아니었다는 생각에 마음이 가벼워졌다.

그런데도 나는 뭔가 예민해졌다. 나는 연출가와 무대 디자이너가 나타난 게 무척 언짢았다. 그들의 자만심을 관찰하니 평소와 달랐다. 그들은 부자연스러운 몸짓으로 대단히 강한 신호를 내보냈고 의기양양한 표정 연기로 나를 무시했다. 가소롭다는 표정이 역력했다. 나는 그들이 그렇게 행동하는 이유를 찾아보았다. 희곡 때문에 그런 것 같지만은 않았다. 그랬다면 그건 야비한 짓이었다. 그때 떠오르는 생각이 있었다. 혹시 저들이 벌써 내 블로그를 읽고 두려워하는 걸까?

03.

나는 12월에 블로그를 —— 이런 표현이 맞는다면 ——프로그래밍했다. 여하튼 온종일 소스 코드를 수정하고, 주어진 색깔을 바꾸고, HTML 문서에서 성가신 삽입구를 삭제했다. 모든 걸 직접 해가면서 배웠다. 블로그는 새해에 인터넷에 띄울 예정이었다. 실제로 나는 나인 인치 네일스의 노래 「섬왓 데미지드(Somewhat Damaged)」의 실황 비디오를 넣어 블로그를 열었다. 비디오에서 레즈너는 왼팔로 힘차게 시계 바늘을 돌리는 몸짓을 했다. 결과는 대성공이었다. 나는 친구, 지인, 그 밖에 인터넷에서 영향력을 발휘하는 사람들에게 이메일을 돌린 뒤 기쁜 마음으로 블로그에 글을 적기 시작했다. 블로그는 내가 「식스터」 집필을 재개하면서 틈틈이 그 글에 관한 논평을 올리고 날마다 억지로라도 글을 쓰려는 용도로, 일종의 작업 일지로 생각하고 만든 것이었다. 거기에서 나는 자서전과 픽션의 어려운 관계도 밝히고, 양극성 장애를 겪으면서 어떻게 살았는지도 이야기할 참이었다. 본의 아니게 지금 이 책의 예고편이 된 블로그는 그와 동시에 다른 책의 집필에도 영감을 주고, 성찰하고, 그러면서도 남들이 재미있게 운영하는 것과 똑같은 평범한 블로그가 되어야 했다. 하나의 사이트에 상당히 많은 욕심을 낸 것이다.

나는 내가 위험에 처했다고 생각하지 않았다. 그러나 교정과 정리를 거치지 않은 글을 곧장 인터넷에 공개하는 건 이미 전에도 그랬듯이 질병에 빠지는 낙하문이 된다는 걸 알았어야 했다. 하지만 나는 글을 쓰고 싶어 미칠 지경이었다. 다시 시작하고 싶었다. 인생이 굼뜨게 흘러가는 지금, 그 정체 상태를 해소하는 길은 변함없이 신속하게 글을 쓰는 것이라고 생각했다. 친구들은 여기에 회의적이었다.

처음 몇 개의 글을 올리자 벌써 모든 게 뒤집히기 시작했다. 나는 책에는 신경 쓰지 않고 블로그의 글을 이리저리 다듬었다. 글에 어떤 뮤직비디오를 곁들일지 몇 시간씩 고민하고, 너무 사적이고 내밀한 이야기들을 기록했다. 갑자기 내 소설 「식스터」의 주인공이 영화 제작자가 되었다. 그는 소위 '베를린 학파'에 대한 자신의 증오, 그러나 사실은 나의 증오를 쏟아냈다. 이에 대해 나는, 사람들은 미치광이가 다시 인간이 된다고는 믿지 않으므로 거기에 대해 사과해봤자 결코 좋은 소리를 못 들을 테니, 차라리 모든 걸 비밀로 하고 잘못한 사람의 등 뒤에서 소름 끼치게 비웃는 게 낫다고 적었다. 나는 내 할아버지에 관한 이야기를 적었다. 어린 시절 할아버지가 부엌에서 자신의 성기를 씻으며 나를 보고 히죽 웃는 숨 막히는 장면이었다. 나는 불안한 마음으로 그 이야기를 인터넷에 올렸다. 지금 와서 생각하면 할아버지의 웃음은 그렇게 끔찍하지 않았다. 하지만 그때 나를 엄습했던 후끈 달아오른 분위기에서 기억 속의 일들은 저도 모르게 기괴한 사건으로 확대되었다. 나는 벌써 주제에서 벗어나 다른 이야기를 하고 있었다.

그 후 나는 어느 날 아침에 깨어났다. 아마 1월 10일경이었을 거다. 나는 그 장면을 낯설게 하고, 변형하고, 축소해서 「3,000유로」에 묘사했다.

04.

다시 한 번 나와 내 작품 속 인물들 간의 관계를 설명하겠다. 내 작품 속 주인공들은 지금까지 모두 저승에서 돌아온 나의 유령들이다. 기본적인 환경과 운명을 나와 공유하지만, 그 외에는 새로운 성격을 갖추고 독자적인 인물이 되어 자율적으로 살아간다. 픽션 속의 여러 구체적 사항들이 내 삶과 일치하지만 그렇지 않은 부분도 많다. 이렇게 쓰는 것이 통상적인 글쓰기 방식이라고 생각한다.

그러나 나는 늘 나 자신의 변형된 모습에만 사로잡혀 있을 생각은 없다. 이 책도 그런 영원한 유령의 모습에서 벗어나려는 시도이다. 거기에서 벗어나지 않으면 교착 상태에 빠져 옴짝달싹하지 못한다는 걸, 그리고 내 글은 계속 언제나 나만 지시하고 나를 폭로하고 그러면서도 나를 은폐하는 그 도플갱어들의 서식지가 되어 그들에게 괴롭힘을 당할 것이라는 걸 나는 안다.

'나'라고 말하는 건 지금 같은 상황에서 절대로 간단하지 않다. 그래도 나는 더욱 단호히 그렇게 말할 것이다. 내 이야기들을 주워 모아 되찾아오고, 내 문제에서 있는 그대로 목소리를 높이려고 노력하지 않는다면, 나는 내 인생에서도 작품 속 인물들처럼 좀비가 되고 나 자신의 유령으로 남을 것이다.

그와 동시에 나는 전부터 내가 서 있는 곳보다 더 바깥으로 밀려난 모습을 기록한다. 그리하여 나는 완전히 '조울증 환자'로 확정되어 혼자 구석에 서 있다. 그게 훨씬 낫다. 내가 쓰고 싶지 않았던 모습이 되는 것이.

그럼에도 불구하고 다르게 생각해보면, 나는 오래전부터 구석에 서 있었지만 지금은 그곳을 떠난다.

05.

그러니까 1월 10일경이었을 거다. 나는 잠에서 깨자마자 극심한 공포에 휩싸였다. 뇌가 두개관(頭蓋冠)을 눌렀다. 나는 머리를 움켜쥐었다. 팔다리가 따끔거리고 무감각해졌다. 이게 뭐지? 머리에서 사악한 기운이 나왔다. 나는 벌떡 일어났다. 공포가 계속되었다. 내가 어떻게 된 거지? 에너지가 너무 많았다. 나는 더 이상 말을 할 수 없었다. 아무 말도 할 수 없었다. 말이 나오지 않았다. 나를 뚫고 지나간 나쁜 기운이 어디로 갔는지 알 수 없었다. 나는 몸을 뻗어 방에서 이리저리 움직였다. 화가 났다. 무슨 일이 일어난 거지? 나는 영문을 모른 채 옷이 잔뜩 걸린 옷걸이 앞에 한참 동안 서 있었다. 거기에도 나라고 부를 수 있는, 나의 집결지는 없었다. 거기엔 퀄리아(qualia), 즉 감각질뿐이었다. 동물적 본능을 둘러싼 감각적 인상뿐이었다. 그리고 신이 있었다.

신이라고? 나는 창문을 바라보았다. 창문 밖에 있는 잿빛 하늘을 바라보았다. 하늘도 나를 바라보았다. 거기에 정말로 신이 있었다. 대체 어떤 신? 그게 무엇인가? 나는 신을 느꼈다. 나는 그 무엇을 느꼈다. 나는 그의 눈길을 느꼈다. 하늘은 정말 나를 응시했다. 빌어먹을. 신이라니. 속이 메스꺼워졌다.

06.

나는 기도를 간소화하면서 신을 잃었다. 아주 어렸을 적부터 나는 매일 저녁 아주 긴 두 개의 표준 기도를 드렸다. 그것도 기운이 빠질 정도로, 그리고 피학적이라고 할 만큼 아주 느린 속도로 드렸다. 단지 성급하게 형식적으로 기도한다고 책잡히지 않기 위해서였다. 두 기도를 드리는 사이에 나는 항상 신과 아주 긴 대화를 나눴다. 하루를 되돌아보며 반성하고, 다음 날과 가까운 미래의 소원 목록을 열거했다. 신과의 대화는 어둠 속에서 행한 그 의식의 핵심이었고, 두 개의 기도는 뼈대였다. 그러다 열한 살인가 열두 살이 되면서 기도하는 속도가 점점 빨라지기 시작했다. 신과의 대화도 기본적인 것에 한정되면서 곧 동일한 내용을 반복하고 자주 쓰는 상용구를 사용했다. 나는 기도를 시간적으로나 형식적으로나 간소화하고 있었다. 실용주의가 어린 나의 침대 속으로 들어왔다. 뼈대를 이루는 기도는 갈수록 미친 듯이 빠른 속도로 줄줄이 쏟아졌고, 신과의 원래 대화에도 거의 공을 들이지 않았다. 성호

굿기는 손가락으로 가슴을 잠깐 톡톡 두드리는 것으로 끝냈다. 그 모든 게 마침내 마구잡이로 지껄인 엉망진창 언어나 마찬가지가 되었을 때 나는 기도를 올리는 의식을 중단했다. 그와 함께 신도 죽었다. 나는 충격을 받았다. 하지만 되돌아갈 수 있는 길은 없었다. 신과의 대화가 끝나면서 신의 존재에 대한 믿음도 사라졌다. 그러다 미국 공포 영화 「폴터가이스트(Poltergeist) 2」에 나오는 목사를 연상시키는 마르고 늙어빠진 신부가 —— 이름이 홍거(Hunger)[1] 신부였다는 걸 나는 똑똑히 기억한다.—— 고해 중에 내게 자위에 관심이 있느냐고 물어보는 순간 교회에 대한 믿음도 끝났다. 그 후 나는 더 이상 고해하러 가지 않았다. 곧 있을 견진 성사[2]도 거부했다. 학교에서 의무적으로 드리는 미사에서 영성체도 하지 않았다. 마음이 좋지 않았지만, 이제 나는 무신론자가 되었다. 그리고 깨달았다. 형식이 무너지면 내용도 무너진다는 것을.

07.

그런데 이제 내가 무너졌나 보다. 내 존재가 몇 분간 지워졌다. 그리고 저기, 바깥에서 빛나는 잿빛 속에, 공기 속에, 대기 속에, 드넓은 하늘에, 나보다 강한 기운이 아직도 있었다. 나는 그 기운과 연결되었다. 바깥에 있는 저 존재가 기이하고 포괄적인 방식으로 나를 가리켰다. 우주가 나를 알아보았다. 많은 존재들 중에서 나를 끌어내 포착했

---

1) '배고픔, 갈망'이라는 뜻.
2) 가톨릭에서, 세례 성사를 받은 신자에게 성령과 그 선물을 주어 신앙을 성숙하게 하는 성사.

다. 내가 해체되는 와중에 나를 발견했다. 그러면서도 우주는 나를 적대적으로 받아들였다. 여기에 구체적인 것은 없었다. 외적인 현실과 그 인과성 또는 맥락을 암시하는 시작점도 없었다. 이건 아직 편집증도 아니고 정신 이상도 아니었다. 그저 순수 형식으로 급변하는 과정이었다. 뭔가가 내 안으로 들어왔다. 배출구도 없는 그것은 나의 경계선이 녹아내릴 때까지 끓어올랐다. 내 광기에는 아직 주인이 없었다. 내 광기는 자유롭게, 홀로, 벌거벗은 몸으로, 아무 개념 없이 서 있었다.

다시 메스꺼워졌다. 그러나 토할 것 같은 증상은 아니었다. 온몸이, 몸 전체가 아팠다. 내가 어디로 가는지 알 수 없었다. 이쪽도 아니고 저쪽도 아니었다. 모두 아니었다. 내면의 압력이 사방으로 망치질을 했다. 숨이 가빠지고 심장이 미친 듯이 뛰었다. 머릿속에서 생각의 곤죽이 부글부글 끓었다. 발이 왜 이럴까? 내가 이미 많이 뛰어다닌 것 같았다. 누가 뛰어다녔나? 나? 처음으로 기억과 개념들이 돌아왔다. 나였다! 나와 내 다리가 뛰어다녔다. 나는 아직도 양말을 신고 있었다. 어제 신었던 양말일까? 어제! 그래, 어제라는 게 있었지. 어제는 다른 날이었다. 하루였나? 며칠이었다. 며칠이라는 것도 있었다. 나는 이리저리 움직이다가 다시 창문을 바라보았다. 바깥에 아직도 신이 있을까?

장딴지에 경련이 일어났다. 내 의식의 초점을 장딴지에 맞추자 발생한 일이었다. 나는 이게 심신의학적인 신의 증명이라고 생각했다. 그렇다. 신은 적이 되어 내 의식 속으로 들어왔다. 이젠 나도 신이 되었다. 그래서 지금 경련을 상상하자마자 경련이 일어났다. 내가 지각한 바로 그곳에서 일어났다. 나는 몸을 매트리스 위로 던졌다.

나는 누워 있었다. 여전히 제정신이 아니었다. 그러나 서서히 여러 감각을 중심으로 다시 정체성이 생기기 시작하면서 그 감각들을 느슨하게 연결했다. 지금 새롭게 묶이고, 벌써 서로 얽히고, 잘못된 것과도 연결되는 것은 어제저녁의 '나'도 아니고 일주일 전의 '나'도 아니었다. 하지만 '나'는 '여기'에 있었다. 이건 그 옛날 어느 학자의 명제 아니었나? 인식론 전체의 토대가 되었던 '나는 생각한다. 고로 존재한다.'가 아니었나? 당시 그는 내게 이 명제를 악령을 쫓는 주문으로 알려주었을까? 아니면 언젠가 내게 비슷한 일이 닥쳤을 때, 지금처럼 의식이 완전히 바닥을 쳤을 때를 위해 짧은 기도로 가르쳤을까?

생각이 다시 사라졌다. 그러나 내게 과거가 있었던 것 같은 느낌이 들었다. 솔다티[3]라는 학자가 있었다. 그리고 '나는 존재한다.'라는 명제도 있었다. 벌써 오래전 일이다. 그러니까 나는 이미 오래전부터 존재했다. 그게 잠시 마음을 진정시켰다. 그러나 경련은 여전히 남아 있었다. 더 심해졌다. 경련을 풀려면 장딴지를 펴주어야 한다는 사실이 당시에는 생각나지 않았다. 그러다 잠시 후 생각이 났지만, 나는 장딴지를 펴는 대신 오므렸다. 고통이 점점 격렬해졌다. 나는 버틸 수도, 몸을 움직일 수도 없었다. 마침내 경련이 풀렸다.

나는 계속 누워 있었다. 그러다 다시 공포감이 몰려왔다. 내게 뭔가가 발생했다. 확실했다. 무슨 병이 난 것이었다. 그것도 급성 질병이. 지금 응급 의사를 부르지 않으면 나 자신을 용서하지 못할 것 같았다. 그러면 영구 마비가 될 위험이 있고 내 다리는 잘려나갈 터였다. 그러면 신은

---

3) 잔프랑코 솔다티(Gianfranco Soldati : 1959~) : 스위스 철학자. 1991년부터 1999년까지 튀빙겐 대학에서 가르친 후 현재 프라이부르크 대학 교수로 재직 중이다.

적으로서 내 몸 속에 머물 거였다. 나는 전화기를 쥐고 단추를 눌렀다.

의사를 기다리는 동안 조금 안정이 되었다. 긴급 전화를 취소하려고까지 생각했다. 얼마 후 의사가 아닌 긴급 구호사들이 왔다. 수염 난 건장한 남자들이었다. 그 사람들에게 뭐라고 말해야 좋을지 몰랐다. 공포감은 아직도 가시지 않았다. 구호사들은 내 다리를 살펴보았지만 아무 이상도 발견하지 못했다. 그러다 그들이 말했다. 아닌데, 여기 이거 발 무좀인가 본데.

장난하나? 장난한 거면 누구의 장난일까?

구호사들은 내 몸 위에 웅크리고 앉아 의심스러운 눈초리로 나를 바라보았다. 텁수룩한 수염 안쪽에 무관심하고 부풀어 오른 얼굴이 있었다. 변명하는 내 목소리가 떨렸다. 무슨 일인지 모르겠어요. 조금 겁이 났거든요. 내가 쉰 목소리로 털어놓았다.

구호사들이 떠났다.

그들은 아마 내가 마약을 했을 거라 생각했을지 모른다. 돌아가는 길에 웃거나 나를 욕했을 것이다.

나는 그냥 꼼짝도 하지 않고 누워 있었다. 익숙한 메시아 편집증이 다시 서서히 내 생각을 덮쳤다. 그러나 전보다 더 더러워지고, 흐릿해지고, 볼품없는 모습이었다. 그때처럼 끊임없이 바뀌는 정확성이 없었다. 오히려 자꾸만 되풀이되는 거친 총체적 충동이었다. 편집증은 벌써 닳고 닳았다. 착용했지만 피부에서 느껴지지도 않는 낡은 장갑 같았다.

나는 벌떡 일어나 신발을 신고 집에서 뛰쳐나갔다.

그리고 신은 잊혔다.

08.

그해 일어난 사건들은 내가 참석했던 문화 행사들을 통해 어느 정도 재구성할 수 있다. 가장 먼저 르네 폴레슈의 연극이 초연되었다. 그게 정확히 언제였는지 찾아보니 2010년 1월 12일이었다. 우리는 함께 연극을 보기로 약속했다. 나는 파트리크와 함께 폴크스뷔네 극장 앞에 서 있었다. 마음이 불안했다. 내 행동이 얼마나 난해하게 보였을지 잘 모르겠다. 나는 평범한 잡담을 나누는 것처럼 행동했다. 시간이 꽤 늦었다. 우리는 알료샤를 기다렸다. 중병에 걸린 슐링겐지프가 택시를 타고 앞쪽으로 오더니 차에서 내려 계단을 걸어 올라갔다. 그는 환한 얼굴로 우리를 쳐다보며 고개를 끄덕였다.

"아주 친절한데. 그런데 난 저 사람을 몰라." 파트리크가 말했다.

나는 그를 알고 있었다. 우리는 오래전부터, 1999년부터 아는 사이라고 나는 생각했다. 그리고 슐링겐지프는 당연히 나 때문에 미치고 병이 났다는 게 몽롱한 앙금처럼 가라앉아 있던 내 생각의 하나였다.

왜냐하면 나도 아팠으니까. 갑작스레 닥친 이 가벼운 질환의 원인을 찾으려는 내 시스템 내부의 시도는 에이즈라는 자가 진단을 내놓았다. 그러니까 나는 에이즈에 걸린 거였다. 확실했다. 1999년부터 내가 그 존재를 부인해온 질병이었다. 아마 터키에서 에이즈 바이러스에 감염되었을 거라고 나는 상상했다. 그리고 누가 의도적으로 나를 전염시켰을 거라고 믿었다. 알료샤는 나를 제대로 돌보지 않았다. 심지어 바이러스원일지도 모르는 터키 여대생에게 나를 주기적으로 데려다주었다는 게 내 오해였다. 마음속에서 쌓였던 분노의 원인은 이렇게 이유가 있었다. 이젠 목표물이 생겼다.

알료샤가 계단을 뛰어 올라왔다. 우리는 극장 안으로 들어갔다.

우리는 빈백(beanbag)[4] 의자에 앉아야 했다. 제대로 자리를 잡지 못한 나는 연극이 시작되기 전까지 몸을 가누지 못하고 자꾸만 쓰러졌다. 결국 모르는 여자가 나를 빈백 의자에 밀어 넣으면서 희한하게 마음이 진정되었다. 그 결과 대체로 유쾌한 분위기가 되었다.

나는 앞에서 펼쳐지는 연극에 더 이상 흥미가 생기지 않았다. 파비안 힌리히스[5]의 찡그린 얼굴에도 아무런 감흥이 없었다. 그런데 특정 문장들이 나를 자극했다. 나와 너무 관계가 많거나 아무런 관계가 없는 문장들이었다. 나는 가만히 있지를 못하고 20여 분 뒤에 공연장을 나왔다. 나올 때 문을 크게 소리 내며 닫았다. 역사적이었어. 나중에 알료샤가 이렇게 비웃었다. 아니면 비웃지 않았던 걸까? 나는 언제나 반어법을 잘 이해하지 못했다.

나는 다리를 접질렀다. 그리고 어디선가 맥주를 마시고 밖에서 공연이 끝나기를 기다렸다가 다시 파티장에 들어갔다. 나는 알료샤에게 내가 에이즈에 걸린 게 확실하다고, 겁이 난다고 말했다. 알료샤는 조롱하는 태도를 버리고 에이즈에 전염될 가능성이 얼마나 희박한지를 내게 확신시키려 했다. 그러다가 더 이상의 설득을 포기했다. 나는 쇼르슈 카메룬이 있는 곳으로 가서 그의 밴드인 황금 레몬의 노래 한 곡을 내 블로그에 올렸다고 고백했다. 카메룬은 지금은 어차피 늦었다면서 미리 자신에게 물

---

4) 커다란 부대 같은 천 안에 작은 플라스틱 조각들을 채워 의자처럼 쓰는 것.
5) 파비안 힌리히스(Fabian Hinrichs : 1974~) : 독일 배우.

어봤어야 했다고 말했다. 나는 이곳저곳을 돌아다니며 계속 술을 마셨다. 파트리크와 알료샤는 나를 데리고 '프라스니크'로 자리를 옮겨 그곳에서 이야기를 하기로 했다. 동양적 분위기를 흉내 낸 그 술집에 가서도 나는 계속 에이즈 공포에 집착하고 수년 동안 배신당하고 있었다는 전대미문의 느낌에 빠져들었다. 가장 가까운 사람들이 가장 먼 사람들이었고, 내가 아무것도 모르는 상태에서 나를 업신여기고 함부로 대한 것도 그들이었다. 분노가 파도처럼 들이쳤다. 나는 아무 말도 하지 않거나 욕을 했다. 그리고 이렇게 예언했다. "이제 나는 다시 몸이 여윌 거야." 어느덧 파트리크는 떠나고 알료샤만 남았다. 그는 내 양심에 호소했다. 나는 점점 더 화가 치밀었으나 다시 감정을 억제하고 조용히 있으려고 노력했다. 어찌해볼 방법이 없었다.

결국 나는 밖에 나와 알료샤의 뺨을 후려갈겼다. 하도 세게 치는 바람에 그는 길거리에 나동그라졌다. 이로써 나는 선을 넘었다. 나는 발작기에 공격적으로 변한 적은 가끔 있었지만, 그 공격성이 친구에 대한 폭행으로 나타난 적은 없었다. 그런데 지금 그 일이 벌어지고 말았다. 이 폭행 사건 이후 알료샤와의 우정은 예전 같지 않았다. 그리고 이건 앞으로 발생할 정신 착란의 시작에 불과했다. 나는 그에게서 정말로 무슨 일이 벌어졌는지 말해주지 않는 배신자를 보았다. 그는 내게서 자신의 친구를 공격하는, 종잡을 수 없는 미치광이를 보았다. 내가 본 건 틀렸고 그가 본 게 맞았다. 두 개의 외로움이 형성되기 시작했다.

09.

그러나 조증 환자는 절대적이고도 이해할 수 없을 만큼 외롭다고 해도 그것을 느끼지 못한다. 나는 모든 사물 또는 모든 사람들과 적어도 머릿속에서는 대화를 나누었다. 이 '머릿속 대화'는 늘 내 사고 체계의 구성 요소였다. 누구든지 자기 나름대로 이 상황을 알고 있을 것이다. 예단하고, 사후 정리하고, 또는 실제 사건과 무관하게 어떤 사람과의 대화 과정을 완전히 꾸며내고, 때로는 열띤 대화를, 가끔은 현실에서보다 침착한 대화를 상상하고, 끝에 가서는 뒤늦게 핵심을 보완해 교정한다. 그러나 이제 나는 그런 머릿속 대화를 통제할 힘이 없었다. 끝나지 않는 토론의 조각들이 제멋대로 내 사고의 세계로 들어왔다. 통제가 불가능했다. 게다가 뉴스까지 포함해 문화 행사들이 대량으로 내게 신호를 보냈다. 거기에 대해 나는 블로그와 해당 인터넷 사이트에 들어가 유령들과 대화하며 반응을 적었다. 그러나 처음부터 언어가 통제되지 않았다. 다다이즘 같은 말의 조각들만 나왔다. 나 자신도 이해하기 힘든 언어였다. 당장 거대한 편집증적 상부 구조가 재설치되었지만, 나는 그걸 충격이나 소동으로 인식하지 않았다. 이미 그건 습관적으로 되풀이되는 과정이었다.

예나에서의 초연이 다가왔다. 연극 연습이 난관에 부딪쳐 지지부진하다는 말이 들렸다. 연출자가 텍스트의 문체와 미세 구조에서 세부 사항을 삭제하며 개입했다는 것이다. 그게 대량 삭제는 참아도 작은 부분에서는 복잡하고 장식이 많은 내 문체를 고집하는 나를 당장 격분시켰다. 어느 인물이 자기는 '상투적인 고전 음악'을 듣겠다고 말하는 것과 그냥

'고전 음악'을 듣겠다고 하는 것과는 천지 차이다. 하지만 연출가는 그걸 이해하지 못하는 모양이었다. 나, 조증 환자는 광분한 불도저를 몰고 갈 다음번 공사장을 발견했다.

드라마 작가가 미쳤다는 얘기가 예나로 흘러들어간 게 분명했다. 당장 몇몇 배우는 정신병 발병이 자신들이 연기할 텍스트에 어떤 영향을 주는지, 혹시 텍스트까지 으스스해지고 이상해지는 게 아닌지 궁금해했다. 이 상황이 배우들의 언어에 심리적 압박을 가할 수 있다는 건 나도 상상할 수 있었다. 그런데 전조 증상이 바뀌었다. 텍스트의 글이 한 줄 한 줄 독으로 오염된 건지도 몰랐다.

나는 예고 없이 예나로 갔다. 그리고 한 번, 두 번, 세 번, 연극 연습을 방해했다. 극장 사람들은 나를 어떻게 다루어야 할지 몰라 쩔쩔맸다. 너그럽고 사람 좋은 극장 감독 마르빈은 조용히 앉아 내 솟구치는 감정을 달래려고 노력했다. 어느 날 저녁의 일이 생각난다. 그날 나는 극장 숙소의 주방에서 완전히 미쳐 날뛰었다. 드라마 때문이 아니었다. 어마어마한 슬픔과 두려움이 덮쳐 왔다. 나는 고함을 지르고 울부짖었다. 무대 디자이너가 내게 아가리 닥치라며 소리 질렀다. 이게 어쩌면 좋은 방법이었을지도 모른다. 광기를 꺾는 또 다른 방법이었을 수 있다. 연출가는 말없이 가만히 있었다. 드라마투르크도 진작부터 아무 말이 없었다. 숙소에서 쓰라고 내준 방에 들어갔을 때 나는 극심한 공포에 빠졌다. 사람들이 나를 여기서 죽일 거라고 생각했다. 이 공포를 없애려면 뭔가 깨질 만한 물건을 문 앞에 둬야 한다고 연출가가 우스갯소리로 말했다. 나는 혼란스러운 마음에 그의 말대로 했다. 하지만 곧 말도 안 된다는 생각에 유리병을 다시 탁자에 올려놓았다. 주방에서 토론하는 소리가 들렸다. 이제 무엇을 해야 하느냐며 사람들이 당황해서 논의 중이었다. 나는 다시 일어나 문지방에 서서 쓰레기 같은 말들을 내뱉었다. 이곳에서는 잠을 잘 수 없다고, 어디가 됐든 잠을 잘 수 없지만 이곳 적국에서는 더더욱 절대로 잘 수 없다고 말했다.

그들은 나를 호텔로 데리고 갔다. 내게는 고약한 사창가처럼 보이는 곳이었다. 나는 알료샤에게 받아서 남겨두었던 타포르를 한 알 먹었다. 먹고 났더니 그 진정제가 환각 작용을 한다는 착각이 들었다. 무늬와 이미지들이 내 내면의 눈앞에서 미끄러지며 지나갔다. 그런데 타포르를 먹은 게 전부였고 환각 작용은 없었다. 문제는 착각에 의한 환각도 환각이지 않냐는 것이었다. 여하튼 나는 이제 죽을 거라는 생각이 들었다. 알료샤가 말도 없이 그 약에 독을 입혔다고 상상했다.

나는 응급 전화를 걸었다. 구조사들이 와서 나를 데려가려 했다. 나는 가지 않겠다고 했다. 다음 날 아침 극장 소속 연출가인 하우케에게 급히 연락이 갔다. 그는 나를 다시 베를린으로 데려가 그곳 병원에 입원시키려 했다. 나는 도망쳤다. 사람들이 나를 찾으러 다녔다. 누가 극장 건물 뒤편 창문을 때려 부쉈다. 내가 의심을 받았다. 그러는 동안 나는 서둘러 예나의 골목길을 질주하며 전기 낭만주의자들과 실러를 생각했다. 그 시대로 돌아간 느낌이었다. 정말로 과거 속에서 사는 것 같았다. 피히테의 사고의 흐름이 일찍이 그때만큼 입체적으로 와닿은 적이 없었다. 이곳에서, 내 마음속에서 사실 행위[6]가 일어났다. 자아가 정립되었다. 피할 수

---

6) 타트한들룽(Tathandlung) : 독일 철학자 피히테가 고안한 개념. 그에 따르면, 더 이상 환원할 수 없는 자아의 최초의 행위, 성찰하는 자아로서 자아가 정립되는 행위, 그래서 모든 지식의 시작이 되고 모든 의식의 토대를 이루는 행위를 말한다.

없는 일이었다. 그리고 지금 한 번 더 사실 행위가 일어나고 다시 또 일어났다. 어쩌다 마르빈이 나를 찾아냈다. 그는 내가 믿을 수 있는 최후의 사람들 중 한 명이었다. 그의 차에 올라타는 순간에도 나는 이렇게 생각했다. 그러다 내 시선은 차량 유리창을 따라 길게 늘어져 있는 전선에 머물렀다. 지극히 평범한 라디오 선이었을 거다. 그런데 잠깐, 전날 저녁에 누가 나를 곁눈으로 보면서 마르빈이 경찰에서 일했다고 농담하지 않았나? 그렇다면 저건 무슨 선일까? 분명히 평범한 선은 아니다! 아마 경찰서로 데려가기 위한 줄일 것이다. 이 가정이 얼토당토않다는 생각이 스치기도 전에 갑자기 마르빈은 내게 연극인이 아니라 경찰관이 되었다. 그는 전부터 경찰관이었다. 극장은 그의 이중생활을 가리는 위장술에 불과했다. 많은 이들이 그의 이중생활을 알고 있었다. 이번에도 나만 몰랐다.

나는 항복했다. 그들은 나를 잡아들였다. 마르빈은 나를 참을성 있게 예나 정신 병원으로 넘겼다. 나는 그곳에서 밤을 보냈다. 정신 병원은, 너무 자주 드나들다 보면, 세상에서 가장 지루한 곳이다. 그곳에서는 아무 일도 일어나지 않는다.

다음 날 나는 다시 그곳에서 탈출했다.

10.

코르넬리아가 나를 찾아서 붙잡았다. 나는 달아났다. 하우케가 나를 붙잡았다. 나는 달아났다. 하우케가 또 나를 붙잡아 기차에 태워 베를린으로 데리고 갔다. 나는 여전히 그곳에 감금당하고 싶지 않았다. 내가 아무리 좋은 말로 간청해도 소용없었다.

나는 다시 세계 역사 속을 휘젓고 다녔다. 시간적으로도 공간적으로도 그랬다. 여러「연대기」책을 보고, 날짜를 뒤지고, 찾아내고, 다시 잊었다. 언제부터 이 일이 발생했는지는 중요하지 않았다. 분명한 건 이 일이 발생했다는 것이었다. 그리고 그건 나를 대하는 세상의 뻔뻔스러운 행동이었다. 그러나 나는 애매하게 흥분했다. 내 잠재된 공격성은 전보다 높아졌지만, 과거 속에서는 더 이상 목표물을 찾지 못하고 현재에서 충동만 생길 뿐이었다. 나는 나 자신의 조증 속에서 길 잃은 여행객이었다. 이제 조증은 더 이상 선명하고 뚜렷하고 각이 진 형상으로 표면에 있지 않았다. 내면에서 더 깊숙이, 더 몽롱하게, 더 어둡게, 더 집요하게 웅크리고 있었다.

얼마 지나지 않아 라이프치히가 나를 강하게 끌어당겼다. 나는 그곳을 배회했다. 그리고 내가 이중적인 의미로 말했듯이 '모든 게 이상이 없는지' 살펴보았다. 나는 몇 년 전 지인들과 한번 왔던 음식점에 들어가 종업원과 독일 래퍼 지도(Sido)에 관해 이야기했다. 그리고 다시 베를린으로 돌아와 이틀 동안 어느 크로이츠베르크 밴드의 집에서 묵었다. 술집에서 나와 곧장 그들이 사는 집으로 간 것이다. 다시 라이프치히로 갔다. 기차역에서 배회했다.

11.

"기억하지 못하겠지만, 너는 지난번에 여기서 예거마이스터를 몇 잔 마시고 밖으로 나가서 차량 행렬에 뛰어들었어. 말하자면 교통정리를 한 거지. 넌 표지판을 도로에서 끌고 다니면서 교통 체증을 유발했어. 지금으로선 여기에서 네가 얻을 건 없어. 그 후의 일에 대해선 다른 기회에 이야기하자."

"좋아요!"

"당신은 감시당하고 있어요. 또 한 번 신고가 들어오면 우리는 당신을 관리할 관리자를 데리고 올 겁니다."

"좋아요!"

"너를 데리고 뭘 해야 좋을까? 너는 독가스로 죽여야 해."

"그래요?"

"자, 나를 가져."

"그래요!"

"진단에 따르면 당신은 국제 질병 분류-10의 여섯 가지 기준 중에서 두세 개가 해당되어 알코올 남용에서 알코올 의존증으로 가는 단계에 있어요. 간 효소 수치의 경미한 증가와 대적혈구성 빈혈이라는 실험실 결과도 당신의 지속적인 과다 알코올 섭취를 증명하는 또 다른 근거예요."

"그래요!"

"정말 네 얼굴을 한 대 쳐야 되는 건데."

"왜요?"

"아니, 그냥. 이런저런 것 때문에."

"좋아요!"

12.

나는 함부르크에서 런던행 비행기 표를 샀다. 충동적으로 한 행동이었다. 나는 무조건 런던에 가야 했다. 팝의 본고장으로 가야 했다. 그게 당시의 내 강박 관념이었다. 그런 런던에 내가 한 번도 가본 적이 없다니, 어이가 없었다. 베를린은 어느덧 내겐 너무 작은 곳이었다. 건물 출입 금지 명령이 아주 간단하게 내려졌다. 교통은 내가 없어도 그 치명적인 순환이 유지될 것이다.

기내에서—— 당연히 비즈니스 클래스였다. —— 나는 새로 발급받은 신용 카드로 애프터셰이브 로션과 외장 하드 디스크를 샀다. 스튜어디스가 지독히도 매력적인 영국식 억양으로 말을 한 게 내가 쇼핑하게 된 핵심 이유였다. 나보다 세 줄 앞 대각선 쪽 자리에 (정말로) 디페시 모드의 앤드루 플레처가 앉아 있었다. 얼마 전 나는 레코드판 가방에 수많은 밴드의 로고와 이름 스티커들을 덕지덕지 붙였다. 거기엔 디페시 모드의 약자인 'DM'도 있었다. 나는 앤드루 플레처가 몸을 돌렸을 때 잘 볼 수 있는 위치에 가방을 놓았다. 그가 몸을 돌릴 만한 상황을 교묘히 만들 생각이었다.

그리고 우리는 모두 잠이 들었다. 폭음에 귀가 멍멍해졌다. 음속 장벽을 뚫는 듯한 소리였다. 혹시 우리가 정말로 음속 장벽을 뚫었을까? 경험치는 중요하지 않았다. 그 어떤 지식도 확실하지 않았다. 우리는 우주로 가는 시간 캡슐 속에 있었다. 어쩌면 조종사도 우리의 이런 우연적 만남이 너무 기뻐서 특별히 속도를 높인 걸 수도 있었다. 궤도에 오를 때 나는 공식을 중얼거렸다.

잠에서 깨었을 때 앤드루 플레처가 나를 심각한 표정으로 바라보았다. 그때 런던행 비행기에 탔던 디페시 모드의 앤드루 플레처만큼 나를 또 심각하고 진지한 얼굴로 쳐다본 사람은 두 번 다시 없었을 거다.

나는 한마디도 하지 않았다.

착륙 후 택시를 탔다. 피터 가브리엘[7]이 나를 태워주었다. 담배는 피울 수 없었다. 그는 어디로 가면 되느냐고 물었다. 중심가 아무 호텔이나 가주세요. 내가 말했다. 나는 아무 곳에도 예약해놓지 않았다. 운전사는 어느새 비싸 보이는 호텔 단지 앞에 나를 내려주었다. 나는 체크인을 했다. 그리고 당장 예나에 있는 코르넬리아에게 전화를 걸었다. 그날 밤에 세 번인가 네 번 더 전화했다. 나중에 안내대에서 확인해보니 그 전화 통화 때문에 돈이 많이 나갔다. 코르넬리아는 나와 모든 문제를 의논했다. 나를 안심시키며 설득했다. 통화하는 동안 나는 호텔 방을 둘러보았다. 대형 복제 그림들이 걸려 있었고 벽지는 고급 캔버스지였다. 전화를 끊고 밖으로 나가 클럽을 서너 군데 돌아다녔다. 그곳에서 데르비시처럼 춤을 추었다. 파티가 나를 위해 열린다는 것, 심지어 내가 없는 와중에도 사람들이 나를 지목하고 나를 의미했다는 것, 엑스터시는 진짜 마약이 아니라 일종의 성체(聖體)[8]라는 것, 사람들이 나를 기억하며 영성체를 행할 때처럼 행복감으로 보상받으며 나누는 성체라는 것, 누구든지 이런 사실을 최근에야 깨달았다면, 당연히 그는 처음으로 파티를 제대로 즐기려 할 것이다. 몇 년 전에는 이 사실을 의식하지 못해 그럴 기회가 많지 않았지만 지금은 신나게 즐길 것이다.

나는 그렇게 했다.

온종일 교과서를 훑듯이 런던을 돌아다녔다. 트래펄가 광장, 피커딜리

---

7) 피터 가브리엘(Peter Gabriel : 1950~) 영국 가수.
8) 기독교에서, 성스럽게 된 빵과 포도주를 예수의 몸과 피에 비유하여 이르는 말.

서커스, 연설의 광장, 버킹엄 궁전을 구경했다. 그런데 내가 실제로 그 명소들 앞에 서 있는 게 아니라 2차원으로 책장을 넘기며 보는 느낌이 들었다. 어느덧 나는 호텔에서 체크아웃을 했다. 계산서를 보니 어마어마했다. 다른 호텔을 찾아보려 했다. 하지만 나는 그 계획을 다 잊어버리고 어느 술집 앞에서 술을 1리터쯤 마셨다. 내 옆에서는 아직도 살아 있는 커트 코베인[9]이 뾰루퉁한 얼굴로 맥주를 홀짝거렸다. 나는 다시 밤의 열기 속으로 들어가 최근에 이용했던 마이스페이스를 통해 안다고 생각되는 젊은이들과 이야기를 나누었다. 이 SNS를 이용한 이유는 내가 건강하던 시절 트레일 오브 데드 공연이 끝난 후 무대 뒤에서 콘래드 킬리[10]가 추천해주었기 때문이다. 얼마 후 나는 새로 산 스마트폰과 재킷을 잃어버렸다. 밤중이지만 돈을 찾으려고 했다. 그런데 자동 인출기에서 돈이 나오지 않았다. 다시 한 번 시도했다. 핀 번호를 잊어버릴까 봐 잠시 겁이 났는데 정말 그 즉시 잊고 말았다. 이제 모든 상황이 급박해졌다.

다시 낮이 되었다. 돌아갈 날이 겨우 사흘밖에 남지 않았기에 어떻게든 돈을 마련해야 했다. 그러나 상황이 생각보다 어렵게 돌아갔다. 나는 차들이 빠르게 달리는 시내를 비틀거리며 걸었다. 수십 번이나 차에 치일 뻔했다. 어느 소녀에게 도이치 뱅크가 어디 있냐고 묻자 그녀는 상점에 들어가 신용 카드로 물건을 사고 거스름돈을 더 많이 받으라고 조언했다. 하지만 나는 이미 겁에 질리고 완전히 둔해빠지고 이해가 느려서

---

9) 커트 코베인(Kurt Cobain : 1967~1994) : 미국의 록 밴드 '너바나(Nirvana)'의 보컬리스트 겸 기타리스트.

10) 콘래드 킬리(Conrad Keely : 1972~) : 미국의 얼터너티브 록 밴드 '트레일 오브 데드(Trail of Dead)'의 리드 싱어.

그게 잘 되지 않았다. 나는 어느 은행에 들어가 창구로 갔다. 여직원은 내 입에서 나는 술 냄새를 맡고 당장 내가 '개구쟁이'라는 걸 알아차렸다. 심지어 추파까지 던지며 자꾸만 내가 옛날에 악동이었을 거라고 말했다. 하지만 이상하게도 그녀는 내 카드를 받지 않았다. 그러곤 하이드 파크에 있는 어느 벤치에서 자기를 기다리고 있으면 두 시간 안에 와서 나를 개인적으로 도와주겠다고 했다. 그건 진짜 제안이라기보다는 나를 떼어버리려는 성공적인 한 수였을 것이다. 나는 하이드 파크에서 아무 데나 앉아 있다가 잠이 들었다. 러시아 억양의 부랑자들이 다가와 도와주겠다고 말했다. 나는 그 말을 믿지 않았다. 나는 또 터덜터덜 걸었다. 주머니에는 돈이 몇 푼밖에 없었다. 나는 다시 어딘가에 누웠다. 이젠 내가 런던 어느 곳에 있는 건지도 알 수 없었다.

은행에서는 승산이 없었다. 신용 카드는 아무짝에도 쓸모가 없었다.

결국 나는 버스에 무임승차해 히스로 공항으로 갔다. 그곳에 도착에 너무 탈진한 나머지 잠깐 앉아 있다가 꾸벅꾸벅 졸았다. 얼마 후 놀라서 벌떡 일어난 나는 내가 어떤 상황에 있는지 단박에 깨달았다. 나는 런던 공항에서 꼼짝 못 하고 앉아 있는 거였다. 돈도 없이 사흘을 더 버텨야 하는 거였다. 이건 더 이상 정상이 아니야! 나는 생각했다. 이렇게 필요한데 데이먼 알반[11]은 어디에 있는 거야?

돌아가는 항공편 예약을 변경하려 했다. 당연히 추가금을 내지 않으면 불가능했다. 하지만 나는 그 돈을 낼 수 없었다. 가는 데마다 거절당한 내 신용 카드가 증오스러웠다. 이 무슨 쓸데없고 불합리한 플라스틱

---

11) 데이먼 알반(Damon Albarn : 1968~) : 영국 가수.

조각이란 말인가. "이건 관리자가 결정할 문제예요." 창구 안쪽에 있는 여자가 계속 같은 말을 반복했다. 그러나 관리자는 보이지 않았다. 나는 실망해서 다시 그곳을 떠났다. 독일 대사관에 긴급 상황이라고 신고하면 어떨까? 그렇게 하면 된다는 것을 어린 시절 프라하에서 좌초했을 때의 경험으로 알고 있었다. 그런데 휴대폰이 없었다. 그리고 이 도시에서 어디 먼 곳으로 갈 힘도 없었다. 나는 완전히 혼란에 빠져 어쩔 줄을 몰랐다. 그리고 배가 고팠다.

새로운 페이스북 계정을 통해 나는 두 명의 영국 여자와 친구를 맺어두었다. 베를린으로 나를 찾아온 적이 있는 여성들이었다. 나는 마지막 남은 동전 몇 개를 털어 인터넷이 되는 단말기가 있는 곳으로 가서 페이스북에 로그인했다. 그리고 친구를 맺은 두 여자 중 한 명이자 런던에서 대학에 다니는 피비에게 도움을 요청했다. 돌아갈 차비를 빌려달라고 했다. 이건 장난이 아니라 정말 위급 상황이라고 강조했다. 그러곤 로그아웃한 뒤 공항을 어슬렁거리며 담배를 구걸해 피웠다. 두 시간 뒤 다시 로그인했다. 답변이 없었다. 돈은 정확히 한 번 더 로그인할 액수만 남았다. 나는 시간을 분 단위로 쟀다. 배가 고팠다. 어떻게든 시간을 죽여보려고 했다. 두 시간이 더 흐른 뒤 마지막으로 로그인했다. 피비가 답장을 했다. 게다가 그 시간에 인터넷에 접속해 있었다. 그녀는 세 시간 안에 오겠다고 적었다. 나는 우리가 만날 출입구 번호를 알려주고 내 손바닥에도 적었다.

마침내 피비가 출입구를 지나 공항 대합실 안으로 들어왔다. 내 눈에는 여왕 같았다. 정말이었다. 자동문이 위풍당당하게 열리고 성스러운 신의 모습이 현현하듯 그녀의 실루엣이 역광 속에서 모습을 드러냈다. 나는 내 행운을 믿을 수가 없었다. 우리는 항공사 카운터에 가서 줄을 섰다. 함께 이야기하고 농담도 했다. 왜 루비에게 사정을 말하지 않았느냐고 피비가 물었다. 그렇게 했다면 루비가 흔쾌히 나를 데리고 다니며 런던을 안내해주었을 거라고 했다. 맞다. 왜 그 생각을 못했을까. 나도 의문이었다. 피비는 이 모든 상황이 얼마나 괴상한지, 나는 또 얼마나 괴상한지를 조금도 내색하지 않았다. 이 괴상함은 혹시 영국적인 특성일까? 드디어 내 차례가 왔다. 다음 비행 편을 물어보았다. 다행히 있었다. 컴퓨터 화면에 금액 표시가 뜨자 피비가 웃으며 말했다. "내가 낼게."

우리는 조금 더 앉아서 기다렸다. 피비는 내가 비행기를 놓치지 않도록 신경을 썼다. 대단한 여자였다. 며칠 뒤 나는 그녀에게 돈을 부치며 말할 수 없이 큰 감사의 마음을 표시했다.

지금 되돌아보니 나는 런던에 한 번도 가 본 적이 없는 것 같은 느낌이 든다.

13.

'메를레라는 여자를 알아요? 메를레라는 여자를 알아요? 그 여자와 친척이에요? 하하, 좋아요 아주 좋아요. 당신도 곧 큰일이 날 거예요!' 팝송에 숨어 있는 메시지들이 이제 모든 대역폭[12]에서 모습을 드러냈다. 열심히 귀 기울여 들을수록 자연히 더 많은 가사가 들렸다. 나

---

12) 송신기나 증폭기 따위에서, 전기 신호를 흐트러지지 않은 상태로 보내기 위하여 전송계(電送係)가 지녀야 할 일정한 주파수대의 폭.

는 길거리에서 이어폰을 낀 채 강박적으로 귀를 쫑긋 세우고 노래를 들었다. 파손이 엄청나게 심해서 나는 늘 새 이어폰을 착용했다. 발작적인 내 몸의 움직임이 이어폰 줄을 잡아당기면서 매번 줄이 뜯겨 나갔다. 이름이 내 성과 엇비슷하게 발음된다는 이유만으로 메를레라는 이름의 여학생이 1980년대에 살해당했다. 슬퍼하던 가족은 자신들이 그 후 전화 테러에 시달렸다고 믿고 있었다. 전화 테러는 수사상의 이유에서 경찰에 의해 공개되었고, 밴드 아인슈튀르첸데 노이바우텐의 노래 「메를레」에서 일부 소재로 쓰였다. 아인슈튀르첸데 노이바우텐도 내게 익명으로 전화를 걸어 변성기 직후라 내 소리에 아직 어색했던 나의 '여보세요?'라는 말을 자신들의 노래 「나야」에 끼워 넣었다. 노래가 발표된 해로 미루어보면 딱 맞아떨어졌다.

모든 게 나와 관계가 있고 나를 의미하고 내게 메시지를 보냈다. 그러면 나는 그걸 받아들여 계속 상상을 이어갔다. 따라서 문화 상품 전체, 특히 팝 음악은 그 접근의 용이성 때문에 나를 위한 무한한 언급의 장이 되었다. 데이비드 보위는 우연히 「스페이스 오디티(Space Oddity)」(1969)에서 내 이름을 알아맞혔고, 그다음엔 요행수에 힘입어 「애시스 투 애시스(Ashes to Ashes)」(1980)에서 마약에 중독된 내 미래를 예견하며 내 이름을 반복해 불렀다. 페터 실링은 곧 여기에서 영감을 얻어 뉴웨이브 히트곡 「메이저 톰(Major Tom)(교신 완전 두절)」(1983)을 탄생시켰다. 유리드믹스의 노래 「섹스 크라임(Sex Crime)(일구팔사)」(1984)은 우리 집안의 폭력성과 내 주변의 감시 장치들을 도취적인 비트에 실어 조명했다. 그런가 하면 마돈나는 나에게 푹 빠져 내 이름을 은밀히, 고음에서만 들리게 육감적인 구절마다 헐떡이며 불렀고, 대중 사이에서 확산되던 자신의 관능적인 이미지를 이용해 팝 스타로서의 위상을 공고히 하고 확장했다. 반면에 스매싱 펌프킨스[13]는 우리가 만나기로 했던 「1979」년보다 나중에 만나자고 부탁했다.

노래마다, 앨범의 제목마다 그랬다. 일렉트로에 탐닉한 피버 레이의 어두운 노래도 마찬가지였다. 「코코넛」에서 그녀는 사람을 홀리는 말투로 내 이름을 부르며 말을 걸었다. 그리고 지금까지 하던 대로 계속하라고, 자신을 실컷 '때려눕히라'고 (당연히 겨우 알아들을 정도의 청혼으로 위장해서) 독일어로 요구했다. 트레일 오브 데드의 노래들은 모두 콘래드가 오스틴에서 보내는 인사말이었다('나를 위해 다시 글을 쓰겠니?'). 콘래드는 내가 다시 그를 위해, 단지 그를 위해서만 계속 글을 쓸 거냐고만 묻지 않았다. 그는 언제 내 감정이 끝났느냐고, 언제 글을 쓰기 시작했느냐고, 누가 내게 이 활기찬 예술을 그만두라고 명령했느냐고, 내가 지금 정말 나 자신을 완전히 잊었느냐고, 그래서 지금 내가 누구인지도 모르느냐고 물었다. 반면에 나인 인치 네일스의 비통한 서사들은 나와의 고통스러운 동일시였고('너는 내 외로움을 느낄 수 있어.'), 순수하고 편집증적인 형식 안에서 달콤하고 어두운 선율에 쏟아부은 슬픔이었다. 언젠가 쾰른을 돌아다녔을 때 평소엔 그다지 좋아하지 않던 킹스 오브 리언의 노래가 들렸다. '이게 마지막일 거야.'라는 구절이 자꾸만 귓가와 머릿속을 맴돌면서 나는 그 여행이 빨리 끝나고 제발 집에 돌아가기만을 고대했다. 당연히 기분이 으스스했다. 디스텔마이어가 앨범 『올드 노바디』에 붙

---

13) 스매싱 펌프킨스(The Smashing Pumpkins): 1988년에 결성된 미국 시카고 출신의 얼터너티브 록 밴드.

인 「어느 날」이라는 제목의 서시에서 서정적인 비유법으로 내게 직접 말을 걸었을 때도 그랬다. 독일인의 입장에서 정말 힘들었다. '어느 날 / 너는 그 남자를 잊겠지 / 너는 그늘에서 걸어 나와 쓸쓸한 네 모습을 보고 있어 / 그건 유령이 아니었어.'

노래의 수신자, 팝송에서 사용하는 '너'라는 단어, 듣는 이를 직접 가리키면서도 그를 변수로 남겨놓는 이 단어는 옛날부터 편집증에 작은 발작을 일으키기에 아주 적당한 장치였다. 모든 '너'는 나일 수 있었다. 그래서 어떤 노래를 듣든 나는 늘 구애를 받았고, 공격당했고, 무시당하거나 사랑받았다. 셔플 기능은 나의 신탁이 되었다. 갈수록 많은 독일어 조각들이 노래 속에 숨어 있었다. 수많은 효과음을 내며 빠르게 지나가는 팝 영어 속에서 그걸 찾아내야 할 것 같았다. 예컨대 '수많은 죄로 물든 땅'[14] 같은 금지된 언어에서 독일어 조각을 찾아야 했다. 에미넴의 「더 웨이 아이 엠(The Way I Am)」, 곤잘레스의 「테이크 미 투 브로드웨이(Take Me to Broadway)」, 데이비드 보위의 「헬로 스페이스보이(Hallo Spaceboy)」, 피제이 하비의 「리드 오브 미(Rid of Me)」, 아카이브의 「퍽 유(Fuck U)」, 케이트 부시의 「워더링 하이츠(Wuthering Heights」, 마돈나의 「셀리브레이션(Celebration)」, 매시브 어택의 「이너셔 크립스(Inertia Creeps)」, 레슬리 파이스트의 「머샤붐(Mushaboom)」, 더 엑스 엑스의 「VCR」, 부시도의 「존넨방크 플레이버(Sonnenbank Flavour)」, 예 예 예스의 「지로(Zero)」, 리애나의 「엄브렐러(Umbrella)」, 토코트로닉의 「17」, 토코트로닉의 「디스 보이 이즈 토코트로닉(This Boy is Tocotronic)」, 톰

---

14) '스매싱 펌프킨스'의 노래 「1979」의 일부.

요크의 「해로다운 힐(Harrowdown Hill)」, 카미유의 「팔 셉탕브르(Pâle Septembre)」, 프린스의 「아이 우드 다이 포 유(I Would Die 4 U)」, 마이클 잭슨의 「데이 돈 케어 어바웃 어스(They Don't Care About Us)」, 마이클 잭슨의 「스트레인저 인 모스코(Stranger in Moscow)」가 모두 그랬다.

비틀스, 스톤스, 도어스도 그랬다.

저스티스도 그랬다.

모든 시대 모든 가수의 모든 작품이 그랬다.

모든 게, 모든 게, 모든 게 그랬다.

14.

구체적인 예를 들어보자. 밴드 칸테의 「나는 보았네」라는 노래가 있다. 이 노래를 들으면 2001년 어느 주말의 서정적인 추억이 떠오른다. 그때 나는 크누트와 함께 함부르크로 알료샤를 찾아갔다. 알료샤는 그곳 텔레비전 방송국에서 실습을 하고 있었다. 때는 9월 11일이 되기 직전, 함부르크 주의회 선거로 선거전이 한창이었다. 가수 겸 작곡가 페터 티센이 그간 우리를 주시하다가 몇 년 후 이 노래로 대대적인 반(反)계몽주의에 기여하기로 결심했다는 게 내 생각이었다.

'광란이 벌어졌지 / 축제가 벌어졌지 / 나는 함부르크의 거리를 지나는 사육제 행렬을 보았네.' 라인란트 출신인 우리 세 사람, 고상한 한자동맹 도시 사람의 눈에는 분명 세련되지 못한 사육제 참가자로 보였을 우리는 정말 요란하고 떠들썩한 주말을 보냈다. 우리는 '푸델'과 '탄츠할레 상 파울리' 같은 적당한 클럽과 바를 순례했다. 아침에는 아직 생선

시장이 열지 않아 그로스마르크트에 갔다. 바나나가 가득 든 상자를 사겠다는 생각밖에 떠오르지 않았다. 우리는 상자를 들고 중앙역으로 가서 아침 일찍 그곳을 지나가는 사람들에게 바나나를 나누어 주었다. 행인들은 처음에 주저하다가 우리가 재빠르게 '실[15]'에 반대하는 바나나'라는 구호를 생각해내서 외치자 그때서야 손을 뻗었다. 바나나가 우리 손에서 연달아 빠져나갔다. 진정한 사육제였다. 그런데 희한하게도 우리의 활동을 큰 소리로 비난한 사람은 우리처럼 술에 취해 있던 기차역의 부랑자들이었다. 행인들은 활짝 웃으며 바나나를 집었다.

'황금 뷔페에서 / 나는 초대받지 않은 손님을 보았네.' 우리가 호텔의 불청객이었다는 소문이 벌써 퍼진 모양이었다. 살면서 내가 어떤 사람이었고 내가 무슨 행동을 했는지가 늘 한발 앞서 알려졌듯이 말이다. 우리는 가끔 베를린의 고급 호텔 뷔페에 몰래 들어가 아침을 해결했다. 밤새 춤을 추고 나서 미리 염탐해둔 객실 번호를 이용해 록 스타 같은 태도와 몸짓으로 고등어와 마키아토를 사취했다. 언젠가 그렇게 음식을 먹을 때 크누트가 웃으며 의자에서 굴러떨어진 적이 있었다. 그 모든 게 힘들여 쟁취한 것들이었다. 티센은 이걸로 노래를 만들어 불렀다.

'나는 자기 자신을 의심하는 악마를 보았네 / 차(茶) 속에 든 신 우유를 보았네.' 이건 분명히 나였다. '악마'는 유사 이래 늘 우리 곁에 있었다. 언제나 신의 적수였고, 투사된 인물이었고, 악의 유혹자이자 대리자였다. 그러나 악은 가끔 선을 해방시키며 파괴의 창조적인 능력을 발휘

---

15) 로날트 실(Ronald Schill: 1958~): 독일의 정치가. 2001년부터 2003년까지 함부르크 부시장을 지냈다.

한다. 그러나 가련한 악마는 광란이 우울로 전복되는 순간 무대 가장자리에 주저앉는다. 우울하게 손에는 실에 반대하는 바나나를 들고 기차역 가장자리에 웅크리고 앉아 허공을 노려보며 끝없는 자기 의심을 곱씹는다. '차 속의 신 우유'는 정반대의 관대한 비유다. 고급문화에 살짝 끼어든 부조화다. 내 삶은 벌써 기한이 다 지나 상하기 시작했다. 독성도 있다. 아니면 내가 크누트와 알료샤에게 우리 이모의 찻잔 속에서 덩어리로 뭉쳐지던 우유 이야기를 들려주었을 때 티셴이 정말 그 자리에 있었을까?

'나는 보았네 / 나는 현장에 있었네.' 이는 간접적으로 전해 내려오는 모든 전승과 덧쓰기와 소문과 귓속말 게임 효과에 반대하고 직접 목격을 고집하는 태도다. 그는 우리를 보았다. 그는 정말로 우리를 봤던 이야기를 전할 줄 안다. 자기가 아는 것을 불명확하지만 암시적인 비유로 표현한다.

'가고 싶으면 / 돌아갈 거야 / 나는 속임수를 알아 / 비밀번호를 알아 / 그곳으로 가는 길을 알아 / 나는 거기에 있었거든.' 이건 내게 보내는 잠재의식의 메시지다. 심연을 들여다본 뒤의 고개 끄덕임이다. 그리고 원하기만 한다면 우리로부터 시작된 광기에 언제라도 사로잡힐 수 있다는 고백이다. 여기서 핵심 기능은 '비밀번호'에 있다. 이건 딱히 어느 어두컴컴한 파티장에 들어갈 수 있는 무슨 특정한 암호를 말하는 게 아니다. 절대적인 순간을 다시 불러내기 위해, 춤과 파열의 관계를 끌어내기 위해 글에서의 공범 관계를 강조하는 말이다. 노발리스도 같은 의미에서 이렇게 말했다. '신비로운 말 앞에서 모든 불합리한 존재는 날아가 흩어진다.'

나는 이렇게 모든 것을 순식간에 재해석했다. 특히 트레일 오브 데드, 아바, 유투의 노래, 아니 누구의 노래이든 간에, 다른 노래들은 훨씬 구체적이어서 연도와 혹시 모를 만남의 장소까지 언급했다. 이런 잘못된 해석을 가지고 나는 책 한 권은 족히 채울 수 있다. 길거리 어딘가에서 또는 바에서 이 노래들을 들을 때면 늘 그에 따른 반향이 엄습한다. 그러면 온 세상이 피드백으로만 이루어졌던 그때가 어땠는지 잠시나마 세세히 기억난다. 나는 이 편집증의 방아쇠를 당길 수 있다. 그리고 그게 얼마나 심각한지 안다. 원하기만 하면 나는 그때로 돌아갈 수 있다. 나는 속임수를 안다. 비밀번호를 안다. 그곳에 가는 길을 안다. 나는 그곳에 있었으니까.

15.

예나에서 연극이 초연되었다. 공연이 시작되기 전 나는 극장 주변을 이리저리 어슬렁거렸다. 극장 카페에 들어가 위스키 한 병을 들고 나오다 발각되었다. 카페 사람들은 그걸 장난으로 해석했다. 나는 맥주를 마시고 기다리다가 공연이 시작된 뒤 무대 뒤로 갔다. 마르빈이 나를 안심시켰다. 그는 관객이 웃음을 터뜨릴 때마다 벽에 줄을 한 개씩 긋는 시늉을 했다. 몇 년이 흐른 지금에 와서 들은 얘기지만, 그때 내가 공연이 진행되는 와중에 배우들에게 주는 짤막한 비판을 입력 화면에 적었다고 한다. 당시 나는 모니터를 통해 공연 장면을 흐릿하게나마 볼 수 있었다. 배우들은 나를 무척이나 싫어했다. 공연히 끝나고 무대 인사를 할 때 내가 "그게 나였어요."라고 말하며 몸을 앞으로 휙 움직였던 게 기억난다. 손을 잡고 있는 배우들에게 그들이 방금 무엇을 연기했는지 상기시키기 위해서였다. 그들이 연기한 건 세상의 콤플렉스였다. 내 허영심은 이렇게 적나라하면서도 병적으로 모습을 드러냈다.

16.

이제 **나는** 과거에 내가 죽은 것으로 생각했던 사람들 중의 한 명이 되었다. 망명을 떠난 사람, 더 이상 살아 있지 않은 사람, 몇 년 전 내가 베른하르트와 베케트와 케인의 거처로 상상한 알프스 리조트에 들어가 있는 사람이 되었다. 어디에 가면 그곳이 있을까? 나는 나 자신을 느끼지 못했다. 입에 재갈이 물려 평행 우주로 쫓겨난 게 분명했다. 나에게 아무 응답도 오지 않았다.

나는 이 상황에 순응하고 싶었다. 그걸 표현하고 싶었다. 아마 죽지 않은 그 사람들도 대부분 마찬가지였을 것이다. 그들이 가짜 죽음으로 들어갈 수밖에 없었던 이유는 일상에서 밀려나 옆의 세계로 추방되었기 때문일 것이다. 그게 늘 자발적인 결정은 아니었을 거라고 나는 확신했다.

나는 블로그에 나에 대한 추도사를 쓰고('우리의 믿음직한 벗이자 투사가 우리 곁을 떠났습니다.'), 평소엔 한 번도 손댄 적이 없는 위키피디아의 내 항목을 조작해 내가 라이프치히에서 경찰이 쏜 총에 맞아 죽었다고 적었다. 그러니까 나는 몇 시간 동안 공식적으로 사망한 상태였다.

친구와 지인들의 전화기에서 불이 났다. 하우케가 가장 먼저 내 소식을 듣고 당장 로베르트와 알료샤에게 전화를 걸었다. 그들은 이걸 사실로 받아들이고 경찰에 연락했다. 경찰이 내가 사는 곳에 들이닥쳤다. 그러나 집에는 아무도 없었다. 나는 라이프치히에 있었다. 내 휴대폰은 꺼져 있었다. 인터넷 사이트에서도 내가 죽었다는 소문이 퍼졌다. 몇몇 사람들이 노골적으로 자신들의 솔직한 심정을 밝혔다. "꼭 기쁜 것만은 아니지만, 그래도……." '그래도……'라니, 뭐? 바로 그게 진심이었다.

나는 라이프치히 기차역에서 꼼짝도 하지 않고 있었다. 이어폰으로 에미넴의 노래를 들으며 벤치에 몸을 대자로 뻗고 누웠다. 사람들의 홀쭉한 두 다리가 내 다리 곁을 지나갔다. 정말로 저세상에 있는 느낌이었다. 나머지 사람들과 완전히 다른 공간에서 사는 것 같았다. 틈새에 낀 느낌이었다. 나는 죽었다. 더는 감각으로 지각되지 않는 유령이었다. 여하튼 그런 기분이 들었다.

다시 베를린으로 돌아왔을 때 집 문이 열려 있었다. 자물쇠 주위로 둥그렇게 절삭한 자국이 있었다. 야만스러워 보였다. 뭐가 어떻게 된 건지 가늠할 수 없었다. 국가 안전부에서 왔었나? 얼마든지 가능했다. 그러나 상관없었다.

나는 이제 그들에게 법적인 수단을 손에 쥐어준 것이었다. 내가 이곳 중간 세계에 머물며 추호도 자살할 의도가 없었다고 해도 내 추도사는 자살 예고로 해석될 수 있었다. 공식적으로 자해의 위험이 드러난 지금, 내 의사를 무시하고 나를 다른 곳에서 보호할 가능성, 다시 말해 강제 입원시키고 그들이 원하는 기간만큼 붙잡아둘 가능성은 얼마든지 있었다. 그 가능성은 곧 현실이 되었다.

17.

나는 '트뢰들러'라는 이름의 바에서 알료샤를 만났다. 곧 하우케가 들이닥쳤다. 두 사람은 내 상태를 확인하고 잠시 대화를 나누었다. 바깥에서 이야기한 터라 나는 거의 듣지 못했다. 그들은 맥주를 앞에 놓고 내게 이것저것 물었다. 그리고 포기하지 말라며 나를 격려했다. 나는 무슨 말인가를 하며 그들을 심하게 힐난했다. 내게는 아무 소리도 들리지 않았다.

얼마 후 정말로 사람들이 들이닥쳤다. 갑자기 경찰이 술집에 서 있었다. 알료샤조차 그 많은 인원을 보고 놀랐다. "이렇게 많이?" 그가 말했다. 내 기억이 맞는다면, 그들은 폭동 진압용 장비를 갖춘 독립 부대였다. 보호복으로 중무장한 기동 전투 경찰이었다. 아니면 혹시 대여섯 명의 순경들이 왔던 걸까? 그들은 '양극성 장애'라는 말을 제대로 이해하지 못했다.

넋이 완전히 나가 있던 그때에도 그 돌발 사건은 내게 불편했다. 술집 주인과 다른 손님들이 어리둥절한 얼굴로 나를 쳐다보았다. 나는 밖으로 끌려 나갔다. 밖에서 알료샤는 자신도 '짭새가 그렇게 많이 와서' 놀랐다고 또 한 번 말했다. 짭새라고 지칭된 경찰관 중 한 명이 당장 그 단어 선택을 문제 삼았다. 지금 당신의 전화를 받고 출동한 마당에 내가 그런 말로 불리는 게 기분 좋겠소?

경찰도 뭘 해야 좋을지 몰라 쩔쩔맸다. 그들은 '양극성 장애'라는 말을 이슬람주의의 새로운 하부 개념으로 생각한 듯했다. 내 기억이 옳다면, 나는 수갑을 차지 않고 차에 올라탔다. 내 옆 운전석에는 금발의 아름다운 여자 경찰관이 앉아 있었다. 그녀가 이름표를 달고 있어서, 나는 희한하게도 우스갯소리를 하나씩 주절거리는 동안, 계속 그녀의 이름을 엮어 넣었다. 하우엔호르스트 씨, 지금 아주 멋지게 잘했어요. 나중에 한잔합시다. 저 앞 오른쪽이에요. 내가 길을 잘 알아요. 그때마다 그녀는 폭소를 터뜨렸다. 호감이 가는 솔직한 태도였다. 반면에 차량 뒷자석에 타고 있던 기동 경찰관들은 뾰루퉁한 표정으로 말이 없었다. 자기들이 대체 무슨 천치 같은 녀석을 체포한 건지 의아했을 것이다. 아니면 구조한 것일까?

18.

우르반 종합병원에서 준 약은 며칠 동안 나를 완전히 무기력하게 만들었다. 지금은 당시의 일이 전혀 생각나지 않는다. 그때에도 나는 뭐가 뭔지 하나도 몰랐다. 병원에서 할돌을 고(高)용량으로 처방해 주었는데 그걸 먹고 나는 완전히 나가떨어졌다. 또 다른 신경 이완제와 진정제까지 주었을지 누가 알겠는가. 대단했다.

"병원에서 당신을 심하게 진정시켰군요." 나를 진찰하는 의사 노이만 박사는 몇 주 뒤 내 진료 기록을 보더니 이렇게 말했다. 나는 그 상황도 벌써 다시 잊어버렸다. 시간이 그냥 사라졌다. 그 후로도 나는 오랫동안 파도에 흔들리는 것처럼 반쯤 몽롱한 기운 속에서 하루하루를 보냈다. 내 사고의 세계 속에 뚝딱 지어놓았던 중간 세계, 즉 삶과 죽음의 틈새가 이젠 신경 화학 물질을 통해 내 뇌에 도달했다. 그곳에서 벌어졌던 활발한 활동은 죽어버렸다. 나는 침을 질질 흘렸던 것 같다.

그러나 벌써 반발심이 일어났다. 나는 흡연실에 가서 책상 한가득 그림을 그렸다. 거대한 세계 지도를 스케치하고 거기에 특정 팝 밴드의 색인을 붙였다. 낮에 나를 찾아왔던 요하나는 2년 뒤 그때의 일을 정확하게 묘사했다. 내가 뉴욕 옆에 비틀스의 이름을 써 붙이고, 북극 근처에는 토코트로닉을 갖다 붙였다고 했다. 간호사가 '바보 천치'가 그린 작품을 보고 미친 듯이 화를 냈다. 나는 그 거대한 그림을 다시 지우려고 해봤으나 헛일이었다. 나는 빗장이 걸린 창문 사진을 찍고 그걸로 내 블로그의 틀을 만들었다. 내 글이, 그러니까 내 인생이 붙잡혀 있는 틀이었다. 병원에서 잊고 수거해 가지 않은 내 스마트폰으로 나는 블로그에 접속할 수 있었다. 내 블로그는 더 이상 블로그가 아니라 그저 정신 나간 깜박임이었다. 나는 대부분 아무 의미 없는 글을 적었다가 다시 지웠고, 노래를 집어넣었다가 괴상한 사진들도 올렸다가 어느샌가 블로그를 아예 삭제했다. 그리고 날마다 새벽 네 시에 흡연실에 앉아 담배를 피우고 생각에 잠겼다가 책을 읽었다. 아침 다섯 시에 일을 시작하며 나와 몇 마디 대화를 나누던 청소부는 내가 자신의 '이상형'이라며 어느 간호사에게 나를 소개했다. 나는 간호사의 성만 듣고 그녀가 언론인 페터 리히터의 여동생이라고 착각했다. 우리는 크게 소리 내어 웃었다. 나는 청소부가 좋았다. 그녀도 나를 좋아했다.

19.

어처구니없게도 이번의 병원 체류는 지금까지 쌓인 내 대단한 정신 병원 이력 중에서 가장 견딜 만한 입원에 속했다. 아, 사실 견딜만 했다고 말하기는 힘들다. 그러나 일상적인 폐쇄 병동의 공포에도 불구하고, 또한 약의 화학 작용으로 망가지면서 내가 갇혀버린 사고의 무력함에도 불구하고 나는 이 시기에 대해 어느 정도 긍정적인 기억을 간직하고 있다. 그건 두세 명의 다른 환자들 덕분이었다.

차이콥스키라는 환자가 있었다. 65세 정도 된 남자였는데 처음엔 몇 살인지 잘 가늠이 되지 않았다. 그는 값싼 가느다란 담배를 피우며 차분하게 창밖을 내다보았다. 그럴 땐 저 멀리 남들 눈에 보이지 않는 걸 보는 의기양양한 개처럼 코를 높이 쳐들고 역시 개처럼 무의식적으로 코를 찡그렸다. 그리고 이런 장소에서는 보기 드문 평온함을 발산했다. 그에게서 어떤 질병의 징후는 찾아보기 어려웠다. 대화를 하다가 이야기를 마칠 때는 대부분 경구 형식으로 말을 맺었다. 한번은 자신이 왜 여기에 와 있는지 내게 그 이유를 들려준 적이 있었다. 그가 저축한 돈을 전처가 몽땅 빼앗아 갔다고 했다. 그때 목을 매 죽을 생각이었다고 했다. "더는 살고 싶지 않았어." 그러면서 그는 바닥을 가리키며 이렇게 덧붙였다. "저 아래, 땅속은 차갑잖아." 그러곤 의미심장하면서도 쾌활한 표정으로 나를 바라보다가 시선을 다시 바깥 저 먼 곳으로 돌리며 담배를 한 모금 빨아들이고 코를 찡그렸다. 그의 경구는 늘 이런 식이었다. 나는 그 말을 완전히 이해하지는 못했다. 무덤 속의 온도가 겨울처럼 된다는 게 좋다는 뜻일까? 무엇이 됐든 상관없었다. 그건 하나의 관점이니까. 차가움은 평화를 뜻한 걸 수도 있었다. 아니, 그게 아닐 수도 있었다. 그러나 그가 경구를 사용해 말했다는 것만으로도 위로가 되었다.

차이콥스키는 꽤 파란만장한 삶을 보냈다. 그는 슈프레 강을 건너 동독을 탈출한 이야기를 자세히 들려주었다. 지금은 사망한 첫 아내를 등에 업고 왔다고 했다. 그때 하마터면 물에 빠져 죽을 뻔했으나 다행히 살았다고 했다. 나는 흐려진 눈으로 그를 쳐다보았다. 그러곤 그는 입을 다물고 나를 재미난 듯 바라보다가 다시 바깥 하늘을 아주 태연하게 응시했다. 차이콥스키는 그 존재만으로도, 그의 배려만으로도 평화를 가져오는 고요한 안식처 같은 사람이었다. 그가 병실에 들어와 분위기를 휘어잡는 순간 화목한 기운이 생기는 건 그 때문이었다. 그를 볼 때마다 기분이 좋았다. 그리고 우리가 가까워진 건 리나 덕분이었다.

리나는 누구에게나 말을 걸고, 모든 사람과 알고 지내다가, 다시 사람마다 모욕을 주었다. 그녀는 회오리바람이었다. 떠돌아다니고, 끊임없이 나다니고, 폭발하기 쉽고, 간질 증상이 있고, 걸음걸이에서는 불가능한 것을 갈망하는 마음이 드러났다. 그녀는 특별 환자로 1인실에서 지냈다. 바깥으로는 자주 나올 수 없었다. 그래서 우리는 문지방에 서서 대화를 나누었다. 이따금 그녀가 운동장 트랙의 출발점에 앉은 사람처럼 문지방에 웅크리고 있을 때도 있었다. 그럴 때 그녀는 의기양양하게 웃었다. 팔에는 자해로 인한 상처가 나 있었다. 나는 그녀를 '호랑이'라고 불렀다. 그러면 그녀는 기운이 다 빠지도록 깔깔 웃었다. 나이는 20세 중반쯤이고, 얼굴은 오토 딕스를 닮아 각이 지고, 늑대처럼 뾰족한 이가 나 있었다. 늘 신경이 예민했고, 콧부서 토어 출신이었고, 마약 중독자였다. 똑똑했고, 모든 일에 이해가 대단히 빨랐으며, 지나치게 충동적이었다. 몸이 결박되어 있었는데 그건 우리가 어떻게 도와줄 수 있는 문제가 아니었다. 그녀가 자신이 남자 환자들 절반 정도와 성관계를 했다고 주장한 남자 간호사를 욕할 때는 어느 게 진실인지 알 수 없었다. 실제로 그녀는 한 남자 환자와 사귀었는데, 장난으로 나를 그 남자의 이름으로 불렀다. 그러면서 여기처럼 남자 친구가 많았던 곳도 없었다며 환호했다. 곳곳마다 '프렝키'가 있다고 했다. 리나의 선한 본성은 늘 그 자신의 히스테리에 공격당했다. 경계선 인격 장애라고 했고 헤로인 중독이라고도 했다. 내가 노이만 박사에게 그녀 이야기를 꺼내자, 박사는 한숨을 쉬며 때론 삶이 재주 많은 사람들을 좌절하게 만든다고 말했다. 나도 마찬가지라고 했다. 내가 앓는 질환이 다리를 걸어 나를 넘어뜨리니 참 개떡 같다고 했다. 박사는 정확히 그렇게 표현했다. 내 병원 이력을 통틀어 의사의 입을 통해 들었던 말 가운데 가장 단순한 최고의 문장이었다.

리나와 함께 이야기하다 보면 기막히게 멋진 상상의 나래를 펼 수 있었다. 언젠가 그녀와 함께 3층 식당에 있는 식탁 위에 앉아 얼어붙은 란트베어 운하 옆의 눈 덮인 풀밭을 내다보았다. 자그맣고 새까만 사람들이 풀밭에 흩어져 있었다. "와, 끝내준다. 우리 지금 썰매 타러 가자." 그녀가 말했다. 나도 정말 잠깐 썰매가 타고 싶었다. 와락 솟구치던 그 충동, 예리한 사고의 자유가 미친 듯이 엄습한 가운데 썰매를 타는 상상이 잠깐 사이에 현실이 되는 그 순간을 나도 느꼈다. 우리는 밖에 있을 필요가 없었다. 여기에서도 타고 내려갈 수 있었다. 언덕을 따라 미끄러져 내려가고 쿵쾅거리며 뛰어다닐 수 있었다. 내가 느끼기에 그건 머리에서만 일어나는 일이 아니었다. 언덕이 정말 우리 앞에 있었다. 언덕이 우리 발밑에 있었다.

괴크한은 내가 만난 사람 가운데 가장 친절한 사람 중의 한 명이었다. 하지만 자기 세계에 들어가 문을 꽁꽁 닫아걸고 있어서 그와는 말을 나눌 수가 없었다. 그의 세계는 오직 한 가지 질문을 중심으로만 돌아갔다. "나에겐 몇 명의 자식이 있을까?" 그는 그걸 몰랐다. 알 수도 없었다. 나이는 열아홉 살 정도에 살이 쪘고, 영화배우 대니 드비토의 젊은 시절 모습을 닮았으며 아기 코끼리와도 비슷했다. 누가 말을 걸면 그는 앉아서 유쾌하게 미소 지었다. 그러곤 곧 혼잣말을 하기 시작했다. 때론 옆에 있는 사람에게도 뭐라고 중얼거리며 자신의 불확실한 번식 경력에 아주 만족스러워했다. "나한테 자식이 몇이나 있는지 난 몰라. 600명인가? 710명인가? 난 몰라!" 그러던 어느 날 나는 그를 이해하게 됐다. 그건 사

실상 알 수 없는 거였다. 하룻밤의 섹스에서 무슨 일이 일어날지 누가 알
겠는가. 내 경우는 어떤지 계산해보기 시작했다. 나는 섹스를 얼마나 자
주 했지? 자식은 몇 명쯤 만들었을까? 모를 일이었다!

　정신 이상자는 흔히 남의 광기는 눈에 보여도 자신의 광기만은 전혀
알아차리지 못한다. 나는 오사마 빈 라덴이 자신의 아버지라고 여기는
소녀에게 그렇지 않다고 대놓고 말했다. 그런데 같은 시기에 나는 나 자
신이 팝 스타 스팅의 아들이라고 생각했다. 그렇게 흥미진진한 분위기 속
에서 나는 뿌리가 뽑혀나간 그 정신 이상자들과 정말 즐거운 시간을 보
냈다. 물론 정신의학의 표준 목록에 해당하는 환자들도 있었다. 미치기
만 한 게 아니라 악의적인 사람들, 콩알만 한 선한 본성이 자주 번득인다
고 해도 돌아버릴 만큼 짜증나게 하는 사람들이었다(나도 자주 그랬다!).
예를 들어 추한 몰골의 어느 신세대 뚜쟁이는 머리에 캉골 모자를 삐딱
하게 쓰고 천치 같은 과묵한 애인을 데리고 무슨 가로수 길을 산책하듯
늘 복도를 왔다 갔다 했다. 그러면서 자기 좋을 대로 다른 환자들을 꾸
짖거나 뭔가를 마음대로 금지했다. 훗날 그를 달렘에서 우연히 한 번 본
적이 있다. 그는 사회 복지 기관에 가는 길이었는데, 내게 한번 만나자면
서 코카인과 여자들을 전부 최상급으로 조달해줄 수 있다고 했다. 나는
고개를 저으며 말했다. "그러지 뭐." 거구에 살이 찌고 수다스러웠던 한
남자는 전혀 말을 하지 않고 늘 혼자 어색하게 웃었으며 밥을 돼지처럼
먹었다. 나는 그가 나치이거나 아동 학대범이라고 생각했다. 변덕스러웠
던 어느 젊은이는 클럽 '베르크하인'[16]의 유명 문지기 스벤 마르크바르

---

16) 베르크하인(Berghain): 베를린의 유명 테크노 클럽.

트가 자신을 무지무지 많이, 무지무지 많이 도와줬다고 주장했다. 그는 이 얘기를 하루에 세 번, 만나는 사람마다 떠벌렸다. 내가 인지한 바로는 다른 환자들과 어울려 지냈던 라르스 폰 트리어[17]도 같은 주장을 했다. 나는 너무 뻔뻔하게 나를 흉내 내고 가는 곳마다 나를 따라다닌 폰 트리어가 불쾌해 그와는 한마디 말도 나누지 않았다.

어느 날 사람들이 차이콥스키를 데려가더니 시 외곽 주택 단지에 있는 요양원으로 전원시켰다. 그에게는 지극히 적절한 조치였다. 차이콥스키는 작별할 때 코를 찡그리고 우리에게 윙크했다. 반면에 리나는 결박당하는 횟수가 점점 늘었다. 한번은 그녀 주변으로 열 명 정도의 남자 간호사와 안전 요원들이 서서 그녀를 강제로 바닥에 눕혔다. 나로서는 도와줄 수 없는 상황이었다. 끔찍하게 잔인했던 그 장면은 병동 전체를 충격에 빠뜨렸다.

그 환자들이 아직 살아 있기를 바라면서 나는 그들을 즐겨 회상한다.

20.

어느 날은 검역이 실시되었다. 무슨 전염병이 돌았다. 검역 기간 동안 1인실이 된 자기 방에서 각자 차례대로 하루나 이틀을 지내야 했다. 병실에 들어가는 사람은 마스크와 가운과 장갑을 착용해야 했다. 내게는 그게 당연히 꾸며낸 일처럼 보였다. 이 효과는 그 검역 기간

---

17) 라르스 폰 트리어(Lars von Trier : 1956~) : 덴마크 영화감독.

에 나를 찾아온 잉고 니어만[18]으로 인해 강화되었다. 나는 그가 약삭빠른 장난꾸러기라고 생각한다. 니어만은 사막과 열대 지방과 이 세상의 독재 국가들을 여행하면서 가짜인 동시에 극사실적인 모호한 효과를 내는 작품을 만들어냈다. 그런 그가 지금 마스크를 하고 가운을 입고 마치 오염된 제3세계 국가나 시시한 공상 과학 영화 속에 있는 것처럼 내 앞에 앉아 있었다. 철저히 가짜이면서 지극히 극사실적이었다. 진실의 이름으로 벌어진 가장 무도회였다.

나는 아무것도 믿지 않았고, 모든 걸 의심했으며, 날마다 아무 도움도 되지 않는 틀린 결론을 이끌어냈다. 그러나 나는 거기에 대해 침묵했다. 그리고 몸이 서서히 회복되었다. 그리하여 나는 내 부고가 자살 위협이 아니라 당연히 장난이었다고 조금씩 의사들을 믿게 했다. 이제 자해의 위험은 없다는 걸 그들에게 확신시켰다. 그건 맞는 말이었다. 내 논거를 물샐틈없이 탄탄히 하기 위해 나는 관련 법률인 정신 질환자법까지 동원해 거의 달달 외웠다. 게다가 민법전과 형법책을 사서 불규칙적으로 두서없이 공부했다. 그즈음 나는 내가 변호사라고 믿었다. 국가가 나와 다른 많은 사람들에게 입힌 상해에 대해 언젠가 꼭 배상을 받아 복수하고 싶었다. 그러니까 내 조증은 조금 진정되기는 했어도 여전히 활동 중이었다. 어쨌든 그렇게 해서 나를 묶어놓은 결박 장치는 느슨해졌다. 병원에서는 이따금 나를 집에 보내주었다. 나는 집을 밀폐된 예술가의 방으로 확장할 생각이었다. 거기엔 아무도 들어올 수 없다고 생각했다. 나는 매트리스에 누워 다시 자유를 만끽했다. 생각이 뒤죽박죽이었

---

18) 잉고 니어만(Ingo Niermann : 1969~): 독일 작가이며 언론인.

지만 한 가지만은 확실했다. 다시는 돌아가고 싶지 않았다. 리나는 진정
제를 먹고 죽을 정도로 결박당했다. 차이콥스키는 다른 곳으로 옮겨 갔
다. 그러니 무엇 때문에 돌아가겠는가? 나는 혹시 다른 환자들이 없어지
더라도 그에 대한 처벌이 드물다는 걸 알았다. 그런 건 아예 조사를 하
지 않았다. 게다가 그런 일이 있을 때마다 매번 경찰을 불러야 할까? 우
리는 법의학이 미치는 곳에 있지 않았다. 그러니 나라고 사라지지 말라
는 법이 없지 않은가?

21.

　어느 날 내가 그냥 병원으로 돌아가지 않은 건지 아니면 의
사의 충고를 무시하고 퇴원한 건지, 대체 내가 어떻게 한 건지 지금 기
억나지 않는다. 뭐가 됐든 어차피 결과는 같았다. 언제인지는 모르지만
여하튼 나는 다시 집에 와 있었다. 초조했다. 신경이 너무 예민했다. 아
직 제정신이 아니었다. 그 반대였다. 과도한 약물 복용은 발작이 솟아나
는 구멍을 잠시 틀어막고 거기에 임시방편으로 회칠을 했을 뿐이다. 이
제 압력이 들어찬 발작이 다시 일어나 꽝 터지면서 그동안 마취 상태에
있던 내 질병이 거침없이 만개했다. 나는 정신 나간 글을 인터넷에 올리
고, 나 자신도 폭발할 듯 말 듯 하루하루를 길거리에서 미친 듯이 보냈
다. 뚜렷하지도 않은 일에 갈수록 사납게 날뛰며 광분했다. 내 머리 위
에서 벌써 또 카운트다운이 시작되려 하고 있었다. 나는 그걸 잊고 있었
을 뿐이었다.

　2월에 나는 살고 있는 집에서 나가겠다고 통보했다. 내가 '스튜디오'라

고 불렀던 그 집, 지금 생각하면 누추하고 지저분한 구멍에 불과했던 그 집은 내 수준에 맞지 않았다. 거기서 행복했던 적이 없었다. 그래서 나는 간단히 계약 해지를 통보하고 끝을 냈다. 그 후 나는 계약 해지 사실을 잊어버렸다. 아니면 생각이 났어도 재빨리 억눌렀다. 새집은 금방 찾아질 거라 생각했다. 지금은 날마다 할 일이 너무 많았다. 어차피 나는 부자가 될 테니 그때 뭔가를 빨리 사면 되었다.

이 불행한 행보, 그간의 모든 불행한 행보 중에서도 특히나 심각했던 그 행보는 곧 특이한 형태의 망명으로 이어졌다. 망명은 근본적으로 오늘날까지 계속되고 있다.

얼마 후 나는 체포되었다.

22.

이건 체포가 아니에요. 카를 우베가 아침 가운을 입은 채 계단을 내려오며 나와 경찰관들에게 외친다. 체포가 아니라면, 그럼 뭐란 말인가? "이건 체포가 아니에요." 경찰이 나를 연행하는 동안 그가 우리 뒤에서 또 소리친다. 나를 안심시키려는 거겠지. 나는 그렇게 추측했다. 맞은편 집에 사는 페트라는 안뜰을 통해 급하게 달려와 내 볼에 입을 맞추고 나를 사랑한다고 단언한다. 이것도 어떻게든 나를 격려하려는 행동이야. 우리는 거리로 나선다. 행인 두 명이 그 광경을 바라본다. 나는 꼭 1965년에 찍힌 상징적인 사진 속의 조니 캐시[20] 같다. 지나가는 사람들의 눈은 카메라다. 캐시는 엘패소에서 마약 밀수 혐의로 체포되었다. 그가 찍힌 사진은 부자연스러워 보인다. 연출된 것이 아니라고 하기엔 너무 침착하고 너무 편안한 모습이다. 수갑은 특히나 자연스러운 액세서리 같다. 게다가 보안관 두 명과 캐시 모두 선글라스를 끼고 있다. 우리는 선글라스를 끼지 않았다. 우리는 침착하지도 않다. 그리고 지금 생각나는 것이지만, 수갑은 그냥 치욕이다. 나는 캐시가 아니다. 나는 나다. 그리고 지금 여기서 벌어지는 것은 또 하나의 참사일 뿐이다.

　나는 순찰차에 떠밀려 올라탄다. 경찰관이 내 머리가 차에 부딪치지 않도록 내 머리에 손을 얹고 있다가 머리를 아래로 누른다. 그와 동시에 그건 권력 행사다. 누구나 알고 있는 광경이다. 경찰관 한 명이 내 손의 수갑을 한 번 더 연행해야 한다고 말한다. 그는 정말로 '연행'이라고 했다. 그런데 이건 맞지 않는 말이다. '연행'은 인적 사항을 확인하려고 파출소에서 데려가는 걸 뜻한다. 하지만 경찰관은 지금 수갑을 '연행'해야겠다고 한다. 혹시 내가 이 단어를 무심코 입 밖에 내는 실수를 저지르고 경찰관이 그 실수를 그대로 받아들여 지금 장난을 치는지도 모른다. 수갑은 이미 꽉 조여 있는데 뭘 더 조이느냐고 내가 물었다. 경찰관이 말한다. 연행한다니까. 그는 수갑이 내 살 속으로 파고들 때까지 이리저리 돌려서 더 팽팽하게 조인다. 곧 우리가 탄 차가 출발한다. 앞자리에 앉은 경찰관들이 나는 알아듣지 못하는 슬라브어로 말한다. 나는 모든 걸 그냥 되는 대로 내버려둔다. 다 이유가 있을 거다. 경찰관들은 나를 우르반 종합병원으로 데리고 간다.

　무슨 일이 벌어진 걸까? 음악이었다. 나는 음악을 들었다. 크게 켜놓

---

19) 조니 캐시(Johnny Cash : 1932~2003): 미국 컨트리 및 웨스턴 음악의 경지를 넓힌 가수 겸 작사가.

고 들었다. 내 옛날 오디오는 벌써 오래전에 내부가 타서 녹아버린 터라 나는 텔레비전과 DVD 플레이어로 음악을 들었다. 그 밖에 다른 일은 없었을까? 모르겠다. 그들이 초인종을 눌렀다. 아직 밤 열 시가 되지 않은 시각이었다. 정확히 말하면 아홉 시 반이었다. 그때 나는 앞에서 말한 문화 교양지《더미》를 읽으며 내용을 검토하고 있었다. 나는 문을 열었다. 그들은 2~3초가량 나를 바라보았다. 나도 그들을 바라보았다. 그러더니 그들은 말 한마디 없이 내 양손을 잡고 벽으로 밀어붙인 뒤 즉시 수갑을 채웠다. 어쩌면 평생 동안 나를 따라다닐지도 모를 수 있는 수갑이었다.

"내가 뭘 잘못했나요? 누가 신고했어요?" 내가 묻는다.

"신고가 수도 없이 들어왔지." 경찰관이 대답한다.

차창 밖으로 검은 도시가 스쳐 지나간다. 건물의 정면, 신호등 불빛, 콘크리트 위 어디에서나 보이는 어두운 광택들. 번쩍거리고, 빛이 나고, 굉음이 울린다. 나는 곧 감옥으로 되돌아간다.

23.

무슨 일이 일어났다. 이 사건 이전에. 어느 날 아침 나는 유난히 몸을 떨며 잠에서 깨었다. 분노의 충동이 나를 침대에서 내동댕이쳤다. 몸을 일으켰지만 뭘 어떻게 해야 좋을지 몰랐다. 나는 책상에 쌓여 있는 편지들을 가져와 꼼꼼히 읽었다. 관공서에서 보낸 편지가 내 시선을 끌었다. 무슨 날짜가 적혀 있었고, 법원에 출두하라는 내용이었다. 뵈케른 다리 근처 어디였다. 나한테서 뭔가를 박탈하려는 걸까? 내 시민권을? 후견인을 붙이려는 걸까? 나는 아래로 내려가 폐지가 들어 있는 쓰레기통에 편지를 던져버렸다(공격적인 사람들도 분리배출은 한다.). 그런 다음 편지를 다시 꺼내 불을 붙였다. 왜 그랬는지는 나도 모른다. 그러나 별스러운 흥미가 생기면서 나는 불이 붙은 종이를 다시 쓰레기통에 던져 넣었다. 불이 날까? 무엇이 현실일까? 나는 쓰레기통이 확 타오르는데도 그대로 있었다. 곧 불을 끌 생각이었다. 나는 불에 타는 종이들을 쓰레기통에서 꺼냈다. 그러나 불길은 벌써 주변으로 옮겨 붙었다. 나는 쓰레기통에 침을 뱉었다. 소용없었다. 계속 타올랐다. 위에 올라가 물을 떠오려 했지만 그러려면 시간이 너무 오래 걸릴 테고 쓰레기통은 벌써 화염에 휩싸일 것이다. 한 번도 본 적이 없는 남자가 다가와 함께 불을 끄려 했다. 그는 물병을 소지하고 있었다. "젊은이, 우리를 불로 태워버릴 작정이야?" 그가 나무랐다. 나는 고개를 저었다. 아닙니다. 당연히 아니죠. 불은 계속 타올랐다. 쓰레기통 아래쪽이 녹아 파란 플라스틱에 구멍이 나면서 작은 거품이 생겼다. 남자와 나는 간신히 불을 껐다. 불길은 잡혔지만 잔불은 여전히 남았다. 크로이츠베르크 하늘 위로 연기 기둥이 치솟았다. 교황 선출 과정이 생각났다. '하베무스 파팜'[20]이라는 말을 떠올리며 나는 다시 집으로 올라갔다. 양심의 가책을 느껴 고해를 하려고 했다. 그러나 고해 성사라는 것을 믿지 않은 지가 오래되었다. 더군다나 지금, 여기에서는 하고 싶지 않았다.

---

20) 하베무스 파팜(Habemus papam): '우리에게 새 교황이 생겼다.'라는 뜻의 라틴어. 교황 선거가 끝난 후, 교황 선거 장소인 바티칸 시스티나 성당의 굴뚝에서 흰 연기가 나도록 하고 이 문장으로 외부인들에게 새로운 교황의 탄생을 알린다.

24.

무슨 일이 일어났다. 이 사건 이전에. 내 밑에 층에 사는 여자가 이사를 나갔다. 그녀가 이사하는 날, 나는 또 시내를 배회하다가 돌아오는 길에 우연히 그 광경을 목격했다. 나는 이삿짐을 나르는 그녀의 친구들을 돕고 싶었다.

그녀가 버럭 화를 냈다. "당신은 도와줄 필요 없어요!"

"아니 왜요?"

"당신 때문에 이사하는 거니까, 이 인간아!"

처음 듣는 얘기였다. 무슨 영문인지 알 수가 없었다.

그녀의 남자 친구가 내 얼굴 표정을 보더니 말했다. "이제 난 저 사람 편이야."

나는 무슨 편이라는 게 있는 줄도 몰랐다. 우리는 아무 관계도 없던 사람들이지 않은가. 그녀는 한 번도 음악이 시끄럽다고 항의한 적이 없었다.

내가 그녀에게 얼마나 끔찍한 인간이었을까.

25.

무슨 또 다른 일이 있었다. 이 사건 이전에. 날마다 무슨 일인가가 일어났다. 하지만 그 사건들은 서로 포개져 단 하나의 흐릿한 영화 속 스틸 사진으로 남았다. 나는 경찰차에 앉아 있다. 금방 도착할 거다. 경찰관들은 나를 감옥이 아닌 우르반 종합병원으로 데려간다. 나는 마음이 홀가분해진 듯이 굴었다. 곧 수많은 병동 중의 한 곳인 응급 병동에 들어갈 거다. 이젠 서로 구별되지도 않는 곳으로. 그다음엔 위에서 또 내게 뭔가를 주고 정맥 주사를 놔주겠지. 그럼 나는 사라진다.

몇 주 동안 나는 사라진다.

기억이 없어진다.

26.

아니다. 사회정신건강 관리소의 여의사, 그녀가 어렴풋이 기억난다. "불났어요, 멜레 씨. 불났어요!" 폐쇄 병동으로 가는 복도에서 그녀가 내게 소리쳤다. 그녀는 틀니를 꼈다가 이따금 뺐다.

"당신이 여자들 사는 집 앞을 어슬렁거렸어요!" 그녀가 소리 질렀다. 나는 그 사실을 완전히 잊고 있었다. 연극 제작자 몇 명으로부터 낭독회에 초대받은 적이 있었다. 그중에는 얼굴만 알고 있는 여성 연출가도 있었다. 그때 나는 무슨 일인가로 화가 났다. 아마 건방진 말투의 초대장 때문이었을 거다. 나는 그 사람들이 머무는 스튜디오로 찾아가 격분해서 문을 두드렸다. 아무도 문을 열어주지 않아 나는 편지를 써놓고 왔다. 분명히 어수선하고 악의적으로 쓴 글이었을 것이다. 하지만 나는 그 사람들 자체는 좋아했다.

치아가 없는 그 여의사는 일주일에 한 번 병동으로 찾아와 자신의 어린 양들을 꾸짖었다. 그때 그녀가 그 일을 상기시켜주었을 때 나는 내가 이상하다는 것, 그것도 아주 심각하게 이상하다는 걸 다시 알았다. 나는 놀라 멈칫했다. 죄책감을 느꼈다. 폐쇄 병동에 수용되어서 그렇게 느낀

건 아니었다. 나는 내가 가졌다고 비난받는 은밀한 반국가적 적대감 때문에 죄책감이 들었다고 생각했다. 그런데 그 적대감은 국가도 내게 표출한 감정이었다. 그러나 극장에서 함께 일했던 지인들이 나를 공공 기관에 위험인물로 신고한 지금, 나는 계속 그 일을 곱씹었다.

그러다 새로운 뉴런의 불길이 타오르며 내가 품었던 의혹을 말끔히 태워버렸다.

27.

앞에서도 묘사했듯이, 내 조증에는 내가 예수라는 망상, 일종의 구원자 콤플렉스가 뒤따른다. 이 망상은 또 다른 기괴한 행동으로 표출된다. 그러면 나는 세상의 모든 아픈 사람들, 이 세상에서 잊힌 사람들과 함께해야 한다는 생각에 빠진다. 그들은 나로 인해 병이 났고 나로 인해 잊힌 사람이 되었으니까. 나는 길 잃은 자들, 타락한 자들, 삶에서 소외된 자들, 이용당한 자들에게 피난처를 제공해야 했다. 그것이 비록 가상의 공간, 상상 속의 공간, 허구 안에 지어놓은 공간이라 해도 말이다. 또는 내 입에서 나오는 말 한마디뿐이라고 해도 말이다. 그건 내가 책이나 노래에서 본 문장일 수도 있고 게시물이나 블로그에 쓴 문장일 수도 있다. 나는 블로그에서 머물다가 마음속으로 도움을 준다. 때론 현실에서 실제로 연락까지 한다. 하지만 언어가 어느새 신뢰할 수 없는 것이 되었고 기괴한 암호로 바뀌었다. 생각은 왜곡되었다. 그리하여 내가 보내는 메시지들을 상대방은 도움 제공이 아닌 위협으로 받아들인다. 특히 여자들이 그렇다. 조증 환자가 자신을 매력적이라고 느끼고 그의 무의식

속에서 혹시 성적인 관심에까지 문을 두드리면, 모든 건 완전히 치명적인 것으로 바뀐다. 그러면 단기 스토커로 가는 길은 멀지 않다. 이런 종류의 비난은 지금도 현실 세상과 네트워크에서 퍼져 돌아다닌다. 당사자가 무슨 질환을 앓고 있다고 해명하거나 사과해도 별로 소용이 없다. 여하튼 내 경우는 그랬다. 심지어 어떤 사람들은 그 질병 이야기에만 귀를 쫑긋할 뿐, 비록 조증으로 많은 과오를 저질렀을지언정 네트워크 저쪽엔 수년 전부터 피가 철철 흐르도록, 그의 오염된 피가 철철 흘러내리도록 바로 그 문제와 싸우는 사람이 앉아 있다는 걸 망각한다.

28.

신경 이완제 때문에 몇 주가 엉망으로 지나갔다. 병원에서 어떻게 다시 나왔는지 모르겠다. 환자는 정신 병원을 치료의 기회로 받아들이는 게 아니라 탈출해야 하는 감옥으로 생각한다. 이제 나는 완전히 매이지 않은 몸이 되었다. 사회적 관계도 끝났다. 그건 내가 원해서 그랬을 수도 있고, 내가 사람들을 모욕해서 그렇게 됐을 가능성도 있다. 알료샤와는 연락이 끊어졌다. 다른 친구들은 나를 찾아왔지만, 날이 갈수록 그 수가 줄었다. 나를 방문하는 것은 방문하는 사람들에게도 극도로 불편한 일이다. 그냥 병원으로 찾아가서 다리가 부러진 친구에게 꽃다발을 내미는 게 아니다. 뜻하지 않게 재난을 당한 여행객이 되어 무시무시한 사건의 중심부로 들어가 무시무시한 일에 호되게 당하는 것이다. 그걸 감당할 수 있는 사람은 많지 않다. 이해한다. 나였어도 그렇게는 못할 것이다.

나는 정말로 자유로운 극단론자가 되어 곳곳을 돌아다녔고 갈수록 예측 불허의 사람이 되었다. 나는 무슨 문학 행사에 참석하러 쾰른에 갔다. 다른 때 같았으면 피했을 행사였다. 그곳에서 낭독을 하기로 되어 있었다. 이 낭독회도 절반은 엉망진창으로 끝났다. 나는 또 기차를 놓치면서 너무 늦게 쾰른에 도착했다. 게다가 금연이었는데도 의기양양하게 담배를 피웠으며, 묻는 말에 공격적이고 무의미한 대답을 내놓았고, 마이크까지 부술 뻔했다. 사회자인 파트리크 후치가 그렇게 사려 깊은 사람이 아니었다면 나는 더 거칠게 화를 냈을 것이다. 뜻밖에 어머니와 이모와 이모부가 낭독회에 참석했다. 나로서는 어처구니가 없었다. 나는 주최측에도 이유 없이 공격적으로 굴었다. 저녁에는 (정말로) 패티 스미스[21]와 악수하고 알리스 슈바르처[22]와 인사를 나누었다. 아침에는 로거 빌렘젠[23]에게 샬럿 로치[24]에 관한 무슨 헛소리를 늘어놓은 뒤 호텔 로비에 있는 피아노 앞에 앉아 아무렇게나 마구잡이로 연주했다. 내가 피아노를 못 친다는 건 굳이 언급할 필요도 없다.

나는 쾰른에서 이틀을 더 머물렀다. 그리고 마르틴 키펜베르거에 전염되어 첼시 호텔에 투숙했다. 다 알다시피 그는 첼시 호텔 주인과 거래를 맺고 자신의 미술 작품과 호텔방 투숙을 맞바꾸었다. 키펜베르거에게 통하는 것이라면 내게도 통해야 마땅했다. 나는 이틀 동안 여기저기를 쏘

---

21) 패티 스미스(Patti Smith : 1946~) : 미국의 가수 겸 작곡가. 펑크의 대모라고 불린다.
22) 알리스 슈바르처(Alice Schwarzer : 1942~) : 독일의 언론인이자 출판인이며 유명 여성 운동가.
23) 로거 빌렘젠(Roger Willemsen : 1955~2016) : 독일의 출판인, 방송 진행자, 영화 제작자.
24) 샬럿 로치(Charlotte Roche : 1978~) : 독일의 방송 진행자, 배우.

다닌 후 뭔가를 잔뜩 끼적거린 메모지를 방에 남기고 줄행랑을 쳤다. 당연히 돈은 내지 않았다.

29.

내가 클럽 '베르크하인' 앞에 서 있었을 때는 한낮이었다. 몇 해 전 알료샤와 함께 자주 온 곳이다. 사람들과 매체가 이곳을 주목하고 열광하기 전이었다. 그때 우리는 저음을 쿵쿵 울려대던 이 어둡고 장엄한 강철 신전을 보고 놀라움을 금치 못했다. 지금 나는 희한하게도 헬레네 헤게만의 성장 소설 「아홀로틀 로드킬(Axolotl Roadkill)」을 손에 들고 다시 그 건물 앞에 서 있다. 작가가 내게 준 선물이라고 느낀 책이지만, 그와 동시에 치명적으로 폴크스뷔네에 중독된 것처럼 보이는 책이었다. 이 책을 읽는 게 참을 수 없을 정도로 고역이었다. 어디서나 볼 수 있는 폴레슈 말투가 곳곳에 들어차 있었다. 이미 오래전에 내 친구들의 대화에도 침투한 말투였다. 뭐든지 다 안다는 태도, 정체성을 부인하는 태도로 그간 꽤나 효과를 봤지만, 근본적으로 따지면 아무 생각 없이 주변 환경에 동조하며 그걸 스마트한 언변으로 재포장한 것이었다. 불온함을 위장한 중산층 사람들의 거울의 방에서 그들은 서로 낯설다는 것을 확인하고 그 후에는 눈을 깜박거리며 더욱더 홀가분하고 단호히 행동했다.

여하튼 나는 클럽 '베르크하인' 앞에 서 있었다. 줄은 길지 않았다. 문지기 스벤 마르크바르트가 나왔다. 그는 나를 쳐다보고 내가 들고 있는 책에 눈길을 주더니 지금 여기서 헤게만의 생일 파티를 하려는 거냐고 물었다. 나는 웃음을 터뜨렸다. 그도 활짝 웃으며 내게 들어가라고 손짓했다.

안에 들어가니 어둠 속에서 광란하는 낙원이 기다리고 있었다. 당장 음악이 숨 구멍이란 숨 구멍으로 다 밀고 들어왔다. 나는 음악의 기능이 되었다. 어디선가 뒤엉킨 진동이 나타나 내 몸을 뚫고 들어왔다. 어디서 무언가가 계산을 하고 펌프질을 하는 것 같았다. 그 뭔가는 나를 몰아대며 강철과 살덩이로 이루어진 이 생명체 깊숙한 곳으로 궤도를 따라 들여보냈다. 저음은 이정표가 되어 황량한 외딴 구석이든 사람 가득한 댄스 플로어의 중심이든 어디서나 웅웅거리는 소리로 내 얼굴을 때렸다. 나는 술을 두세 잔 들이켰다. 음악이 내 뇌를 직접 흔들었다. 나는 춤을 췄다. 춤을 추고, 모르는 여자들과 이리 짝, 저리 짝, 박자에 맞춰 손뼉을 치고, 하이파이브를 했다. 나는 롱 드링크와 맥주를 마시고 비트에 빠져 무아지경이 되었다. 이 음악이 좋았다. 너무 행복한 나머지 땀으로 젖은 벽 아무 데나 대고 내 머리를 짓찧고 싶었다. 담배 자판기 앞에서 50유로를 잃어버렸다. 알게 뭐람. 나는 이리저리 다니며 춤을 추고 누군가에게 키스했다. 나는 쉬지 않고 춤을 추다가, 어디에 앉아 있다가, 대화하다가, 어디로 갔다가, 서 있다가, 다시 갔다가, 춤을 추다가, 마지막엔 피라미드 비슷하게 왕좌처럼 생긴 조형물 위에 올라가 편히 앉았다. 주변으로 여자들이 인어처럼 내 발밑에 흩어져 있었다. 해신 넵튠의 제단 앞에 몸을 바짝 엎드리고 있었다. 나는 깨달음을 얻었다. 깨달은 자가 되고 싶었기 때문이다. 그러자 정말로 그리스 신화가 떠오르는 연상 작용이 일어났다. 황홀하게 아름다운 반인반수의 생명체, 운명의 여신과 요정들, 물도 없는데 나오는 분수 연주, 공중 수족관이 펼쳐졌다. 짐승들은 말없이 서로 모여 앉아 하나가 됐다가 고통 없이 다시 흩어졌다. 여기서는 뭔가 원시적인 것이 작동했다. 나는 그곳으로 빠져 들어갔다.

24시간을 그 안에 있었던 모양이다.

얼마 후 나는 피카소를 발견하고 걷잡을 수 없이 화가 났다. 한번 생각해보라. 오래전에 사망한 지난 세기의 대표적인 미술가가 중년 남자가 되어 베를린의 테크노 클럽에 온 걸 보았다는 망상에 빠졌을 때 얼마나 미칠 지경이 되는지를. 피카소는 화장실에 앉아 어설픈 말재주로 꽃미남 힙스터[25]들과 수다를 떨었다. 허리띠 버클에는 F.U.C.K.라는 글자가 금색으로 박혀 있었다. 그는 유난히 동성애적인 태도와 남성성을 드러냈다. 내가 앞에 가서 서자 그는 아이처럼 호기심 많은 둥그런 눈으로 나를 바라보았다. 나는 당장 화가 치밀었다. 이자는 여기서 뭘 하는 거야? 더 생각할 것도 없이 나는 마시고 있던 적포도주를 그의 사타구니에 부었다. 욕망이나 식혀라, 세기의 예술가여!

왜 적포도주였을까 하는 의문이 든다. 나는 포도주를 마시지 않는다. 아마도 클럽의 고대 그리스적인 분위기에 미혹되어 적포도주를 쏟았던 것 같다. 여하튼 피카소가 화를 내는 건 당연했다. 그가 벌떡 일어섰다. 나는 달아났다. 피카소가 나를 뒤쫓았다. 계단을 오르락내리락하며 따라왔다. 결국 이런 생각이 들었다. 제기랄. 이렇게 남을 골탕 먹였으면, 빌어먹을 피카소한테 빌어먹을 포도주를 사타구니에 부었으면 그 사람 앞에 나서야 하는 거야. 나는 철제 난간에 멈춰 서서 그의 눈을 차갑게 쏘아보았다. 피카소는 테이프를 빨리 돌려 감은 것처럼 경쾌하고 재빠른

---

25) 힙스터(hipster): 1940년대 미국에서 사용하기 시작한 속어로, 유행 등 대중의 큰 흐름을 따르지 않고 자신들만의 고유한 패션과 음악 문화를 좇는 부류를 뜻한다.

몸짓으로 나를 향해 다가왔다. 우리 사이에 몸싸움이 벌어졌다. 나는 피카소를 좋아하지 않았다. 그의 작품은 너무 유기체적이고, 너무 진부하고, 너무 자연스럽게 그 자신에게서 흘러나오고, 굴절이나 반사도 없고, 고농도 꿀이 자연 그대로 분비되었다. 내가 마음속으로, 아니 무의식적으로 그의 이런 창의적인 자연스러움을 부러워했던 것 같다. 결국 그 모든 건 정액일 뿐이었다. 보안 요원 한 명이 우리 둘을 떼어놓았다. 나는 피카소에게 사과했다. 그리고 보안 요원에게는 더 이상 아무 말도 필요 없다고, 이제 신물이 나서 이곳에서 자진해서 나가겠다고 말했다. 그렇게 해서 모두들 긴장을 풀고 사태는 진정되었다. 나는 재킷을 가져온 뒤 그곳을 떠났다.

피카소. 한번 상상해보라.

30.

슈퍼스타들이 늘어선 이 화려한 거리, 내가 발작 상태에서 늘 미쳐 날뛰는 이 과대망상의 거리는 당연히 유명인과 명성에 대한 내 집착을 드러낸다. 건강했던 시기에도 내 집착은 평범한 수준을 넘어섰다. 그건 독특한 허영심, 그들 틈에 끼고 싶고 위대해지고 싶은 갈망을 말해준다.

청소년기에 내 가까운 주변에는 본보기로 삼을 만한 인물이 없었다. 모든 게 답답하고 시시하고 끔찍했다. 그러니 본보기는 멀리서 불러와야 했다. 그 본보기는 스타였다. 나는 매주 개신교 계통의 공공 도서관을 찾았다. 자원봉사로 일하는 여자들이 저 아이는 크게 될 아이라고 수군거렸다. 책 속에 있는 먼 곳은 약속이었고, 미래에 거는 내기였고, 내게 활짝 열려 있는 공간이었고, 주변의 답답함에서 벗어나는 길이었다. 그곳에서 본 예술가들은 자신의 약점과 한계를 이용해 스스로 뭔가 다른 것, 뭔가를 열어젖히는 것, 자신을 초월하는 것을 창조했다. 그것은 예술, 나를 깜짝 놀라게 한 대담한 예술이었다. 나는 미친 듯이 책을 읽으며 점점 내 주변에 철벽을 치기 시작했다. 내적 망명 혹은 이중생활이 무엇인지 나는, 과장해서 말하면, 어린 나이에 일찌감치 깨달았다.

청소년기에 음악과 문학과 스타들에게 열광하는 능력, 이것이 혹시 훗날 내 질병의 전조 증상이었을까? 이런 몰두와 현실 도피가 이미 조증의 특성을 가지고 있었을까? 그리고 어느덧 나를 감동시키는 사람이 거의 없거나 내 흥미를 끄는 인물이 아예 없는 지금의 반대 상황은 나이를 먹으며 나타나는 일반적인 결과이자 지나치게 과도한 감정을 애초부터 질식시키는 약 복용의 결과일까?

한번 아프니 모든 게 의심스럽다.

31.

우연히 읽고서 곧장 이해하게 된 흥미로운 주장이 있다. 그 가설은 양극성 장애의 발병을 과잉 순응이라는 성격상의 일반적 성향과 결부한다. 그런 성향에 수반되는 강한 내적 충동은 건강한 시기에는 사회적 역할에 밀려 강하게 억제된다. 그뿐만이 아니다. 그런 성향을 가진 당사자는 주변 사람들에게 지나치게 잘하려 하고, 그들과 충분히 거리를 두지 않고, 아무도 혼란스러워하지 않는 상황에서 혼란을 느끼고, 주어진 과제와 의무를 모두 완벽하게 수행하려 한다. 그러다가, 어느 전문가의 표현대로, 기어이 '남들과 자신의 온갖 요구'에 짓눌려 '뻗어버린다'. 그러면 더는 참을 수 없어지면서 과거에 그토록 강력했던 자제심은 수천 조각으로 파열해 자아 상실이 나타난다.

이제야 정말 처음으로 사는 것 같은 느낌, 이제야 정말 처음으로 나 자신의 목소리를 인식하고 그 소리를 높인다는 느낌이 조증에 뒤따른다. 지금까지 나는 조용히 지냈지만 이제는 말하겠어. 지금까지 나는 속아서 모든 걸 빼앗겼지만 이제는 내게 속한 것을 가지겠어. 그 방법은 도둑질, 싸움질, 광분일 수 있다. 회를 거듭할수록 그 강도는 강해진다. 드러나지 않았던 타고난 특성들, 지금까지 인성의 미묘한 차이로만 존재했던 특성들이 기괴하게 뒤틀린 모습으로 발전한다. 마음의 코르셋이 터져버린다.

내게 늘 반란의 성향이 있기는 했다. 그건 내 과도한 정의감 덕분이었다. 아직 정신이 온전할 때 그 정의감은 과민한 반항적 태도로 표출되었다. 소속되고 싶은 욕심에는 늘 다르고 싶다는 비열한 욕심이 끼어들었다. 그런데 병을 앓는 중에는 이 비열함이 괴물로 변하고 원했던 정의는 자아 과잉으로 바뀐다.

과잉 순응과 개인의 반항이라는 양(兩) 극단을 오가며 당사자는 폭발한다. 그 원인과 결과로부터는 벗어나기 힘들다. 나는 언제나 빛나는 성취를 통해 청소년기의 반항을 정당화하기를 원했다. 빛나는 성취가 있어야만 요구와 주장을 할 수 있기 때문이었다. 10대 시절 어느 때인가 나는 소심하지만 눈에 보이게 면도칼로 다리에 상처를 냈다. 충동적으로 한 행동이었다. 요즘이라면 그 행동은 명백한 경계선 인격 장애의 징후가 될 테지만 당시에는 다행히 그런 용어가 없었다. 아무도 내 상처를 눈치채지 못했다. 체육 선생님 한 사람만 알고 있었지만 그는 아무 말도 하지 않았다.

32.

다시 큐브릭[26]이다. 나는 머잖아 내 집이 아니게 될 집 안에 서서 달 표면을 재현한다. 이걸 꼭 해야 하는 배경에는 작은 사고가 자리 잡고 있다. 어제였나 그제였나 일주일 전이었나. 나는 욕실 앞 통로 벽이 다 덮이도록 나의 또 다른 자아인 '장 크리스토프 폰 툴루즈 빅스고켈'의 로고를 스프레이로 그렸다. 형형색색에 밝게 빛나는 아주 성공적인 그림이었다. 로고는 히스테리 상태의 수탉이었다. 원 중앙에 점을 찍고, 아래에는 걸어가는 두 다리를 그리고, 원 왼쪽에는 갈라지는 두 개의 선으로 날카로운 소리를 내는 부리를 표현하고, 위쪽에는 닭의 볏을 그렸다. 그냥 쉼표만 찍어서 표현하거나 펑크족처럼 무지개 색으로 돌출시켜 그린 볏도 있었다. 이게 시에 빠진 아이슬란드 물리학자 툴루즈 빅스고켈의 로고다. 그는 베를린을 방문해 환상의 언어로 다다이즘적인 글을 블로그에 올린다.

나의 또 다른 자아의 이름이 내가 잘 아는 연출가 얀 크리스토프 고켈과 관계가 있는지는 잘 모르겠다. 내 생각에는 없는 것 같다. 그러나 관계가 있을 거라는 의혹이 솟아올랐다. 나는 그 의혹을 정중하게 거절하겠다. '빅스고켈'은 '푹스바우'라는 이름의 바에서 우연히 들은 이름이다.

---

26) 스탠리 큐브릭(Stanley Kubrick : 1928~1999) : 미국의 대표적 공상 과학 영화 감독.

어쩌면 작가 페터 한트케의 조카라고 생각되었던 남자가 다른 남자를 친절하게 욕하는 소리를 들었을 때 그걸 잘못 듣고 붙인 이름인지도 모른다. 그는 날마다 새로운 점심식사 그림을 밖에 걸린 칠판에 그린 뒤 흠잡을 데 없는 서체로 태그를 남겼다. 뭐, 좋다. 내 또 다른 자아 장 크리스토프는 얀 크리스토프와 조금 관계가 있다. 그러나 내용상으로는 아니다. 얀 크리스토프는 훌륭하니까. 하지만 장 크리스토프 툴루즈 빅스고켈부터 이야기하자! 그는 천하무적이다. 그는 정말로 장안의 화젯거리다. 한번은 배우 로베르트 슈타들로버가 크로이츠베르크의 태양 아래에서 휴대폰 통화를 하는 척하며 내게 귓속말로 자신과 자신의 동료들이 내가 창조한 그 또 다른 자아를 아주 재미있게 생각한다고 말했다. "빅스고켈을 만들어줘서 고마워요." 그는 나를 보고 웃으며 이렇게 덧붙였다. "빅스고켈이 바로 나예요!" 정말 그의 외모는 내가 상상하는 아이슬란드 닭과 비슷했다.

나는 그 화려하고 아름다운 그림에 덧칠을 할 생각이었다. 나는 대량으로 사놓은 흰색 페인트를 가지고 통통한 수탉에 덧칠을 했다. 그러다 히스테리성 실수로 페인트 통을 발로 차서 엎었다. 처음에는 끈적거리며 흐르는 페인트를 짜증이 나서 바라보다가 흘러나오는 걸 멈추게 하려고 페인트 통에 한쪽 발을 넣어 쿵쿵 밟았다. 희한한 짓이었다. 그러다 마지막엔 오기로 온 집 안을 그 발로 돌아다녔다. 그렇게 해서 하얀 페인트가 사방 천지에 묻었다. 이제 나는 이걸로 종합 예술 작품을 만들 생각이다. 침대 시트와 용수철을 이용하고, 페인트를 더 많이 칠하고, 도약 장치를 만들고, 싸구려 칸막이를 주먹으로 찌그러뜨려 달의 분화구를 만들 거다. 어차피 할리우드에서는 모두 이렇게 한다. 그리고 달 착륙 장면을 날

조한 큐브릭이 죽었다고, 아무도 내게 말하지 못한다.

집 문제가 점점 급박해졌다. 머잖아 나는 정말로 이 집에서 나가야 한다. 에이전시의 재촉으로 나는 새로 옮길 집을 두 군데 둘러보았지만 둘다 마음에 들지 않았다. 아니면 내가 그 사람들 마음에 들지 않았겠지. 아니면 그 무엇도 누구의 마음에 들지 않았겠지. 더욱이 독립 좌파였던 첫째 집 제공자가 뒤에서 내 귀에 대고 "난 네가 싫어."라고 중얼거리는 소리를 똑똑히 들은 것 같다. 그러니 집을 구하는 일도 당연히 끝났다.

뭔가가 나타나겠지. 언젠가는 뭔가가 나타나곤 한다. 그게 뭔지는 나도 모른다. 그게 언제일지도 모른다. 그러나 나타날 거라는 건 안다. 그것만은 확실히 안다. 경찰이 망가뜨린 문은 지금 저 아래 길바닥에 세워져 있다. 상형 문자와 자잘한 메시지로 장식된 문이다. 값어치는 얼마나 나갈까? 아직 아무도 가져가지 않았다.

33.

나중에 나는 그 문짝을 다시 들고 올라와 바닥에 눕히고 구멍을 접착제로 메우고 그 위에 의자를 부착하고 깃발까지 꽂았다. 그리고 어느 날 밤 콧부스 다리에서 란트베어 운하로 문짝을 던졌다. 일종의 성명서였다. 운하 건너편 사람들이 즉각 박수로 반응했다. 그 이상한 뗏목은 천천히 운하를 따라 내려갔다. 작가 파울 첼란에 대한 내 맹공격에 격분한 《차이트》지의 독자 편지를 사방으로 찢어버렸던 바로 그 장소였다. 나는 뗏목을 뒤에서 바라보며 뗏목이 흘러갈 길을 예상해보았다.

나는 시뮬레이션 속에서만 살았다. 나는 모든 음모론을 믿었다. 그러나 전체적으로는 그 어떤 음모론도 믿지 않았다. 역사는 지금껏 존재한 것 중에서 최고의 허구였다. 내 내면의 눈에서 역사적 시기는 서로 맞물려 포개졌다. 역사 서술은 내 관심을 끌려는 투쟁이었고, 세계정신의 실험 대상인 나를 차지하려는 싸움에 불과했다. 홀로코스트, 곧 나치의 유대인 학살은 실제로 일어나지 않았다. 심지어 나는 며칠간 이런 것도 믿었다. 처칠과 스탈린과 히틀러와 체임벌린은 홀로코스트를 모의실험하기로 합의했다. 아니 모든 사람이 거기에 동의했다. 장차 나타날 인간의 위험을 예방하고, 그를 중심으로 불붙을 싸움을 실험의 한계 내에서 가상으로 예측하기 위해서였다. 인류가 홀로코스트 같은 비인간적인 일을 저지를 리가 없다는 게 내 생각이었다. 인류의 이성적인 정신은 그런 짓을 할 리가 없었다. 나는 사실들을 모두 머릿속에 담고 있었다. 학교 다닐 때 역사 선생님은 "다시는 이런 일이 일어나서는 안 돼."라고 말하면서 정말 나를 애매모호한 표정으로 바라보았다. 그때 내 눈길이 반에서 똑똑하고 예쁜 아나벨의 눈길과 마주쳤다. 우리는 상황을 모르면서도 그게 뭔지 어렴풋이 알고 있었다. 나는 역사적 사실들을 이해하지 못했다. 아니다. 당연히 이해는 하고 있었지만, 그것을 정말로 받아들인 적은 없었다. 그런데 지금 그 이유까지 알게 되었다.

민족의 이동이 진행되고 있었다. 성경의 내용이었다. 나는 그 안에서 익사했다. 중세가 시작된 후 몇 년이 흘렀을까? 무슨 중세? 도대체 몇 명의 사람이 과거에 존재했을까? 알려진 것보다 훨씬 적을 가능성이 크다. 중세 이후 겨우 네 세대밖에 지나지 않았다. 아니, 세 세대일까? 이런 생각들, 이런 거짓들을 견딜 수가 없다. n-tv에서 히틀러가 낄낄 웃으며 내 이름을 발음했다. 맥주를 한 병 더 마셨다.

34.

현시점에 가까워질수록 이런 일에 대해 이야기하는 게 점점 힘들다. 우리의 핀업 보이[27] 크나우스고르[28]가 —— 나는 그의 말을 한마디도 믿지 않지만 —— 이렇게 말했다. 자신의 체험을 글로 쓸 수 있기까지는 10년이 걸린다고. 아마 그래서 내가 힘든 건지도 모른다. 어쩌면 얼마 전의 내 상황이 가장 심각한 후유증을 동반한 가장 가혹한 정신병이며 가장 오래가는 최악의 질환이라서 그럴 수도 있다. 아니면 내가 정말 바보가 되어서 그럴 수도 있다. 바보가 된 자신에 대해 어떤 식으로 이야기를 한단 말인가?

그것도 아니라면 질환 발병 후 겨우 몇 년밖에 흐르지 않아서일 수도 있다. 기억은 아직 이야기로 정리되지 못했다. 어차피 기억은 약의 독성 성분 때문에 많이 손상되었다. 사고(思考)는 약물과 술로 인해 더는 소멸하지 않는 지속적인 섬망(譫妄)[29] 상태로 들어갔다. 꼭 그래야 할 경우엔 내가 원래는 아직 쓸 만하다는 걸 주변 사람들에게 알리려고 어떤 역할을 맡은 배우처럼 행동했다.

그러나 마음속은 지옥이었다. 그리고 주변에는 거의 아무도 남아 있지 않았다.

---

27) '핀업 보이(Pin-up boy)' : 벽에 걸어두는 달력 사진에서 비롯된 '핀업 걸'과 유사한 말로, 매력적인 남자 스타를 뜻한다.
28) 칼 오베 크나우스고르(Karl Ove Knausgård : 1968~) : 노르웨이 작가.
29) 외계(外界)에 대한 의식이 흐리고 착각과 망상을 일으키는 의식 장애.

35.

　그라비스 매장 직원은 내가 물감으로 더럽힌 컴퓨터를 올려놓으며 집에서 그림을 그렸다고 말하자 웃으며 묻는다. "컴퓨터로요?" 코메르츠 은행 여직원은 내가 왜 어떤 경로로 곧 하버드 대학에 가는지 짧게 설명하자 "멜레 씨가 미국에 간답니다!" 라고 소리치며 곧 없어질 신용 한도로 계좌를 터준다. 여자 판사가 나를 의심스럽게 바라보는 동안 나도 그녀를 의심스러운 눈으로 쳐다본다. 내게 하룻밤 잠자리를 제공하고 나중엔 하루 더 묵게 해준 친구들은 그 모든 걸 아주 당연하게 받아들인다. 내가 빈 병을 가져가자 그게 돈에 쪼들려 그런다는 걸 짐작하고도 친구들은 내게 고맙다고 말한다. 도로 맞은편의 택시 운전사가 말보로 담뱃갑을 들고 손짓하는 걸(내 쪽을 보고 손을 흔들지도 않았다) 나는 '당신을 응원해요.'라는 연대감의 몸짓으로 해석한다. 택시 운전사가 말한다. "다시는 소다 클럽에 가지 말아요." 그곳의 20대들이 얼마나 적대적인지 내가 이야기한 뒤였다. 나는 그때 그 아이들은 해석하지 못한 뉴스에 완전히 당황했다. 그곳이 금연 구역이 된 후 그 아이들은 어디서나 나던 더부룩한 향수 냄새를 풍기며 허풍을 떨었다. "우리 중 한 사람은 거짓말을 하고 있어. 우리 중 한 사람은 죽어가고 있어." 쇠네베르크에 있는 어느 음식점의 이탈리아 종업원은 내게 피자를 가져다주며 "이 유대인 게이야."라고 속삭인다. 오바마가 바로 내 앞에 서서 에스컬레이터를 타고 올라가다가 몸을 돌리더니 아무 말도 하지 않고 나와 의미심장한 눈길을 주고받는다. 그 직후 프리드리히 가 기차역의 부랑자가 자살하겠다고 예고한다. 요즘 나는 하얀 민소매 러닝셔츠에 꽂혀 있다. 아무것도 덧입지 않는 래퍼 스타일이다. 모퉁이에 에미넘이 있다. 내가 미테 지역 카페들의 입간판을 발로 쳐서 쓰러뜨린다. 교활한 클라우디우스 자이들[30]이 전차를 기다리다가 그 광경을 보더니 나보고 벌써 아침 일찍 맥주를 마셨나 보다고 말한다. 팝 밴드 블룸펠트의 키보드 연주자였던 미하엘 뮐하우스가 어느 날 저녁 '마리아' 클럽 앞에서 내 얘기를 열심히 들으면서도 이렇다 저렇다 말이 없다. 얼마 전부터 사람들이 인도와 카페에서 내 얘기를 할 때면 '토마스 뮐러'라는 암호로 말한다는 걸 알게 되었다. 나에 대해 이야기할 때는 유명 축구 선수 이야기를 하는 것처럼 군다는 것도 알게 되었다. 그와 동시에 멀리서 둔탁한 굉음을 내며 다가오는 헬리콥터들이 나를 주시하며 궁지에 몰아넣는다. 관찰하고 있는 것이 관찰당하는 대상이 된다. 지쳐서 라이프치히 기차역 기둥 옆에 누워 울리케 마인호프의 전기를 읽는 내게 어느 여자가 라틴아메리카 식으로 치아를 드러내고 웃으며 묻는다. "그게 당신의 유일한 사랑이에요?" 초월적 명상(Transzendentale Meditation : TM)[31]. 예수는 모든 조증 환자들의 원형이라는 생각. '그건 절대로 안 돼.'라는 말에서 이미 잠재적 집권을 눈치채고 나를 모든 악의 근원인 양 계속해서 따라다니는 아도르노의 문구. —— 거부와 배제의 강력한 흡입력은 거부당한 것과 배제된 것을 불가피한 것으로 만든다. 계단실에서 나는 내 발걸음 소리를 듣고 술을 마셨느냐고 불안하게 묻는 아는 여자를 기습적으로 덮친다. 그녀는 공포에 질려 내 눈 앞에서 문을 쾅 닫는다. 쉬려고 아그네

---

30) 클라우디우스 자이들(Claudius Seidl : 1959~) : 독일의 언론인, 영화 평론가.
31) 저자의 이름과 성의 첫 글자를 따서 만든 언어유희.

스와 함께 '원' 모텔에 들어간다. 전부 그녀가 지불한다. 모든 채널에서 영화와 비디오 클립이 끊임없이 나온다. 젊은이들을 구하라는 임무가 주어진다. 레즈너가 나를 구한다. 내가 어느 위험한 카페에 깜박 잊고 컴퓨터를 두고 나오자 레즈너가 그곳을 떠다니던 소문과 낌새를 확 눈치채고 내 옆을 지나가며 저음의 목소리로 경고한다. "당신, 컴퓨터를 잊고 나왔어요." 그 말을 듣고 정말 카페로 가보니 내 컴퓨터가 있다. 토마스 마이네케[32]와 함께하는 '레코드플레이어의 밤'에서 나는 마티아스 릴리엔탈[33]을 때려 안경이 코에서 벗겨지게 만든다. '트레조어' 클럽에서 열린 헤게만의 생일 파티에서는 율레 뵈베에게 그녀만을 위해 새 드라마를 쓸 거라고 예고하며 허풍을 떤다. 발처의 팝 살롱 '도젠무직'에서 디데릭센과 함께 파트리크를 다시 보았다. 그는 소외된 상태에서 거의 한마디도 하지 못했다. 되너를 파는 남자가 내게 뒤륌 되너[34]를 건네며 수줍게 속삭인다. "다시 한 번 죄송합니다." 끝으로 어느 꾀죄죄한 남자가 골츠 가에서 나를 세우고 절망적으로 웃으며 말한다. "저들이 우리 모두를 엿 먹이고 있어. 알아들어?"

알아들었다.

---

32) 토마스 마이네케(Thomas Meinecke : 1955~): 독일의 작가, 음악가, 디제이.
33) 마티아스 릴리엔탈(Matthias Lilienthal : 1959~): 독일의 드라마투르크, 극장 감독.
34) 뒤륌 되너(Dürüm Döner): 되너는 터키 음식인 케밥의 독일식 이름이다. 그중에서도 뒤륌 되너는 얇은 빵 위에 각종 채소와 고기를 넣어 돌돌 말아 먹는 케밥을 말한다.

36.

그리고 주어캄프 출판사. 며칠 새 나는 그곳에서도 내 이름에 먹칠을 하고 작은 소동을 일으켜 향후 출판사와의 협업을 불가능하게 만들었다. 나는 1월에 열린 출판사의 베를린 이전 기념 축하연에 초대받았으나 그해 처음 입원하느라 참석하지 못했다. 나는 동료 작가 누스바우메더에게 출판사 대표에게 안부를 전해달라고 아주 단단히 (다시 말해 조증 환자답게) 부탁했다. 그것도 '정신 병원에서'. 내 입장에서는 지금 마지막에 덧붙인 말이 중요하다. 그 출판사 대표가 이런 말로 답장을 보내왔다. "우리가 신경 쓸 게요."

이게 무슨 뜻인가? 아무 뜻도 아니었다. 당연히 아무도 신경 쓰지 않았다. 뭐 예상했던 대로였! 그러나 이 짧은 문장이 머리에서 떠나지 않고 나를 주기적으로 자극했다. 출판사에서 어떻게 신경을 쓴다는 건가? 희생된 내 실존에 밀교적으로 호소해서? 사망한 지크프리트 운젤트에게 간청해서? 텔레파시로? 내 담당 편집자조차 나를 찾아오지 않았다. 그새 해고되었으니 달리 올 이유도 없었을 거다. 이른바 '주어캄프 드라마'가 계속 쓰여지고 있었다. 출판사는 심각한 두뇌 유출로 힘이 꺾였고, 소유주들의 터무니없는 송사로 거의 콩가루가 되었다. 통독 이전 암울했던 시기에 이성의 담론과 저항 문학의 버팀목이었던 출판사가 우리 눈앞에서 와해되는 것 같았다. 그 모습을 보고 내 눈에는 과도한 압력으로 눈물이 고였다.

출판사의 베를린 이전은 실수였다. 그런데 그 실수를 축하하려고 이젠 미테 지역에 가게를 하나 더 열었다. 타격을 입은 주체는 대도시에서 완전히 미쳐버린다는 걸 그 사람들은 정말 몰랐을까? 살고 있는 도시가 클수록 정신적으로 아플 위험이 크다는 건 입증된 사실이다. 때는 5월, 고통당하는 개였던 나, 걸어 다니는 출판사 로고였던 나는 생각이 과열되고 손상된 채 개업식에 참석하기 위해 맥주를 손에 들고 출발했다. 내 모습은 난해했다. 나는 친구인 누스바우메더에게까지 '후레자식'이라고 욕하고, 말을 거의 하지 않고, 이쪽에서 저쪽으로 뛰어다녔다. 마침내 출판사 대표의 모습이 눈에 들어왔다. 팔에 깁스를 하고 있었다.

팔에 깁스를 하다니!

당연히 위장이었다. 나는 당장 그게 가짜라고 폭로했다. 그건 위장이고, 연대감의 제스처이고, 조롱이었다. 인간 전체가 가짜라고 생각했다. 곧 감정이 폭발한 나는 출판사 대표에게 돌진해 지금 기억하기로는 그녀의 등을 밀쳤다. 아니면 깁스에 덤벼들었나? 위장과 거짓의 시대는 막을 내려야 했다. 이것을 알리는 작은 신호를 보내야 했다. 꼿꼿한 자의 저항을 보여야 했다. 어차피 나는 익히 알려진 대로 과격하고 무례한 사람이니 그 신호는 신체적인 신호여야 했다. 그래야 단순하고 잘못된 기표의 사슬을 끊을 수 있었다. 그렇게 한 뒤 나는 출판사 건물을 나왔다.

《프랑크푸르터 알게마이네 차이퉁》지에는 이런 기사가 실렸다. "출판사 대표 울라 운젤트 베르케비치가 첼렌도르프에서 넘어진 뒤 팔에 깁스를 하고 뒤늦게 출판사에 나타났다. 어느 공격적인 남자가 잠시 그녀의 기분을 망쳐놓았다. 거절당한 작가였을까? 여하튼 프란츠 비버코프[35]가 제 골방에서 나왔다고 생각할 만했다."

---

35) 알프레트 되블린의 소설 「베를린 알렉산더 광장」의 주인공.

프란츠 비버코프란다.

어쨌거나 그때의 기억, 수치심, 그걸 몰아내려는 충동, 방어 본능이 씁쓸했다. 그때를 생각할 때마다 몸이 움찔한다.

출판사 대표는 2년 뒤 내 사과를 받아주었다.

37.

며칠 후 라이날트 괴츠 낭독회에서도 비슷한 일이 있었다. 나는 중간중간 소리를 지르고 방해할 거리를 찾으며 행사장에서 분란을 일으켰다. 그러면서 불안한 마음으로 계속 혼자서 맥주를 마셨다. 겉으로는 기분이 좋았지만 사실 마음은 완전히 미칠 것 같았다. 나는 십 년 동안 일종의 강박 관념을 가지고 괴츠에게 집착하다가 이젠 극복한 상태였다. 그는 내 행동에 어떻게 대응해야 하는지 모르는 것 같았다. 아니, 그는 대응하지 않음으로써 대응했다. 설상가상으로 나는 행사 끝 무렵에 그의 책을 한 권 더 준비해서 또 사인을 받았다. 나중에 내 지인이 말하기를, 자신은 내 행동을 그다지 나쁘게 보지 않았으며, 내가 대담하게 부코스키[36]를 흉내 낸 거라고, 그리고 그의 역할을 제법 잘 소화했다고 말했다. 그건 당연히 우호적인 해석이었고 그 상황을 보는 관대한 시각이었지만, 아쉽게도 그의 생각은 틀렸다. 오히려 그날 오후 어느 때인가 내 면전에 대고 단호히 "짜증 나!"라고 쏘아붙이던 폰 로초의 생각이 옳았다.

---

36) 찰스 부코스키(Charles Bukowski : 1920~1994) : 독일계 미국 작가. 거침없는 말과 엉뚱한 행동으로 유명하다.

어쩌면 데틀레프 쿨브로트[37]의 관점이 가장 옳을 것이다. 나는 그의 말을 전해 듣고 놀랐다. 내가 짜증 나게 한 건 생각나지만, 강박적으로 사과를 한 기억은 없기 때문이다. "그 작가 있잖소. 오후 내내 휴식 시간에 짜증 나게 했던 사람. 내가 성가시게 느꼈던 그의 행동이 정신적 충격에서 나온 건 아닌지, 그래서 술을 너무 많이 마셔서 그렇게 된 건 아닌지 나도 확실히는 모르겠어. 그 사람은 오후 내내 두 눈으로 뻔히 보면서도 왜 그러는 건지 완전히 신경을 건드리는 행동을 하느라 정신을 못 차리더군. 매번 사과를 한 뒤에는 전보다 더 짜증 나게 행동했어. 나중에는 또 신이 나서 이렇게 말하더군. 오늘이 자기가 참석한 낭독회 중에서 최고로 멋진 날이었다고."

어쨌든 나는 그날 이후로 몇몇 사람들 앞에 더는 고개를 들고 나서지 못했다.

그 후 나는 다행히 출판사를 괴롭히지 않았다.

38.

파란만장한 떠돌이 생활이 시작되었다. 나는 살던 집에서 넘겨줄 물건도 없이 그냥 나왔다. 파손된 곳은 보증금으로 수리하라고 했다. 어차피 보증금은 옛날부터 자기들이 계속 가지고 있을 생각 아니었나? 이제 그들에겐 안 돌려줘도 될 이유가 적어도 하나는 생겼다. 나는 한 달 예정으로 미테 지역에 사는 아는 사람 집의 창고로 들어갔다. 뭔

---

37) 데틀레프 쿨브로트(Detlef Kuhlbrodt : 1961~): 독일의 작가, 언론인.

가가 나타나겠지 했는데, 정말 살 곳이 생겼다. 나는 한여름에 집주인의 난로에 내 옛날 원고로 불을 피우기 시작했다. 게다가 음악도 다시 크게 틀어놓고 들었고, 순전히 과대망상에 사로잡혀 전깃줄과 역기로 안전장치를 만들어 문 앞에 설치했다. 이웃 사람에게 이 사실을 전해 들은 집주인은 확인차 들렀다가 나를 그 자리에서 내쫓았다. 나는 잘 알고 지내던 어느 부부의 집에서 잠깐 살면서 그들에게 스티븐 프라이[38]의 다큐멘터리 영화 「조울증 환자의 내밀한 삶」을 보여주었다. 이상했다. 나는 분명히 내가 아프다는 걸 알고 있었다. 그렇지 않았다면 왜 그들에게 프라이의 자아 탐구 영화를 보여주었겠는가? 하지만 그걸 아는 것은 아주 잠깐, 기분이 불안정할 때였으며, 의식이 확실한 순간에도 나의 진정한 자각이 나타나는 건 아니었다. 나는 내 질병에 대해 알고 있으면서도 행동을 결정짓는 차원 높은 단계에서는 또 그렇지 못했다.

나는 그 부부 집을 나와 계속 신나게 돌아다녔다. 바에 가고 공연장을 찾았다. 특히 크로이츠베르크를 돌아다녔다. 구스타프 공연에서 알료샤를 만났지만 나는 그에게 도달할 수 없는 존재였다. 그는 공연장에 있었고 나는 생각의 전쟁터에 있었다. 잠깐 만나 사귀던 여자가 자신의 집에서 나를 며칠 재워주었다. 그녀는 나를 곧 단기 임대 아파트 중개소로 끌고 갔다. 거기서 나는 한 달 머무를 새 거처를 찾았다. 임대인은 내게 집 안에서 담배를 피우지 말라고 말했다. 나는 내 물건들을 펼쳐놓았다. 어쨌든 그게 남아 있는 내 전 재산이었다. 그리고 다시 현실로 내려오려고

---

38) 스티븐 프라이(Stephen Fry : 1957~) : 영국의 배우, 극작가, 영화감독, 방송인. 조울증을 앓았다.

노력했다. 하지만 그렇게 하지 못하고 나는 더 높이 날았다. 본에서 또 여자를 사귀었다. 그녀가 내 생활비를 댔다. 나는 여기저기를 쏘다녔다. 그리고 계속 길을 잃었다.

소셜 네트워크에서는 더 미치광이가 되었다. 나는 항상 페이스북에 부정적이었다. 그러나 이젠 나를 런던에서 구해주었던 계정뿐만 아니라 최소한 세 개의 계정을 더 사용했다. 거기서 나는 갑자기 나 자신과 결혼한 사람이 되었다. 게다가 다시 어그로꾼이 되어 사람들을 욕하고, 어떤 문제에 횡설수설 열을 올리고, 모든 말을 잘못 이해하고, 음란한 이야기를 늘어놓았다. 내심 나는 모든 사람이 평생 나를 속여왔다고 생각했다.

오늘날까지 나는 그 행동의 결과를 안고 살아간다. 나를 새로 알게 된 사람들은 친구들로부터 경고를 받는다. 저 사람은 미쳤어. 광신자야. 위험인물이야. 아주 고약한 경우에는 나를 스토커라고도 한다. 나는 이런 비난을 달게 받고 사과를 한다. 하지만 그 당시에는 내가 아팠고, 지금도 여전히 아프고, 조증 삽화가 나타나면 평소에는 쓰지도 하지도 않았을 글과 행동을 왜곡되고 잘못된 지각으로 인해 나도 모르게 쓰고 저질렀다고 해명하려 노력한다. 그건 일시적인 광기에서 나온 행동이지 만성적인 성격 장애 때문이 아니라고 설명한다. 만일 성격 장애 때문이라면 지금도 나는 그때의 행동에 거리를 두고 바라볼 수 없을 거라고 말한다. 이건 말하자면 엄청난 차이이다. 나는 이 지점에서 정상을 찾으려고 노력한다. 그리고 가끔 성공한다.

사람들이 나에 대해 경고할 때마다 이런 의문이 든다. 나는 혹시 나병 환자가 아닐까? 내게 심각한 질병이 있는 건 아닐까? 그리고 즉시 대답을 내놓는다. 그래, 나는 그런 환자야. 내게는 심각한 병이 있어.

그리고 속에서 뭔가가 나를 아프게 하다가 곧 죽어 없어지고 화석이
된다.

39.

나 자신도 이해하지 못하는 것을 어떻게 남들에게 설명한단
말인가? 이런저런 행동을 한 사람이 나이긴 하지만 나는 그 행동을 하지
않았다는 걸 어떻게 납득시킬까? 이것이 심연까지는 아니더라도 내 안
에 있는 균열이다. 내가 품고 살아야 하고, 때론 막으려고 노력하지만 늘
거기에 있어서 더는 메워지지 않는 균열이다. 웬만큼이나마 시민적 삶을
살려는 노력은 영원히 수포로 돌아간 것 같다. 좋다. 감수하면서 끝까지
버텨내겠다. 내 유일한 도피처인 글도 계속 쓰겠다. 아니 어쩌면 쓰지 못
할지도 모른다. 그러나 사람들의 수군거림, 불쾌한 험담, 슬그머니 다가오
는 인신공격은 몇 년이 흐른 지금까지 그치지 않는다. 내 병은 공감을 불
러일으키는 질병이 아니다. 나도 공감해주기를 요구하지 않는다. 나는 완
전한 관용을 바라지 않는다. 모든 걸 병 탓으로 돌리지도 않는다. 그러나
환자를 대하는 시각의 유연함, 어떤 개방성과 신중함은 있었으면 좋겠다.

나는 크게 연연하지 않겠다. 내 남은 삶을 화를 내며 허비하지 않겠다.

40.

사랑은 그만큼 더 어려워진다. 가까이 다가가려 하면 뭔가
죄를 짓는 것 같고 상대를 속이는 것 같은 느낌이 든다. 또한 수많은 소

문에 에워싸인다. 분노도 미리 억눌러야 한다. 더 이상 화를 내서는 한 된다. 분노는 의심스러운 감정이다. 남들은 버럭 화를 내도 괜찮은 순간에 나는 가만히 앉아 있어야 한다. 무엇이 까다롭고 괴팍하고 사회 공포증이 있는 성격에 속하고, 무엇이 질병 증상에 속할까? 무엇이 작정한 도발이고, 무엇이 통제되지 않은 발광일까? 내가 하는 말은 늘 옛날에 미쳤던 사람의 말, 어쩌면 영원한 미치광이의 말로 받아들여지고 있지 않은가? 나는 늘 거기에 전전긍긍하며 살아야 하는가?

풀리지 않는 문제다. 독창적이고 부적절하고 유별난 것과 아픈 것의 경계는 흐릿하다. 남들에게는 통하는 것이 내게는 통하지 않는다.

나는 경멸감을 억누르고 괴물로 분장한다.

나는 끝났다.

41.

나는 끝나지 않았다.

42.

그전에 무엇이 있었는지 만일 당신이 안다면.

43.

　집주인이 들어왔다. 나는 침대에 누워 있었다. 술에 취해 뻗어 있었다. 친구를 데리고 온 집주인은 이 쓰레기가 다 뭐냐며 소리 질렀다. 내가 집 안에서 담배를 피웠다며 냄새가 난다고 했다. 그는 내가 미쳤다는 걸 당연히 알고 있었다. 그는 사흘 안에 여기에서 나가라고 최후통첩을 했다.

　갑자기 아냐라는 친구가 나를 떠맡았다. 그동안 나를 릴레이로 돌보며 이어지던 일종의 배턴 터치가 잠시 끊겼던 모양이었다. 그간 실제로 누군가가 지휘봉을 잡고 나를 돌봤으니까. 그녀는 미래의 영화감독답게 잠시나마 단호히 사태를 정리했다. 그녀는 집주인과 다투고 나서 친하게 지내는 의사에게 부탁해 미테 지역에 있는 성 헤드비히 병원의 중독자 병동에 내 병실을 마련해주었다. 그녀는 나를 설득해 스스로 입원하게 했다. 나는 중독자 병동에 조건부로 들어갔지만, 아냐는 그곳 정신과 의료진들이 모두 훌륭하다며 나보고 일단 들어가서 쉬라고 했다. 물론 나는 살 집도 없었다. 확실한 건 아니지만, 아냐는 그렇게 해서 내게 거처까지 마련해주고 다시 의사의 보호를 받게 해준 것이었다.

　아냐는 놀라운 에너지와 추진력으로 내 짐을 쌌다. 나는 그저 어수선하게 그녀를 도우면서 그녀의 재빠른 일 처리 속도에 입을 쩍 벌렸다. 우리는 다시 이사 차량을 세냈다. 나는 베를린 서쪽에 있는 어느 컨테이너에 내 짐을 넣었다.

44.

그새 나는 완전히 무일푼이 되었다. 원래 부퍼탈 극단에 희곡을 써주기로 했지만 나는 원고의 납기일을 계속 미뤘다. 나는 앨런 튜링[39]을 주인공으로 하는 공상 과학 시나리오를 생각해두었고 제목도 이미 「투어링(Touring)」이라고 붙였다. 이걸 쓰려고 나는 필립 K. 딕[40]의 책을 수십 권 사서 처음 몇 쪽만 읽고 죽 넘겨보다가 치워두었다. 나는 살 날이 얼마 남지 않은 프리드리히 키틀러[41]를 찾아가 튜링 테스트와 관련해 젠더 이론에서 나온 착상을 가지고 이야기를 나누었다("여기 웬 얼간이가 하나 와 있거든." 키틀러와 면담하는 도중 그의 여비서가 전화에 대고 이렇게 속삭였다.). 희곡은 사흘이면 써내려갈 수 있겠다고 생각했다. 당연히 불가능했다. 나는 계속 튜링의 얼굴만 그렸고, 그의 전기에 빠져 허우적대다가 기껏 다다이즘적인 대화를 겨우 세 쪽 완성했다. 결국 내 주제와 간접적으로만 관계가 있던 그 많은 책과 개설서들을 나는 곧 처음 산 가격에 한참 못 미치는 돈을 받고 다시 팔아버렸다.

언제인지 모르지만 내가 희곡을 포기하면서 연극 팀은 막판에 다른 드라마로 대체했다.

아냐가 날마다 찾아와 담배를 가져다주었다. 담뱃값은 어머니가 그녀의 계좌로 이체했다. 나는 그녀와 얘기할 때 여전히 오만방자했다. 밖의

---

39) 앨런 튜링(Alan Turing : 1912~1954) : 영국의 수학자, 공학자. 현대 전산학과 정보공학의 아버지로 불린다.
40) 필립 K. 딕(Philip K. Dick : 1928~1982) : 미국의 공상 과학 소설가.
41) 프리드리히 키틀러(Friedrich Kittler : 1943~2011) : 독일의 문예학자, 미디어 이론가.

넓은 안뜰에서 함께 담배를 피우며 수학의 정리와 농담을 마구 쏟아냈다. 아냐는 앉아 있었고 나는 서서 요란하게 손짓 발짓을 하며 가끔 그녀에게도 욕을 했다. 그런 것을 제외하면 나는 병동에서 얌전히 지냈다. 그곳이 너무 싫었던 나는 복합 마약 중독자들이나 알코올 중독자들과 가까이 지내지 않았다. 어떤 때는 며칠간 환자 네 명이 원래 2인실인 병실에서 함께 자야 했다. 나는 눈을 붙이지 못했다.

이틀 뒤 간호사 한 명이 혹시 내게 금단 현상이 있었다면 이젠 다 끝난 것 같다고 말했다. 천만에. 나는 중독자가 아니었다. 사실이었다. 그래도 나는 그 병동에서 약 4주를 보냈다. 하지만 내 광기는 아직 끝나지 않았다.

45.

"**내과적 소견** : 전반적 상태 및 섭생 상태 양호. 심장 : 수축기 잡음(2/6), 최대 늑간격 5li. 폐 : 호흡 양호, VA, 병리적 잡음 없음. 호흡 시 폐의 주변 기관의 위치 변화. 복부는 유연. 장기의 비정상적인 커짐 없음. 저항력 없음. 복부 압박 시 통증 없음. 규칙적인 연동 운동. 신장에 침전물 없음. 종아리 압박 시 통증 없음. 양측 발 맥박 감지됨."

여배우 말렝카도 한 번 찾아왔다. 기뻤다. 우리는 몽비주 공원을 산책했다. 내가 유난히 일부러 성큼성큼 걸었던 게 생각난다. 말렝카와는 그 몇 주 전에 빈으로 짧은 여행을 다녀왔다. 그 여행도 엉망진창으로 끝나서 더는 기억 속에 불러내고 싶지 않다. 그때 우리는 가수 팔코의 무덤과, 슈타인호프에 있는 토마스 베른하르트 병원을 찾아갔다. 나중에 들

은 바에 따르면, 우리는 바람이 잘 통하는 바움가르트너 언덕을 미친 속
도로 걸어 올라갔다고 한다. 그녀는 멜로드라마에서처럼 나부끼는 외투
를 입고 있었고 나는 쉬지 않고 이야기를 했다. 우리는 드라마투르크인
말렝카의 친구 집에서 묵었다. 그리고 중국 식당으로 밥을 먹으러 갔다.

그런데 둘째 날 밤 갑자기 나는 모든 게 잘못되었다는 생각이 들면서
분노가 폭발했다. 나는 온 세상이 무너져라 소리를 질렀다. 말렝카가 나
를 진정시키려고 했지만 소용이 없었다. 그때 내가 왜 그렇게 화를 냈는
지 나도 모른다. 나를 에워쌌던 그곳의 시민적 분위기나 경직성과 관계가
있었을 것이다. 그리고 내가 원하는 대로 흘러가는 게 아무것도 없다는
사실과도 관계가 있었을 것이다. 하지만 나는 내가 뭘 원하는지, 뭐가 어
떻게 흘러가야 하는지 알지 못했다. 흘러간다고? 어떻게 흘러간단 말인
가? 무엇이 흘러간단 말인가?

나를 좋아했음에도 불구하고 말렝카는 나를 붙잡지 못했다. 다음 날
우리는 헤어져 각자 갈 길을 갔다. 나는 또 지독한 조증의 물마루에 올
라타 빈에서 길을 잃었다. 그 빈은 내가 아는 빈이 아니었고, 빈도 나를
알지 못했다. 나는 빈에서 벗어나지 못했다. 기차를 놓치고 아무 풀밭에
서나 밤을 보냈다. 풀밭 뒤쪽에 간이매점이 있었다. 나는 거기에서 라인
하르트 펜드리히가 맥주를 마시며 농담을 한다는 망상에 빠졌다. 그때
머릿속에서 무한 반복되는 노래가 있었다. '빈의 밤 풍경을 본 적 있나
요?'[42] 아직 못 봤어요. 물어봐줘서 고마워요. 그런데 지금, 바로 지금
보이네요. 지금 내가 보는 밤의 빈, 내가 돌아다니는 밤의 빈, 내 옆을 쏜

---

42) 오스트리아 가수 라인하르트 펜드리히(Rainhard Fendrich)가 부른 노래의 제목이자 가사.

살같이 지나가는 성당과 골목늘은 지나치게 달콤하고, 끈적이고, 죽음 가까이에 있었다. 말렝카처럼, 또 나처럼 저 너머에 있으면서 멋있고 절대적으로 파괴적이었다.

이틀 뒤 나는 뮌헨행 기차를 잡아타는 데 성공했다. 그곳에 도착한 뒤 여행에서 돌아온 말렝카의 집에서 하룻밤을 묵었다. 잠시 한숨 돌린 후 다시 베를린으로 향했다. 검표원이 올 것 같은 낌새가 있으면 날쌔게 기차 화장실에 숨었다. 그때도 나는 당연히 차비를 낼 형편이 아니었다.

46.

리튬은 업계에서 강매하지 않는다고 주치의가 면담에서 내게 말했다. 우리 두 사람 주위로 의사와 간호사와 심리치료사들이 있었다. 너무 값이 저렴해 로비를 하지 않는다고 했다. 알칼리 금속의 염인 리튬염은 알다시피 자연 상태에 존재한다. 주치의는 아냐가 추천해준 의사였다. 그는 이야기를 할 때 나를 쳐다보지 않았다. 한 군데도 틀린 곳 없이 빠르게 명료한 문장으로 서두르듯 말하며 자신의 서류를 응시했다. 나는 열심히 들었다.

환자들이 향정신성 의약품, 특히 리튬의 복용을 거부하거나 복용하다가 대부분 중단하는 데에는 이유가 있다. 인지 능력이 크게 제한되고, 읽은 것이나 경험한 것을 이해하고 기억하는 게 힘들어진다. 정신 작용의 속도가 느려지면서 기분을 가라앉히고, 환자의 감응성을 떨어뜨리고, 집중력을 방해한다. 그 결과 사회 활동 회피, 소극성, 불만감, 무관심이 나타난다. 아무것도 흥미가 없고 괴로운 공허함이 펼쳐진다. 이건 흔히 리튬 같은 기분 안정제 복용에 뒤따르는 인지적 장애만 요약한 것이다. 신체에 나타나는 부작용, 예를 들면 체중 감소, 구역질, 탈모, 성욕 상실, 어지럼증은 더 말할 것도 없다.

　의사가 제시한 논거의 비열함을 확실히 해둘 필요가 있다. —— 주치의는 내게 약의 효능이 아닌 업계의 상황을 들이댄 것이다. 향정신성 의약품 산업 전체가 거대한 고수익 사업으로서 환자에겐 무익하나 업계에는 수익성 좋은, 그러나 부작용이 엄청난 약을 공급한다는 의혹은 누구나 가지고 있었다. 그런데 의사는 자신의 논거로 이 의혹의 맥을 끊었다. 그는 다른 약들에는 없고 있을 수도 없는 신뢰성을 한 발 앞서 리튬에 부여했다. 그가 이 논거, 말하자면 자신의 독립 논거를 모든 환자에게 설명했는지 아니면 약 복용을 거부하는 특정 환자에게만 들려주었는지 나는 모른다. 어쨌거나 내게는 그가 한 말들이 먹혀들어 내 반감을 덜어주었다. 나는 리튬이란 이름을 전에 좋아했던 너바나의 노래를 통해 알고 있었다. 그는 노래에서 리튬을 쓸데없이 신비스럽게 묘사했다. 물론 그때까지도 나는 그 리튬 복용을 거부하긴 했다. 그러나 의사는 지금까지 내가 듣고 읽은 것과는 다른 논거를 내 마음에 심어주었다. 리튬은 몇 달만 지나면 마침내 싹을 틔워 효과를 발휘할 거라고 했다. 지금은 잘 몰라서 그러지만 나중에 언젠가는 나도 리튬을 복용할 거라고 했다.

47.

　하지만 그전에 나는 계속 내리막길을 걷고 있었다. 병원의 사회복지사는 사회 복귀자를 위한 임시 시설에 내가 있을 곳을 마련해주었나. 어쨌든 어딘가에 머물 곳은 있어야 하지 않겠는가? 당시 내 삶의 모토는 임시로 머물기였다! 내가 오래전부터 빈곤한 처지에 있다는 것, 빚더미와 생활 보호 대상자 처지에서 탈출하기까지는 몇 년이 더 걸릴 거라는 사실을 나는 아직 깨닫지 못했다. 아니, 이젠 내가 임시 시설에 수용됐다는 간단한 사실조차 의식하지 못했다. 임시 시설이 무엇인가? 겨우 방 하나와 거기에서 꾸는 꿈이 있을 뿐이다. 나는 이런 생각이 들었다. 그렇다면 미국 작가 데이비드 포스터 월리스도 그런 일을 겪지 않았을까? 조지 오웰은 파리에서 부랑자로 살지 않았나? 독일 작가 헬무트 크라우서는 「하겐 트링커 3부작」에서 이야기한 그 시절을 어떻게 보냈을까? 왜 나는 이런 선례를 끌어다 언급하는 걸까? 시설에서의 생활은 유일무이한 경험이었다. 그걸 제대로 받아들일 필요가 있었다. 그리고 실제로도 나는 모든 걸 받아들였다. 구멍 뚫린 휑뎅그렁한 일상, 분주한 이사, 허무맹랑한 대화들, 점점 줄어드는 짐들, 점점 없어지는 머릿속 정체성. 나는 잠시 샤를로텐부르크 구역에 꽂혀 베스트엔트 지역으로 갔다. 그러니까 정말 쿠담과 올림픽 경기장을 헤매는 웨스트엔드 보이가 되었다.[43]

이제 그곳이 내 구역이었다. 나는 날마다 그 동네를 샅샅이 뒤지며 돌아다녔다. 혐오스러운 올림픽 경기장을 찾아가 속으로 나치들을 욕하고, 슐로스파크 정원을 돌아다니고, 카이저담을 걸어 내려왔다가 다시 되돌아가고, 윌리엄 T. 볼먼과 함께 탐구하러 간 적 있는 건물 모퉁이에 서

---

43) 독일어의 베스트엔드(Westend)와 영어의 웨스트 엔드(West End)는 철자가 같다. 영국의 '펫 숍 보이스(Pet Shop Boys)'는 「웨스트 앤드 걸스(West End Girls)」라는 노래에서 '웨스트 엔드는 인생의 막바지에 이른 곳(a west end town, a dead end world)'이라고 노래했다. 주인공은 빈털터리가 된 자신의 상황을 웨스트 앤드 보이에 비유한 것이다.

있다가, 동물원과 그루네발트에 갔다가 칸트 가를 따라 내려왔다. 그곳에서 살다가 몇 달 전 술 때문에 사망한 배우 프랑크 기어링을 생각했다. 그리고 다시 테오도어 호이스 광장에서 지하철 2호선을 타고 순전히 향수에 젖어 옛날에 자주 드나들던 동네를 찾아갔다. 내 처지를 정확히 인식하지 못한 채 나는 당분간 그 상황에서 최선을 다했다.

내가 낀 이어폰에서 귀청을 찢는 음악이 흘러나왔다. 음악은 주변의 소리를 압도했다. 사람들이 수다 떠는 소리, 자세히 들으면 여전히 나를 이야기하는 그 소리들이 이젠 견딜 수가 없었다. 재미있었다. 음악 소리를 아주 크게 키웠더니 옆자리에 앉은 사람들이 불평했다. 내 한쪽 귀에 이명 증상이 없었다면 아마 그 음악 소리로 벌써 이명이 생겼을 것이다.

이어폰을 끼고 브루넨 가를 성큼성큼 걷는 나를 본 파트리크가 알료샤와 이야기하던 중 나를 트래비스 비클[44]이라고 불렀다. 그 택시 드라이버답게 나도 길거리를 배회했다. '펠레 미아(Pelle Mia)'(두 단어의 첫 자음을 서로 바꿔보라)에서 파는 어깨에 메는 가방 두 개에 물건을 잔뜩 집어넣고 에미넘처럼 민소매 러닝셔츠 차림으로 다녔다. 어깨의 맨살이 가죽 가방끈에 쓸렸다. 조증 삽화 때 입는 내 제복이었다.

돈이 없을 때가 많았다. 그러면 나는 마기 소스를 목구멍에 들이부었다. 음식 맛을 입 속에서 느껴보기 위해서였다. 나는 그게 위급 상황이라기보다는 위트라고 느꼈다. 나는 곧 말할 수 없이 큰 부자가 될 거다. 그러면 여기 이 임시 시설과 재소자들과 내가 먹은 마기는 모두 대대적인 성공을 앞두고 유머로 치르는 시험이 될 거다. 그런 다음 나는 팔 굽

---

44) 1976년에 나온 미국 영화 「택시 드라이버」의 주인공 이름.

혀 퍼기를 했다.

조증은 집요했다. 그래도 어느새 나는 전보다 덜 쫓기며 살았다. 내 극단적 삶이 나를 들이받으며 가한 공격, 거기에서 받은 충격과 반동에 아무 결과가 없을 리 없었다. 최대한의 에너지를 내면서도 나는 상처를 입고 쇠약해졌다. 현실에서 뒤로 물러나 더는 사람들과 많은 인연을 맺고 싶지 않았다. 빚더미도 서서히 눈에 들어왔다. 경고장, 협박장, 추심 요청서, 집행 결정문이 날아들었다. 나는 오토 실리[45]의 이름을 빌려 답장을 보냈다. 오토 실리를 변호사로 쓰겠다고 적었다. 오래전 슈탐하임 재판에서처럼 그가 다시 국가에 맞서 목소리를 높일 거라고 썼다. 페터 라우에 변호사의 편지도 뒤늦게 도착했다. 거기엔 내가 주어캄프 출판사 대표 운젤트 베르케비치에게 몇 미터 이내로 접근해서는 안 된다고 적혀 있었다. 나는 뻔뻔하게 얼마든지 그러겠다고, 나도 어차피 그런 행동을 할 성격이 아니라고 대답했다. 또한 출판사가 지불해야 할 볼멘의 짤막한 글 「압생트」의 번역 원고료는 선의의 표시로 통 크게 면제해주겠다고 적었다. 편지를 쓰면서 나는 라우에의 학위를 하나씩 부인하고 그를 '서베를린 멍청이'라며 있는 힘껏 대놓고 조롱했다. 이건 자신이 절망한 줄도 모르는 절망한 자의 장난이었다.

아직 내 곁을 떠나지 않은 사람은 내 에이전시 대표 로베르트였다. 나는 일주일에 두 번 에이전시에 들러 그와 함께 식사하고 그곳의 차분한 사람들과 교류했다. 내가 에이전시에 보낸 메일이 들떠 있거나 오류가 많

---

45) 오토 실리(Otto Schily : 1932~) : 독일의 정치가, 변호사. 1998년부터 2005년까지 독일 내무부 장관을 지냈다.

으면 그는 걱정이 되어 혹시 내가 또 진탕 '퍼마셨는지' 물어왔다. 내 재정 문제를 떠맡은 그는 그 후 2년 더 뒷바라지를 해주었다. 특히 내가 다시 우울증에 접어들고 재정적 파산의 전체 규모가 드러났을 때 나를 도왔다. 이따금 나는 에이전시 주방에 앉아 그곳 여직원들에게 계속 성가시게 말을 걸었다. 가능하면 함께 일도 했다. 갑자기 몇 년 전부터 쓰고 있던 소설 「식스터」의 출간일이 다가왔기 때문이다. 주어캄프 출판사에서 소동을 피운 후 나는 로볼트 베를린 출판사로 옮겼다. 돌이켜보면 행운이었다. 이제 소설을 마무리하기 위해 남은 힘을 끌어모아 한 곳에 집중해야 했다. 희한하게 내가 조증 상태에서 쓴 단락들은 소설에서 특이하고 제정신이 아닌 에피소드들이 아니라, 앞뒤를 연결하는 텍스트, 빈틈을 채우는 글, 줄거리를 위한 수단으로 쓴 글들이었다. 나중에 읽어보면 성가신 부분들이었다. 나는 나 자신을 줄에 묶어둔 것처럼 글을 썼다.

　모든 게 손상을 입었다. 삶도, 작품도. 어느 소설이 문체상으로 훼손되지 않았는지를 생각해보면 이 책과 소설 「3,000유로」다. 반면에 희곡은 모두 상대적으로 손상을 입지 않았다. 이유가 뭘까? 몇 달 안에 완성해야 했기에, 그러니까 내가 아플 때는 탄생할 수 없었기에 그렇다. 발작이 진행되는 동안에는 경조증, 즉 가벼운 흥분 상태에 있는 작가들만이 읽을 만한 것 또는 공연할 만한 것을 창작할 수 있다. 진짜 조증 환자들은 이 시기에 터무니없는 글만 써댄다. 나도 그랬다. 따라서 그 시기에 쓴 대부분의 글이 훼손되었고 일부는 내 통제를 벗어났다. 「공간 요구」에 있는 뒷부분의 글들을 읽어보니 투병기처럼 느껴진다. 실제로도 그렇다. 이제 나는 그 글들을 읽지 않는다. 기억만 할 뿐이다. 한 젊은 정신과 의사는 이 책이 미래의 정신과 의사들을 위한 필독서가 되어야 한다고 내게 말했다. 그건 찬사이자 동정의 표시라고 생각한다.

양극성 장애는 나와, 내가 되고 싶은 것 사이를 비집고 들어왔다. 양극성 장애는 내가 살고 싶었던 삶 ── 그게 뭔지 잘은 모르지만 ── 을 불가능하게 만들었다. 양극성 장애는 내가 쓴 책들을 뒤흔들어놓았다. 혹시 누가 이렇게 물을지도 모른다. 저 사람은 왜 저렇게 자기애에 빠져 자신이 쓴 글들에 대해 쉴 새 없이 말하느냐고. 내 대답은 이렇다. 그건 내 글이 어느덧 내 삶이 되어서 그렇다고. 그 글들 없이는 삶도 없는 것이나 마찬가지라고. 언젠가는 이 상황도 나아질 것이다. 혹시 모르지. 나아지지 않을지도.

「공간 요구」가 열어놓은 스펙트럼이 있다. 그건 전형적인 단편 소설부터 의도적으로 엉뚱하고 괴짜같이 구성한 메타 소설을 지나 실험적인 광기에까지 이른다. 나는 진실성이란 질병에 걸려 이 스펙트럼을 발전시키지도, 세분하지도, 확장하지도 못했다. 나는 원래 계획했던 것을 끝까지 추구하지 못했다. 앞으로 내가 하고 싶고 다시 완성하고 싶은 것은 고전적인 이야기다. 고유의 특성과 저항 정신을 지닌 서사, 조밀하지 못한 면이 있어도 당당한 서사를 쓰고 싶다. 지금까지는 이게 불가능했다. 저주받은 내 모든 삶의 콤플렉스를 해결하느라 너무나 힘들었기 때문이다. 어쩌면 앞으로는 가능할지 모른다. 이제 옥수수 밭 전체가 튀어 올라 팝콘 숲으로 변할 일만 남았다.

48.

문제는 내가 약물 치료를 하며 살고 있다는 것이다. 그리고 약물 치료를 하며 글을 쓴다. 약물은 문장으로 들어오고 그 구조에까지 침투한다. 약물은 단어 선택을 방해한다. '어느 정도', '아마도', '대략', '어쩌면', '일종의' 같은 한정사를 자꾸 사용한다. 감정이 증폭되지 않게 하기 위해서이고, 어떤 면에선 증폭됐던 감정이 사라졌기 때문이고, 모든 걸 전보다 뭉근한 불에 익혀야 하기 때문이다. 약물은 흔히 하는 말로 위와 아래의 뾰족한 끝을 잘라낸다. 인생에서도 그렇고 글쓰기에서도 그렇다. 그렇게 해서 새롭게 냉철한 상태를 만들고 방어벽을 세운다. 뭔가를 말할 수 있으려면 나는 그 방어벽을 넘어서야 한다. 의학은 마지막 신경 섬유까지 손아귀에 쥐고 있다. 그건 바로 내가 구사하는 문장 구조다. 벤 박사님.

영국 학자들이 밝혀낸 바에 따르면, 질병 삽화가 시작될 때마다 뇌의 질량이 줄어든다. 이게 스트레스 호르몬 때문인지 유전적 기질 때문인지는 아직 연구되지 않았다. 단지 발작기에는 뇌의 부피가 줄어들며, 피시험자들이 조증 삽화에 빠지는 횟수가 늘수록 지능 검사와 언어 능력 검사에서 나쁜 결과가 나온다는 사실만 입증되었다. 조증 삽화에서 신경 세포와 뉴런의 연결이 대량으로 파괴되는 것이다.

이건 뭘 의미할까? 나도 모른다. 내가 냉정하게, 전보다 덜 거칠게 이야기를 풀어나가는 건 단지 나이 탓일까? 내가 주저하고 멈춰 서는 건 그저 약물 효과 때문일까? 아니면 두 가지가 똘똘 뭉친 결과일까? 그렇다면 나는 여기에 어떻게 대응해야 할까? 자유분방하고 극단적인 언어를 끌어내는, 알코올과 마약에 중독된 작가들과 나는 반대다. 내게서 작용하는 건 진정제다. 내 몸을 압류하고 내 언어가 미쳐 날뛰는 걸 방해하는 건 무기력이다. 이게 좋은 건가? 나쁜 건가? 어느 날 저녁 깜박 잊고 또는 일부러 약을 먹지 않으면, 다음 날 나는 몸속에서 평소와 다른 힘을 느낀다. 단지 상상에서 나온 것이라고 해도 그 효과는 분명히 있었다. 다른 한편으로 전화 통화를 하다가 내 말이 또 빨라지고, 상태가 급변하는 게 느껴지고, 집 안을 정신없이 왔다 갔다 하면, 나는 당장 별도의 약을 먹는다. 스스로 놀랄 정도로 알약을 한 움큼 게걸스럽게 입에 털어 넣는다.

이건 당연히 살아남기 위해서다. 그 진정제가 없다면, 그래서 신경 감소가 일어나지 않으면 나도 더는 존재하지 않을 것이다. 약이 내 목숨을 구한다. 그런데 무엇의 대가로?

49.

나는 욕조에 누워 있다. 마음속으로는 글쓰기에 쫓긴다. 내가 여기서 하고 있는 것이 잘못된 것이고, 과실이고, 진퇴양난이고, 끝이라는 걱정과 불안에 싸여 있다. 그렇게 생각의 무한 회로에 붙잡혀 있다가 결국엔 다시 조증을 겪을까, 또 모든 걸 잃을까, 그것도 지금 당장 그렇게 될까 몸속까지 두려움에 사로잡힌다. 생각은 정신없이 분주하고, 조각난 문장들은 그대로 뿌리를 내린다. 대뇌의 나선형 주름을 따라 뭔가가 저절로 움직이는 게 느껴진다. 이렇게 시작하는 거겠지. 아닌가? 그게 어떻게 시작되는지 벌써 잊어버렸다. 심장이 미친 듯이 날뛴다. 체내의 모습이 총천연색으로 보인다. PET 스캐너가 촬영한 내 뇌의 사진판이 내 머리 위에서 번쩍거린다. 거기에서 뇌의 각 부위의 면적이 달라지고 색깔도 바뀐다. 평소엔 차갑게 파란색으로 잠잠하던 부위가 CNN을 통해 중계되는 폭탄 투하 장면처럼 갑자기 요란한 빛을 내며 빨간색과 노란색과 현란한 오렌지색으로 변한다. 호흡이 빨라진다. "진정해." 나는 혼자 중얼거린다. 아무도 없는 욕실에서 내 목소리가 울린다. "진정해, 진정해, 진정해, 진정해, 진정해."

50.

보고 있던 의학 서적에서 눈을 떼고 피곤한 얼굴로 위를 올려다본다. ── 분류, 개칭(改稱), 새로운 구분, 표제어 삽입, 통계. 전달 체계 교란에 대한 가설이 무엇인지, 어느 정도의 혈중 농도가 어떤 노르아드레날린의 분포를 암시하는지, 대뇌변연계에서 세포의 스트레스가 지배하는 곳은 어디인지, 대뇌변연계가 무너지기 전에 신경 영양이 막히는 곳은 어디인지를 내가 안다고 해서 무슨 도움이 될까?

그걸 내가 알 길은 없다. 그들도 모르니까. 그게 어떻게 기능하는지, 질병과 약물이 어떻게 작용하는지 그들도 모른다. 의학은 드문드문 밝은 곳이 있는 어둠을 더듬어가는 암중모색의 학문이다. 가까이 다가갈수록 그 밝은 곳의 빛은 더 산란하고 약해진다. 통계도 늘 새롭지만 순식간에 쓸모없어지는 모순된 결과를 내던진다. 연구가 제공하는 수치들은 일치하는 경우가 없다. 몇 퍼센트나 정확할까? 어떤 사실이 나오면 그건 잠정적인 기준치일 뿐이다. 빌어먹을 혈액뇌장벽! 이제 의학서 속에서는 나를 찾지 않겠다.

많은 이들이 과거에 조울증을 앓은 여러 예술가들이 있었다는 언급에서 위로를 받지만 내게는 그것도 위로가 되지 못한다. 만화가 엘런 포니도 나처럼 케이 레드필드 재미슨의 책 「불을 만진 사람들」을 읽었다. 양극성 장애와 창의력의 상관관계를 다룬 책이다. 나처럼 역시 조울증을 앓는 포니는 이 책에서 무한한 위로를 얻고 멜빌, 울프, 헨리 제임스, 포, 스트린드베리를 '친숙한 사람들'이라고 부른다. 내게 이들보다 더 먼 사람들은 없다. 내가 인생에서 안고 있는 문제들은 내가 어떤 위대한 작가들과 유사성이 있다고 해서 달라지지 않는다. 그리고 이미 말했듯이, 나는 이 질병을 앓는다고 우쭐해하지 않는다. 그 반대다. 이 병은 매번 나를 당혹감과 소외감과 수치심으로 가득 채운다.

"넌 그거 날려버릴 수 있어?" 나와 똑같은 상황에 있다고 주장하는 어떤 사람이 묻는다. 그는 만취해서 잔소리를 늘어놓는다. 그는 자신이 받은 조울증 진단이 자랑스러운 모양이다. 조울증 진단은 그의 마음속에서 조금이라도 상반 감정의 병존이라는 희뿌연 빛깔의 개념을 떠오르게 하기 보다는 그의 과도한 소란을 정당화하는 데 이용된다. 그는 아프지 않다. 그런데도 그는 의사의 소견을 찬양한다. 그냥 날려버리면 돼. 그가 의미심장한 눈빛으로 나를 응시하며 외친다. 나를 쏘아보는 그의 두 눈빛이 평행선을 그린다. 그런 다음 그는 투덜대는 독재자의 목소리로 실내를 가로질러 종업원에게 고함을 지른다. 적포도주 한 병 더. 그곳에 있는 어느 누구도 그 소리를 진지하게 귀담아듣지 않는다. 그건 날려버리면 돼. 그가 또 한 번 말한다.

"자랑스럽게 견뎌." 또 다른 지인은 내게 이렇게 말한다. 그 병을 앓는다면 자랑스럽게 견디라고 한다. 자긍심과 수치심 사이를 오가는 이 내면의 왕복 운동은 내 삶의 핵심 활동 중 하나다. 이는 과대망상과 열등감 사이에서 일렁대는 희미한 빛과 성질이 유사하다. 나는 '그것'을 '자랑스럽게' 견딜 수 없다. 그건 래퍼의 억지스러운 행동이고 허세다. 그건 부코스키다. 그들은 전부터 그걸 늘 자랑스럽게 내보였다. 나는 다르게 견뎌야 한다.

나는 「파이드로스」에서 소크라테스가 말한 것처럼 정신 이상을 통해 축복받았다는 논리도 믿지 않으며, 슐라이어마허가 플라톤의 책에 나오는 조증이라는 단어를 언어유희를 이용해 번역한 '광기의 화술'이라는 것도 믿지 않는다. 광기는 예언의 능력이 아니다. 할리우드에서 환자의 '천재성과 광기'라는 멍청한 이름 아래 생산하는 사이비 전형적 이미지들을 나는 증오한다. 이렇게 해서 영화 산업이 정신적 결함의 악마화와 찬미에 상당 부분 기여하기 때문이다. 어느 인물이 조울증 환자로 등장하면, 그는 예를 들어 「홈랜드(Homeland)」의 캐리 매티슨처럼 테러 지휘권 전체를 무력화한다. 그리고 얼굴에 늘 힘줄이 불거지고 분노가 들끓는 표정을 짓지만, 정작 조증 삽화가 되어도 정말 미친 사람의 행동을 한 적이 없다. 영화와 시리즈물에서 조울증을 앓는 당사자는 첫째로 공중의 안전을 위협하며 동네를 활보하는 미치광이이거나, 둘째로 재능이 출중한 영재부터 비극적이게도 재능이 지나쳐 질병으로 변한 서번트 증후군을 가진 천재이거나, 셋째로는 잘해야 앞의 두 경우에 모두 해당하는 경우다. 그리고 이것이 우리가 가진 섬뜩한 느낌을 가장 많이 자극하는 경우다. 정신적으로 아픈 사람들은 영화에서 흔히 가해자로 나온다. 강박관념은 그들로 하여금 갈수록 잔인한 행동을 하게 만든다. 그들은 자신을 그 질병으로 떨어지게 한 환경에 폭력을 가하고, 그렇게 함으로써 거울에 비친 일그러진 모습을 정상 모습 앞에 들이댄다. 물론 우리는 언제나 비정상에서 정상을 읽어낼 수 있지만, 그 정상은 흔히 병적이라는 것이 충분히 입증되어 있다. 극작술과 선정성에 대한 욕심 때문에 이 비정상은 대개 사악한 것으로 단순화되고 통속화된다.

그러나 사실 미치광이들은 대부분 희생자들이다. 인생에서 길을 찾지 못한 사람들, 병원에 입원하거나 노숙자가 된 사람들, 엉클어진 신경 다발이 되어 거리를 비틀거리다가 강간이나 살해를 당할지도 모르는 사람들, 그러나 스스로 남을 강간하거나 살해하는 경우는 드문 사람들이다. 그들은 재능이 뛰어나지도 떨어지지도 않는 평균적인 인간들이다. 그냥 병을 앓는 사람들이다. 그래서 그 병과 싸우며 살아야 하는 사람들이다. 그들의 병이 모두 다 '나락'은 아니다. 그런데도 사람들은 너무나 쉽게 몸서리를 친다.

예술가와 작가들 중에 양극성 장애 환자의 비율이 상당히 높다고 해도 나는 그 잘난 사람들이 모인 클럽의 회원권을 기꺼이 반납해 당장 효력을 정지시키고 싶다. 이 질병이 개인에게, 특히 예술가에게 긍정적인 영향을 줄 수 있다는 건 부인하지 못한다. 또한 경조증에 의한 동력이 귀중한 열매를 맺고 전위 예술에 효소를 제공하는 것도 사실이다. 이와 관련해 재미슨은 예술가와 조증 환자들이 거대한 차원에서 사고하며, 즉흥적으로 두 인물 사이를 오가면서 그 둘을 화합시킬 줄 안다고 말한다. 창의적 행위는 언제나 정신의 단계에서 원시적인 차원으로의 퇴행을 수반하는 반면 그 외의 다른 과정들은 합리적인 차원에서 계속 진행되기 때문에, 경조증이 특히 효과적인 환경을 제공한다는 것이다. 이 모든 게 맞는다고 해도 나는 회원 자격을 소급해서, 그리고 당당하게 정지시키겠다. 그리고 건물 전체가 무너지도록 문을 쾅 닫고 나가겠다.

이 질병은 개인에게 파괴적일 수 있지만 사회에는 이득이 된다는 게 사람들의 새로운 시각이다. 예술가들만이 아니라 학문, 정치, 경제 분야의 우수한 두뇌들의 상당수가 경조증을 앓고 있다. 사회 발전 같은 게 존재한다면 그걸 함께 밀고 나가는 건 이 사람들이다. 우생학에 의거한 '숙청' 과정에서 나와 같은 사람을 수만 명 살해하거나 강제 불임 시술을 한 나치는 역설적이게도 1930년대의 한 논문에서 조울증이 사회에 미치는 유익한 효과를 시인했다. 정신과 의사이며 '인종 위생학자'인 한스 룩센부르거는 그의 논문에서, 조울증이 고위층과 학자 계층에서 많이 나타나므로 이 환자들의 불임 수술을 하지 않는 게 좋다고 했고, 특히 이 생물학적 유산의 긍정적 측면을 후대에 전할 수 있는 형제자매가 환자에게 없을 경우엔 더욱 하지 말아야 한다고 했다. 1940년대 초 미국에서 나온 논문에서도(미국은 20세기 초에 우생학 분야의 선구자였다.) '사회적으로 성공한' 집단에서의 양극성 장애 환자의 분포를 다루면서 좀 더 많은 미사여구를 동원해 비슷한 결론에 도달했다. 우리가 조울증을 앓는 환자들을 이 세상에서 없애버린다면, 그건 '무한한 능력과 재능, 정신의 다채로운 힘과 따스함, 혁신의 보고'를 포기하는 것이라고 논문에 적혀 있다.

어떤 사람들은 이 질병이 단지 네안데르탈인이 물려준 유전 형질에 지나지 않는다고 말한다.

51.

얼마 후 나는 어느 바에서 핀란드 여자를 알게 되었다. 몇 시간 함께 대화를 나누는 동안 그녀는 로봇이 말하는 것 같은 영어로 내 사고를 도발했다. 나 자신, 내 질병, 세상과 이 사회에서의 내 위치에 대한 내 사고를 도발했다. 그녀는 내가 하는 말에 담긴 자기 비난을 알아차렸다. 그리고 대화의 흐름을 그와는 반대 방향으로, 짓궂지만 알기 쉬운 말로 몰고 갔다. 그 모든 고통을 겪고 난 지금 왜 전보다 강하게 순응해야 한다고 생각하느냐고 했다. 당시 내가 가정했던 모든 것들이 왜 틀린 것이라고 생각하느냐고 했다. 왜 내 분노를 억눌러야 한다고 생각하느냐고 했다. 내가 사는 방식과 내 존재에 대한 권리를 왜 좀 더 단호히 요구하지 않느냐고 했다.

혹시 그녀가 이 책을 읽는다면 아마 그 이유를 이해할 거다. 그래도 우리는 거의 하루 종일 이런 얘기 저런 얘기를 나누었다. 그녀보다 더 고집 센 변호인을 나는 본 적이 없다. 결국 그녀와의 대화 덕분에 나는 몇 시간이나마 정말 기분이 유쾌했다.

조울증에는 당연히 다른 측면, 곧 '좋은' 면도 있다. 그걸 일컬어 조울증이 삶과 사고와 감정에 덧붙이는 고유의 심층 차원이라고 말할 수 있을 것 같다. 또는 조울증이라는 경험이 없었다면 닫혀 있었을 실존의 메아리실이라고도 부를 수 있다. 나는 그 방의 경계선을 넘어 들어가면서 내 감정과 생각의 바닥까지 내려갔고, 인간이란 존재의 변두리 지역과 공상의 세계와 접촉했다. 지금까지 그 존재와 성격에 대해 기껏 예감만 할 수 있었던 세계였다. 나는 내 심연과 친해졌고 내 사악함을 알게 되었다. 어이없게도 어떤 이들은 나의 이 경험을 시샘하고, 어쨌든 어떤 운명을 겪었다는 걸 시샘한다. 아니면 자신도 한 번쯤 '그렇게 제대로 빗나가고' 싶어 하고, 모든 걸 '너처럼' 해보고 싶다고 말한다. 내가 조증에 적극적으로 뛰어들었고 그것을 노골적으로 찾아다녔다는 비난이 가끔 내 상황을 확대 해석하는 쪽으로부터 들려온다. 그간 벌어진 모든 참사를 생각하면 근거 없는 비난이지만, 그와 동시에 그건 환자가 맞닥뜨리는 몰이해,

그것도 그의 정신적 결함에 대해 잘 알고 있는 사람들의 몰이해를 드러 낸다. 심지어 당사자들마저 확실히 갈피를 잡지 못한다. 많은 환자들이 진정제를 투여받고 다시 평범한 생활에 편입되더라도 암울한 일상에 직 면하면 전에 그 질병이 유발했던 강렬함을 다시 그리워한다. 다만 나는 평소였다면 몰랐을 수도 있는 것을 알게 되었고, 내가 이용할 수 있는 직 관적인 지식의 보고가 생겼다는 것을 말해둔다. 나는 내가 겪은 고통이 타인에 대한 공감 능력을 키우고 정교하게 다듬었다는 걸 안다. 내 병은 끔찍하면서도 깨닫는 바가 많은 곳으로 나를 데리고 갔다. 이제 나는 내 가 살고 있는 사회의 스펙트럼을 안다. 나는 그들이 시키는 대로 살았기 에 어쩌면 이 사회의 억압에 대한 내 의식도 높아졌을 것이다. 질병은 나 를 영원히 꺾어놓았을지 모른다. 하지만 그 질병은 내 의지에 반해 나를 처음으로 작가로 만들었는지도 모른다.

52.

내가 국제회의센터(ICC) 앞 인도에서 쇼핑 카트를 끌어 당기는 모습이 기억난다. 카트 안에는 내 텔레비전과 기타 물건, 책, 특히 전선이 들어 있다(전선과 텔레비전은 지금도 가지고 있다.). 나는 화가 났다. 그 무의미한 행동에 화가 났을 수도 있고 어쩌면 아무짝에도 쓸모없는 내 운명에 분노했을 수도 있다. 어쨌든 나는 쇼핑 카트를 앞으로 휙 걷어 찬다. 카트는 무섭도록 덜커덩 소리를 내며 아스팔트 위를 붕 떴다가 거 의 뒤집어질 뻔했다. 자동차 운전자들은 저마다 생각하고 싶은 대로 생각 한다. 그들은 그럴 권리가 있다. 그들은 차를 타고 가며 내 괴팍한 분노를 평가할 권리가 있다. 나는 그들에게 손을 들어 인사하지 않는다. 내 짐의 대부분은 아직도 컨테이너에 있다. 그 컨테이너가 싫다. 베르트람은 그 컨테이너 건물에서 드라마 「범죄 현장」을 찍으면 좋을 거라고 했다. 살인 장면 같은 것 말이다. 맞아. 내가 뾰루퉁해진 형사의 목소리로 말했다.

이제 나는 내가 어디에 사는지도 모른다. 모든 게 산산조각 났다. 나는 쇼핑 카트를 교외선 기차역으로 힘껏 밀고 간다. 잘 굴러가지 않는다. 바퀴 하나가 문과 승강장 사이 틈새에 걸린다. 내 등을 밀치는 힘센 충격 덕분에 나는 곧 바퀴를 빼낸다. 나병 환자의 자부심을 가지고 나는 승객들의 어리둥절한 눈빛을 빨아들인다.

내가 산 수십 개의 전선이 기억난다. 어느덧 뒤죽박죽 한데 엉켜 내 방에 놓여 있다. 진짜 문어 같다. 전선 뭉치는 꼴사납게 점점 부풀어 올라 이제는 하나씩 떼어 정리할 수도 없다. 허둥대는 내 손으로는 더욱더 어림없다. 나중에 그 전선 중 하나를 다른 목적에 사용할 생각이다.

나를 담당했던 사회복지사 소냐가 기억난다. 그녀는 나를 안심시킨 유일한 사람이다. 함부르크 출신인데 나는 그녀의 건조하면서도 따뜻한 태도가 좋다. 내가 세면대에 머리를 박아 피가 난 적이 있다. 정말 이마로 세면대를 깨뜨렸다. 그걸 보고 그녀는 내가 다시 발작에 들어간 거라고 여겼다. 나는 그렇지 않다고 말했다. 그녀는 내가 줄곧 조증에 시달려온 걸 모른다. 그 정도로 나는 훌륭하게 나를 위장했다. 그녀는 나를 병원으로 데리고 가 상처를 꿰매게 했다. 나는 내 방의 하얀 세면기에 흘렀던 그 피보다 더 많은 피를 본 적이 없다.

난쟁이 막스가 기억난다. 그는 어렸을 때 학대당했다. 그게 성적인 학대까지 포함하는 것인지는 불분명하다. 막스는 곱사등이다. 그는 "염병

할!"이란 소리를 입고 달고 복도를 걸어 다닌다. 그는 질문을 받으면 아주 차분하고 부드럽게 대답한다.

아는 사람이 어느 바에서 나를 보고 히죽거리던 게 기억난다. 전에 나는 그의 창고를 훼손한 적이 있다. 그는 이제 내가 정말로 사회 계층 사다리의 맨 아래 발판에 도달했다고 신이 나서 빈정댄다. 그게 왜 그 사람에게 그토록 만족감을 주는지 궁금하다.

이 모든 걸 소설 속으로 불러냈던 게 기억난다. 「3,000유로」라는 소설이다. 그 모든 게 픽션화를 통해, 현실과는 전혀 무관한 대목들을 통해 비로소 가능해졌다는 것도 기억난다.

많은 것들이 기억나지 않지만, 훗날 소견서를 써준 교수는 기억난다. 그는 조증 환자들은 모든 걸 기억한다고 말했다. 그의 말은 완전히 틀렸다. 그의 모든 경력은 이 점에서 벌써 저주받고 신뢰를 잃었다.

어머니가 지속적으로 보내던 팩스가 기억난다. 어머니는 경고장과 결정문을 받아 내게 전달했는데, 굵은 글씨로 쓸데없는 글을 써넣고 '처리할 일'이라는 메모도 덧붙였다. 그렇게 하면 뭐가 달라지기라도 할 듯이. 그리고 메모 옆에 그림으로 인사말을 적고, 웃고 우는 해와 구름도 그려 넣었다.

노트북을 두 번 도둑맞았던 게 기억난다. 한 번은 카페에서 잃어버렸다. 화장실에 가면서 아무 일도 일어나지 않을 거라고 생각한 것이다. 나는 모든 선한 영혼들의 보살핌을 받고 있으니까. 또 한 번은 교외선 기차역에서 피곤해 잠이 들었다가 도난당했다. 도둑들은 내 가방을 통째로 훔쳐갔다. '붉은 장미'라는 사회적 일탈자들의 술집이 기억난다. 작가 볼프강 뮐러의 말에 따르면 극작가 하이너 뮐러가 그곳의 영원한 단골손님이었다. 그곳에서 나는 자칭 테러리스트라는 사람과 다툰 후 함정에 빠졌다. 그는 우리가 여기에서 나가야 한다고 말했다. 그러지 뭐. 나는 생각했다. 테러리스트를 따라 밖으로 나가는데 그와 한패인 녀석이 내 다리를 걸었다. 내가 휘청거리자 또 다른 공범이 내 바지 주머니에 손을 넣어 돈지갑을 빼내 달아났다. 그 녀석들은 어차피 서로 구분이 안 돼요. 여자 공무원이 말했다.

매춘부 네 명이 왼쪽 오른쪽으로 돌며 동시에 미친 짓을 하던 게 기억난다. 이틀 뒤 그중 한 여자를 신호등 앞에서 다시 만났다. 그녀는 내게 윙크하며 웃었다.

프렌츨라우어 베르크 어딘가에서 보냈던 어느 날 밤이 기억난다. 그곳에서 나는 눈 속에서 길을 잃었다. 피곤하다 못해 완전히 기진맥진해서 어디가 어딘지 알 수 없었다. 그새 너무 겁을 먹어서 누군가에게 길을 묻지도 못했다. 그런데 무슨 길? 나는 왜 그렇게 겁을 먹었을까? 곳곳마다 숨죽이며 속삭이는 소리가 들리고, 현란한 표어들이 난무하고, 잘못된 뉴스가 나오고, 미친 듯이 딱딱거리며 울리는 텔렉스 소리가 들린다. 보는 관점에 따라 다르지만, 나는 미디어의 세계를 내게 주어진 유일한 선물이라고도 생각할 수 있다. 아니면 기념비적인 공포나 완전한 고문이라고도 볼 수 있다. 지금으로선 모든 게 고문이다.

게다가 나는 그 전날 밤 브래스 너클[46]로 협박당했다. 그때 며칠 동안 밤을 돌아다니고 있었다. 어디로 가는지, 왜 무엇 때문에 다니는지도 몰랐다. 그렇게 교외선 열차에 앉아 있는데 난데없이 두 명의 젊은이가 내

---

46) 브래스 너클(brass knuckle): (격투할 때 손가락 마디에 끼워 무기로 삼는) 금속 고리.

게 덤벼들었다. 그중 한 명이 브래스 너클을 내 코앞에 내밀었다. 주변에 있던 사람들이 몸을 피했고, 앉아 있던 사람들은 자리에서 일어났다. 나는 녀석들을 말로 꼼짝 못 하게 했다. 그리고 다음 역에서 서둘러 내려서 바람 부는 그루네발트 숲으로 들어가 계속 달렸다. 마침내 녀석들이 더는 쫓아오지 못하는 게 분명해졌을 때 나는 발걸음을 늦추었다. 티건 앤 새라의 음악이 MP3 플레이어에서 흘러나왔다. 숲을 걸어가는데 무시무시한 바람이 불었다. 나무와 가지들이 이리저리 사방으로 흔들렸다. 밤이 살아 있었다. 나는 그 숲속을 그 사나운 날씨에도 몇 시간이나 계속 걸었다. 교외선 기차를 타러 갈 엄두가 나지 않았다. 거기에 가면 브래스 너클을 낀 녀석들이 아무 잘못도 하지 않은, 아니 아무 짓도 하지 않은 나를 분명히 찾아내 두들겨 팰 것이다. 녀석들은 대체 왜 그랬을까? 무슨 '여동생'이 뭐 어쨌다는 걸까? 녀석들! 사람들이 미쳤다. 그래도 경찰은 여기에 대해 아무 말도 하지 않는다. 경찰은 나를 늘 예의 주시하면서도 정작 내가 위험에 처하면 심각하게 여기지 않는다. 세상은 어느덧 나를 처절하게 증오한다. 누구한테 물어봐야 하나? 아까부터 거리에는 아무도 없다. 팔다리를 에는 차가운 공기뿐.

내가 어디에 있는지 몰라 그 자리에서 세 번 맴돈 것 같다. 옷도 너무 얇게 입어서 덜덜 떨린다. 얼마 후 이젠 떨리는 게 아니라 벌써 몸이 굳어졌다. 몸 안의 발전기로는 따뜻해지지 않는다. 사방이 빙판이다. 연출가 클라우스 파이만이 베를리너 앙상블[47] 건물 앞에 제설제를 살포하지 않

---

47) 베를리너 앙상블(Berliner Ensemble) : 1949년 독일의 극작가 베르톨트 브레히트가 동베를린에 세운 극단.

은 것을 보고 화를 낸 적이 있다. 그는 사람들이 자신의 극장 앞에서 미
끄러지면 그건 또 하나의 수치스러운 일이라며 그래서는 안 된다고 텔레
비전에 대고 말했다. 파이만답게 그는 시 당국을 공개적으로 비난했다.
그랬는데 정말로 내가 이 쓸쓸한 임대 아파트 단지 사이에서 미끄러졌다.
나는 다시 몸을 일으킨다. 청바지 한 군데가 검은색으로 변했다. 쓰라리
다. 정강이뼈에 상처가 났다. 어디로 가야 하나? 마침내 나는 어느 건물
1층에 있는 집으로 들어간다. 지금 수리 중인 집이다. 문이 열려 있다. 내
가 있는 곳은 페인트 통과 사다리 두 개가 있는 어두운 방이다. 이 은신
처를 나는 어떻게 찾아냈을까? 더는 생각나지 않는다. 내가 그냥 무턱대
고 여기에 들어온 건 아닐 텐데? 공사 중이라 먼지가 쌓인 한복판에서
나는 각종 기계와 환타 병 중간에 있는 의자에 자리를 잡고 앉는다. 곧
분필 입자 같은 먼지에 몸이 하얗게 변한 나는 꾸벅꾸벅 존다. 실내라고
해서 바깥보다 따뜻하지도 않다. 모든 게 창백하고 뻣뻣하다.

53.

　그 후 다시 이사했던 일이 기억난다. 몇 달 뒤 소냐가 다른
단체를 통해 집을 소개해주었다. 어떻게든 임시 시설에서 나가야 한다는
것이었다. 나도 그곳이 점차 불편해졌다. 몸 상태가 나빠졌다. 그리고 두
젊은 녀석들을 늘 조심해야 했다. 녀석들은 겉으로는 사람들을 형이라고
불렀지만, 뒤로는 관리자 한 명에게서 훔친 방 열쇠를 가지고 주기적으
로 다른 거주자의 방을 털었다. 그러니 이사하는 건 아주 당연했다. 하지
만 그러기 위해서는 수없이 많은 관청을 들락거리고 수많은 신청서를 작

성해야 했다. 그래야 다시 다른 단체의 보호를 받으며 새로운 관리자와 새로운 규칙 아래에서 지낼 수 있었다. 돈은 없고 악취가 하늘을 찌르는 신용 정보 조회서와 빚이 있는 상태에서 나만의 집은 꿈도 꿀 수 없었다.

우리는 차를 타고 베를린 서쪽에서 동쪽으로 갔다. 둑과 가로수 길을 지났다. 내가 올바른 길을 가고 있다는 게 느껴졌다. 소냐의 차 피아트를 타고 갔다. 짐은 차 트렁크에 넣어두었다. 그러나 새로운 단체인 중독추방협회도 내가 의지할 곳은 못 된다는 게 곧 밝혀졌다. 협회 사람들은 조울증 환자에 대한 경험이 없었다. 나는 그 어디에도 맞는 사람이 아니었다. 그렇다면 하는 수 없지! 나는 이렇게 생각하다가, 아니 그러면 그럴수록 더 좋다는 생각이 들었다. 어차피 관리를 받고 싶은 마음은 없었다. 내가 원한 건 단지 나만의 '거처'였다. 그런데 그런 곳이 생겼다. 이번에도 크로이츠베르크에 있는 곳이었는데, 작은 방 하나에 간이 취사 시설과 화장실이 딸린 집이었다. 그래도 그 집은 생활로 돌아가는 첫걸음이었다. 당분간 나는 번지수가 잘못된 관리를 지겹도록 받을 테고 그게 너무 짜증 나 저주를 퍼붓기도 할 테지만, 그 모든 건 최소한 겉으로나마 대충 땜질해 만든 생활로 돌아가는 첫걸음이었다.

그런데 그 생활도 벌써 이런저런 잡다한 것들에 에워싸이고 포위되었다. 서류가 산더미처럼 쌓여갔다. 실업자 재취업 지원 협약, 지불 유예 제안서, 서비스 제공 계약서, 사례 관리 보고서, 재정 지원 신청서, 비밀 보장 의무 해제 동의서, 관리 소송 결정문, 관리자 재임명 신청서, 비용 배분 작성 양식, 법원 집행서, 집행 결정문이 날아들었다. 신경과 의사의 전문 소견서에는 내게서 조울증이 확인되지만, 현재는 조증이 점차 사라지는 경조증 상태(ICD 10 F31.1)에 만성적 알코올 남용(ICD 10 F10.1)

이 보인다고 적혀 있었다. 그리고 환자가 치료에 대한 충분한 인식이 없고, 약을 복용하지 않으며, '자산 관리, 건강 관리, 치료를 위한 체재지 결정권, 관청과 법원과 기관을 상대할 수 있는 대표권, 그리고 주거 문제' 등의 영역에서 발생하는 개인적 문제를 처리할 만한 상태가 아니며, 질병의 만성적 진행이 예상되고, 행위 능력은 상당히 제한되어 있다고 적혀 있었다. 또한 내가 관리 거부의 문제에서 충분히 합리적 판단을 내리지 못하고 있으며, 내 건강 상태와 개인적 상황에 대해서도 충분한 통찰이 없다고 말했다.

그러나 나와 말로는 소통이 가능하다고 적혀 있었다.

54.

크로이츠베르크. 우리가 살고 만들었던 이 유토피아가 그 봄날에 얼마나 환히 빛났는지 모른다! 나는 벌써 몇 년 전에 내 것으로 만들어 친숙해진 옛 동네를 돌아다녔다. 우리를 이어줄 운명에 대해서는 알지 못한 채 아주 자연스럽게 나온 본능적 행동이었다. 나는 괴를리츠 공원을 빠르게 걸었다. 다리와 좁은 길을 지났다. 내가 보기엔 시계의 태엽 장치 같은 곳이었다. 그곳을 따라 걷고 벌써 현기증이 나도록 뛰었다. 내가 시간을 추월한 느낌이 들었다. 이곳이 태엽 장치 같다는 내 생각에 방아쇠를 당긴 건《프랑크푸르터 알게마이네 차이퉁》에 실린 짤막한 촌평이었다. 나는 그 촌평에 공감했다. 그리고 사람들의 방향 잡기에 도움이 되려고 어디에나 적혀 있는 거리 이름을 소리 내어 부르며 즐거워했다. 여러 가지로 해석되는 이름들, 울리는 소리 하나만으로도 아름다운 이름들!

모든 게 이해되었다. 되돌아보니 사람들과의 다툼이나 내 개인적 사건을 훨씬 잘 이해할 수 있었다. 그 남자가 그런 말을 한 건 우리 모두가 진실을 알지 못하게 하기 위해서였고, 그때 그 싸움은 단지 상황이 꼬여서 벌어진 것이었다. 너무 복잡하고 헷갈려서 아무도 이해하지 못하고 말로도 표현할 수 없는 상황 때문에 일어난 일이었다.

이제 나는 모든 것과 화해했다. 제아무리 복잡하게 얽히고설킨 관계도 이 봄빛 속에서는 다른 빛으로 환하게 빛났다. 광채와 상쾌함과 새로움이 가득했다. 내 망가진 어린 시절도 이런 시각에서 보면 얼마든지 이해할 수 있었다. 나는 모든 사람들을 용서했다. 그리고 기뻤다. 우리는 파국을 막판에 간신히 막을 수 있었다. 이제는 다 끝났다. 유토피아가 다가오고 있었다. 낙원과도 같은 상태가 지배할 것이다. 크로이츠베르크를 비추던 빛이 부드럽게 사방으로 아낌없이 쏟아졌다가 다시 돌아왔다.

55.

2011년 봄이었다. 나는 여전히 정신이 나가 있었다. 조증이 벌써 1년 넘게 계속되었다. 병이 고착되면서 나는 더 이상 조증을 문제 삼지 않았다. 내가 메시아이건 아니건 상관없었다. 편집증적인 세계상은 당연한 게 됨과 동시에 내 모든 인지 작용에서 투명하고 얇은 막을 만들었다. 그렇다고 대단한 역할을 한 것은 아니었지만 내 감각과 생각에 박편처럼 붙어 있었다.

조증이 가라앉는 속도는 아주 느렸지만 어쨌든 수그러들긴 수그러들었다. 우리는 둘 다 서로에게 지쳐 있었다. 조증은 가끔 반란을 일으켰고 나도 조증과 함께 저항했다. 그로 인해 나는 남의 자동차의 사이드 미러를 몇 개나 부러뜨렸다. 당연히 법정에 나가 손해액을 물어주었다. 어느 때는 레스토랑에서 어이없는 생일 축하 술자리를 벌였다. 낯선 사람이 자리를 함께했지만 옛 친구들도 잠깐 들렀다. 친구들은 나를 의심의 눈길로 빤히 쳐다보았다. 그중에는 알료샤도 있었다. 가끔 나는 술로 내 기분을 더 자극하고, 벌컥 화를 내고, 피제이 하비 공연에 가서는 그 자리에 없는 닉 케이브를 욕했다. 하지만 아주 잠깐 동안이라 언급할 가치도 없다. 또 며칠 동안은 프리드리히 가에 있는 레스토랑 '라인 대표부'에 진드기처럼 눌러앉아 흡연실을 점령한 채 노트북을 앞에 놓고 글을 썼다. 어느 날은 그곳에 진짜로 나타난 작가 그라스에게 "창피한 줄 알아."라고 속삭였다. 나는 누런 색깔의 가죽 재킷을 사서 세탁기에 빤 뒤 파란색 스프레이를 점점이 뿌렸다. 그리고 파란색과 누런색 반점이 찍힌 형체 없는 조각이 될 때까지 갈기갈기 찢어서 그 누더기를 걸치고 열에 들떠 자랑스럽게 거리를 활보했다. 그러나 남은 길은 점점 줄어들었고 분노의 발작은 약해졌다. 거친 파도는 전보다 덜 밀려왔고 그러다 잠잠해졌다. 결국 내가 허물어지기까지는 몇 주밖에 남지 않았다. 리튬도 이 과정을 가속화했다.

56.

엘라가 내 삶 속으로 들어왔다. 나는 그녀를 무척 좋아했다. 심지어 사랑에 빠졌다. 그녀가 조증 환자의 어떤 점을 좋아했는지 나는 지금까지도 궁금하다. 그녀는 내게서 뭔가를 보았다. 내가 툭하면 소동을 일으켰는데도 뭔가 보호할 가치가 있는 것, 사랑할 만한 것을 발견한 모양이었다.

나는 리튬을 먹기 시작했다. 엘라가 간청했기 때문이다. 로베르트도 권했고, 알료샤는 진작부터 먹으라고 했다. 나의 새 담당 의사도 간곡히 권했다. 뮌헨의 중산층답게 반쯤 거드름을 피우는 그는 이전의 대다수 의사들보다 호감이 가는 사람이었다. 더욱이 성 헤드비히 병원의 주치의가 했던 말들이 뒤늦게 효과를 내기 시작했다. 나만큼 이걸 꼭 먹어야 하는 사람은 없어. 나는 의사가 했던 말을 그대로 중얼거렸다. 이건 소금이야. 자연 그대로의 물질이야. 제약업계에서 푸대접을 받는 약이야. 나는 또 중얼거렸다. 마침내 나는 약을 가져와 새로 살게 된 집의 작은 부엌에서 처음으로 입에 넣었다. 지금도 기억난다. 몇 분이 지나자 리튬이 뇌에 미치는 영향을 실제로 느끼는 것 같은 착각이 들었다. 두개관 아래쪽이 조금 찌릿찌릿했다. 나는 아드미랄 다리로 갔다. 그 정도로 머리가 얼얼했다. 나는 이제 모든 것이 잘될 거라고 생각했다.

아드미랄 다리는 오랜 세월 우리의 만남의 장소 중 한 곳이었다. 병원에 입원했을 때인 2007년 봄에 나는 그곳에서 금요일 저녁마다 정기적으로 알료샤, 크누트, 파트리크를 만났다. 함께 담배를 피우고 때론 맥주 반병을 마셨다. 홉은 혀에서 느끼는 자유였다. 두세 시간 뒤에는 다리를 건너 병원까지 300미터 거리를 느릿느릿 걸어서 돌아와 다시 나를 병원에 맡겼다. 훗날 어느 정도 내 몸이 회복되었을 때도 우리는 그 다리를 계속 만남의 장소로 이용했다. 그러다 관광객과 마술사들이 넘쳐나면서 우리는 그곳을 내주고 말았다.

지금 나는 혼자 그곳의 밭둑에 앉아 정답게 빛나는 하늘을 보며 생각한다. 잘될 거야. 머릿속으로 밝은 기운이 되돌아오는 것 같았다.

그런데 정말로 상태가 좋아졌다. 하지만 그 방식이 내 예상과는 달랐다. 며칠 지나자 오랫동안 굳어진 상태로 내가 거의 1년 반이나 끌고 다닌 망상이 무너져 먼지가 되었고, 비대해졌던 감정은 마침내 질식사했다. 갑자기 집은 평범한 집이 되었고, 남자들은 남자였고, 여자들은 여자였고, 시는 빌어먹을 그냥 시였다. 모든 것에 들러붙어 있던 수십 개의 층위가 사라졌다. 남은 것은 암시 기능이 없는 반반한 표면 하나뿐이었다. 모든 현실 중에서 가장 투박하고 가장 명백한 것, 단순한 물질뿐이었다. 그것을 바라보는 내 시선은 일차원이 되었고 경직되었다. 지독한 피곤이 몰려왔다. 감정은 무감각 속으로 가라앉았다.

가장 먼저 이젠 사람들이 나를 알아보지 못했다. 모두 눈길을 돌려 딴 곳을 보았다. 하지만 그건 일부러 그런 것도 억지로 그런 것도 아니었다. 그냥 자연스럽게 딴 곳을 보았다. 사람들은 자신의 생각을 좇아 거기에 매달려 있었고, 우연히 남들이 가는 평소의 길을 갔다. 곳곳에 있는 남녀들과 행인들은 나와의 관계망을 상실한 채 또는 혼자서 다리를 건고 공원을 산책했다. 내가 일부러 애쓰지 않으면 우리의 시선은 마주치지 않았다. 이제 인류는 더 이상 나를 주시하지 않았다. 안심이 되었지만 혼란스럽기도 했다. 모든 사람들이 주변을 의식하지 않고 아주 평범하게 내 곁을 스쳐 지나가는 것 같았다. 내가 사람과 사물을 이런 식으로 인지한 건 오랜만이었다. 그런데도 나는 새롭게 인지한 그 내용을 무시했다. 편집증이 너무 집요하고 억세게 내 안에서 날뛰었으니까. 아니다. 나는 무시하지 않았다. 편집증이 점점 역할을 줄여간 것이다. 나는 뭔가가 변했다는 것을 직감했다. 하지만 그걸 내 생각 깊숙한 곳까지 내려보내지 않았다. 깨달음으로 굳어지게 내버려두지 않았다. 추적 망상은 사라졌다. 사라졌다는 것을 의식하지도 못했다. 그냥 있는 그대로의 모습이었다. 머리가 웅웅 울렸다. 반쯤 조는 몽롱한 날들이었다.

나는 내가 가지고 있던 견해, 내가 살면서 실천했던 일부 견해들이 완전히 틀렸다는 걸 알아차렸다. "다시 미친 걸까?" 이제 이 질문은 모호한 사고 속으로 밀려났다. 그러나 아직 대답은 나오지 않았다. 거기에서 진행되는 건 불분명한 사고 과정이지 벼락처럼 내리치는 깨달음이 아니었다. 감정도 멍하니 졸음에 빠졌다. 점점 피곤해졌다. 갈수록 졸렸다. 나는 어느 때나 잘 수 있을 때 잠을 잤다. 그리고 생각은 적게 했다.

지난 몇 달, 아니 작년 한 해 내가 했던 사고가 망상이고 잘못됐을 거라는 의혹이 조금씩 확신으로 굳어졌다. 하지만 아직 깨달음으로까지 무르익지는 않았다. 이것도 틀렸고 저것도 틀렸다. 나는 대체 어떤 생각들을 했던 걸까? 벌써 잊어버렸다. 나는 그걸 매번 잊고 잠자리에 들었다. 너무나 많은 것들이 잘못되었다. 모든 게 뿔뿔이 흩어졌다.

이 책을 읽는 독자가 지금 끙 하는 신음을 내며 '또 그러면 안 돼. 다시 우울증으로 내려가는 건 이제 그만.'이라고 한다면 나는 이렇게 단언하겠다. 살아 있는 사람에게 그건 달리 방법이 없는 일이었다고.

그건 만화에서 볼 수 있는, 머리를 얻어맞은 사람의 모습과 같다. 머리를 맞은 사람이 구석에 쓰러져 있다. 머리 주위로 별들이 어른거린다. 어리둥절한 눈빛은 허공을 바라보다가 정신을 차리려고 애쓴다. 서서히 정신이 돌아오고 간신히 생각을 가다듬는다. 머리를 얻어맞은 뒤엔 가끔 새로운 깨달음이 시작된다. 기발하고 천재적인 것에 생각이 미치든가 아니면 평범한 일상으로 돌아오든가. 비실대며 어른거리던 내 머리 주변의 별들은 나를 일상으로 데리고 갔다. 하지만 그건 충격처럼 나를 덮쳤다.

마지막 조증의 잔재가 나의 유명인 집착에 남아 있었다는 게 지금 기억난다. 트렌트 레즈너는 영화 「소셜 네트워크」의 사운드 트랙으로 오스카상을 거머쥐었다. 수상 소감을 말할 때 그의 입술을 보고 읽어낸 바에 의하면 그는 그 상을 분명히 내게 바쳤다. 나는 어두운 취사장에 서서 이 일에 대해 곰곰 생각했다. 어쨌든 그는 아직 내 편이라는 생각이 들었다. 모두가 어떤 식으로든 떠나갔지만, 그만은 아직 내 편이었다. 자신이 받은 상을 내게 주지 않는가. 우리는 곧 함께 작업할 것이다. 아무렴, 그래야지.

57.

"당연히 트렌트 집착을 소설에서도 주제로 다룰 거다. 나인 인치 네일스는 내가 두 번의 정신병을 무사히 이겨낼 수 있도록 1995년부터 오늘날까지 나를 지지해준 유일한 밴드다. 그의 음악은 저급하고, 짓궂고, 양극성 장애와 같고, 화려하고, 시끄럽고, 분노에 차 있고, 중독돼 있고, 불편하고, 사춘기 아이 같고, 부드럽고, 위험하고, 증오로 가득하고, 사랑을 싫어하고, 상처를 안고 있다. 그러나 결코 모질지 않다. 상처만 입은 게 아니라 상처를 보여주고, 증오를 소리쳐 발산하고, 결국엔 그 증오를 자신에게 되돌리고, 어둡고, 현란하고, 천재적이고, 원시적이고, 아프고, 위대하다. 15년 동안 나를 언급한 것이 바로 그의 음악이다. 내가 사방으로 증식해 메타 성찰로 올라서는 오만한 문장가의 속물근성에 젖어 있을 때는 항상 나보코프가 머리 위에서 맴돌았다. 그건 다른 이들도 다 아는 사실이었다. 그러나 정말로 삶이 절망스러울 때는 언제나 트렌트 레즈너가 내 뒤에 서 있었다. 그의 음악은 어둡다. 너무 어두워 진짜 어둠 속으로 들어오면 유일하게 환한 빛이 되었다. 초자연적인 빛, 야광을 발하는 빛, 초록색인 듯하면서 창백한 빛, 때마침 비춰주는 유일한 빛, 마지막까지 남아 있는 빛이었다. 나는 건강이 좋을 때만 나보코프를 읽을 수 있다. 건강이 나빠지면 트렌트 레즈너만 듣는다. 그 이유를 추적해야 한다. 아니, 추적하는 게 아니라 밝혀내야 한다. 그 뭔가를. 그게 소설에서도 아주 중요한 역할을 하니까. 소설의 주인공이 나인 인치 네일스의 팬이다. 이 무슨 우연인가. 주인공은 나지만, 나는 주인공이 아니다. 주인공은 벌써 주인공이지만, 나는 내가 아니다."

(2010년 1월 5일에 작성한 블로그 글의 일부)

58.

나는 가만히 서서 접시 두 개가 들어 있는 어두운 찬장 서랍을 들여다보았다. 하던 일을 멈췄다. 뭐라고? 정말이네. 트렌트 레즈너가 턱시도 차림으로 손에 금빛 오스카 트로피를 들고 서 있었다. 내게 바치는 헌정사는 웅얼웅얼 말한 탓에 박수 소리에 묻혀 잘 들리지 않았다. 그럼 그렇지. 나는 침대에 몸을 던졌다.

어쨌든, 어쨌든 우리의 협동 작업은 이루어질 거다. 나인 인치 네일스와 나, 우리는 검은색으로 빛나는 디스토피아, 영혼의 테러, 육체에 생기는 구조적 우울증에 맞선 테크노적인 반란이 될 거다.

그런데 겨우 1분 만에 이 착각도 날아가버렸다. 그가 내게 오스카 트로피를 바쳤다고? 아니다. 바치지 않았다. 무슨 헛소리인가. 어떻게 그런 생각을 했을까? 그는 나를 전혀 모른다. 창피하다.

마지막 조증의 잔재가 사라졌다. 나는 일어나 주위를 둘러보았다. 내가 몇 달간 생각했던 모든 것이, 정말로 모든 것이 완전히 틀렸고 터무니없었다는 것, 그건 과대망상이고 변화무쌍한 착각이고 머릿속의 괴물이었다는 것이 확실해졌다. 어떻게 그런 생각을 할 수 있었을까? 나는 이걸 잊어보려 했다. 돌연 내가 어떤 행동을 했는지, 그 행동의 결과가 무엇인지, 나를 당장 공포로 몰아넣은 그 결과의 결과가 무엇인지 알게 되었기 때문이다.

나는 가구도 거의 없는 이 낯설고 썰렁한 방에서 계속 주위를 둘러보았다. 여기에 옷장이 있고 저기에 매트리스가 있다. 저기엔 잡다한 짐이 담긴 상자가 몇 개 있다. 불친절한 중간 세입자는 올해 중반에 그걸 보고 '쓰레기'라고 부르며 무시했다. 지금은 아무거나 잡히는 대로 버려서 그때보다 짐이 많이 줄었다. 취사 시설은 작고 보기 흉하다. 그 옆에는 작고 어둡고 생기다 만 것 같은 통로가 나 있고 서류들이 뒤죽박죽 놓여 있다. 나는 어디에 와 있는 걸까? 무엇이 더 남아 있을까?

나는 다 해진 커다란 의자에 앉아 숨을 들이마셨다가 잠시 멈춘다. 이게 나의 새로운 기벽이 되었다. 숨을 멈추고, 팽창하는 몸 안의 긴장을 유지하고, 죽음을 가까이 만들어내는 것. 나는 자꾸만 숨을 멈춘다. 처음에는 의식적으로 참았다가 곧 무의식 상태에서, 자동으로, 그러다 글을 쓸 때도 숨을 멈춘다. 문장을 다 쓸 때까지 멈춘다.

바깥에 안뜰이 있다. 이 적대적인 도시에서 또 하나의 저주받은 안뜰

이다. 베를린에 무수히 많은 그 유명한 안뜰, 무의미한 검색 이미지처럼
내 곁을 스쳐가는 그 안뜰 중의 하나다.

숨 돌리기, 숨을 멈춘 채 그대로 있어보기. 적막.

59.

내 실존의 닻이 끊어져 떠내려갔다. 나는 은행 계좌도 없었
고 살 집도 없었다. 빚과 소송만 주체할 수 없이 목까지 차올랐다. 나는
관리를 받았고, 공식적으로 주거가 일정치 않은 사람이었고, '정신 장애
자'였다. 망상의 베일과 눈앞에 어른거리는 줄무늬를 걷고 냉철하게 들여
다보면 내 상황이 그랬고 객관적으로도 그건 사실이었다.

이제 나는 한 번도 와본 적이 없는 곳에 이르렀다. 나는 '돌봄 주거'의
자그마한 방에서 살았다. 가구도 없는 기능 위주의 공간이었다. 냉장고
에 붙은 스티커, 사방 벽에 생긴 흠은 이전 거주자의 흔적이다. 나는 주
변으로 밀려난 것이다. 침대에는 구멍 난 침대보를 씌웠다. 줄무늬 얼룩
이 진 창문은 커튼이 없어서 재킷과 후드 티로 가렸다. 나는 자리를 잡
고 앉아 담배를 피웠다.

지금 내가 밀려났다고 했지만, 그건 틀린 말이다. 결국 내가 이렇게 된
원인은 당연히 나 자신에게 있었으니까. 여기의 이 상황은 내 행동의 결
과였다. 그럼에도 나는 내가 시스템에 의해 조종당했다고 느꼈다. 인생에
서 배제되고 국가에 의해 좌천당하고 강제 집행을 당했다는 느낌이 들었
다. 그 후 '도움'이라는 딱지가 붙은 것들은 이른바 일상으로 재편입될 현
실적인 가망은 없이 단지 자동으로 시행되는 관리에 불과했다. 나는 냉

장고 안을 들여다보았다. 냉장고 속의 전등이 켜졌다. 출처를 알 수 없는 얼룩이 냉장고 바닥에 딱딱하게 굳어 있었다. 냉장고를 채우려면 무엇을 사야 할지 잠시 고민했다. 우유와 치즈와 버터 외에는 생각나는 게 없었다. 다시 냉장고를 닫았다. 세 번 시도 끝에 겨우 닫혔다. 모든 게 낡았다. 나는 집에서 나와 느린 속도로 걸으며 주변 동네를 익혔다.

이건 거의 전쟁이나 다름없다. 오만하고 가당찮은 비유이지만, 어쩔 수 없다. 그때 나는 중간에 잠시 치유된 정신 질환자로서 일종의 전쟁 희생자였다. 폭탄이 터져 내 집에서 쫓겨났고, 망명에 내몰렸고, 거주할 곳이 없었다. 전 재산을 잃고 빼앗겼다. 내적으로도 나는 빈털터리였다. 내가 사랑했던 것들, 내가 읽었던 것들 대다수가 정신병의 방사선에 오염되었다. 정신 착란은 당사자의 마음속에서 벌어지는 파괴적인 전쟁이다. 이건 의심의 여지가 없는 분명한 사실이다. 아주 재수가 없는 사람은 살면서 이 전쟁을 여러 번 겪는다. 갈수록 피할 수 있는 기회도 적어진다.

60.

그때 나를 덮친 슬픔은 전보다 냉정하고 건조했다. 이 감정은 그전에도 조금 약하게 찾아온 적이 있었다. 공포의 데자뷔였다. 그와 동시에 슬픔은 아주 예민하게 내 안에 둥지를 틀었다. 나는 슬픔과 하나가 되었다. 내가 했던 모든 행동 뒤에는 슬픔이 뒤따랐다. 나는 몇 주, 아니 몇 달을 마비된 듯 보냈지만, 그래도 어떻게든 이겨내려 했다. 내 주변에서는 마지막으로 남은 친구들이 안도의 한숨을 쉬었다. 드디어 저 녀석이 조용해졌구나. 그러나 우울증은 나를 아래로 잡아끌었다. 게다가 내 인생이 영원히 처절하게 망가졌다는 확신까지 가세했다.

이 슬픔은 오늘날까지도 나의 일부다. 슬픔은 내 인생의 기본 색조가 되었다. 물론 뉘앙스가 다르기는 하다. 가끔 어두운 색깔의 슬픔이 덮치면 나는 한마디도 할 수 없고 그 무엇도 볼 수 없다. 때론 슬픔이 사물 위에 회색 필터를 씌운다. 그럴 때 색깔에만 집중한다면 그 필터 따위는 무시할 수 있다. 언젠가는 이 슬픔을 털어낼 것이다. 어쩌면 시간이 한 번쯤은 내 편이 되기를 희망한다.

이 혹독했던 불행을 생각해보면, 이번에 내가 병원에 입원하거나 자살하지 않고 견뎌냈다는 게 신기할 따름이다.

61.

그건 엘라 덕분이었다. 그녀는 당시 몇 주, 몇 달에 걸쳐 내가 그럭저럭 먹고살 수 있도록 도와주었다. 그러면서도 그걸 문제 삼은 적이 없었다. 한번은 그녀가 내게 '아이들 음식'을 가져다주었다. 자신의 딸들에게 주고 남은, 감자와 채소를 곁들인 생선 튀김이었다. 우린 함께 영화관에도 갔다. 그러곤 다시 그녀의 집 소파에 앉아 이야기를 나누거나 텔레비전으로 시리즈물을 보거나 책을 소리 내어 읽었다. 그리고 다시 차를 타고 시내로 나가 아침을 먹고 슐라흐텐 호수를 산책했다. 지루한 일상처럼 보이는 이런 것들이 내게는 하나의 기적이었다. 그간 평범한 일상은 내게 너무나 먼 나라의 일이라 겨우 상상으로만 알 수 있었다. 곳곳이 암흑이고 어딜 가나 무력했다. 그러나 엘라는 나를 받쳐주고 나를 꼭 붙들었다. 그녀는 내게서 여태껏 없던 사람, 혹은 앞으로는 없을 사람을 본 모양이었다. 그녀가 알고 있던 성마른 남자도, 미래의 내 모습이 될 비굴한 겁쟁이도 그녀가 내게서 본 사람은 아니었다. 모르지. 내 희미한 형상이나 몸짓에서는 혹시 봤으려나. 어쨌든 엘라에게 나는 그런 사람이었다.

글을 쓰기가 전보다 쉬워졌다. 그때는 힘겨웠던 시절이었으니까. 내 뇌가 될 수 있는 한 그 시절을 몰아내려 했다. 극단 연출가이며 나처럼 모든 걸 으스러뜨리는 유형의 전형적인 조울증을 앓은 안드레아 브레트는 어느 인터뷰에서, 조울증 환자는 어느 때인가는 기억을 객관화해야 한다고, 그렇게 하지 않으면 이 질병을 감당할 수 없다고 말했다(그녀가 뜻한 건 조증 시기의 기억이지만 우울증 시기의 기억에 대해서도 같은 말을 할 수 있다.). 이 책을 다 쓰고 나면 나도 그렇게 해봐야 할 것 같다. 내 의식의 빗장을 걸어 잠그고 될 수 있는 대로 내 현재 상태에서 이 단계를 분리해야 한다. 그게 가능하다면 말이다.

기분이 점점 깊고 어두운 색조로 가라앉았다. 검점은 검정이야. 남들은 이렇게 말할지 모른다. 그러나 검정은 더 검은 색으로 변할 수 있다. 전선이 다시 내 관심 안으로 들어왔다. 그때 엘라가 나를 떠났다면 무슨 일이 벌어졌을지 모른다. 상상하기 싫은 무시무시한 일이다. 그 누구의 의지도 아닌 원치 않는 공갈 협박이, 그 자체로 비인간적인 사태가 그냥 벌어지고 말았을 것이다. 엘라는 인터넷에서 내 병과 관련된 글을 읽고 리튬에 관한 정보를 끌어모아 스트레스를 이겨내려고 노력했다. 이론 체계가 도움은 되지만, 현실적으로 증상이 존재한다는 사실, 그리고 거기에 함께 쌓여가는 불행은 어찌해볼 도리가 없었다.

한번은 엘라와 함께 저녁에 차를 몰고 정신 상담을 하는 긴급 상담소에 간 적이 있다. 누군가와 이야기를 하고 싶어서였다. 바깥에 있는 사람,

어쩌면 충고를 해주고 작은 위로라도 줄 수 있는 사람과 대화하기 위해서였다. 우리와 이야기를 나눈 상담사는 당연히 기존의 방식을 답습하는 진부한 자세로 일관했다. 나를 상대하기에는 무리였다. 그런데 그녀의 머리는 정말 파마 머리였을까? 말을 할 때마다 머리가 그 리듬에 맞춰 흔들리는 이상한 푸들 같았다. 내 눈에 보이는 모든 것이 권태로웠다. 나는 나 자신도, 다른 사람도 더는 참을 수가 없었다. 그래도 시간이 흘러가게 내버려두어야 했다. 내 병에 대해서는 이런 공식 상담 기관에 있는 사람들보다 내가 훨씬 많이 알고 있었다. 그 사람들이 대체 내게 무슨 얘기를 들려준단 말인가? 하지만 이곳 긴급 상담소에 왔다는 자체가 조금은 희망을 갖게 했다. 그건 나와 엘라 우리 두 사람이 함께하고, 우리 둘을 위해 힘을 모았다는 신호였다.

그건 사랑을 위한 노력이었다. 우리의 사랑은 일상적으로 벌어지다가 곧 격렬해지는 흔한 싸움 외에도 둘 중 한 사람이 자신과 상대방에게 짐이라는 장애물과 싸워야 했다. 그건 흔들리지도 않고 우직하게 매달려서 모든 걸 아래로 끌어내리는 추였다. 마음 같아서는 낯선 다른 사람이 그걸 손으로 끊어내 멀리 던져버렸으면 좋았겠다 싶었다. 나는 엘라와 함께 버텼고 엘라는 나와 함께 버텼다. 그러면서 엘라가 더는 나를 견딜 수 없어 해도 나는 그녀를 견뎠다. 그러는 가운데 역설적이게도 가장 아름다운 순간들이 탄생했다.

리튬을 먹으니 슬프게도 극심한 여드름이 생겼다. 여드름은 얼굴과 등에서 퍼져나가다가 그대로 눌러앉았다. 부작용일 수도 있는 이 리튬의 효과는 책에서 읽은 것처럼 여간해서 생기지 않지만 그래도 나타날 때가 있다. 나라고 해서 그 부작용이 생기지 말란 법은 없지 않은가? 거울에 비친 내 모습이 어색하게도 형형색색이었다. 나는 몇 달을 여드름과 고름과 씨름하며 보냈다. 그러면서 몸무게까지 늘고 머리카락이 자꾸 빠졌다. 정신을 집중하기가 힘들었다. 파리에서 상을 하나 받게 되었을 땐 엘라가 시상식 전에 화장으로 여드름을 가려주었다. 시상식은 끔찍했다. 인터넷을 읽어보니 그때 나는 지금은 기억나지 않는 수상 소감을 말했던 것 같다. 양국 문화부 장관들이 내 옆에 서 있는 와중에 나는 꼭 하지 않으면 안 된다고 생각한 무슨 퍼포먼스를 했다. 그때 마침 포도주가 와서 나는 그걸 마셨다. 오데온 극장 옆의 레스토랑에서 엘라와 함께 한 식사만이 그때의 중압감을 보상해주었다. 그전에 내가 몇 시간 동안 거리를 울부짖으며 돌아다녔어도, 파리는 역시 있는 그대로의 아름다운 도시였다.

결국 나는 약을 바꾸지 않으면 안 되었다. 여드름은 줄어들지 않았는데 벌써 흉이 지기 시작했기 때문이다. 나는 리튬을 서서히 줄이고 그 대신 간질 치료제인 발프로익산을 복용했다. 이 약은 지금까지도 먹고 있다.

어느 날 저녁의 일이었다. 어느 파티에 갔다 돌아오는 길에 엘라가 화가 나서 내가 입고 있던 셔츠를 잡아 찢었다. 그런데도 그녀는 내게 자신의 집에서 자고 가라고 고집을 부렸다. 그 처참했던 날 밤, 술에 취하고 아직 약에 잘 적응하지 못한 나는 그녀의 침대보에 오줌을 쌌다. 처음 있는 일이었다. 그 무슨 자연 현상에 의한, 아니 약에 의한 굴욕이란 말인가. 다음 날 아침 비명 소리가 크게 났다.

엘라는 아주 집요한 방법으로 나를 구해냈다. 나는 그녀에게 상당한 빚을 졌다. 그런데 이걸 빚으로 본다면, 그 영혼의 빚을 어떻게든 갚아야 한다는 게 문제였다. 내가 그녀에게 너무 많이 주면 그녀는 그걸 내던졌다. 너무 적게 주면 그녀는 내게 모든 걸 요구했다. 근본적으로 우리는 서로에게, 그것도 남매처럼 또는 근친상간처럼, 의존하는 사이가 되었다. 그녀에겐 다른 남자와의 관계에서 태어난 딸이 둘 있었다. 두 딸은 한동안 우리의 동맹이 자연스럽게 성장하는 걸 매번 방해했다. 그녀들은 나를 받아들이려 하지 않았다. 나도 그녀들에게 다가가지 않았으니까. 나 자신이 아직 어린아이였고, 과잉 개량된 아이였고, 인생에 염증이 난 아이였고, 정신병이 인성 발달을 심각하게 방해한 아이였다. 우리는 서로 의존하는 사이였지만 서로 요구가 있어야만 함께했다.

　시간이, 특히 과거와 미래가 내 영혼을 짓눌렀다. 현재는 그렇지 않았다. 현재는 우리가 지금 겨우 제압하고 이용하고 채워가는 중이었다. 어느 저녁이 별달리 유쾌하지 않으면 나는 그걸 하나의 사건으로 생각해 자전거를 타고 집으로 가져와 베개 속에 넣고 고통을 잠시 누그러뜨렸다. 매 순간은 늘 새로웠고, 언제나 우리의 것이었고, 때론 우리를 자유롭게 하는 뭔가가 있었다. 심지어 웃음이 나올 때도 왜 우스운지 생각하지 않고 계속 웃을 수 있었다. 엘라는 유머가 풍부한 여자였다. 그녀는 즉흥적이고, 자기 비하적이고, 패러디와 언어유희에 가까운 유머를 구사했다. 내가 처절하게 비참할 때도 그녀는 원하기만 하면 언제나 나를 웃게 만들었다. 혹시 그녀가 그걸 원하지 않더라도 나는 아무렇지 않았다.

　나는 그녀가 나보다 더 자주, 그것도 내게 말도 하지 않고 몰래 운다는 걸 느꼈다. 나는 별로 우는 일이 없었지만 어쩌다 울게 되면 나는 다시 서커스를 끝낸 광대가 되었다. 얼굴 화장이, 피부 속까지 침투했던 화장이 모두 지워진 광대였다. 나중에 우리는 함께 웃으며 영화를 보러 갔고 함께 잠도 잤다. 우리는 서로를 사랑했다.

엘라는 내가 언젠가는 다시 온전한 인간이 되기를 희망했다. 지금의 모든 사태는 일시적인 것이고, 우리가 극복해야 하는 과제이고, 과도기이기를 바랐다. 오랫동안 기다리면서 인내를 가지고 연습하면 새롭고 멋진 삶이 가능해지기를 희망했다. 우리가 미래를 가진 완벽한 인간이자 완벽한 짝이 되기를 희망했다.

내가 그녀의 희망을 꺾어놓았는지도 모른다. 잘 모르겠다. 얼마 후 우리는 다른 이유에서 헤어졌다. 아니, 이 이유 때문이었을 수도 있다. 그걸 누가 정확히 말할 수 있겠는가. 어쨌든 우리는 3년을 함께했다. 연민을 피할 이유가 없다면 그 세월은 인생의 구원이라고 부를 수 있을 것이다.

62.

'이봐! 모든 게 다 괜찮지는 않아'. 심야 영업 편의점, 그곳으로 가는 길. 이런 가게들이 슬프다. 내 고향, 잿빛 위장술. 엘라에게 갔다가 돌아오는 길, 유일한 삶의 낙, 남들에겐 숨긴다. 사실은 아무 의미가 없다. 그냥 본능일 뿐. 여기 이 오물을 헤치고 축축한 곳을 느리게 걷는다. 그래도 되니까. 저기에 네온사인이 보인다. 이제 나는 수백 가지 맥락을 알려주는 단서를 찾지 않고도 네온사인의 의미를 해독할 수 있다. 어린애처럼 또 단것이 좋아진다. 날마다 그렇다. 알록달록한 인공 과일 젤리를 집는다. 아니, 과일 젤리가 아니다. 그건 난쟁이들이다. 질기고 파란 화학 물질. 2주 동안 하리보를 먹고, 이틀 동안 구운 아몬드를 먹고, 여름엔 아이스크림을 대량으로 먹고, 때론 만취할 때까지 술을 마시고, 기름진 음식을 많이 먹는다. 어떤 식으로든 쓸모 있는 것들이다. 편지가 쌓여 있다. 지금 독촉장, 법원 송달장, 빚 갚으라는 편지들. 요샌 건강이 어떠냐고 묻는, 영원히 계속되는 질문에 점점 반감이 생긴다. 섹스에 흥미가 없고 텍스트에 흥미가 없다. 인디 밴드 애니멀 컬렉티브의 노래에서 느꼈던 희열이 이젠 아주 사라졌다. 허무함이 밀려오지만, 아니 허무함과 맞닥뜨린 탓에 마음이 점점 차분해지고 동요하지 않는다. 남들과 교류하려면 언제나 반감을 극복해야 한다. 그러고 나면 대부분 괜찮아진다.

빚. 사방에서 빚이 나를 짓눌렀다. 멍청하게 매번 신문을 정기 구독하고 몇 달이 지나면 몇 갑절로 위협이 되어 돌아왔다. 내가 《차이트》지에 소소한 칼럼을 쓰자마자 《차이트》지에서는 대금 추심 담당과를 시켜 나를 들들 볶았다. 순식간에 받아서 순식간에 써버린 대출금은 적자를 몇 곱절이나 늘렸다. 이 모든 걸 생각하면 열일곱 살 때 방학을 맞아 했던 아르바이트가 떠오른다. 그때 나는 하리보 생산 공장에서 기계 옆에 서서 일했다. 기계는 감초 진액에서 나오는 실을 돌돌 감아 우리가 아는 그 달팽이 모양의 젤리로 만들었다. 대부분 아주 지루하고 따분한 작업이었지만, 이해할 수 없는 이유에서 돌연 모든 작업 전선이 큰 혼란에 빠지는 순간이 있었다. 실을 감는 굴대가 아주 조금이라도 오물이 묻어 더러워지면 갑자기 거기에서 감초 괴물이 뒤뚱거리며 튀어 올랐다. 괴물은 흥분한 상태로 빙빙 회전하며 반짝이는 검은 촉수를 우스꽝스럽게 마구 휘둘렀다. 굴대를 청소하려고 실을 기계 밑에 놓인 양동이 쪽으로 잡아 내리는 순간(감초 진액은 계속 흘러내리다가 양동이를 가득 채웠다.), 놀랍게도 다른 기계에서도 감초 괴물이 생기는 것이었다. 괴물은 흥분한 풀리 강아지처럼 또는 미친 회전초처럼 춤을 추었다. 만세, 만세. 이건 아니지. 괴물은 신이 나서 사방으로 소리를 질렀다. 이게 대체 무슨 일이야! 감초 반죽의 농도가 달라져서 그런 거야. 나는 혼잣말을 하며 이리 뛰고 저리 뛰었다. 정신없이 바쁘게 돌아다닌 후에야 겨우 혼란이 가라앉았다. 그런 다음 16개의 릴이 마침내 그 역겨운 감초 달팽이를 다시 무심하게 뱉어낼 때 나는 내 슬픔의 진가가 무엇인지도 깨달았다. 작업할 때 지루했던 건 행복이었다. 씻어도 없어지지 않을 정도로 감초 냄새가 피부 속으로 침투했지만 그건 아무것도 아니었다.

빚이라는 괴물이 내 주변 곳곳에서 자라났다. 만세, 만세, 이건 아니지. 괴물이 소리쳤다. 우리가 왔어. 우리는 자라서 마구 칼을 휘두를 거야. 그 괴물 하나를 잠시 움직이지 못하게 막으면, 벌써 다음 괴물들이 다른 곳에서 이리저리 신이 나서 튀어나왔다. 하리보 공장에서 그 많은 괴물을 평정하는 데는 30분밖에 안 걸렸지만, 빚을 청산하는 데는 몇 년 이상이 걸렸다. 그리고 사실 그 괴물들, 즉 빚은 소리를 지르지 않았다. 빚은 조용한 테러를 가했다. 수많은 경고장과 법원 결정문은 아무 소리도 내지 않았지만 갈수록 내 목구멍을 조여왔다. 그러나 그건 청산해야 할 문제라는 걸 나는 지금도 알고 있다. 지금 나는 그걸 청산하고 있다.

그 시절이 내게서 자동으로 떨어져나가고 있다. 의식은 모든 걸 담아둘 수 없다. 임시 시설에서 보낸 시간도 마찬가지다. 그곳에서 산 사람은 내가 아닌 다른 사람이다. 물론 나는 그와 기억을 공유하고는 있다. 나는 그를 텔레비전 시리즈물의 주인공으로, 나와 각별히 동일시할 수 있는 인물로 바라본다.

63.

 비밀을 지키려는 마음이 나의 사적인 얘기만이 아니라 남들과의 사적인 관계에 대한 얘기까지도 꺼리게 한다. 그러나 이것만은 말할 수 있다. —— 알료샤가 다시 나의 좋은 친구가 되었다. 우리는 이제 마지막이라는 생각으로 각자 자기만의 방식대로 서로에게 다가갔다. 그는 우리 관계의 많은 부분을 차지했던 복잡한 문제, 그리고 이런 시련이 없었어도 십수 년간의 우정이라면 따라붙었을 불균형과 긴장과 갈등에도 불구하고 항상 내 곁을 지켰으며, 스스로 알지도 못한 채 내 마음속 깊은 곳에 머물렀다. 나와는 다르면서도 비슷한 가정 내의 운명에 시달린 터라 그도 그런 엄청난 불행에 내재된 논리를 잘 알고 있었다. 우리는 비록 예전의 우리가 아니었지만 그래도 친구였다.

 나는 그게 기뻤다.

64.

 몇 달이 흘렀다. 나는 그 세월을 천천히 뒤따라갔다. 내 상태는 이제 확실하게 다져졌다. 질환자, 질환자, 의존성이 있는 질환자라는 것이었다. 나는 착실하게, 그러나 아무 감정 없이 소설을 번역하고, 정해진 작업량을 해치우고, 동네를 한 바퀴 돌다가 돌아오고, 인터넷 쇼핑몰 이베이에서 산 고철 덩어리나 마찬가지인 자전거를 타고 나가고, 엘라에게도 갔다 오고, 날마다 뭔가를 했다. 모두 알맹이가 빠진 생활이었다. 일주일에 한 번은 나를 담당하는 관리자와 만나야 했다. 그녀는 자리가 파할 때마다 내게 '중국식 축복의 인사'를 해주었다. 앞으로 이보다 더 잘못된 삶을 살 수는 없지 않느냐는 것이었다. 그 관리자들은 내가 하는 말을 한마디도 이해하지 못했다. 그들은 과거에 자신들도 약물 중독 관리를 받았다며 보면 모르겠느냐고 80년대 이 동네 특유의 독일어로 말했다. 하지만 그건 아니었다. 그들이 왕년에 약물 중독자였을 가능성은 거의 없었다. 내가 지독한 증오심에서 그렇게 생각한 것뿐이었다. 그들은 내게 도움이 되지 못했다. 오직 내가 지금 살고 있는 집만이 요긴하게 쓰였다. 그러나 이 집도 정해진 기간 동안만 거주할 수 있었다. 관리자와의 상담은 지루하고 더디면서 무의미하게 이어졌다. 매주 새로운 이야기를 했지만 성과는 없었다. 아무것도, 아무것도 없었다. 나는 여기서 나가야 했다.

여기서 나갈 수 있게 된 것은 로베르트 덕분이기도 했다. 그는 힘닿는 대로 내 생활 관리를 지원했다. 계속 쌓이다가 이젠 저절로 늘어나는 빚을 막았고, 분할 지급액을 합의했고, 매달 지급되는 작가 보수를 한꺼번에 받게 했고, 보증을 서주었고, 번역 일감을 따왔다. 지방법원의 결정에 따라 왠지 거칠고 신뢰감이 떨어지는 슈판다우 출신의 변호사가 내 관리자로 지정됐을 때 우리는 그를 그만두게 하고 대신 로베르트 본인이 관리자로 나섰다. 우리는 일주일마다 만나 함께 식사하러 갔다. 그건 그가 꾸준하게 지킨 생활 규칙이었다. 마음속에서 뭔가 다시 작열하기 시작하면 나는 그에게 연락했다.

나는 여러 일정을 소화했다. 「식스터」 출간 기념 간담회에도 참석했다. 절망한 자의 침착함을 유지하면서 나는, 이미 말했듯이, 인사말을 하고 농담을 섞어 대답했다. 우울증에서 나온 반응이었다. 그런 가운데 더 이상 잃을 것이 없는 사람은 어떤 유머를 보여주는지 확실히 알게 되었다.

스포트라이트가 나를 비추고, 땀이 나고, 공포로 허둥지둥하고, 관객의 얼굴은 어둠 속에서 잘 보이지 않았다. 상관없었다. 아무래도 상관없었다. 그 후 낭독회가 몇 번 더 있었다. 나는 거기에도 참석했지만 그 시간을 견디기가 힘들었다. 나는 이를 악물고 참았다. 갈수록 의기소침해지면서도 기차를 타고 독일을 돌며 계속 일정을 소화했다. 이런 건 모두 아무것도 아니야. 나는 생각했다. 아무것도 아니야. 저기에 풍경이 보이잖아. 나는 여기에 있는 거야. 저기에 허영에 찬 사람들이 있잖아. 그리고 나는 여기에 있는 거야. 나무는 푸르렀지만 죽어 있었다. 사람들은 그곳에 있었지만 모두 떠나갔다. 이게 대체 뭐란 말인가, 이 모든 게 뭐란 말인가.

그리고 나야말로 뭐란 말인가. 무얼 해야 하는가.

65.

사회가 대체 내 발병에 어떤 역할을 했는지 의문이 든다. 이런 건 언제나 구체적으로 묻기만 하고 답변은 들을 수 없다는 것도 안다. 결국 책임지는 사람은 없이 책임만 있을 뿐이며, 나는 그 책임을 언제나 나 자신에게 끌어다 붙인다. 배제 메커니즘, 계층의 차이, 굴욕, 움켜쥐기. 남들에게 책임이 있다고 그들을 가리켜도 소용이 없다. 만일 내가 최소한 어떤 신을 믿게 된다면 내게는 고발하고 저주할 누군가가 생길 것이다. 그러나 내게 그런 신은 없다. 그냥 현재 상태대로 있을 뿐이다. 내 시선이 꼬챙이에 꿰여 기름이 뚝뚝 떨어지는 되너에 가 머문다. 갈색으로 노릇하게 탄 고기에 거품이 생긴다. 터키계 독일인 판매자가 들이대는 듯하면서도 친절하게 "뭘 드릴까요?"라고 행인들 뒤에 대고 소리친다. 그는 경쾌한 소리를 내며 활기차게 칼을 갈면서 지나가는 자동차들을 멍하니 바라본다. 차는 도로의 물기 때문에 치익 소리를 내지만 반대로 물기를 힘차게 가르며 달린다. 모든 게 옛날 그대로지만, 아무것도 전과 같은 게 없다.

66.

빛 문제에서 선례를 남기려고 시작한 소송에서 우리가 졌다. 그게 빚 액수를 더 늘려놓았다. 나는 나중에 이 과정을 「3,000 유로」라는 소설에서 묘사했다. 나는 아주 심각한 추간판 탈출증에 걸렸다. 아마도 그 1년 전에 무엇에 홀린 듯이 노트북과 책을 가방에 넣어 둘러메고 미친 듯이 베를린과 지방을 돌아다녀서 그런 모양이다. 어떤 사람들은 그게 심리적 문제에서 비롯된 거라고 말한다. 나는 잘 모르겠다. 어쨌든 몸을 움직일 수가 없었다. 눕지도, 앉지도, 서지도, 걷지도 못했다. 세 달 동안 약을 먹고 주사를 맞고 물리 치료를 받으며 인내한 뒤에도 결국엔 수술을 하지 않으면 안 되었다. 몸에는 고유의 경보 시스템이 있다. 그런데 내 몸은 너무 늦게 경보음을 울렸다.

병실에서 나는 거의 말을 할 수 없었다. 같은 방 환자들이 등에 난 커다란 수술 자국을 자랑스럽게 내보이며 기분이 무척이나 좋은 것 같아서 나는 내가 자폐증 환자라도 된 느낌이 들었다. 엘라가 매일 나를 방문했다. 알료샤도 찾아왔다. 그는 여전히 심술궂으면서도 따뜻한 기운을 발산했다.

나는 또 이사했다. 1년 반 만의 이사였다. 이번에는 노이퀼른으로 갔다. 오랜만에 처음으로 얻은 나만의 집이었다. 전 여자 친구의 여자 친구의 여자 친구가 자기가 사는 곳 맞은편 집이 비어 있다고 알려준 것이다. 로베르트가 거주에 필요한 보증서에 서명하고 건물 관리인에게 말했다. "네, 토마스가 말썽을 피우고 다녔어요. 하지만 지금은, 지금은 아니에요!"

추간판 탈출증 수술을 했는데도 몸에 장애가 생겼다. 후유증으로 다리를 살짝 절었다. 내 정신은 그때 살고 있는 집처럼 텅 비었고, 그늘로 뒤덮였고, 나 자신까지도 의심의 눈으로 바라보았다. 그리고 한편으로는 너무 변덕스럽고 강렬한 생각들에, 다른 한편으로는 진정제 투여와 무기력에 불신을 품었다. 마음이 즐거워지면 감정을 자제하고 즐거움이 생기려는 순간에 그 즐거움을 작게 접었다. 백일몽에 빠지면 단호히 다시 깨어났다. 우울함이 덮치면 그냥 눈을 감고 그 느낌이 사라질 때까지 기다렸다. 너무 행복해하지 말자! 슬픔에만 빠지지 말자. 핸드 브레이크를 당기며 사는 삶이었다. 나는 다시 집중할 수 있게 되면서 새로운 계획을 세웠고, 침체되어 있는 순간에도 억지로 책을 썼다. 그러나 더는 온전한 인간이 되지 못했고 앞으로도 그건 불가능할 것 같다.

나는 건강해졌지만, 여전히 아팠다.

2016년

01.

정말 중요한 건 훗날 스크린에 보이는 것이라는 말이 베르너 헤어초크의 영화 「나의 친애하는 적」에 나온다. 정말 그런지 나는 확신하지 못하겠다. 나의 스크린은 내 책이다. 그러나 책은 끝내 내겐 도움이 되지 않는다. 삶은 증발해버리고 나는 그걸 이렇게 겨우 붙잡고 있다. 나는 글을 쓸 때만 사는 것인지도 모른다. 그래서 이 글은 단순한 투병기나 맹점이 있는 자기 객관화가 아니라, 일종의 부정적인 미니 문화사이며 반(反) 교양 소설이기도 하다. 원래는 「식스터」를 반 교양 소설로 쓰려고 했다. 씁쓸한 광대놀음이기도 하다.

이 책에 나온 문제들이 부분적으로 해결되었다고 해도 삶의 문제들은 하나도 건드리지 못했다. 비록 그 문제들이 여기에서처럼 서로 일치한다고 해도 말이다.

02.

　나는 노이쾰른에서 산다. 이 지역이 싫다. 길거리에서 보이는 칙칙한 얼굴들, 상습적 음주로 텅 비어버린 그 얼굴들이 동네를 한 바퀴 돌 때마다 기분을 망쳐놓는다. 그들은 죽어 있는 눈빛과 중력으로 일그러진 입을 드러낸다. 그 위에서는 술 때문에 팝콘이 된 이른바 딸기코가 심심치 않게 눈에 띈다. 안쪽이 터져버려 빨갛게 빛나는 꽃양배추처럼 주먹코가 되었다. 머리카락은 듬성듬성하고 망가졌어도 그걸 고무줄로 묶어 가느다랗게 땋아 손질했다. 아마 그 땋은 머리로 잃어버린 크로이츠베르크의 대안적 삶을 불러내려나 보다. 그렇게 머리를 땋은 사람들과 머리를 땋지 않은 사람들이 우울하고 삶에 지친 모습으로 거리를 비틀비틀 걷는다. 그들도 나만큼이나 노이쾰른이 싫은 모양이다. 돌처럼 굳어 있는 얼굴, 다 해진 슈퍼마켓 비닐 봉투, 싸구려 과자를 보면 알 수 있다. 이곳에서는 모든 게 그저 순수한 현재, 망가진 현재일 뿐이다. 미래는 기껏해야 죽을 때까지 현재의 단순한 반복만을 약속한다. 여기서는 아무도 자신의 영혼을 팔지 않았다. 영혼이 그냥 사라져버렸거나 아예 존재하지도 않았다. 이곳 이주민들은 크로이츠베르크에서보다 더 고립되어 살아간다. 그렇게 해서 그들은 이 지역의 냉랭한 격차에 한몫을 담당한다. 그건 새로 생긴 카페와 바에 떼로 들이닥쳐 고집스럽게 저희끼리 앉아 있다가 곧 세계 각지로 흩어지는 스페인과 미국의 예술가 관광객들도 마찬가지다. 여기에서는 그 누구도 다른 사람과 실제로 무슨 관계를 맺지 않는다. 분위기는 얼이 빠질 정도로 선동적이거나 무감각할 정도로 활기가 없다. 피시방이 나란히 줄지어 있고 그 사이사이엔 물담배 바가 있다.

무엇보다 돈세탁을 한다고 추정되는 곳이다. 사람들을 무시하고, 미래주의적으로 차갑고, 낯선 상점들이 꽉 들어찬 쇼핑몰도 있다. 그리고 매번 순식간에 뚝딱 짓는 바와 그 안에 앉아 허세 부리는 패치워크[1] 인간들, 잘난 척하지만 공허하기 이를 데 없는 인간들도 있다.

03.

삶이 제 흔적을 남겼다. 언제나 참인 이 문구가 내 경우엔 특히나 유효하다. 내가 20대까지만 해도 갖고 있었던 평균적인 매력은, 겉모습이 점점 둥그런 덩어리처럼 뭉쳐지면서 사라졌다. 복용하는 약도 여기에 일조했다. 약이 나를 살린다고는 하지만 그와 동시에 부작용도 있었다. 최근 몇 년 살이 찌면서 내 몸무게는 벌써 100킬로그램을 넘어섰다. 젊은 시절 무척이나 민첩했던 몸이 수년간의 약 복용과 지독한 무력감으로 인해 어쩔 수 없이 균형을 잃은 육중한 몸이 되면서 몇 주씩이나 신경이 쓰이고 불편했다. 그 결과 나는 영화감독 타란티노에 「스타 워즈」의 등장인물 자바 더 헛이 조금 섞여든 모습으로 변했다. 게다가 파트타임으로 생기는 여드름이 가끔 내 얼굴을 점령했다. 나는 잠을 오래 잤지만 단 한 번도 꿈을 꾸지 못할 만큼 수면은 힘들었다. 그러나 다시 위험해지지 않으려면 될 수 있는 대로 많이 자야 했다. 성적 욕망은 거의 사라졌다. 나는 교양 있는 중산층 사람들이 예술 작품을 바라보듯이 이성을 무심하게 바라보았다. 물론 그러면서 즐거움은 느꼈지만 욕구는 생기지 않

---

1) 패치워크(patchwork): 수예에서, 크고 작은 헝겊 조각을 이어붙이는 기법. 또는 그런 작품.

았다. 그래도 충동이 일어나면 대부분 그냥 내버려두었다. 야망 없는 내 삶도 역시나 아무 관심 없이, 말하자면 무관심하게 불만스러운 느낌으로 살아갔다. 마치 끝없이 계속되는, 의무적으로 참석해야 하는 행사에서 내가 꽁무니를 뺐던 회의 자리 같았다. 이 모든 일은 약을 복용하지 않거나 치료를 받지 않았어도 벌어졌을 것이다. 하지만 이 화학 약품 폭탄이 내 몸과 정신을 줄기차게 손상시키고 인질로 잡아놓는다는 의혹이 가시지 않았다. 날마다 동전으로 지불한 몸값을 일컬어 정상이라고 부른다.

병은 사람을 원래의 세월보다 십수 년 먼저 늙게 한다. 몸도 마음도 노화시킨다. 심신의 마모가 빨라진다. 그와 동시에 내면에서는 마음속 한가운데에 자리 잡은 미성숙이 희미하게 빛난다. 그 부위는 모든 발달을 거부하고 가만히 머물러 있으려 한다. 그건 광기와 약이 나를 덮치기 전 시절의 잔재다. 봉인된 자아의 잔재. 없앨 수가 없다. 자아의 잔재는 옛날의 삶을 그리워한다. 내 의지와 무관하게 그 삶과 저 자신을 고집스럽게 붙잡고 있다. 이렇게 해서 나는 늙어도 성장하지 않는다.

04.

내 질병은 내게서 고향을 빼앗아갔다. 이제는 내 질병이 내 고향이다. 하지만 갈수록 점점 나아진다. 나는 숨을 고르고 있다. 그렇게 한 지 2년 되었다. 모든 게 질병은 아니다. 사람들은 나와 아주 정상적으로 대화할 수 있다. 곧 있으면 마지막 남은 빚도 다 갚을 것이다. 언젠가는 서류들을 정리하고 모든 걸 청산해야 한다. 그다음에 새집을 얻을 거다. 바라건대 당분간 그게 마지막 집이 되어 거기에서 오래 살았으면 좋겠다. 그리고 끝으로, 잘은 모르지만, 그 모든 스펙트럼을 아우를 소설을 쓸 거다. 지금까지는 쓸 수 없었다. 내 저주받은 삶은 자꾸만 문학 쪽으로 나아갔으나 그 사이를 비집고 질병이 끼어들었으니까. 나는 이런 인생 주제를 고르지 않았다.

1년 반, 2년, 2년 반. 모두 합쳐 6년이다. 양극성 장애는 내게서 6년이라는 세월을 훔쳐갔다. 나는 원래 35세이지만 신체 나이는 53세이고, 정신적으로는 7세였다가 때론 70세가 된다.

05.

그늘을 그렇게 빨리 지우기는 어렵다. 다른 사람 같았으면 우울증에 따른 불쾌한 기분으로 진단받았을 테지만, 지금 내가 처한 이 기형적 상황에서 그건 안정적인 정서 상태라고 말할 수 있다. 이럴 경우 다른 사람은 병원에 가지만 나는 영화관에 간다. 나는 만족스러운 게 별로 없지만 계속 이 상태로 나아갈 수 있기만을 바란다. 심지어 다시 운동을 할 수 있지 않을까 하는 생각까지 한다.

자기 자신을 물어뜯으며 괴로워하는 태도를 뒤집어보면 막상 거기엔 허영심밖에 없다. 그리고 편집증은 유난히 병적인 자기애의 한 종류다. 이제 이런 건 끝내야 한다.

그러나 나는 힘들여 습득한 예절과 문화적 기술을 십여 년 고립되어 살면서 혹 잃어버렸을까 봐, 수많은 기벽을 가진 내쳐진 괴짜 신세가 되어 머리카락을 쥐어뜯으며 숨이 멎을 때까지 겨우겨우 살아갈까 봐 두렵다. 내 장서를 잃었듯이 내 내면까지 계속 잃을까 봐 두렵다. 옛날 전화번호들은 생각나지만 새로운 번호들은 전혀 머릿속에 입력되지 않을 때 너무나 큰 슬픔이 엄습한다. 새 번호를 기억하려고 하면 옛 번호들 중 남아 있는 것들만 생각난다. 그게 나를 고통스럽게 한다. 그건 내 머리가 어디에서 살고 있는지 보여준다.

내 머리는 아직도 꿈을 꾼다. 내 책을 꿈꾼다. 길고도 미래주의적인 꿈을 꾼다. 꿈속에서 나는 끝없는 지하 특별 열차를 타고 화해하는 환상에 젖는다. 열차는 나를 도서 전시회장으로 데리고 간다. 그러나 나는 거기에 적극적으로 참여하지 않는다. 그냥 손님으로 온 것이다. 나는 큼지막한 가방을 책들로 꽉꽉 채운다. 더는 아무것도 안 들어갈 때까지. 귀중하고 아름답고 금방 인쇄되어 나온 책들이다. 집에서 꼼꼼하게 고른 것들이다. 그곳 전시회장에서 나는 모든 사람들을 만난다. 그들은 모두 나를 오래전에 용서했다. 나는 그 사람들에게 가방에 넣은 책들을 보여주며 함께 즐거워한다.

06.

잠에서 깨어날 때의 베케트 순간. 졸다가 화들짝 깨어나 완전한 무의 상태로 들어간다. 그 결과는 적나라한 공황 상태. 뭔가에 쫓긴 듯 몸을 벌떡 일으키고, 의미 없이 허둥대고, 산만한 행동에 빠졌다가 담배로 진정시킨다. 하지만 그게, 그게 실존이다. 그 이상의 것은 없다. 그게 전부다. 그게 너다. 벌거벗은 그대로 존재하는 너, 오직 근육과 떨리는 글만 있을 뿐. 잠시 외계인의 시각 혹은 짐승의 시각 혹은 세상의 시각을 취했다가 공포에 질려 다시 내던진다. 그건 인간으로부터 해방된 인간의 관찰법이다. 두 개의 눈, 신경, 소리로 전해지는 신호들.

이 시각이 최근의 낭독회에서도 나를 덮쳤다. 그곳에서 나는 공황 상태에 빠져 허둥댔다. 과거에 공황 발작을 유발했던 모든 요인들을 한 번 더 무색하게 만드는 공포였다. 갑자기 말을 할 수가 없었다. 입에서 한마디도 나오지 않았다. 숨이 가빠졌다. 관객들은 속수무책으로 앉아 바라보았다. 한 여성이 내게 포도당을 내밀었다. 나중에 어느 기자는 내 '언어적 행동 가능성'이 분명 '절대적인 영점'으로 내려갔다고 적었다. 픽션과 자서전의 경계가 희미해져서 그런 것 같았다. 그전까지의 글들처럼 주인공과 저자의 유사성을 은폐하는 텍스트를 얘기할 때면 내가 솔직해지지 못한 탓인 듯했다. 어쩌면 지금 여기서 시도하는 정체성 정립이 도움이 될지도 모른다. 어쩌면 그마저도 나는 할 수 없을지도 모른다.

이게 어떻게 순탄하게 이어질 수 있을까. 어려운 가정 형편에서 자란 노동자의 아이, 예수회 학교에서 지적으로 개량된 아이, 나보코프를 읽고 문학 쪽으로 나아간 아이, 대학에서는 '더는 존재하지 않는 것'에 이론적으로 매달린 아이, 언제 발현될지 모르는 유전병을 안고 있는 아이, 그런 아이가 작가가 된다고? 아니, 행복한 인간이 된다고? 집어치워!

내가 큰 위안으로 삼는 게 있다. 의사들의 경험에 따르면, 이 병은 중간에 항상 완벽한 회복이 가능하다고 한다. 아니 그게 통상적이라고 한다. 단지 그게 몇 달이 될지, 몇 년이 될지 아니면 영구적이 될지를 모를 뿐이다. 정신병적이고 편집증적인 요인들은 만성화되지 않는다. 광기는 대부분 일시적으로만 존재할 뿐, 영원한 정신 착란이나 치매로 끝나는 경우는 아주 드물다. 내 병은 재발한다는 의미에서 만성적이다. 그런 면에서 위협적이다. 위협적이고 위협적이고 위협적이다.

의학 서적을 보다가 거기에 적힌 예후를 읽을 때면 이따금 지금 당장 죽고 싶은 충동에 휩싸인다. 약을 복용해도 재발률이 높다고 하니 나는 두려움에 그냥 자리에 누워 영원히 잠들고 싶다. 그런 내용을 읽을 때면 심장이 미친 듯이 뛰다가 쓸쓸하게 멈춘다.

팝 음악과 시와 영화에 희망이 있다. 인생은 줄 수 없는 희망이다. 그래서 나는 그 희망을 계속 붙들고 인생을 바깥에서만 바라본다. 아르노 슈미트[2)가 말했다. '예술과 환상의 세계가 참된 세계다. 나머지는 악몽이다.'

다시 픽션으로 돌아가고 싶다. 머잖아 돌아갈 거다. 곧 그렇게 될 거다. 이미지들이 다시 서로 맞물려 포개지다가 서서히 하나가 된다.

07.

함부르크의 슐터블라트 가. 나는 조증을 겪으며 불태웠던 장소를 다시 찾아가야 한다. 그곳을 파묻기 위해, 그곳을 무효로 만들기 위해. 하겐이라는 이름의 종업원이 있는 '잘-II'라는 바가 그런 곳이다. 그 외에 나는 다른 술집, 바, 레스토랑에도 들르거나 그 앞에 서 있다. 내가 한번 쳐다보자 그곳들은 저주에서 풀려났다. 여하튼 며칠 동안은 저주에서 벗어났다. 그런데 사람한테는 그게 그리 쉽지 않다.

---

2) 아르노 슈미트(Arno Schmit : 1914~1976) : 독일 작가.

08.

다시 노이쾰른으로 돌아왔다. 나는 최종 보스들의 마지막 결전을 지켜본다. 이곳에 터를 잡은 두 명의 미친 여자 부랑자들 사이에서 영역 싸움이 났다. 내 눈앞에서 벌어진 다툼은 날카로운 욕설과 고함에서 정점을 찍는다. 그중 한 명은 얼굴은 노파인데도 무감각한 청년의 표정을 하고 있다. 그녀는 벌써 오래전부터, 1년 반, 아니 2년 전부터 이 구역을 떠돈다. 때론 사람에게 으르렁대며 덤비고, 혼자 중얼거리다가 알아들을 수 없는 말로 행인에게 계속 욕을 한다. 뭐라고 하는 건지 알아들을 수가 없다. 그녀는 대개 건물 지하실 창문 옆에 앉아 십자말풀이를 한다. 밤에는 거기서 잠도 잔다. 다른 여자는 조금 더 젊고 억세고 활달하지만, 급성 정신병을 앓고 있어서 실제로 더 위험하게 느껴진다. 이 구역에 온 지는 겨우 2주째다. 그녀는 내게도 달려든 적이 있다. 내가 느끼기에 그녀는 자신을 증오하고, 사람을 증오하고, 이 구역을 증오한다. 두 여자가 맞붙었을 때 나는 현장에 있었다. 그들은 서로 상대방을 경쟁자로 인식하고 고함을 질렀다. 이곳 터줏대감인 여자가 곧 풀이 죽어 도망쳤다. 그녀가 일단 겉으로 패배를 인정하고 제 갈 길을 가는 동안, 신참 여자는 지팡이로 무장하고 늙은 여자를 한참 쫓아가면서 계속 소리를 질렀다. 그러다 그녀는 늙은 여자의 흔적을 놓쳤다. 이튿날 젊은 여자가 다시 눈에 띄었다. 지팡이가 그녀의 동반자가 되었다. 그녀는 네거리가 떠나가도록 소리를 질렀다. 그러곤 영원히 사라졌다. 기존 권리자였던 여자 부랑자가 이겼다. 그녀는 아무 일도 없었던 것처럼 다시 지하실 창문 옆에 입주했다. 나는 공감과 혐오감 사이에서 어정쩡하게 있다가 이 불행한 광경을 구경하던 다른 사람들처럼 무감각해진다. 나는 구경하던 사람들 중 한 명이다. 그리고 두 여자 부랑자 중 한 명이다.

09.

그리고 집에서는 여느 아침처럼 다시 기계들이 돌아가기 시작했다. 관과 구멍으로 커피와 가스를 보내기 위해 쫘르릉거리고 치익 치익 소리를 내며 작동하는 유행에 뒤진 구닥다리 기계들. 그 끝에서는 언제나 내가 앉아 기계들이 내보내는 것들을 홀로 소비한다. 열탕 욕조, 순간온수기, 커피 기계. 표면에 딱지가 앉아 딱딱해지고 시대에 뒤떨어진 것들이다. 거기다 더 한심한 건 사악하게 비싸다는 거다. 나는 집 안에서 미동도 하지 않고 서 있다. 아직 아침이다. 난방기와 온도 조절기에서 신음하듯 속삭이듯 나오는 소음에 귀 기울인다. 니코틴 냄새, 잠의 냄새, 이별의 냄새가 났다.

10.

나는 네가 보는
모든 것을 믿어.
앞으로 올 것은 과거에 왔던 것보다
좋을 거야.

11.

장서는 영원히 사라졌다. 그러나 내 등 뒤에서는 지금 새로운 장서가 천천히, 아주 천천히 생기고 있다. 남들은 모든 책을 자진해서 팔아버리고 그걸 발전이라고 생각한다. 손에는 킨들[3]을 들고 용의주도하게 정액 요금제로 비용을 최적화해 책을 읽는다. 나는 어떤 면에서는 구닥다리 사람이다. 인터넷과 친숙하면서도 문학에 대해선 조금 다른, 구식 개념을 가지고 있다. 등 뒤에는 장서를 짊어지고, 입안에는 술을 머금고 있다. 나는 관습적인 사람으로서 실패했다. 그 낡은 사람은 이제 없다. 이제는 모든 걸 새로 시작할 수 있다. 그러하기에 자유가 탄생한다.

등 뒤의 세상, 나는 이걸 포기하지 않겠다. 내가 바라는 것은 다시는 조증을 겪지 않는 것이다. 그러나 이 병이 또 한 번 나를 쓰러뜨려 밖으로 데리고 나가고, 해파리처럼 뼈가 없는 뭔가로 만들어 나를 밀어붙일지도 모른다. 그러면 나는 내 힘으로 다시 뼈를 만들 것이다. 혹 내가 다시 조증을 겪게 된다면 누가 이 책을 내 손에 쥐어주면 좋겠다. 내가 다시 광기에 빠진다면 나는 그걸 운명으로 받아들이겠다. 두 번째 조증이 끝났을 때 나는 세 번째 조증은 이겨내지 못할 거라고 생각했다. 그러나 나는 이겨냈다. 앞으로도 이겨낼 것이다. 언젠가는 내가 다시 자살을 생각할지도 모르겠다. 그래도 나는 계속 살아갈 것이다.

그때가 되면 지금 쓰고 있는 이 몇 줄의 글은 기도가 되리라.

---

3) 인터넷 서점 아마존의 전자책 서비스 전용 단말기.

등 뒤의 세상

초판 1쇄 발행 2018년 6월 12일
원작 DIE WELT IM RÜCKEN
지은이 토마스 멜레
옮긴이 이기숙
발행인 도영
표지 디자인 신병근
내지 디자인 손은실
마케팅 김영란
발행처 그러나(등록 2016-000257호)
주소 서울시 마포구 동교로 142, 5층(서교동)
전화 02) 909-5517
Fax 0505) 300-9348
이메일 anemone70@hanmail.net
ISBN 978-89-98120-46-7

- '그러나'는 '솔빛길'의 문학·인문 전문 브랜드입니다.